香蜜远航

许结题

于志斌 著

时代出版传媒股份有限公司
安徽教育出版社

图书在版编目(CIP)数据

香蜜夜航 / 于志斌著. —合肥:安徽教育出版社,2021.7
ISBN 978-7-5336-9076-2

Ⅰ.①香… Ⅱ.①于… Ⅲ.①随笔—作品集—中国—当代 Ⅳ.①I267.1

中国版本图书馆CIP数据核字(2021)第130485号

香蜜夜航
XIANGMI YEHANG

出 版 人:费世平
责任编辑:金 雯
助理编辑:余润桑
装帧设计:吴亢宗
责任印制:陈善军
封扉题字:许 结

出版发行:时代出版传媒股份有限公司 安徽教育出版社
地   址:合肥市经开区繁华大道西路398号 邮编:230601
网   址:http://www.ahep.com.cn
营销电话:(0551)63683012,63683013
排   版:安徽时代华印出版服务有限责任公司
印   刷:安徽新华印刷股份有限公司

开   本:880毫米×1230毫米 1/32
印   张:14.75
字   数:380千字
版   次:2021年7月第1版 2021年7月第1次印刷
定   价:68.00元

(如发现印装质量问题,影响阅读,请与本社营销部联系调换)

目 录

1　来读于志斌（代序）/柳鸣九

辑一　文史探寻

3　从诗歌看"红袖添香夜读书"及其艳福思想

10　"红袖添香"小考

17　宋诗中的书香故事

24　包拯后人藏匾小记

26　施培毅的松萝诗与徽州文

33　品读杂记拾遗

49　谁开阜阳地方文化建设之先河？
　　——与刘尚荣先生商榷

53　读稗：闲话古人为官之正道

63　我眼中的杂记

68　千古图书犹香，历史无法尘封

77　祭城隍民俗考

84　论《隋炀帝艳史》的主题思想

95　关羽：儒称圣，释称佛，道称天尊

　　——文化的"变异复合"

101　文史短章节选

辑二　海洋拾零

119　蓬莱阁：咏海诗歌的摇篮

122　海禁·海南·海上

125　妈祖庙对联

128　洪涛奋日驭，天势出其中

　　——品读《赤嵌集》咏海诗歌

144　张煌言要留清气在人间

　　——品读《张苍水全集》咏海诗歌

153　一边吃海鲜一边咏海的赵执信

159　搜海杂俎

辑三　在地表情

215　涵育和守护滨海家园的新安乡贤

227　赤湾天后庙

233　客家人的书院旧事

237　深圳渔村也曾福如东海

240　与猴年有关的南岭记忆

243　土洋村"洋"字与海洋没关系

249　银瓶梯田：绿绒地毯铺进了云端

252　文天祥胞弟开创的村子

255　为孩子们了解海洋而畅想……

257　书市·书缘·书城

260　花间，香阵，我的深圳

263　"明德"高墙内外都要讲规则

266　我爱深圳我建言

273　星空·地母·人

辑四　书香飘来

287　传承父辈的阅读精神

292　《绿野行踪——林海高原六十载》展国之美景

296　真理更是朋友

300　《陪画散步》：智者的心言妙谛

303　西茜凰的游思逸趣

306 秋天的况味

309 你再不买书就愧做深圳人了

311 三欷宅书话

326 稚嫩的书话

辑五 编读反刍

345 深明古今兴亡的《己丑四月》

348 好书只许慧眼人

353 荷芳赤子，璧流丹青
　　——莲魂人格相辉映的大家

357 王氏四书：老王的忧国忧民情怀

360 缤纷节亦见，相聚书香中
　　——《书香中国·全民阅读推广丛书》出版

363 可知可见可感的黄宗英

367 风景应犹在，人间"二流堂"

369 莫忘乡邦人与事

372 人性的光芒：《穿过雷暴的阳光》

374 终极关怀与思想启迪

376 关于梦想，关于创造
　　——《战马：皆有可能》的精神及其他

378 凸显工匠精神的精美长卷

　　——读《中国玉器通史》

382 手中一片绿，花史文脉长

　　——写在《中国花文化史》出版之际

386 书爱众香熏，知识最乐群

389 文史哲艺类的小风景

434 《深圳旧志三种》纪事

438 刘海翔与《欧洲大地的"中国风"》

442 "谭艺书系"：带给二十一世纪的艺术经验

451 反映时代精神的传世之作

　　——读《邓小平全纪录》

453 百年犹存人间

　　——读《历史巨人刘少奇》

455 编余旧文四则

461 后　记

来读于志斌（代序）

柳鸣九

最近，老友于志斌的文集《香蜜夜航》即将付梓出版，我听了非常高兴。

他是早应该出他自己的文集了，本来世上就有这么一个说法"近水楼台先得月"。从跑稿子的小编辑干起，刚一出头露脸，接着而来的是各种奖项：文学创作奖、文学翻译奖、鲁迅文学奖、傅雷翻译奖等等。即使没有出文集，早在出文集之前，就已经"目空一切""气壮如牛"了。这本来也是世间发展之途的常情，但志斌先生的低调与谦虚使人非常感动，他只是在为中国学术文化的繁荣昌盛，在编辑、编选等工作岗位辛勤劳动了近四十年，建造了一些规模惊人的大套丛书，推出了那么多有卓越的人文见识、有个人深切的人生感受、有广博益智的历史学识的一个个个人文集。他用这样一个个郁郁葱葱而又万紫千红的园地，给我们提供了一个广阔的人文主义的空间！

只是在这之后，他才向自己的本职工作岗位告别，带来一个篇幅不大的个人文集，向他心爱的读者行三鞠躬，表示告退。这样一个人，不是一个谦虚的人、克己的人、有责任感的人吗？让我们来读读他的书吧。

在仕途上，在官场中，他是一个有传统作为感的体制内的高管，同时又不失敏锐感，不落后于时代潮流，他穿西装和打领带都比我讲究。在终审《柳鸣九文集》十五卷中，他对同性恋现象的观点，甚至比我还接近当代开放的先锋人士，对人类现实生活中这个规避不了的问题，他又保持了一种有格调、有情志、有兴趣的风度。

文学是人学，先贤时俊皆如是说。照此看来，真正的人才能创作出真正的文学，只有真正的人的精神与思想才创作得出来。而一篇文章，一个有素质的作品，也就当然是有一定素质的人的精神结晶，这大概还可以说是文学与人的二律背反。

志斌先生在我心目中一直就是这么一个有素质的人，有真实分量的人。初次一翻这个文集，果然此人不可小觑，那格调、那派头、那气势，就有点藏龙卧虎的气势，那气势是卞之琳先生身上的莎士比亚气势，是钱锺书先生身上的拉奥孔气势，请看此书的开篇：《从诗歌看"红袖添香夜读书"及其艳福思想》，好一个透出了浓郁香味的《香蜜夜航》。

不难想象，从退休的域林飘出了这样一帘旗号《从诗歌看"红袖添香夜读书"及其艳福思想》，大概是会使路过的世人眼睛一亮的。很不容易的是，以历史学家对"红袖添香"的环境、物色以及房屋摆设、家具、书籍的内容，这里都要求有，这里也都无一不有，也都应有尽有，正是在这些简明扼要的叙述说明里，有平淡、凡人难以达到的魅力。这本书的难度就在这里，这本书的功力就在这里。全书似乎是以天下所有"红袖添香夜读书"的艳丽尽悉收全，但似乎都是从历史上、诗文集上、书信集中采撷的、精选出的，诗文选择视野之广，内容格调之讲究，要求志斌先生要看很多书，而诗文记叙的历史真实，写景、状物的仿真程度，又要求志斌先生看更多的书。写这本书的人，不是博览群书的人、不是读书破万卷的人，还能是哪种人？不是这种人，不必问津这个行当、不必涉足这个行当，这种人叫历史学家、叫文学史家，他向后世提供了一个个个人事业发展与职业选择的铁的法则。

打开这本书之前，我的确不知道志斌先生拥有如此广博的国学学识。我生平几十年偏居外国文学一隅，虽然市面上热热闹闹，也是世人热心去看看、去逛逛的地方，更是有各种不同文化深厚底蕴、声名卓越的大家与名士出入的所在。习惯于闭门干活，疏于学界来往，造成了我对老友于志斌的孤陋寡闻,该打!该打!

我只笼统地知道他过去是国学文化学术出版领域中的老劳工,著有鲜活气息的诗文与散文作品,引起佳评美誉,他为中国古典文学作品做过编选、注释、校勘等整理工作,留下了多种优秀的编选本、校注本、汇编本,做出了积累民族优秀文化的贡献。他长期担任深圳市海天出版社的高管和社领导,不断做出令人刮目而视的劳绩,如大型当代人文主义丛书《本色文丛》,前后出版四十二种,其规模之大,令人吃惊。我为我这位朋友的劳动创造深感骄傲。

在我的心目里,他的劳作已经在中国文学、艺术、学术出版史上刻印下了一个巨大的、正形的"人"字,就像高尔基所说的"那个人"一样,即我们所认定的"深圳造绿人"。

二〇二〇年四月

辑一　文史探寻

从诗歌看"红袖添香夜读书"及其艳福思想

鲁迅在《忆刘半农君》一文中说刘半农"有'红袖添香夜读书'的艳福的思想"。"红袖"代表女子,或指女子的红色衣袖。"添香"既表示续添炉香之类的生活行为,也形容某种好事得到增加和延续。"夜读"则反映了古人昼耕夜读的生活常态。这些词汇在宋代以前的诗歌中都已分别出现(参见本书《"红袖添香"小考》一文)。以下结合学习我国古代诗歌的体会,谈一谈"红袖添香夜读书"及其艳福思想。

一、"红袖添香夜读书"的三大关系

一曰香与阅读是有很大关系的。南北朝,庾信《预麟趾殿校书和刘仪同诗》有"芸香上延阁,碑石向鸿都。诵书征博士,明经拜大夫"。唐代,李白《赠江油尉》有"五色神仙尉,焚香读道经",王建《寄李益少监兼送张实游幽州》有"集卷新纸封,每读常焚香",吕岩《绝句·其二十五》有"闭门清昼读书罢,扫地焚香到日晡"。除上述而外,涉及焚香读书、读经、读周易等诗词作品不胜枚举。此外,王建《早秋过龙武李将军书斋》有"高树蝉声秋巷里,朱门冷静似闲居。重装墨画数茎竹,长著香薰一架书。语笑侍儿知礼数,吟哦野客任狂疏。就中爱读英雄传,欲立功勋恐不如"。这些都反映了书房里有香，这个香跟一架书关系密切。元代，明本《行香子》有"好炷些香，图些画，读些书"。这是说在读书绘画之前要好好地点几炷香。近现代，女词人丁宁在《鹧鸪天·感怀和忍寒》也有"《南华》读罢添香坐，消得芸帷半日闲"，好比红袖添香读书的自我写照。以上说明读书人家日常置放燃香器具，读书过程中点香、续香、添香等都是家常便饭了。

二曰女子是诗词歌赋创作和吟读活动的关系人。唐代，白居易写夜深人静之作《人定》，在"红袖下帘声"后便有了"坐久吟方罢"的吟读场面。宋代，由王安石《咏梅》中"触拨清诗成走笔，淋漓红袖趣传杯"句可见，男人作诗，女子奉上一杯酒。章甫《苏训直方夷吾相挽同饭招隐》有"胜处只宜文字饮，不须红袖苦追随"，大意是说在饭局上，最妙的时候只适宜于把酒赋诗论文，而无须女子苦苦地伴随在身边。话虽这么说，却反而说明女子跟随男人到吟诗作赋之地是生活现象。元代，李质《游西湖与徐都尉分得香字》中"座上总能文字饮，绝胜红袖佐飞觞"句很有场面感，令人恍见酒桌旁男人们吟诗作赋，美女在旁佐酒。蒲道源《金钗剪烛》（幼作）有"玉泪乱随红袖落，蜡香留得碧云簪。短檠二尺挑寒雨，头白书生正苦吟"。写女子流下晶莹的泪水，蜡烛发出的香味留住了碧云簪（"蜡香留得碧云簪"还暗指女子在添香时把碧云簪落在了烛台旁），小灯高不过二尺却抵得住寒冷的雨水，一头白发的书生还在吟诵着。

三曰女子往往成了男人阅读时心有所属的对象。宋代，周紫芝《正月十四日夜病在告雨中不寐示刘德秀》是一首自况之作，诗中虽有"看他红袖倾春酒""犹拥书檠午夜看"，但是"红袖"早已睡去了，只有自己仍挑灯夜读。元代，白朴在《阳春曲·题情》中更有"笑将红袖遮银烛，不放才郎夜看书"。女子不仅不助读，还成了阻碍阅读的力量——这是表面的，其实是对女子在意郎君夜读书的强调。明代，石宝《闺怨·十首其四》有"娇红不似文君寡，辄就相如夜读书",也构筑了女子陪伴男儿夤夜读书的画境。袁宏道《丁酉十二月初六初度》(其四)写得有趣:"一心槁木寒灰去,几度披书抱酒眠。古佛阁前温炕里,拽将红袖夜谈禅。"有情景有心情:心如枯槁,几度一边看书一边喝酒,持着酒盅就迷糊起来。人清醒了,就想到在这古佛阁前的温柔乡读书时,莫若拽来个好女子,相伴秉烛叙话,聊一聊佛语禅心。清代,李士棻《青衫》有"香草美人渺何许,一镫相伴读《离骚》",乃是作者阅读《离骚》时的感慨:香草美人渺茫而遥不可及,自己只有一灯相伴。渴望红袖相伴读书之心,闪闪发光。

二、唐、宋、明诗词中的红袖、添香和读书

唐末五代,贯休《少监》(其二)有句"衔花乳燕看调瑟,衣锦佳人侍读书"。大意是:衔花的小燕子看到美女调琴瑟,穿着锦绣服装的美女正在陪侍帝王读书。此句夸赞了少监在管理皇宫事务上的用心,也羡慕他能亲眼见到这样的生活场景。

到了宋代,贯休"衣锦"句之意就有了回响。张公庠,字元善,宋仁宗皇祐元年进士,担任过苏州知州等职。张公庠的《宫词》有名于世,流传至今有二十余首,其中一首:"朱字衙香伴玉炉,丁丁莲漏月来初。文龙画烛摇红影,准拟君王夜读书。"诗写房间里有贴着皇家专用标识的角香和玉香炉,月儿似随着计时器莲花漏发出的声响升了起来,红衣人被刻绘了祥龙图案的蜡烛之光照出了身影儿,我准备着陪伴君王在今夜里读书。全诗以女子口吻写来,又以"宫词"张目,实际还是反映了男人心中的画境和诉求。"红袖添香夜读书"的香、红、读三要素齐备于诗中。

宋代,无名氏《沁园春·冬至日娶》是一首写实的好词,词中叙述娶妇,祈祝娶妇人家来年有弄璋之喜,喜气洋洋贯穿始终。词中祝福道:"幸洞房花烛,得吹箫侣,短檠灯火,伴读书郎。"前九字写的

是洞房花烛夜迎来一对神仙伴侣，后八字写在小油灯灯光里（新娘子）陪伴读书的夫君。无名氏分明把一对新人相伴读书当作了人生之喜之乐，是值得祝愿的美事。

明代，李昌祺《风流子·题周参政南峰书舍卷》写坐落在杭州龙井一带的周南峰家书房，这里是杭州的最佳之地，周边环境美好。有客人来访时，家里有"绿衣铺座席，红袖过汤茶"，然后主人与客人"评史讲经、赋诗观帖"……

三、"红袖添香夜读书"在清人笔下丰富多彩

清朝，蒋士铨《念奴娇》有"登楼入幕，书生聊复如此。但须红袖添香，绿衣司砚，何物夸金紫"，周之琦《喜迁莺·其三·〈红袖添香夜读图〉，为王蓉洲孝廉题蓉洲余僚婿，今皆作玉溪生久矣》有"钗影横窗，书声出屋，恰和小莺低啭"，郑用锡《家恬波茂才（祥和）纳姬》有"从兹红袖添香夜，佐读刚逢学易年"，端木埰《齐天乐》有"好继清芬，添香红袖伴高咏。书城相对万卷，比金籯燕翼，风味须胜"，黄燮清《鹧鸪天·题徐心斋内翰之铭秋夜读书图》有"添香补写红衣照，便是当年宋子京"，俞樾《兰陵王·游仙词》有"傍一朵红云，香案亲读"，等等。这些诗词以不同的修辞方式，摹画了红袖添香读书的情景，抒写了愉悦感和幸福感。

而王松《悼亡室陈孺人》中"最伤心处妆台畔，无复添香伴读书"一句，却以夫人去世的不幸强调了相伴读书的珍贵。女子钱蘅生《贺衡卿弟新婚三首·其三》有"从此挑灯人伴读，窗前赓和是书声"，写一对新人从此相伴读书于灯下，窗前能听到他们相应和的读书声。女子吴小姑《消息·李紫酺先生惠寄〈香梦春寒馆诗选〉，吟谢》诉说心曲："燕掠风帘，桃红薛砌，先生知否。漫说春寒鸳梦暖，却讶莺啼柳。新诗一卷，芸窗细读，合把浓香熏透。笑檀郎、耽清

坐,难掩侬、短长吟口。花魂月魄,钏痕钗影,怎教多情消受。才子佳人,天长地久,总入词人手。消闲却忆,小园梅绽,曾酿半壶冬酒。好沉醉、研磨私评,那人领首。"其中"新诗"至"人手"句可称是对男女相伴读书的完美描述和体验。林占梅《节烈行》有"夫婿本多才,励志帷常下;伴读操女红,一灯共深夜",写姑姑一边操持女工、一边陪伴夫君读书等事迹;最后说"我欲请旌表,为姑建高坊"。"红袖添香夜读书"之类行为已经成了请求朝廷旌表亲人的光辉事迹。

四、王亶望刻有"红袖添香夜读书"印

近代以来,在国人的文章中频繁出现的"红袖添香夜读书"出自于何人之手?清朝女子席佩兰(一七六〇——一八二九)写《寿简斋先生》一诗呈送老师袁枚以祝寿,诗中有"绿衣捧砚催题卷,红袖添香伴读书"。有一些人将"红袖添香夜读书"的出处归在席佩兰这首诗上。

胡季堂(一七二九——一八〇〇)有《题王方伯梅屋读书图》五首,第五首是"一簇花容拥笑容,风流儒雅竟谁宗?芸窗赢得红云伴,可胜添香几个侬"。收录《题王方伯梅屋读书图》的《培荫轩诗集》(《续修四库全书》版)在"可胜"句后有注:"公侍姬多吴人,有小印镌'红袖添香夜读书'句。""方伯",对布政使的一种尊称。"王方伯"即王亶望,其人担任过甘肃宁夏知府、甘肃布政使等职。胡季堂在甘肃做过官,与王亶望有交集,第一首诗中有"忆昔西陲同五马"句可证。王是山西临汾人,第二首诗有"家住平阳汾水边"句相应和。"公侍姬多吴人,有小印镌'红袖添香夜读书'句",说的是王亶望身边的女伎和姬妾大多是江南吴地之人,王有一方印面镌刻了"红袖添香夜读书"句子的小印章。王亶望因涉甘肃贪腐案被处决。

席佩兰的"红袖添香伴读书"与"红袖添香夜读书"有一字之别，其作《寿简斋先生》是祝贺袁枚（一七一六——一七九八）六十岁寿辰之作，时在一七七六年。从《题王方伯梅屋读书图》诗意看，胡季堂在甘肃工作期间（一七六六——一七七一）就应该看到了王亶望的"红袖添香夜读书"印章。若说王亶望把席佩兰"红袖添香伴读书"句改一字刻印，几无可能。那么王亶望是不是"红袖添香夜读书"的原创作者呢？迄今我还没有发现王亶望是"红袖添香夜读书"原创者的可靠史料。

五、"红袖添香夜读书"及其艳福思想之小结

通过上述观察，发现我国古代诗人对"红袖添香夜读书"的描述和向往由来已久，在宋代诗词中就有了"女子侍奉、陪伴男人读书和男女相伴读书"之意的抒写。到了清朝，"红袖添香夜读书"包含的意思已不局限于"夜读"，而是不分昼夜地读书；陪伴、相伴读书成为男女共同的诉求和实践，并深入人心；女子陪伴夫君读书的社会价值观上升到"节孝"的至高层面。

历代诗人努力运用和发挥"红袖添香"一词，将之与吟诗作赋、写作绘画、读经看书相搭配，凸显了女子陪伴男人读书和男女相伴读书的意义，隐喻了两情相悦的乐境，逐渐把艳福思想推向了高潮。在集体书写"红袖添香夜读书"之愉悦的浪潮下，女子"红袖添香"与士子"寒窗夜读"在人们心中亲密结合了，"红袖添香夜读书"成为清朝文人群落中的流行语。

文学艺术创作源于生活。古人在房中置香、燃香，在读书（尤其经籍之类）前洗手、焚香，以及为衣裳熏香、身体发肤喷香或者身上悬挂香囊等，已经是生活习俗。周身带有香味的女子为同在一室中读书的男人奉茶、进补，添续书房香炉之香，亦属天经地义之事。男女

相伴阅读书籍、吟诵诗文，古已有之于今为烈。"添香"是双关的，既关联女子续添炉香、炷香之类，也关联女子自带之香。"红袖添香夜读书"及其艳福思想实在是源于生活。然而，读书毕竟是一件要花费心神和时间的事情，一句"十年寒窗苦读书"就把男人为博取功名而读书说得十分透彻和到位了。男人这样的困苦，也就是亲近他的女人才能抚慰，才能解得。因此，"红袖添香夜读书"及其艳福思想一方面有读书苦的现实基础，一方面是对读书苦的反动。

"红袖添香夜读书"在旧时代主要是男人的美好愿景，实现这一愿景便是得了艳福。艳福，说到底就是幸福；"红袖添香夜读书"是与阅读有关的幸福。因此发生在有情有缘的男女、夫妻身上的这种艳福，不会因为时代变迁而消失，也不会因为一时的口诛笔伐而变得一钱不值。今非昔比，当下女性阅读群体日益壮大，"红袖添香夜读书"现象也层出不穷，"红袖添香"几乎就是"读书的女人更美丽"的另一种说法。艳福，不仅是男人的，也是女人的；昼夜相伴读书的男女已经在共享艳福了。"男女搭配，干活不累"——现代心理学分析研究认为是异性效应发挥了作用，因而有理由相信"男女相伴，读书不累"，"红袖添香夜读书"的可持续发展庶几有了科学依据。

刊于二〇一八年秋季刊《语言与文化研究》

"红袖添香"小考

一、"红袖"一词最早出现在魏晋人笔下

在中国古诗词中,"红袖"先于"添香"出现,其例不胜枚举。魏晋时无名氏《子夜四时歌·春歌二十首》(其九),有"罗裳迮红袖,玉钗明月珰。冶游步春露,艳觅同心郎"。这是我见到的最早运用"红袖"一词的诗作。前两句是描写一个女子的服饰,上身是窄小紧身的长袖红袄,下身是丝织的裙子,头戴玉发钗,耳朵上挂着明月珠镶制的坠子。后两句是写这位女子在春天露水敷地时出门游玩,以及想找个同心郎的心理。

《汉语大词典》训解"红袖"一词:一是"女子的红色衣袖",二是"美女";所使用的几个书证,最早的是南朝齐王俭的诗句。而上引无名氏的"罗裳迮红袖,玉钗明月珰"一诗就是写一妙龄女子,穿着红衣红袖出门游玩的。在魏晋(二二〇—四二〇)结束后六十年才出现南齐政权,王俭的"红袖"比无名氏之句不知要晚出多少年。因此魏晋人无名氏的"罗裳迮红袖,玉钗明月珰"作为训解"红袖"一词最早的书证是靠谱的,也是成立的。

在中国先唐以及唐宋,画家绘作的仕女画例如《簪花仕女图》《挥扇仕女图》《虢国夫人游春图》《汉宫春晓图》等,女性着红装,

红袖曼妙,是极为普遍的。《韩熙载夜宴图》画中的主人穿着红衣裳,或倚榻中,或坐椅上,尽享宴乐之快。而其衣袖十分红艳,惹人注目。红袖不是女子专享,男人照样穿着红衣套红袖。无疑,"红袖"一词源于生活,在中华服装史上名声显赫。我想在魏晋社会生活中,女性穿着红衣挥舞红袖,像亮丽的风景带,魏晋人无名氏"罗裳迮红袖,玉钗明月珰"句也只是如实写来而已。

二、"添香"是香生活涵养的文化符号

要搞清楚"红袖添香"一词之源流,还应该知道"添香"是怎么回事。可是包括《汉语大词典》在内的几部权威工具书,都没有收录"添香"一词。这就得说一说"香"。早在《诗·大雅·生民之什》"生民"中就有"卬盛于豆,于豆于登。其香始升,上帝居歆"。豆、瓦即"登"是盛装器皿,在祭祀中使用。《诗经》此则大意是说,祭祀时从豆、瓦中散发出香气,天帝安享于这样的祭祀。香,既是指香气、香味,也是指香料。在古人家居生活中,香料是室内必不可少之物,这是由来已久并见诸于各种汉籍中的。点燃香料,用香料薰衣物,把香料、香物作为馈赠品……都有出处,并且流传了不少佳话。宋人欧阳修在刊印自己的《集古录》前,请蔡襄书写目序。蔡襄书写后,欧公把家藏的古鼠须栗尾笔、铜绿笔格以及大小龙茶、惠山泉水赠给了蔡襄。蔡襄赏爱不已。一个月后,蔡襄听说有人送给欧阳修一箧产于清泉的香饼,便叹道:"香饼早点送到欧公家里,我也就能得到这个佳物了!"欧阳修知道后,立即派人给他送去了若干香饼。香饼就是一种由石炭与香料混合而成的香料。可知古代的男子是爱香的。

在前人笔下,女子既是用香料熏染衣服和涂抹身体的大主顾,也是令居室之内的香味不中断的护香使者。男人爱香,读《易经》等经

籍前常要洗手焚香。女人集庄子概括的身安、厚味、美服、好色、音声于一身，男人自然是乐之复爱之。在《稗史汇编·伦叙门·婢妾条》有"翾风作诗"，石崇的女人"各含异香行""又筛沉水之香如尘末，布致象床上"。诸如"炉香""篆香""灯香"等词藻，正是表现居室里用香之情景的。我在明人两部集大成之作《遵生八笺》《长物志》中见到了关于香之综述，十分感慨，曾经暗中发愿要编辑出版一部中国香文化史，但是没有实现，如今说来只一叹。

既然国人有此一种香生活，那必然有用香、燃香、添香、续香等行为，也就会有"添香"一词的出现。我发现诗歌中的"添香"一词至少有三个意思，各有例句。一是指点燃或添加香料使香具持续发出香味的行为。项斯《题永忻寺影堂》有"故来空礼拜，临去重添香"。二是形容因人身上有香味而使一地有了香味，或使一地原有香味增强了。皮日休《太湖诗·三宿神景宫》有"玉泉浣衣后，金殿添香时"。三是代指女子。刘禹锡《和乐天消失婢榜者》有"把镜朝犹在，添香夜不归"。项斯、皮日休、刘禹锡都是唐朝人。

古诗《日出东南隅行》有"秦楼出佳丽，正值朝日光。陌头能驻马，花处复添香"。写美人在一个有阳光的早上骑马出门去，走着走着马儿停在了路边。路边花卉开放，这儿已是芬芳地了，可是美人的到来竟然为这儿增添了香味。显然诗中的"添香"是指女子身体或是衣裳上发出的香味。此诗作者一说为南北朝殷谋，一说为唐朝李白。

《日出东南隅行》如被确认为殷谋所作，"添香"一词最早在南北朝就形成了。目前说"添香"一词被唐朝诗人广泛运用，当属实情。"添香"是国人香生活涵养的文化符号，有进一步研究的价值。

三、纷至沓来的"袖香"诗境

自古至今，女子爱香如命的文化血脉代代相传。男人们视女子爱香用香的生活行为是美妙的人间景象，用诗笔和丹青传写着和摹画着，一代又一代的人们竟为此不知疲倦。一些女性也参加到这个创作活动中来。中国古代诗歌的"袖香"诗境渐渐地形成了，并且纷至沓来。

"袖香"并非杜撰，而是实有其词，在唐宋诗歌中已出现，并会同其他字词营造了美好情景。如岑参《送李翥游江外》有"袖香朱橘团"，吴文英《好事近·秋饮》有"袖香曾枕醉红腮"，茹芝翁《咏梅》有"风袭袖香清满径"，等等，各句中"袖香"是具有独立词性、词义的单词，表示衣袖发出的香味，或者发出香味的衣袖。前人对女人衣袖裙袂的香味十分着迷，笔之于诗歌中，袖、香二字或合或分，丰富了"袖香"的意境和含义。

且看初唐三个人的诗作：上官仪《咏画障》有"新妆漏影浮轻扇，冶袖飘香入浅流"，陈叔达《听邻人琵琶》有"香缘罗袖里，声逐朱弦中"，虞世南《中妇织流黄》有"衣香逐举袖，钏动应鸣梭"。这些诗句中的衣袖都在飘香，香味来自于罗袖里，香味是随着衣袖的舞动而散发。中唐诗人元稹《三月三十日程氏馆饯杜十四归京》有"香随舞袖来"句，直指香味是随着舞动的衣袖而来的。在李康成《采莲曲》中，"袖香"更是了不得了——"翠钿红袖水中央，青荷莲子杂衣香"。本来已有了荷香，由于红袖舞起，荷香中便有了衣袖的香味。这就是"红袖添香"的一个美丽前生。

在古代诗歌中并不是只有红袖才能添香。《日出东南隅行》是从男性审美视角中诞生的代表作品，诗中没有一个字与衣裳裙袖有关。但是诗中也没有一个字是反映美女光着身子出行的，更没有一个字说添香与衣袖无关。佳丽穿了什么颜色的衣裳裙袖，就由着读者去猜想了。此处无声胜有声——这正是诗歌永恒的艺术魅力之一。该诗摹写佳丽添香，与"红袖添香"的意义几无二致。倘若《日出东南隅行》被确认为南北朝殷谋所作，那它就是"红袖添香"的雏形了。

此外，在古代诗歌中可以看到"翠袖"也是香喷喷的，照样发生了添香的情景。宋人蔡伸《念奴娇》有"翠袖笼香"，刘子翚《次韵原仲竹》有"翠袖倚生香"，无名氏《莫思归》有"绮陌春深翠袖香"，皆是。至于诗歌中的舞袖、长袖、襟袖、衫袖、罗袂等词语，往往也带出了阵阵的香味，与"红袖""翠袖"一道营造了"袖香"诗境。

四、"袖香"诗境是"红袖添香"的产床

唐玄宗的贵妃杨玉环也有"袖香"故事。某一天，杨玉环观赏张云容舞蹈表演颇受感动，写诗道："罗袖动香香不已，红蕖袅袅秋烟里。轻云岭上乍摇风，嫩柳池边初拂水。"诗中"红蕖""秋烟""嫩柳"三词很妙。"红蕖"：红色莲花；莲花在夏天开放。"秋烟"：秋季一种迷蒙景象。"嫩柳"：在春天发芽，渐渐生出绿叶的柳枝。杨玉环在描写张云容的舞蹈表演时，用夏、秋、春景象构筑了几幅美丽的画面：红红的长袖飘动，香味绵绵而出；舞者就像红色莲花在秋天的缭绕云烟里盛开，也似轻柔云彩在山岭上空飘摇还带出风儿，还如初春里软垂的柳枝刚刚拂过池塘的水面。

《赠张云容舞》诗中只出现了"罗袖"一词，但是由诗中"红蕖"二字可以推想舞者所着衣服是红色的，衣袖也是红色的。因此，这则"袖香"故事等于"红袖添香"故事；换一句话说，"红袖添香"是"袖香"诗境的产物。

晚唐人陈羽有《古意》诗，开首就有"十三学绣罗衣裳，自怜红袖闻馨香"，摹写十三岁女子学习刺绣工艺，她一边欣赏着红艳艳的衣袖，一边嗅闻着衣袖上的馨香。《古意》是生活的写照，说明"袖香"诗境源于生活、反映生活，而其蕴含的审美情趣和艺术特色却超越了现实生活，耐人寻味。

目前把宋代赵彦端《鹊桥仙·送路勉道赴长乐》当作"红袖添香"的故事典源或者词语出处的文章,并不少见。赵氏确实写得好:"留花翠幕,添香红袖,常恨情长春浅。南风吹酒玉虹翻,便忍听、离弦声断。乘鸾宝扇,凌波微步,好在清池凉馆。直饶书与荔枝来,问纤手、谁传冰碗。"词起首就说:好花被林丛留住,妙香为美人散发,常常困于深情且怨恨那春天浅淡。词中的"凌波微步""乘鸾""荔枝来"用典,典中女主角都是妙好女子,因此坐实了词中"红袖"是个美女,她散发出了馨香。比赵彦端晚生十一年的张孝祥有《菩萨蛮·回文》,曰:"白头人笑花间客。客间花笑人头白。年去似流川。川流似去年。老羞何事好。好事何羞老。红袖舞香风。风香舞袖红。"这词有趣,在红袖添香上做文章:女子挥舞红色衣袖带出了香风,她长长的舞袖因风之香而显得十分红艳。这是多么精彩、多么风流的诗意和诗味啊!

赵、张两人在创作上的描写和推演,同样是符合生活实际的。当人们回到更早前的"袖香"诗境里,就会深刻地感觉到他们(包括后来者)只是在赓续前人的风流而已。中国古代诗歌的"袖香"诗境是"红袖添香"的产床,毕竟在这张床上早已诞生了许多的添香美景。

五、结语:一幅红袖的美丽画卷

综上所述,庶几可知女子爱香、用香、周身散发香味等,都是生活的实际;把"红袖添香"理解为女人周身散发的香味,从而为一地带来了香味,增添了香味,也是不谬的。中国人读书生活与香生活同行,红袖添香与阅读很早就亲密结合了,"红袖添香夜读书"成为一种艳福。如今,"红袖添香"还多少有了"闻香识女人"的意思。这怎么讲?因为人们开始把欣赏的目光久久地停留在那些素颜淡妆、不事涂抹的知识女性身上,被她们骨子里流淌出的深沉而隽永的书香所打动。从"红袖添香"到"红袖添香夜读书",再到"闻香识女人",乃是由生活的实际向精神世界升华,这犹如人们手持画轴渐次展开了一幅红袖的美丽长卷。

　　　　刊于二〇一八年五月八日《深圳商报》

宋诗中的书香故事

一、林景熙：书香剑气俱寥落

我读徐雁《"书香"理念的来龙去脉》之后，感觉进入了一种美好的境界，还知道了宋人林景熙的"书香剑气俱寥落，虚老乾坤父母身"是"书香"一词的书证。我后来看到《汉语大词典》中"书香"词条的书证，也就是这句诗。

林景熙的《述怀次柴主簿》是依照柴主簿某诗的原韵写就的，全诗"独闭柴门木石亲，诗筒剥啄不妨频。青灯风雨多离梦，白发江湖少故人。谩读楚骚招太乙，谁听郢曲和阳春。书香剑气俱寥落，虚老乾坤父母身"。扑面而来的"独闭"令我立即产生一种孤寂感，后面"离梦""白发""寥落""虚老"诸词，读来也有些让人不寒而栗。这诗让我恍见了一位老人闭门读书、写诗，触摸了老人的思想感情与心理活动。老人隐于山中与树木花草相亲，往来的友人少而又少。他在光线青荧的油灯下梦起梦落，还尽是些怀乡的梦、离人的梦。自骗自地读着楚辞《离骚》诸作，期待见到东皇太一。谁会听"郢曲"和"阳春"曲呢。书籍的香味和满腹的才华已是很寂寞了，等闲地老去吧，顺应自然吧——这具受之于父母的身体。全诗写出了老年人的景况和心理，格调是沉郁的。

我玩阅林诗中的"书香"和"剑气",一文一武,还很对仗。而在下姓名中有一"斌"字亦为一文一武。不过此时我要向林景熙致敬。

林景熙,字德旸,号霁山,浙江平阳人,生于一二四二年,卒于一三一〇年。他在宋亡后不仕,隐居于平阳县城白石巷,名重一时;他一生留下诗文十六卷,是南宋末期著名的爱国诗人。今天不少人把"书香"一词的书证甚至出处,都着落在林景熙的诗作上,是大得人心的事情。

二、胡宿:芸掩书香汉阁深

我继续读诗,在多首宋诗中见到了"书香"一词。我可以肯定地说:有好几位比林景熙出生要早的宋代人士,他们在吟作诗歌时运用了"书香"一词。

胡宿,字武平,江苏常州人。胡宿生于九九五年,比林景熙生年早二百四十七年。他生前担任高官,位居枢密副使,有好名声,死后谥文恭,欧阳修为其撰写了墓志铭。胡宿在创作诗歌中运用了"书香"一词,其诗《送钱子文著作宰福阳》道:"三政平反有惠心,民歌遥望邑中黔。桃翻浪影吴艎急,芸掩书香汉阁深。行访名山须著屐,坐清嚣俗且横琴。西州有客偏伤别,无密瑶华寄好音。"

在这首送行诗中,不仅抒发了惜别之情,还想象了友人在新的生活环境中的美好生活,并希望友人在新的工作岗位上做出好成绩来,等等。值得大赞的是,胡宿把"芸掩书香汉阁深"当作了美好生活之一种。这是一种什么生活呢?乃是藏书、读书、校理书籍的生活!何以见得?"芸"是一种香草,古人在收藏书籍时用以防虫。"芸"在古诗文中常指藏书之处。"汉阁"是汉代天禄阁的略称。天禄阁有大量藏书,大学者扬雄在此校书。在胡宿笔下,友人藏书的地方满含和弥漫着图书的香味,他在里面藏书、读书、校书。这是我所见宋诗中最早运用"书香"一词的作品。

三、赵师吕:洞开扃户透书香

宋太祖八世孙赵师吕,是光宗绍熙四年进士,官至司封郎官。赵师吕路过山阴时,看到晚辈希璩恰好乔迁新居,就写了首贺诗,题目是《过山阴希璩侄新居》。诗把新居夸得不行,说它是美轮美奂、高大众多的房子,这房子大到似乎能连接到海外,连接大门处的院墙可通过四匹马牵拉的车;在户外的青翠植物映照下,堂内窗帘成为翠色欲滴的画面,能愉悦人的心情;主客坐在清朗的光辉里晤谈,兴味悠长。赵师吕除了极尽描写之能事外,还不吝笔墨地介绍前来祝贺新居落成的人们发出了无数的吉语贺辞,众多的平民也来向主人家祝贺。切莫以为赵师吕写这些,就嫌赵师吕俗气。赵师吕是个有情怀的人,还很有书卷气。

我以为夸赞新居的最出色之诗句便出现在赵师吕此诗中。且看:"美哉轮奂构华堂,如鸟飞兮接大荒。广植门墙容驷马,洞开扃户透书香。满帘湿翠怡情远,入座清晖引兴长。会见祝言千万载,纷纷燕雀贺高堂。"毋庸置疑,全诗走笔至"洞开扃户透书香"一句,陡起高峰。为什么这样说?因为赵师吕告诉我们:新居无论是敞开的还是关闭的,都散逸出图书的香味。有赖于赵氏之笔,可知宋人把新宅子能散发出书香,看作了非常美好的事情。莫非在那时,能发出特殊香味的图书已是家装中必须的元素了。

四、卫宗武:堂基千载书香在

卫宗武,生年虽然不详,但是已知他在一二四一至一二五二年担任朝官,卒于一二八九年。卫宗武《赓沈赞府题二陆草堂·其二》曰:"落木萧萧古寺秋,翠屏如画雨初收。堂基千载书香在,谁为机云记旧游?"二陆草堂是晋人陆机陆云的遗构。先有时人沈赞府为草堂题诗,卫宗武接着写了两首诗,这是第二首。诗很好懂。前两句摹写秋景雨情,写了古寺都似乎不堪领受萧萧落木的掩映,青绿的山峦在一场秋雨后如画儿一般。后两句抒情:草堂的基础千百年后犹存人间,图书的香味和阅读的风尚也继续着,那厢是谁还在为陆机陆云存录着他们的旧游啊?

五、黄裳等:诗书香、秘书香、文书香

一〇四四年,黄裳出生了,三十八岁时考取状元。黄裳是一名文官,朋友中有苏门四士之一的晁无咎。有一天,黄裳写《简无咎学士》诗,给在远方的朋友。诗不仅忆旧,还期望再次与晁无咎欢聚。全诗比较长,其中一些诗句是描写(或者想象)他人的生活及其生活场景、人际交往等。我又于黄裳此诗中看到了"书香"二字,不过这一回它变身为"满榻诗书香数缕"——在友人的床榻上摆放着许多诗集、图书,它们散发出了缕缕的香味。另一位叫陈著的诗人,出生于一二一四年,担任过白鹭书院山长。他在诗中也用了"诗书香",曰:"蚁翼只为黄昏忙,鹄心自与青天长。世人皆失我独得,春风浩浩诗书香。"(《次韵梅山弟醉吟 七首·其五》)两首诗中的"诗书香",其实就是书香。

福建福清人敖陶孙,生于一一五四年。有宋一代,敖陶孙在诗歌创作上有名。他有一首寄赠诗,名叫《寄福清翅山舅陈梦寔》。全诗二十八句(略引),也写得明白,知道此时诗人离开老家、行走江湖至少五年了,在与书相伴的生活中,常常思念家乡,梦里回到故里、家中,种种情景,甚至儿时。诗人感谢在读书生涯时舅舅陈梦寔对自

己的教诲,自称"欠甥"——亦即未能报答舅舅之意吧?从而表达了渴望回乡探亲的心情。

诗人回忆读书学习的往昔,当时的情景浮现在眼前:"屋头荼䕷定过墙,满窗日色文书香"。美丽的荼䕷是攀援植物,六七月开花,花繁叶茂。在诗人读书的斋堂能看到荼䕷爬上了墙头;视线拉近,又看到阳光与树木花叶合作,在窗户上形成影斑光色。这斋堂还有什么呢?还有文书香啊!"文书"者,书籍和文章是也。其实,"文书香"就是书香。在这个故事中,荼䕷花和文书香的联袂登场,美妙无比,理趣盎然,书卷气和清馨风向我徐徐飘来。

无独有偶。还有个姓名中带"孙"字的人,咏出了"秘书香"的句子。这个人叫高似孙,与敖陶孙几乎前后脚降生。他是淳熙十一年进士,传世著作有《疏寮小集》《剡录》《子略》《蟹略》《骚略》《纬略》等。有一天,高似孙对一种植物动情了,写诗摹画和赞美它。他的题为《木香》,写:"下帘深与意商量,无酒何如此夜长。一树木丝仙有分,依然只作秘书香。"木香又名七里香,是一种可长到五六米高的蔷薇科灌木。辛卯三月廿四日,我在西湖见过木香,那一面木香花墙,在稀疏的叶子中,白色小花簇簇拥拥、浮浮扬扬。木香花散发出强烈香味,四处弥漫。我知道在中国花文化史上,木香是中国十大香花之一;在香味分类学上,木香代表了一种香型。可是在高似孙怎么看木香之香呢?高诗人只用"秘书香"便表达了意见。"秘书",指秘密机要的书籍和文件。说到底,"秘书香"也还是书香。让高似孙最难忘的旧日故事,还是读书和学习生活,宛然书香悠悠情。高似孙用书香来形容木香花的香味,是对植物木香的高度赞美。高似孙,字续古,号疏寮,浙江绍兴人。他生于一一五八年,卒于一二三一年。高似孙逝后十一年,同为浙江人的林景熙诞生。

六、结语:最是书香能致远

《现代汉语词典》(商务印书馆,第五版)"书证"词条的解释有两项,其中第一项是"著作或注释中有关词语的来历、意义、用法等的有书面出处的例证"。据此,我们写文章也好,编撰工具书也好,在上述关于"书香"一词的宋诗故事中,显然把胡宿"芸掩书香汉阁深"作为"书香"词条的书证,相比较来说更加科学、合理。徐雁先生在文章中对于林景熙"书香剑气俱寥落"作为"书香"的书证,也只是说"或为最早"(详见《"书香"理念的来龙去脉》,《书林驿》二〇一七年第三期)。

那么,"芸掩书香汉阁深"是不是"书香"一词的来历呢?考索"书香"与诗歌关系是很有趣的。我对宋代前后的诗词作品,也有查阅,到目前为止,我未见到在五代以前的诗歌中有使用"书香"一词的作品。在明、清诗人的作品中,"书香"一词比较常见了(我会为此再写一篇文章)。我现在也只能说"书香"一词诞生于宋代的可能性很大。

从胡宿出生,经赵师吕、卫宗武、黄裳、敖陶孙、高似孙、陈著,到入元不仕的林景熙去世,历经宋太宗至元武宗,时跨公元九九五年至一三一〇年。他们诗歌中的"书香"代表了有宋一代书香社会的基本情形——

收藏书籍、爱惜书籍,用香草之类防护蛀虫害书;以阅读为要务,书籍不仅摆放在书架、书箱中,甚至床榻上也都放满了图书;在精神生活层面,无论是回忆旧时的生活,还是祈祝友人的新生活,图书与阅读在脑海里居于不可或缺的地位;在欣赏花卉时,尽管木香花花味浓郁,却要用书香形容之;在物质生活中,起建高堂华屋固然可喜可贺,但是新居不能少了图书的香味,"书香"一词竟成了夸赞新居的最美辞藻;在思想观念中,尽管晋代世家大族的旧居已然残毁了，但是他们的图书香味和阅读风尚仍然继续着，从而展示了书香门第的意义。

宋诗中的书香故事还有没有了？当然有。我以为今人续写书香故事更为重要。因为，最是书香能致远。

戊戌正月十九日途次开普敦，稿成。

刊于二〇一八年第二期《书都》

包拯后人藏匾小记

浙江松阳有包拯的后人。经史志工作者考证,包拯次子包绶之后包仁爱松阳一方水土,徙居于此,开创了包氏在松阳的基业。这个基业继续生息和繁衍,至今已有屋洲水竹等九个包氏支系。不久前我在松阳遇到的包拯后人,属于横樟支系。

包拯故里在合肥,我岂能无文?我曾经发表《包河秀色》,尽显我对乡贤包拯十二分的钦敬之情。在松阳,我甫一知道陪同我考察传统村落的小包是包拯的后人,思念合肥之情油然而兴。我对小包说,今在合肥包河畔有包孝肃祠堂、包拯墓等遗迹,包孝肃祠堂是你们的祖庭,应该去拜一拜啊。小包愉快地答应了,并说起包拯后裔在松阳的聚落地情况。

小包的家就在大东坝镇横樟村。小包邀请我再到松阳时,一定要去他们的横樟村看一看。我也愉快地答应了。我生于合肥,长于合肥,与众多合肥人一样:我们的文化血脉中有包拯的故事。我哪里会拒绝这样的机会呢?可是在我再去松阳的日子还不知道在脑海里哪个旮旯的情形下,我竟向小包提出一个要求:你们村既然保存了许多匾牌,能否把匾牌照片给我看一看?

我确信他们保存了匾额。我急切想见到这些承载了许多历史信息的文物。小包满足了我的要求,很快就向我发来像素很高的匾额照片。这十一块匾额分别写有:翰墨流芳·绍熙伍年,熙朝外翰·康熙五十三年，文苑雅望·乾隆三十五年，凤纶荣寿·乾隆三十六年，圣代储英·乾隆四十一年，孝肃遗芳·乾隆戊戌（即乾隆四十三年），硕德可风·乾隆四十四年，节孝·同治十三年，节孝·光绪三十三年，冰清玉洁·光绪三十四年，贡树分香·宣统庚戌（即宣统二年）。

我只抄录了匾上的正文和落款时间，其余的官样文字和立匾人姓名等未录。以上匾字多是吉语，试析如下：熙朝，兴盛的朝代。外翰，有地位的文人之家。凤纶，形容既圣德而又儒雅的官吏。荣寿，与"高寿"近义。硕德，指大德之人。贡树分香，语出孟浩然《兴雅志·科第》中"贡树分香，预卜他年卿相"，大意是说未来仕途兴旺。

据说在二十世纪"文革"初起之时，横樟村一些藏有匾牌的人家，听说抄家队伍就要到村里来了，匾牌属于要抄没并焚烧掉的"四旧"。这些人家却都认为匾牌是有文化价值的，必须保护起来。他们想到了一个办法，就是把匾牌固定在墙壁上，然后用木板装钉在匾牌外面，匾牌们被木板一一封闭起来。就这样把抄家的人糊弄了过去，十一块匾牌全部保存了下来。"文革"结束后的一天，各家把自己保存的匾牌拿出来，由专人集中保管起来。

我仔细看去，看到的都是老物件，不禁唏嘘不已。十一块匾牌好不容易留存至今，还将继续向今人以及后来者传递着包拯的家风谱韵。

二〇一七年十二月十八日

施培毅的松萝诗与徽州文

当下,越来越多的人呼吁"黄山"复名"徽州",更多的人们早已喜欢上了徽州文化。这令我想起了对徽州一往情深的老报人施培毅先生。施先生行走江淮大地,热爱这方热土,写下了许多记录与讴歌乡邦人文故事的文章诗词,至今犹在人间流传。施先生的"松萝诗与徽州文",即《松萝茶》诗与《古黟新语》《屯溪杂记》《仙霞·云梯·千秋关》三篇文章;它们皆有出处,是记忆徽州、弘扬徽州的好诗文。

一、《松萝茶》诗

施先生的诗歌《松萝茶》闻名遐迩,共四句:"沁脾芬芳胜绿金,松萝灵秀孕奇珍。三杯能解千日醉,还我龙马好精神。"这首诗流传广泛,但征引者不知道这首诗的作者为谁,都写作"老人""文人""前人"等。我曾经跟施先生说:你自己(或者请人)写篇文章拨乱反正吧。他没做这事。不过施先生珍视自己写于"文革"期间的诗词,编辑出版了《文革打油诗存》,其中收录了《松萝茶》;诗末说明:"诗歌《松萝茶》原有后记云:听纪公德同志说松萝茶可治高血压,因向徽州记者站站长鲍杰同志询问松萝茶情况,他主动为我购得一斤,特写七言四句答谢。一九七六年七月十日。(按'千日醉'者,指《往事》诗发待罪三年也)。"

很多人不懂"千日醉"是什么意思，就随便解释或者想象。今从施先生的说明中就可知这首诗的创作背景与"千日醉"何解了。

二、《古黟新语》

《古黟新语》，四千四百字，发表于一九六一年八月十七日《安徽日报》。文章既写出了黟县的人文厚重，也表现了黟县的欣欣向荣。文章开首写前往黟县的沿途风光，游记味道浓郁："忽然云气弥漫，刹那间一阵急雨迎面扑来，雨珠在绿树、翠竹、丰草上欢跳，著名的齐云山（即白岳）在烟雨飘摇中闪过眼底，令人心旷神怡，暑气全消。过了渔亭，雨住天晴，汽车降低了速度，原来车子已离开屯景线转入渔（亭）黟（县）支线，公路变得崎岖多险了。可是旅客却活跃起来，很多人都舍不得离开窗口，议论纷纭地指点桃源洞、浔阳台等名胜，争看溪山秀色。记得过去有人写道：'只应黟县溪山胜，尽在渔亭驿舍前。'虽然事实上黟县的溪山胜景并不全在渔亭附近，但自渔亭而上，确实风光袭人，远山近树，云烟飘渺，又值雨后乍晴，使人不由得低吟明代诗人祝允明的佳句：'千岩雨过浮青嶂，万木春深滚翠涛。'恍如置身于新安画派的山水画中……降入了一个群山环抱的盆地，到了古老的黟县城。"

这样的描述，已经有古风扑面而来了。施先生接下来写古书记载的墨岭产石墨，黟县的"黟"字大概因"黑多"而来。上溯秦末汉初，这里曾经是大县，人口达到五十多万，以后不断缩小，人口减少，人口最少时只两万多人。黟县碧山风景清佳，引来了李白，他登山留下"问余何事栖碧山，笑而不答心自闲，桃花流水窅然去，别有天地非人间"。又有"磨尽石岭墨，浔阳钓赤鱼，霭峰尖似笔，堪画不堪书"。所写符合墨岭脚下浔阳台（亦名"浔阳钓滩"），以及其旁深潭碧水中出产赤眼鱼的自然环境与特产。石刻"浔阳台"传为董其昌手笔。"桃源洞"又叫"樵贵谷",传说曾有人走进去发现十几户人家,于秦时逃避暴政来此隐居。桃源洞一带有青山、古树、小桥、流水、翠竹、桃花,尤其到了三春时节,微风过处,绿竹拂袖,桃花沾衣,令人流连忘返。淋沥山有"淋沥八景"之妙况,但因有秦桧出生在淋沥山麓的传说而有人对之侧目而视。文章笔锋一转:"黟县是否出秦桧这个人,丝毫无损于这里的大好河山,黟县是美丽富饶的,这里气候温和,雨量充沛,山坞里有大片良田,大部分山峰都是盛产各种经济林的宝山。它的出产除了粮食,还有苎麻、茶叶、香榧、药材,地下藏有煤、铁、石墨、瓷土等。"

施先生关注黟县交通问题,叙说清乾隆年间曾从黟城以东凿山开道,建成一条山路——"栈阁",路在危岩百丈与乱石深涧之间,一位当地诗人写:"栈阁依稀蜀道难,石门仿佛剑门关。"一九五七年元旦开通的渔黟公路给当地带来了方便,境内修建公路的工作正在进行中。文章在简述当地革命传统史话,介绍新中国成立以来黟县全境社会、经济、民生、文教等方面的发展后,以"阳光十分明澈,山峦格外瑰丽,溪流无比欢畅,丛林如茵,山花似锦,一个富饶美丽的新黟县正在社会主义的大道上疾驰"结束了全文。

三、《屯溪杂记》

《屯溪杂记》,五千三百字,发表于一九六一年八月二十七日《安徽日报》。文章分为"往事拾零""透视'小上海'""'屯绿'今昔""锦绣前程"四节,旁征博引,说古道今,闲话屯溪之由来;淋沥山、祖山、乌聊山、东原故居、东原读书处、洗砚池、戴东原纪念馆、阳湖镇、营盘山,以及黎阳镇、"贺齐屯兵"之说等,娓娓道来,如数家珍。之后,将"屯绿"的作用轻松地带出:"大约总在一百年以前,屯溪是个只有八十三户人家的村庄,它开始变成一个小商埠,首先当然和外销绿茶'屯绿'的利润可观而引起了不少商人的追逐有关,'屯绿'的外销大约起始于一八二〇至一八五〇年间,屯溪出现经营茶叶的商号大概也总在这个时间之内……""屯绿"是文章重点与亮点,涉笔美好而欢快,似乎洋溢出新茶的香味。

文章还重视徽州文化,不惜笔墨。如:"墨厂生产具有悠久历史的徽墨,也远销日本、南洋各地。"又如:"成立于一九五九年的徽州专区徽剧团,它是省徽剧团小弟弟,但是聪明的小演员们在老艺人和教师的辛勤教导下,已经排演了十多个徽剧传统剧目,使徽州地区这朵古老的鲜花,重新开放在新安江畔。"

四、《仙霞·云梯·千秋关》

《仙霞·云梯·千秋关》,八千五百字,发表于一九六一年十月十五日、十八日、二十日《安徽日报》。文章写了宁国的人情物事。宁国现为县级市,新中国成立后有两次归属于徽州专区,至一九八〇年一月改属宣城市。徽州文化圈一直有宁国一席之地。

文章开首点明了去宁国是夏末秋初的一个晴天,四人坐上敞篷货车奔驰两个多小时后,到达第一个目的地"仙霞",之后步行十余里,经过"云梯",到达最终目的地"千秋关"。晚唐罗隐《送梅处士归宁国》有"殷勤为谢逃名客,回望千秋岭上云"。南宋时期设立"千秋关",据说以之抵御金兵。南宋后,这里几乎完全被人遗忘,是个道地的所谓"荒山野谷"。约在一九五七年间,有人发现千秋岭一带散居着一百一十多户从浙江省迁过来的畲族同胞。仙霞、云梯都是集镇与生产大队。云梯大队总支书记蓝锦福就是畲族。云梯大队环境幽美,大队部门前有一棵古老的银杏树,村前村后还有不少板栗树和核桃树都是结实累累。山坡下面有一条清流淙淙的山涧,两边是一片连结到仙霞长达十余里的肥沃的谷地，大多种着水稻。"跑到山涧底下，眼底忽然收进了一种奇妙的景色，原来这附近的山上大多开有梯田，种着水稻，有些梯田从山底一直开到了山巅，从涧底向上望，那些碧绿中杂有金黄的晚稻和中稻，犹如挑金的绿绒地毯，一层台阶一层台阶地向上铺去，竟然铺进了云端……""云梯"这个美妙的地名来由跟梯田有关。"同是山水……新安山水的主要特色，是奇幻的岩石，诡谲的云雾，郁郁苍苍的林木，那是一种未经多少雕琢的大自然的奇珍；而这里的山水林木中却有一股强烈的富饶的田园气息，袭人欲醉"。"空气忽然变得润湿清凉了，在千秋岭上正有一片银灰色的雨云缓缓上升，接着位于南方的附近这一带最高最大的那座山——汤公山上又冒出了一片带有暗红色的乌云……不到十分钟云气就淹没了群山，紧接着就是迅雷疾电，一声声直震得我的全身骨节都隆隆作响，倾盆暴雨，从它落下的第一分钟就使得二十多步以外百物莫辨。这样的雷电！这样的暴雨！真是大自然最壮丽的奇观"。

　　文章续写在千秋岭的三天，爬了十几个山头，访问了许多畲族同胞，登临了千秋岭，"凭吊"了千秋关。"一幅幅畲族和汉族农民并肩开发千秋岭的图画，在我们的眼前展开"。关于这里被发现的故事，发生在七八十年以前，河南省的一户农民来到了千秋岭下，看到一片盖满了野草的谷地，拨开草棵，田塍沟洫，宛然可见。可是他们一个人也没有碰到。后来看到一片完整的瓦房，准备当作落脚的地方。才进了门，屋里的一些家具还是完好的，只有桌椅上积了一寸多厚的尘土；转身走进一间卧房，首先映入眼帘的是一架精致的雕花木床，罗帐低垂，轻轻动一动帐子，帐子便成了一摊灰，床上一条锦被下面竟覆盖着一副完整的尸骨。这个死寂的小山村共有三十六间房屋荫庇着二十多具枯骨。这就是小村庄名为"三十六间"的由来。

　　文章依据宁国县的旧志考证村里人忽然都死去了，与发生在太平天国时期的大瘟疫有关。畲族同胞是在大瘟疫之后陆续从浙江南部的景宁、龙泉、遂昌等县向千秋岭迁移的。他们把这些久经荒芜的田园恢复得像一片没有人烟的"世外桃园"。但是，被恶势力侵扰与抢掠，直到新中国成立。文章讲了两个关于畲族形成的传说，根据新中国成立后报刊上的一些报道，认为"畲族人民主要聚居于福建、浙江、广东等省的一些深山密林之中，少部分与汉族杂居，整个民族只有雷、蓝、钟三姓，共有二十万人……他们不仅一直处于刀耕火种的落后状态，而且有少数与汉族杂居的畲民甚至于设法隐瞒自己的民族身份"。

文章还写了一行四人很想了解畲族特有物品、生活习俗以及民歌，但是收获不大。他们按照原定计划"凭吊"了千秋关——山间要道上拦腰筑起的一座笨重的石头城。城头上"千秋关"三字已经不太醒目了。城墙被拆去了一节——为了建公路的需要。千秋关两边全是大片竹林，记得不久前读清朝人宋永岳《亦复如是》有记"竹米"："较麦稻米稍长，微青色，外包薄衣数重，有若麦然，结实于竹之稍，稠聚密攒，累累相属……春揄簸蹂，则灿然米也，作饭味似麦米，而一种清香之气，扑人口鼻。"遂询问蓝书记此地有没有竹米，得到了蓝书记肯定的答复与介绍，从而证实了《亦复如是》所记竹米的形状是正确的。因此写道：竹米的形状和味道"简直就是大麦"；只有一种箬竹才生竹米，六十年才生一次；竹米三四月成熟，产量不少，有的人家竟收了三四石。收竹米并不完全是件愉快的事，宋永岳说："其结米之竹，寻即枯死。"

五、诗文简评

松萝茶产于休宁的松萝山，人文历史悠久。松萝茶在明清人士笔记中出现。在对松萝茶的记录与歌咏方面，这首《松萝茶》填补了施先生所处时代的空白。从这首《松萝茶》发布起，距今整整四十年；我再三读之，每每有新的感受。施先生写诗答谢徽州的同事，笔下真情充沛、风物美好；强调了松萝茶的益寿健身，张扬了徽州的钟灵毓秀。

施先生的《古黟新语》《屯溪杂记》《仙霞·云梯·千秋关》，都写作于一九六一年夏天开始的徽州采风活动中，陆续刊出，合计一万八千余字。总的来讲，它们具有形散而神不散的散文特质，具有包括时间、人物、事件等要素的通讯特点，具有纪实性强、文学色彩浓的报告文学特色。施先生发表"徽州文"，距今已有五十五年了。

施先生上述诗文极少有时文的毛病和八股的气息，较多地表现了徽州人文历史、风物特质、地情民俗，特别是非常关心徽州的经济发展与民众生活，因此它们足以沉淀下来，是可珍视的徽州地方文献。

刊于二〇一六年第八期《小康生活文明风》

品读杂记拾遗

二〇〇五年间,安徽文艺出版社约我编注《千古杂记》,其体例是原文、注释、简评。当年社方弃用了近四万字。我对诸多杂记的解评文字是我私人阅读史的一部分。今析出被弃用的解评文字,一一列题;文末附原文作者名和篇名。

其人鬼且机

附丽在"息壤"上的种种说法,被柳宗元这则短短的杂记拨乱反正了。文中说,修建龙兴寺一所殿堂的人们之死,是由于劳累过度和被传染上了流行的瘟疫所致,与"息壤"和天谴无关。我同意"土乌能神"中朴素的唯物主义观点和无神论思想。请注意柳氏笔法也非常了得,如"其人鬼且机""寺之人皆神之,人莫敢夷""亡其说""异书"之类,都为"土乌能神"做了强有力的铺垫。

在今天,我们除了要接受这则杂记有益的启示外,还应当以遵循自然规律的科学观办事。否则,必然会出现伪科学之类的"异书"和邪说。(柳宗元《永州龙兴寺息壤记》)

用愚弃贤还是……

在历史这个大舞台上,唱主角的大致两种人,一是贤能的人,一是愚蠢的人；上演的主要内容：兴办事业和毁坏事业，循环往复。

由于全义县官民被"吝且诬"的大愚蠢主宰多时，致其北门毁坏多时无人复兴，直到卢遵先生来这里主政，情况改变了。卢县长在经过调查情况、征询意见、请示上级之后，被壅塞多年的北门得以重建一新，又服务于大众百姓和社会生活了。这件事情有力地强化了作者在本记开首亮明的观点，即"贤者之兴，而愚者之废""复其事必由乎贤者"；还带出进一步的结论："由道废邪，用贤弃愚。"

话是这么说，理也应如此；可历史往往走的是"由邪废道，用愚弃贤"的路子。（柳宗元《全义县复北门记》）

美景，情怀，画意

我们跟欧阳修一样，并没有亲自游历真州东园。欧阳修看了许子春的真州东园图样，听许子春的有关解说，写成此记。他写得好、绘得真吗？真州东园早已灰飞烟灭，只有此记长存。

此记第一段是写真州东园的来历，简单扼要。欧阳修的兴致发挥在第二段。他写方位，"流水横其前""清池浸其右""高台起其北"；写静景和动景，澄虚之阁、拂云之亭、啸歌而管弦、鱼鸟之浮沉……还能依照新旧之别烘托出今日东园的美景。第三段则抒发了宽简为政、与民同乐的治政情怀，着墨也不多。

此记条理井然，层次分明，前人早有"创意立法"是"前世未有其体"之评品。在欧阳修一支妙笔的引导下，我们沉浸在意境优美、神韵缥缈的画意中。（欧阳修《真州东园记》）

凌虚

"凌虚"，我很喜欢这个词。你看，它有水而不多，也只是两点水;它以虚空无有来自明心志……

这篇关于凌虚台的杂记却是应命之作。凤翔太守陈公是时任凤翔府签判苏轼的长官,他在为台题名"凌虚"之后,向苏轼"求文以为记"。结果求得一篇慷慨畅达、笔力遒劲的杂记。春风得意、意气风发的苏轼,先叙筑台"之所以",又点出台之高与"山之踊跃奋进"相呼应的气势,复写登高望远眼前所见之破瓦颓垣、丘墟垄亩景色;一句"欲求其仿佛,而破瓦颓垣,无复存者",在论理中抒发兴废存亡、得丧成毁之见。

如此看来,此记带着我们走进了虚空无有的时空,苏轼与我们一道品味着古今兴废得失的相因相寻。(苏轼《凌虚台记》)

不骄,不辱,不倚,不惧……

文与可爱竹,我也爱竹,不仅家里悬有墨竹图,室外花池里还有一排青竹。读这篇杂记,仿佛度吟了一曲"竹颂"。

苏轼此记,写文与可为什么爱竹,写竹为什么能得到文与可的爱,都是为颂竹张目。在激情饱满的笔意里,文与可的风范和竹的节操渐次立了起来。原来竹亦如人、人也似竹,都是"得志,遂茂而不骄;不得志,瘁瘠而不辱。群居不倚,独立不惧"。所以颂竹亦是颂人。作者在文末还自明心志:要随文与可学画竹并将竹画藏之室,终日相伴……

穿越时空,青竹依然婆娑,月光在微风中摇曳,恍如还在唱着那曲"竹颂"。(苏轼《墨君堂记》)

无愧于中,无责于外……

宋神宗元丰三年(一○八○),苏轼谪居黄州,苏辙去看他,并同游武昌西山，写了这篇杂记。其三段文字应当这样来读：

第一段写九曲亭记所在的大环境——让子瞻"意适忘反，往往留宿于山上"的地方。第二段写林麓向背之间、风云变化之中，"废亭"现也，但它竟然让子瞻睥睨终日；直到九曲亭建成，子瞻因"西山之胜始具"而成为最乐的人。第三段深入贤兄心中之景：子瞻以适意为悦，所以能装得下无穷无尽的天下之乐。全文以"无愧于中，无责于外"作结，多了许多意味。

朋友们，让心安稳，随遇而安，适意就好。（苏辙《武昌九曲亭记》）

贤官的惦念

吴县"一把手"魏用晦，因为朝廷识拔任用他，不得不离开吴县。在京中做官三年，还念念不忘吴县的山水和人民。当年他离别那里时，就有人知道魏大人的惦念之心将会浓缩而持久，就绘画了一幅《吴山图》，赠予这位父母官。这一阵子，给事中魏君郁郁寡欢；我们也没有办法为他排解——因为他是犯了思情。又一天，他拿出《吴山图》与我们的作者一道，展玩良久；复请作者为这幅图写一篇记文。作者欣然应允。

这篇杂记四段，第一段记叙郡西诸山皆在吴县，第二段记叙吴县民感县令（即"余同年友魏君用晦"）惠爱，赠以《吴山图》。第三段记叙因县令诚贤，其地山川草木亦被其泽而有荣。又用"昔苏子瞻称韩魏公去黄州四十余年……"的典故，说明贤于其所至，不独使其人不忍忘，亦不能自忘于其人。这也是本文的主旨。第四段说明作记缘由。

在作者冲淡平易的笔墨之下，魏用晦与他曾任县令的吴县百姓间双向的怀念之情，洋溢于字里行间；嚼之似橄榄，余味深长。（归有

光《吴山图记》）

山容野服苏东坡

苏东坡历经宋仁宗、英宗、神宗、哲宗四朝，因在政治斗争中处于劣势，一再被贬，先后被排挤到杭州、苏州、徐州、黄州、颍州、扬州做官，最终被远贬到惠州、海南岛等地。即使被贬，苏东坡都还是官场中的一员，他从没有真正过上"山容野服""寒江独钓"的隐逸生活。苏东坡在作品中表达了对隐逸生活的向往，他也有过隐逸生活般的片刻欢愉。可是现实中六十五岁且已体弱多病的苏东坡，面对宋徽宗一纸诏书还是得挣扎着赴朝待用。不过这一次皇帝再也不能对他予取予舍了，苏东坡于返朝的次年在常州驾鹤去也。

世上丹青高手无不是知识分子，无不为前辈苏东坡身世所感，他们便在各自的作品中表达着对前辈人格的敬意和人生的诠释。《东坡笠屐图》就是这样的作品，它震撼了陆树声，促使其熬炼出四十五个字的题记。有赖于陆氏题记，我们如见画幅，能够穿越时空各自与东坡居士做灵魂上的对话。

陆氏的题记没有写画作画得如何如何，但是他抓住了画作的表现主题是人们"争先快睹"的，这就褒扬了画作及其画家的艺术水平之高，给人们留下了丰富的想象。

其实，不论是"冠冕在朝"还是"山容野服"，我都因苏东坡的人格魅力和文彩丰神而对他持无比的敬意。我知道，人们痴望东坡居士远离官场，过着山容野服的生活；用苏东坡这一知识分子的典型命运作为文艺的表现主题，是人们在唾弃着内心中对官场的厌恶之情。

苏东坡的命运已经定格，"苏东坡"的名字亦将永远与"冠冕在朝"的现实和"山容野服"的心景联系在一起了。（陆树声《题东坡笠屐图》）

一梦三境

我亲戚中有一位人士特爱做梦,梦后能将梦中事情娓娓道来。我听得很有味道,常鼓励她莫如把一个个好梦孬梦记下来,找机会出版。这些年中,连《解梦大辞典》之类的书都可以出版,有何不能出一个美女的稀奇古怪的梦呢?可是她无意于此。徐渭这篇写梦的杂记,勾起了我对美女多梦而不能记梦的记忆。解析此记,有人比我内行。他说——

此记写梦中所到三处,一是坦易之道,二是山北的衙署,三是一幢道观;其不同境遇恰恰反映出做梦者徐渭人生路上的不同境遇,是其一生的写照。

我无意在这里记述已有史官记述的徐渭生平事迹,解梦者也自有依托。我想说的是,梦不是容易记下来的,专门有心记下自己的梦的人不多。大多数人不过说说而已。徐渭一生为文作画,写文章是其书生本色;他至死都看重自己一度作为总督胡宗宪幕宾(也算入仕途)的政治生涯。他有很多素材可写,他甚至于在胡宗宪被构陷入狱、政治气氛凝重的情况下,写文为胡宗宪鸣不平。他写此梦无非两点:一、从他真有此梦来讲:他十分重视此梦,记下梦境以反复把玩、推解。二、从他并没有做这样一个梦,而是杜撰此梦境并行之于文来讲:这就是他将一梦三境作为自己的人生写照。所以,这篇杂记是我们感知徐渭的一个重要材料。也许,正是因为徐渭排解不了梦中的诸如此类、排解不了人生之旅上的坎坷,陷于亦梦非梦的错乱中,他精神畸变成疾了。(徐渭《记梦》)

围观要用用脑子

两个被剪去双须的"松间大蚁"盲目恶斗,至死不休。几个儿童围观这个场面，蓦地一个大脑袋伸进场内。袁中郎这个大脑袋不解：为什么要剪去蚂蚁的双须？儿童告诉他，双须是蚂蚁的双眼，没了双眼，既不能行走又看不见一切，它们恼愤得以死相搏。（袁宏道《斗蚁》）

自古导演出少年

由人来导演蜘蛛之间的逗勇斗狠、缠闹厮杀，真是匪夷所思。袁宏道好友、少时玩伴龚散木就有此所思所能。

少年龚散木瞅准了蜘蛛具有自私凶残的本性，按照黑色为上，灰者为次，杂色为下的原则，选拔培养雌性蜘蛛"杀手"；利用母蜘蛛爱子心切心理，在"女杀手"之间挑起战事。为增加玩耍情趣，龚散木还给各个"女杀手"起了诸如"夜叉头""喜娘""小铁嘴"这样的名字。

此记描写斗蛛：起初还稍敛其性，只以足互相撩拨；但撩得性起，便凶相毕露，"猛气愈厉，怒爪狞狞，不复见身"。

此记为作者在京任教职期间所写。是不是京中的孩子们玩的东西太少或者太缺乏创造性了，令作者想到了"甚聪慧"的龚散木及其发明和导演的斗蛛？（袁宏道《斗蛛》）

追念的力量

这是追念往事的杂记。

袁继洲为人质朴正直，温厚善良，但"饮啖任情且多，不戒衽席"，以致有病而亡故。他的继子对山不仅创下大大的家业，还因为勤修佛事，能够寿终正寝。作者写袁继洲时已经借其口中之言，说清楚了"恣意任习""流遁"的害处了；又写对山"勤修西方"，对比尤

为强烈,加大了文章的教育力度。(袁中道《书继洲及对山事》)

卧游横塘

《宋书·宗炳传》:"(炳)有疾还江陵,叹曰:'老疾俱至,名山恐难遍观,唯当澄怀观道,卧以游之。'凡所游履,皆图之于室。"所谓"卧游",即指欣赏山水画以代游览。

《江南卧游册》似是画家李流芳创作的组画册叶,"横塘"者是其中一帧。他时常拿出册叶,欣赏画中山水和过往的游历。画家为"横塘"画作写了寥寥百余字的题记,记中写横塘一带山夷水旷、小桥流水人家的优美景色;追记二十多年前与友人因阻于风到横山下,松竹修美,小桃树应时花开,自感身入仙境的情景;末段交代作画与题画过程。读此记如见"横塘"之作,颇觉湖山可亲,心胸豁然开朗;诗情画意,耐人寻味。(李流芳《题词〈江南卧游册·横塘〉》)

戏说名号

作者对黄省曾的品质的描述,就"风流儒雅,卓越罕群"一句;此后便由其"山人"之号发凡,大谈其与山的五大关系;由而在其"山人"之号上,挖掘、延伸出山兴、山足、山腹、山舌、山仆的特别之处。妙在借田汝成之口,完成上述写照的。这就像我们经常用的法子:老兄,这话可不是我说的;这可是东坡兄说的。这让人不由得不信!可是,还有画龙点睛笔法。作者写出山人黄省曾与山之五大关系后,说:人之游山必说自己真的赏爱大山,可是,没有黄省曾与山之五大关系中的一个,都不能算得上"真赏"。

文章结束了,可一个烟霞客与山的五大关系总也挥之不去。(朱国桢《黄山人小传》)

不变的心志

这种别传,往往只写传主的某一方面的事迹或某种精神、品质;不同于那种所谓的正传。有赖于许许多多的别传,一些值得流传下来的人和事,在今天还能与我们见面。

本传让我们看到:从锻工到画家的戴进,在其身份发生质的变化中,起作用的只有两点:一是当锻工的戴进,就一直很努力奋斗;推动他人生这一阶段达致"直倍常工"的,是他内心深处成名成家的思想,"托此不朽吾名"。二是他敢于说出来这种精神追求,更敢于立即改弦更张,走向画家之途。放弃一个已经炉火纯青的锻工事业很难,但戴进毅然决然地放弃了。别人告诉他:你把心智转移到绘画上,才能实现你的愿望啊!戴进就是为了实现传名永远的愿望,放弃了锻工身份,进入了画家的艺术殿堂。

全文没有写戴进变化为画家的艰难困苦的过程,而是以倒叙的手法和人物对话,突出地塑造了一个矢志不渝的人物形象,表现出他的命运、人品和画品。我们因之随着戴进命运的铺展开来,亦喜亦悲,可感可叹。(毛先舒《戴文进传》)

与书相伴的最高境界

为榻写一篇记文,也属奇作了。我读后以为,这绝不是玩弄文字的游戏之作,而是寄寓了作者身世之感和处世之志的深刻内涵。

榻,狭长而较矮的床,亦泛指床。它是生活用品,让人息憩休眠于上。其功用在人类都是相同不二的。可是,文中的这个方榻则因为有"九喜"贡献给了它的主人,而被定名为"九喜榻",复又传给后代人的我们。"九喜"之中却有身世之哀。所谓"五喜为世所弃",也不知是作者仕途淹蹇还是自我放逐,总之他归于林下了。"九喜"与榻似有关而无关。作者的"每一入枕,酣寝自如"是自嘲语;作者的"湛然深广,身世两忘"才是实况。

然而,作者的日子过得有滋有味。他在金陵乌龙潭畔结古欢社,担任社长,有一众人拥戴他,信服于他的藏书主张;他那四十柜、十二部藏书,伴着他在"九喜榻"上度过了一个个仲夏之夜和阳春之日。有资料称:丁雄飞自小嗜书成癖,其妻亦有藏书之癖,不惜变卖、典当其陪嫁物品来换书,丁雄飞的藏书室"心太平庵"很快就汗牛充栋,尤多秘本了。黄虞稷也是当时金陵的著名藏书家,两人为交换阅读,作《古欢社约》,规定:"每月十三日丁至黄,二十六日黄至丁。为日已定,先期不约。要务有妨则预辞。不入他友,恐涉应酬,兼妨检阅……借书不得逾半月,还书不得托人转致。"其嗜书之深、爱书之切于此可见一斑。(丁雄飞《九喜榻记》)

精美与精致创造美妙情境

本记与《核舟记》非常相似。它们都以物为说明对象,又兼有人事。在作者笔下,我们能看到技艺高超的艺人在比拇指还小的桃核上,竟刻出了幽深纷繁的景物、神态逼真的人物。短记中写了七个人,神态情趣各有鲜明的特征。作者观察细致、说明生动,围绕中心,有条不紊,层次井然;在客观描述中不乏丰富的想象,突出地营造出"姑苏城外寒山寺,夜半钟声到客船"的意境。微雕艺人高超的技艺,使我又一次叹为观止。(宋起凤《核工记》)

美石在哪里?

本文四段,第一、二段先概写英石,说它有"天下第一"之称;复写朱林修得到两枚英石,并被世称为"朱氏二石",带出作记是应朱林修之请。

第三段是本文重点,细读之感到作者并不在于史事是否准确无误,而是在于通过叙事和议论,达到说明"因人而重,则不可诬也"这一结论的目的。米元章拜石事,前人有记;但是,拜石并称之为"石丈"的地点在无为军任上。无为军在今安徽境内,与广东的英德相距远矣。米元章被谪为涪涯尉,且"地与英州近",亦不知事出于何处、载于何书?莫非作者有东坡"想当然"之遗风?反正灵璧石是由米元章搞出极大名声来的,可是他在"与英州近"地方拜石,"安知其不以灵璧为劣,而悔昔者好之过也"?如果没有米元章,灵璧石也似无名可传。朱林修你"多才而善鉴",英石之与灵璧石孰胜,就非你莫属了。这是第三段的大意。

末段又出人意料——作者由石而想到了人才问题。表面上是说还有石"尚埋没于泥涂草莽间者",其实是指人才。"英州之北",即广东英德之北。这里所指,不是广袤的中华大地,还会是什么?(廖燕《朱氏二石记》)

幽潜

我痴爱玉兰花。二十世纪八十年代初,我因家乡将玉兰定为市树,写过一篇名为《玉兰花开》的杂记。该记因夹在一本书里,居然存到今日。前些时候再读,从中感受到那时的一片天真烂漫。我痴爱玉兰花之情丝毫不减。

我读《慧庆寺玉兰记》,见它不似我那样正面去写玉兰绿叶琅琅、花光艳艳;而是借花抒写身世之感和处世态度,借花喻写庸劣者居高位、俊彦者被埋没的世事。它还在对比慧庆寺、虎丘两地玉兰不同的现时格局后,指出"虚名之不足恃,而幽潜者之可久"。我自叹不如远也。

我知玉兰都是"幽潜者",本不图虚名。我知图虚名的皆是我们人类。虚名害花害草害鸟兽,更害我们自己! (戴名世《慧庆寺玉兰记》)

怪奇伟丽,委弃零落

宋代米颠爱石搜石玩石藏石,为石玩佳话注入了许多无人企及的内容。米颠百年千年之后,佳话依然在延伸着;为他玩悦摩挲过的一块石玩,在后代一旦出世,照样可以掀动清雅之士的心池,漾起波澜。

清初人士曹希文得了一块米氏石玩,给作者一展观,也掀起了作者的文思,写成此记。此记据文意可分作两段。第一段直点"怪石"这一主题。其石"怪"在哪里?文中只有八个字,即"怪奇伟丽""其形若芝";更多的文字则是写人的特立独行之个性,写石的零落委弃之命运。第二段是联系自己亦曾得石一方,从石上"有芝生于其侧峰之上,其大得石之半",可知它也是怪石之属。十年后,此石或被人携去,或委弃零落。作者揭出本记主旨:"以余之爱奇好异,得此石曾不过二十年……石亦有幸有不幸哉!"

此记正面写石的笔墨并不多,反而去写"怪石"多委弃零落的事实,却能有力地表现出"怪石"的难得和珍贵。全记清晰流畅,神完气足,意蕴丰满。(戴名世《曹氏怪石记》)

儒而好佛,不忘担当

作者此记写一叶往事。

他记得兄长说过:知识分子命运坎坷,往往遁入佛门,"释而慕乎儒者,多温雅可近"。他在行历中,有一次居于清凉寺。离开后不久,清凉寺遭受火灾。中州主持复建清凉寺的工作,与作者约:清凉寺复建后,请你写篇记文。十八年后,作者归故里,见清凉寺焕然一新,并知道是中州"以文学为学佛者倡",当地士绅踊跃助建。中州多次来索请记文。五年后的一天,方苞连夜写记,"以释诺责"。

作者借这样一件简单的事情,发出自警和警人的呼吁:知识分子"毋阴遁于释",要有担当重任之责。(方苞《重修清凉寺记》)

公益不可燕私

杨三燜利用当地方官的职权,拨乱反正,将前任迁走的曾参祠堂复建于原址。他担心以后的人因袭过去的做法,再次迁走曾参祠堂,就在祠堂处召开了一场旨在宣传先贤的讲演会,还力请作者写篇记文,永志此事。

作者此记前半部记事,后半部议论,彰扬了杨三燜的心志,也痛斥了那些尽取先贤祀享、诸生讲诵之地为一己"燕私之居"的恶劣行迹。此记中间部分谈孔子弟子曾参的文化贡献,有承孔子而启孟子之评价。三个段落,层次井然,渐次推进,有力地揭示了主题思想。

当今,中华历史文化遗产保护任务繁重。我们需要读此记,我们需要杨三燜这样的官员,我们需要方苞这样的作者来见证我们这方面的历史!(方苞《别建曾子祠记》)

老宅啊老宅,我们的凭依……

方苞出狱后的第四年,其祖宅将园还为他姓居住着,看来自己也没有能力赎回将园。他写本记交代祖宅"将园"易主始末,也寄望于侄子道希完成祖宅回归本姓的任务。

记文中写老母随他住京城,当夏日来临,常常自言自语地说:

"池中荷新出,柳条密蒙,桐阴如盖矣。"老母意念之中,将园就该如此。记文写得很细腻,娓娓道来,如数家常。但是,一句"使知此大父母精神所凭依",亦如警语,敲击了我们的心灵。

将园,这里流荡着祖辈们的精爽;祖辈们的流风余韵仿佛还依依袅袅,在月光下徘徊,在池荷间灵动。(方苞《将园记》)

相去几何两丹青

桐城派代表人物之一的姚鼐,当世就文名远播。他家乡一位地方官员会画,将所绘罗汉图拿来请姚鼐题写文字。姚鼐没有说张君此画如何如何,而是以李公麟的画迹作陪衬,用"不敢定君与伯时之画相去几何"结束本文。

我想,题画之类的文章可以这样写——写前贤风流余韵,写家乡江风明月,写心中清水芙蓉……切莫强作解语,一味应酬。(姚鼐《少邑尹张君画罗汉记》)

忠孝为本,读书传家

前人对姚鼐的古文笔法,历来有回环周致、谨严有序的评语。此篇写孙兴祖及其一门忠义于明廷,写作记之由和意义,头绪多而不乱,井井有条,有史官笔法。孙氏及其后人,从武功发轫,而以举文衍息族脉,是姚鼐归纳总结的"文武虽异,而一归于忠孝大义则同";突出地反映出孙家对明朝的贡献。这也是明代统治者在开国之后偃武修文的成果。

我比较感兴趣的是,在其家祠里还放置着"书籍彝器""俾后子孙能读书者守之";可见,孙家也努力贯彻执行偃武修文的主张。那么,真要祝福孙家多出几个孙星衍吧。(姚鼐《孙忠愍公祠记》)

故纸犹香

这篇杂记前半纯以议论出之,旨在说明藏书家的藏书世代相传之不易,从而反衬出陈氏欲子孙永保之可贵;后半记陈氏建楼、立石像之始末,将其用心和盘托出。这让我想到三件事:

一、十多年前,我到没有藏书楼的当代大藏书家王利器先生府中,看他的藏书并听他叙说藏书的劫难,至今难忘。我的《山海文心》记有此事。

二、在信息化程度逐渐提高的今天,图书遭遇了网络文化的挤兑。一个搞图书出版的人担心纸质载体的图书会被电子图书取代,我因不爱其说与之论理。五年过去了,纸质图书屹立不倒,我心粲然。

三、徐雁近来出版一本书叫做《故纸犹香》,随他从南京赴香港、经澳门,再来深圳时赠予了我(是书于我国藏书文化颇多发微指要,对于我理解《陈氏藏书楼记》一文很有帮助)。看来,要图书屹立不倒,千百代以后还能"故纸犹香",我们是得有许许多多的藏书楼啊!(姚鼐《陈氏藏书楼记》)

不可以没有仙意

岳阳吕仙亭是作者少时旧游之地,游且"寓亭下"。几十年过去了,当他应道士李智亮所请写作此记时,依然说:"犹愿得游处亭下,如往时也。"这是最令我激动不已的文字了。

我去乡多年,家乡的一草一木、尺山寸水都是永铭心间的;并且如此清晰,仿佛昨日。家乡有我们童年的印迹,我们心中装有家乡的一切。

因为心中装着家乡,晚年的作者足不出户,竟然也将知者很少的吕仙亭描绘得细腻周致,掀动了我们的游兴。

作者提示我们：可以不学仙事，但不可以没有神仙之意。的确，我们不都在想着远离尘世、向往闲放自适的生活吗？（吴敏树《新修吕仙亭记》）

刊于二〇一四年《深圳书城》

谁开阜阳地方文化建设之先河？
——与刘尚荣先生商榷

我手边有两本书，一是《欧阳修苏轼颍州诗词详注辑评》，一是《欧阳修诗选》。我近时要费些精力参读它们。

在阅读《辑评》时，拜读了您写的序言，对于欧、苏两家开宋代文坛新风以及欧、苏关系和他们的颍州诗词方面，认识加深；也可见您熟于这段历史。不过，因为有了一九八二年出版的《欧阳修诗选》，您在序言中称赞《辑评》作者王秋生之注解工作是："欧诗则连旧注也没有，更是白手起家，从零起步。"这便成为一个很失公允的评价。想来，这是由于您没有读过、没有见过《诗选》的缘故吧。真正"白手起家，从零起步"的则是《欧阳修诗选》的作者。

也许正是这个"缘故"，您在不知《诗选》早已经在注释上使用了地方志资料的情况下，给予《辑评》一书在注释上"适当采用方志资料"的总结，还评价说，这是此书"两个明显特点"之一，进而说"秋生之注有填补空白的意义"。如此说来，"填补空白"的评价送给《诗选》才对。

您对《辑评》中《西园石榴盛开》一诗"红房"的注解评价甚高。《诗选》也注释了该诗的"红房"，其释为"指石榴花房。这一句也是倒装句"。《辑评》先释"红房"为"红色房屋，寓高雅"；后说"喻指石榴花"。两家注释并无二致。可我想：如果"红房"是"红色房屋"之说可以成立的话，那么说"红房"是"红色花房"也可以成立,而且更加准确。拙试延伸解释如下——

红房,红色花房。花房:一指花冠;花瓣的总称。唐白居易《画木莲花图寄元郎中》诗有"花房腻似红莲朵,艳色鲜如紫牡丹"。二指花芽。北魏贾思勰《齐民要术·种槐、柳、楸、梓、梧、柞第五十》有:"白桐无子,冬结似子者,乃是明年之花房。"(石声汉注:"这里所谓'花房',所指的应当是'花芽'。")本诗中指石榴花。

花冠、花芽,切实对应了"喻指石榴花"的花本身。总之,"红房"指的就是石榴花。此外,如果说红房"寓高雅"能够成立,说红房"寓热烈"不也能够成立么?有此种种,《辑评》关于"红房"的注释算不得"千虑一得的创见",有些注释内容更是多余;但"发人深思"可也。

王秋生前言中称《欧阳修诗选》"是欧阳修诗词的一个较早的注本"。这是对的,因为这是任谁也不能漠视的事实。他接着说:"由于材料缺乏等原因,注释较为简略。注本中的颍州诗词数量较少。"这样说,对《诗选》及其作者很不公允。

首先看,在"材料缺乏"(姑用其说)等原因下,《诗选》注释并不"简略",每一首诗尽可能都在首注中做了题解,交代诗作背景;诗句中也尽可能出注(我随检《诗选》中《答吕公著见赠》一诗,复印给您参看)。对有些诗作的注释,我看可称得上"笺注"了。另外,"以欧注欧"是《诗选》注释上一个特点。

其次,《诗选》是一个关于欧阳修诗歌的选本,而不是关于欧阳修"颍州诗词"的选本。因此,"注本中的颍州诗词数量较少"是必须的;"颍州诗词数量较少"不是问题,只是一个相对概念。即使如此,《诗选》中的"颍州诗"仍然有近八十首,它还附录了题为"欧阳修《采桑子》词十首简注",这是欧阳修的"颍州词"代表作。

还有,《诗选》作者发表于一九八〇年《江淮论坛》上的《欧阳修的"颍州诗词"》;二十世纪八十年代,《诗选》作者在《阜阳晚报·东颍杂抄》专栏连载十一篇题为《苏轼颍州诗词漫笔》的文章，还包括三篇晏殊知颍州的事迹；从而使我们能够看到：是谁在欧、苏"颍州诗词"开发、整理、研究上筚路蓝缕，是谁开阜阳地方文化建设之先河。

最后要说的是，作者在前言、结尾部分提到使用版本的情况，"对作品进行了反复核对。遇有异文，择善而从，为省篇幅，不出校记。关于作品的写作时间，也参考了上述各书提供的资料，为避免烦琐，除个别作品外，一般不作论证"。这是一个取巧的交代，但也说明了《辑评》是一本站在前人和今人肩膀上、博采众家之长的作品。比如，由于有多种现当代的苏轼诗词汇评本刊布于世，又由于几乎见不到现当代人的欧阳修诗词汇评本，是以在《辑评》之苏轼"颍州诗词"题解中，往往看到一位到几位前人的评语；而在欧阳修"颍州诗词"题解中，则没有前人的评语。这绝非说前人对于欧阳修"颍州诗词"没有评语，只是工作的难度要大得多。

通观《诗选》《欧阳修的"颍州诗词"》以及《苏轼颍州诗词漫笔》（共十一篇），可知它们在欧阳修、苏轼之"颍州诗词"整理和研究上的开创性贡献。不知《辑评》作者在长长的前言中因何只字不提《诗选》作者做的这些工作？前言中反倒有一句这样的话："对欧阳修、苏轼在颍州的活动及创作进行全面的专题研究，至今仍未引起充分的重视。"什么叫"全面的专题研究"？早在《辑评》出版之二十多年前，《诗选》作者已经在《欧阳修的"颍州诗词"》一文中提出了欧阳修的"颍州诗词"及其"知颍诗""思颍诗""归颍诗"的诗学概念，并且对欧阳修在颍州的活动以及诗词创作做了系统的研究，这尤其体现在《诗选》中。难道这就不是"专题研究"吗？在《辑评》出版之二十多年前的这些研究，足以用"全面"来评价它。

反过来想，《辑评》作者那样评价《欧阳修诗选》，其用意实在是不厚道。可用当今流行一句话来说，叫做"做人要厚道"啊！

辑一　文史探寻

刘先生，您奖掖后学是对的；但过誉则不可为。过誉将毁了您的清名，也对后学无益。

以上所言恐有不公允处，但我将《欧阳修诗选》（部分）、《欧阳修的"颍州诗词"》以及《苏轼颍州诗词漫笔》复印件一并寄给您，以供参酌；其中，"漫笔"系列文章或对于您的"苏轼知颍州政绩考"系列研究有参考价值。

二〇〇九年二月十一日

读稗：闲话古人为官之正道

今人所说的为官二十任，即任劳者任怨，任职者任责，任谋者任作，任事者任议，任为者任过，任绩者任累，任誉者任妒，任得者任失，任人者任难，任仁者任勇。总括之，此是为官之正道。我读《稗史汇编》，从该书中看到了历史上的一些官员已经很好地实践了上述二十个任。

《稗史汇编》是明代著名学者王圻纂集的作品。王圻还有《续文献通考》《三才图会》等名著传世。《稗史汇编》是一部类书，其分门别类，易于检索。我觉得将稗史中为官二十"任"的故事编辑出来，可以知古鉴今。以下故事出自该书"人物门"，我逐一稍加解说。

富弼处谤活人：富韩公弼为枢密副使，坐石守道谤，自河北宣抚使还除知郓州，复徙青州。谗者不已，人皆为公危惧。会河北大水，流民转徙东下者六七十万人，公一皆招纳之；劝民出粟，自为区画；散处境内，室庐饮食医药，纤悉无不备，从者如归市。有劝公非所以"处疑弭谤，祸且不测"。公傲然弗视曰："吾岂以一身易此六七十万人之命哉！"卒行之愈力。明年，河北二麦大熟，人皆襁负而归，则公所全活也。于是，虽谗公者亦莫不畏服，知不可挠；而公疑亦因是寝释。公尝与一所厚书云："在青州偶能全活数万人，胜二十四考中书令远矣。"张侍郎舜民尝刻之石。

在《稗史汇编》中，还有一则"汉儒气节"，论说管宁、茅容、孔明"皆圣门之徒也"。这三个官员：管宁终其一生戴着一顶破帽，"信贯金石"；茅容则是"坚志固穷"；孔明原来是高卧草庐，因为感于玄德的知遇，为蜀鞠躬尽瘁，死而后已。这三人都是任劳而任怨的汉代循吏。

由于被人谤议，北宋高官富弼被降了官职。河北水灾，灾民六七十万人迁徙到青州。刚刚贬任到此地担任地方长官的富弼，以火热的感情和细致周到的工作安排，接纳并安置了大批灾民。有人劝他：你正处在被人谤议的时候，已经很倒霉了；你这样做，灾祸很快又会降临你身上。可是，富弼说："我怎能拿六七十万灾民的性命，换取自己身家性命的安稳！"

在灾民涌入青州时，富弼正走在一个人生下坡路上。很多人遇上这样的境地，哪里还有工作的干劲，早在一旁自怨自艾起来。可是，在受了打击的富弼心里，这个委屈算得了什么！他的心里十分平衡。他视灾民的生计高于一切，抓紧工作，奋力耕耘，劳而不怨。正是因为富弼在为人民做事的时候任劳任怨，整个朝野对他的不信任和谤议，渐渐地也消释了。

> 张霭：张霭为侍御史，太祖方弹雀于后苑，霭亟请入奏急事。及见所奏乃常事，帝怒其非急。霭曰："臣以为尚急于弹雀。"帝色愈厉，以斧柄撞其口，堕两齿。霭徐拾之。帝曰："欲讼朕耶？"霭曰："不能讼陛下。自有史官书之耳。"

侍御史的主要责任，是向皇帝进言。这一天，皇帝在后花园玩耍，正在兴致中，张霭来进言，扰了皇帝兴致。皇帝怒，说张霭报告的也不是什么急事。可是,张霭却说:"我报告的事情终究比皇上你这个玩耍更重要。"皇帝恼起,用斧柄撞击张侍御史的嘴巴——你不是爱说么,我就揍你的嘴!可怜张侍御史的两颗门牙被立时击落了。这个只想着任职就当任责的张侍御史,从地上缓缓地拾起门牙。皇上想,你还想拿着门牙当呈堂证据吗?便说:"难道你还想起诉我不成?"张侍御史道:"我不能起诉皇上,但是史官会将你做的这事记载下来。"

侍御史张霭的可贵之处在于:他任职任责,敢抓敢管;面对皇帝的权威也敢于负责,不怕得罪"天下老子第一人"的皇帝。

> 去茶种桑:张忠定公令崇阳,民以茶为业,公曰:"茶利厚,官将取之。不若早自异也。"命去茶而植桑。民以为苦。其后,种茶地县皆失业,而崇阳之桑皆已成,为绢而北者岁百万疋,民富。至今采访民间事。悉得其实。盖不以耳目专委于人。公曰:"彼有好恶,乱我聪明。但各于其党询之;再询,则事无不审。"李畋问其旨,公曰:"询君子得君子,询小人得小人;各就其党询之,虽事有隐匿者,亦得八九矣。"

> 吴遵路备荒:明道末,天下蝗旱。知通州吴遵路乘民未饥,募富者,得钱万贯,分遣衙校航海籴米于苏、秀,使物价不增。又使民采薪刍,官为收买,以其值籴官米。至冬,大雪寒,即以元价易薪刍与民,官不伤财,民且蒙利。又建茅屋百间以处流民;捐俸钱置办盐蔬,日与茶饭参俵;有疾者给药以理之;其愿归者,具舟续食,还之本土。是岁,诸郡率多转死,惟通民安堵,不知其凶岁也。故其民爱之若父母。明年,范文正公安抚淮浙,上公绩状,颁下诸郡。

张忠定公预见到茶业之利,终将被官家垄断,便号召老百姓改种桑树,发展缫丝业及其相关副业。改变一种生产习惯是一件难事,开始老百姓是不理解的,甚至"民以为苦"。可是,后来发生的事情,验证了张忠定公的预见;张忠定公辖区内的老百姓从种桑中受益了。张公能"不以耳目专委于人",而是亲自调查研究,分析思考,这是其任谋手段。吴遵路则是在大旱之年想到还会有雪灾之年,便提前以行政手段去各地调剂物品,连冬寒之日要用的柴火都想到了。由于计划周密,行动迅速,物价平稳,民心如常。到雪灾降临时,"诸郡率多转死,惟通民安堵,不知其凶岁也"。

以上两位古代官员张忠定公(乖崖)、吴遵路,是"任谋者任作"的典型。他们共同的地方,那就是知行合一,既思又为;他们在工作中善于筹谋规划,制定方案,部署工作,并将规划方案落到实处,付诸实践。当然,在这两位官员身上最让我们感动的共同点是:他们利为民所谋、情为民所系、权为民所用的为政实践。另据张子韶《横浦录》记载:"忠定公治益多爱利之政。公尝以蜀地素狭,游手者众,稍遇水旱,民必艰食。时米斛直钱三十六万,乃按诸邑田税如其价钱,收米六万斛。至春,籍城中细民计口给券,俾输元籴之。奏为永制。逮今七十余年,虽时有灾馑,而益民无馁色也。"而吴遵路呢?他不独为管辖地的老百姓任谋任作,也在本地为灾年流动人口准备了吃住行医一条龙的服务设施,切实接待了大批灾民。

> 忠靖德量:夏公尝治水,苏、松延儒讲求水利。有叶宗行者与焉,见公治水久未成功,潜奏于朝。有旨令公覆奏。公大惊,即日邀宗行,亲迎阶下,曰:"诚如先生之言,受益多也。"未几,荐叶于朝。宗行得授钱塘知县。公后奏绩之日,曰:"是叶促成也。"

夏公努力从事水利事业，治水多年。在一次讲说水利工作的会议上，叶宗行从会上知道：夏公治水工作尚未成功，便暗中向朝廷书面反映有关事宜。朝廷要求夏公上朝报告治水工作详情。夏公接到朝廷的指示的当日，就请叶宗行一道赴朝，并说："你反映的情况是对的，我受益匪浅。"不久，在夏公的推荐下，叶宗行被朝廷录用为钱塘知县。夏公治水成功，仍然公开说"是叶促成"的。

夏公做事心怀坦荡，不怕议论；当小动作从背后袭来，他惊于自己的工作的确没有做好，但并没有慌张。这说明了夏公有着干事不怕评议的心理素质。夏公的治水过程，也是任事者任议的过程。如果夏公仅仅是努力做事，不能"任议"，他又何来成功啊！

  程师孟赈饥：程师孟字公辟，庆历中知楚、遂二州，提点夔路刑狱属。岁大饥，公行部以常平粟赈民；犹不足，即奏发仓以济之。吏劝须报。公曰："本道至都五千里，报至，则民殍矣！"遂活饥民四十余万。

程师孟明知在不上报朝廷并得到朝廷批准的前提下，就开官仓取粮赈济四十万饥民，是大大的过失；可是他仍然开仓济民了。

虽然我们为官都不愿意走弯路，不愿意有过失。但是，只想到成功而忽视失败，只任为不任过，就不可能有作为，也不会有作为。程师孟以丢官甚至下狱的勇气，创下的这一传世不朽的爱民佳话，首先是源于他爱民思想，也是因他敢于任过所成就的。

  文襄日记：江南巡抚人臣惟周文襄公忱最有名。盖才识固优，其勤谨专心公事，亦非人所能及。闻公有一册历，自记日行事纤悉不遗；每日阴晴风雨，亦必详记。如云某日某时晴、某时阴，某日东风、某日西风，某日昼夜雨。人初不知其故,一日,某县民告粮船江行失风。公诘其失船为某日午前午后东风西风?某人不能知而妄对。公一一语其实,其人惊服,诈遂不得行。于是知公之书风雨必记,盖以公事,非漫书也。

周忱是一个政绩斐然的官员,在江南府以上地方官员中最有名。他的政绩是从哪里来的呢?"勤谨专心公事"六个字是个说明。既然如此,周忱的工作一定很累很辛苦。从"文襄日记"中我们看到:周文襄公(忱)这个人不仅不怕累,还自找"累"受。有些官员早已在花天酒地了,他却在一本册历上天天仔仔细细地记录着那些气候情况。周忱日复一日,年复一年,竟不嫌此枯燥乏味。有谁知道:这竟是服务于他的工作之举。有一天,一个复杂的案子就被熟知过往气候情况的周忱,剖解无遗,当庭揭露出:原告就是一个诈骗犯!

累就是麻烦,就是困难。由"文襄日记"可知:要想取得良好的政绩,就要不怕困难,不怕麻烦。

> 蔺相如:史记:秦昭王与赵王会于渑池,秦王谓赵王曰:"寡人闻王善丝桐,愿闻之。"赵王乃为鼓琴。秦王命史官书之。赵将蔺相如进秦王前,请击缶,曰:"五步之内制在一夫。大王岂可恃众乎!"拔剑大怒,欲刺秦王。秦王惊畏,乃为击缶。相如亦命史官书之。会散,各归国,赵王以相如为上将军。廉颇疾之曰:"我有攻城野战之勋,相如徒有口舌之劳,岂可位居吾上。若遇见,必当辱之。"相如闻之,出入道路,回车避之。诸吏曰:"某等各辞亲而仕君者,慕君之高也。今廉颇与君同列,而君畏之如此,某等虽不肖,各请归农。"相如曰:"吾尚不畏秦王,岂怕廉颇乎?秦所以不敢加兵于赵者,惟吾二人耳。今若二虎相斗,势不俱

生。吾岂可弃国之急而行私怨乎!"廉颇闻之,乃负荆诣相如之门,谢罪曰:"颇言寡浅,轻侮君子,将军弘雅,乃至于斯。"遂与相如为刎颈之交。

这是著名的典事,说的是蔺相如在为国争光、取得极大荣誉后,官职也得到晋升;战功卓著、地位显赫的廉颇十分不满,对他充满了嫉妒之心。廉颇公开说,在道路上若是遇到蔺相如,一定要羞辱他。蔺相如一直回避着与廉颇正面相遇。许多亲朋好友反对蔺相如的做法,并以此为耻,宁可回家务农也不相从于他。蔺相如说:我在秦国连秦王都敢于当面斥责,拔剑相向,还怕他廉颇。我国有我与廉颇在,是秦国不敢来侵略的原因。我们相争,一定两败俱伤。我怎么可以一己之私怨置国家安危而不顾。廉颇知道后,大为感动,负荆请罪,并与蔺相如结为刎颈之交。

蔺相如获得了荣誉,也伴随来了别人的嫉妒。大家原以为蔺相如是怕嫉妒的人。可是,在蔺相如心里,国家的利益高于一切!他宁可担负"懦夫"之名,任他所妒,也不愿"弃国之急而行私怨"。这是真正的勇者。这个典事告诫我们:人们在做出业绩享有相应荣誉时,须对相伴袭来的嫉妒,泰然处之。这终将使人保持已有的业绩,获得新的业绩。

> 文正"三光":范文正公以言事,凡三黜。初为校理,忤章献太后旨,贬河中。僚友饯于都门,曰:"此行极光。"后为司谏,因郭后废率谏官、御史伏阁争之,不胜,贬睦州。僚友又饯于亭,曰:"此行愈光。"后为天章阁知开封,撰《百官图》进呈。丞相怒奏曰:"宰相者,所以器使百官。今仲淹尽自抡擢,安用彼相臣等。乞罢。"仁宗怒,落职,贬饶州。时亲友故人又饯于郊,曰:"此行尤光。"范笑谓送

者曰:"仲淹前后'三光'矣,此后诸君更送,只乞一上牢也。"客大笑而散。

范仲淹先后三次犯颜直谏,三次受到降职的处理。可是,每一次的降职都被人赞誉为"极光""愈光""尤光"。说明他虽失去了原有地位,但得到了好的口碑和官声。后来范仲淹位极人臣,政绩垂范后世。这是历代官员中"任得者任失"的典范。

有所得必有所失,这是人生的辩证法。什么好处都想捞到,什么便宜都想占尽,什么都想占全,是不可能的,做不到的。患得患失、瞻前顾后是心胸狭小、世理不明的表现。

王质甘为范党:范希文贬饶州,朝廷方治朋党,莫敢有送者。王待制独扶病饯于国门。大臣让之曰:"君何自陷朋党?"王曰:"范公,天下贤者!质何敢望之。若得为范公党人,公之赐厚矣。"闻者叹服。

北宋官员王质在朝廷惩治所谓"朋党"的时候,别人避"朋党""首领",落势的范希文犹恐不及,他却抱病在国门处为之饯行。有人说王质你何苦要"自陷朋党",他竟说:"范公是天下贤者,我能成为他的党人,那是范公对我的厚赐。"

错误的朋党论调成为主流舆论时,考量着官场中的许多人。王质本可以居家不出、沉默不语,把对朋党论的不满留在心中。可是他要做一个光明磊落的人。他不因一个贤者的失势而隐藏自己的真情。"朋党"的帽子是摆在当时官员们面前的共同难处,别人躲开了,王质却迎难而上。常言道:做事一时,做人一生。为官者尤应在做人上下功夫。我们在"任人者任难"上,要学习王质在这件小事上所言所行的精神内涵。

欧公遗事：公于为政仁恕，多活人性命。尝曰："汉法：惟杀人者死。凡非已杀人者，多活之。"其为河北转运使，时保州屯兵闭城叛命。田况、李昭亮等招降之，推究反者二千余人，投于八井；又其次，二千余人不杀，分隶河北诸州。事已定，而宰相富公出为宣抚使，惧其复为患，谋欲密委诸州守将同日悉诛之。会公奉朝旨权知镇府，与富公相遇于内黄；夜半，屏人以其事告公。公大以为不可，曰："祸莫大于杀降。昨保州叛卒朝廷已降敕榜，许以不死而招降；八井之戮已不胜其冤。此二千人者本以胁从，故得不死。奈何一旦无辜就戮。若诸郡有不达事几者，以公擅杀，不肯从命，是反趣其乱也。且修至镇，必不从命！"富公不得已，遂止。时小人谮言已入，富、范势已难安。既而富公大阅河北之兵，将卒多所升黜。谮者献言："富弼擅命专权，自作威福。"富公归至国门，不得入，遂罢枢密，知郓州。向若擅杀二千人，其祸何可测也！然则公之一言不独活二千人命，亦免富公于大祸也。

欧阳修为政仁恕，多活人性命。有一次，欧阳修从富弼处知道其已经通知辖区内各地长官，将已经投降并散居在河北诸州的两千余人同时杀掉。他坚决反对，并向总指挥官富弼进言说：杀降是最大的祸害之一，何况朝廷已经免他们一死。这些人都是叛军中的胁从，本不该死。再加上，这件事稍有不慎反而更会引发他们新的祸乱。我已经到了这里，坚决反对你这样做！富弼只得接受欧阳修的意见，两千多人的脑袋保住了。富弼也因为能够审时度势，免去了自身的大祸。

欧阳修是孔子所说的"仁者，必有勇"的形象代言人和践行者。作为仁者，他一心为民，胸怀坦荡，勇于承担，勇敢有为。欧阳修这个史事也说明了：为官也要任仁者任勇。

稗是一种一年生禾本科杂草，在农田中每与稻、谷等粮食作物共生；其籽很细小，可作饲料。稗向来为备荒代粮之品。我国很早就设有"稗官"一职，专管搜集街谈巷议、闾里风俗，并报告于帝王，以为教化的参考，即如孔子所说，"虽小道，必有可观者焉"。稗史并不成统系，上天下地、说古谈今，内容丛杂琐碎，自汉魏而下竟自然成为了我国传统文化宝库中的一大门类，起到了寓劝诫、广见闻、存史实、资考证的积极作用。上述这些故事都有着教化的力量。

二○○七年二月

我眼中的杂记

从春暖花开的季节到秋风乍起的今天，许多杂乱生活内容和信息，在我心里一飘即过，不曾挂碍。可在业余里静下心的我，却是在收束一个个叫做"杂记"的东西。这种心路实在是快慰人生！因为我要穿越"千古"这个时间隧道，与前人晤对相处。在一窗明月的时候，我在林泉之下悠游；在满城惊风的时候，我在墟井之间徘徊；在草木苦饮的时候，我在寒江之上谛韵……我的心景，被前人一篇篇"杂记"牵引着，不得安宁。

现在，我可以将这一阵子我曾有过的心景，打成一个"包"，交给出版社了。这就是读者眼前的这本《千古杂记》。

"杂记"是什么？杂记是古人在划分文章体裁中确定的一种文体。明代吴讷《文章辨体序说》讲到这种文体："大抵记者，盖所以备不忘。如记营建，当记月日之久近，工费之多少，主佐之姓名；序事之后，略作议论以结之。此为正体。"古人划分文体，为编选文章提供了很大便利。如梁萧统《文选》，宋姚铉《唐文粹》、吕祖谦《宋文鉴》，清姚鼐《古文辞类纂》等名选，走的都是分类编选这一路子。古往今来，文章的编选工作一直没有停止过。大概在编选中，各家愈来愈难以控制杂记文章的范围了；同时，有人又总想界定清楚"杂记"的性质和规制。姚鼐在其《古文辞类纂·序》中说"杂记类者，亦碑文之属"，即为一例。

文体随着时代发展而越来越丰富，这是一般规律；而汉字在表现主客观事物上的创造性和张力，也充分表现出来。今人睿智地说：狭义地说，杂记似可以简约地分为四类，即台阁名胜记、山水游记、书画杂物记和人事杂记；广义地说，杂记包括了一切记事、记物之文；甚至可以讲：包括正史以外的传记以及同传记性质相近的行状、碑志等一切记叙文，统称为杂记。

"杂记"这两个字及其作为文体的含义，早在《礼记》中就曾出现。这部文化原典是一册儒学杂编，其中有通论礼意及学术的，有专释《仪礼》的，有记录孔子及弟子时人杂事问答的，有记载古代制度礼节的，等等。在《礼记》中有"杂记上""杂记下"两节，前人郑玄《礼记目录》称："名曰'杂记'者，以其杂记诸侯以下至士之丧事。"孙希坦说："此篇所记……以其所记者杂，故曰'杂记'。"

杂记体作品至迟在魏晋时代就已经产生，其标志物之一是这个时代创作了大量的杂记体"志怪小说"。唐宋以后古文家所写的杂记，往往于记叙中夹议论、兼抒情，有时议论、抒情的分量相当大。有的专发议论的杂记，实际上已可归入论的一体了。

在历代说部和史部的笔记作品中，各家所记内容丰富多彩，诸如文化艺术、科学技术、风土人情、遗闻佚事，无所不记，成为"杂记"的渊薮。魏晋时代的杰出作品，亦为"志怪小说"的《世说新语》，就是一部笔记文学作品集。而宋代沈括的《梦溪笔谈》（还有他的《补笔谈》《续笔谈》），被前人评为"记事周详，属词严正"，显示出杂记体在史部中的重要作用。

杂记文字一般不刻意求工，风格清简而自然，有"质胜之文"的美誉，价值不在以文学笔法所写的作品之下。

今天对"杂记体"的研究还在继续着，"杂记体"的范围及其作品在扩大。顾颉刚指出"左传原本"在刘歆以前早已存在，"《左传》原亦杂记体之史，犹《国语》《战国策》《说苑》《新序》《世说新语》

《唐语林》《宋稗类钞》……"有人认为：《老子》一书是随想式的杂记体，是老子把平时思考的问题，用诗一般的语言记录下来；《包公案》，又名《龙图公案》，乃是一部杂记体的小说；《西游记》应该是地理游记而非小说，因为有"游"字；吴承恩以写杂记著称，那么他的《西游记》应该是杂记体（以上为网上搜索所得）。

在确定本书编选范围时，我首先将"中华千古诗文丛书"选目浏览一遍，发现丛书已有《千古碑铭》《千古游记》两种。其次发现：我国笔记文学亦浩如瀚海，仅我寒架上《笔记小说大观》，就收集了从晋到清的笔记作品二百余部，《旧小说》收有笔记七百余篇。最后我想：这套丛书是安徽文艺出版社用与时俱进的发展观，努力构筑的一个为普罗大众所喜欢的文学国粹馆；旨在普及、传承我国传统文学优秀作品和凸显延续根脉的人文精神。从杂记中析出碑铭、游记作品，是有其实用意义的，可以让读者、观众对这两类作品看得更加仔细和系统。我向出版社建议：丛书再从历代杂记中析出笔记作品，单独形成为《千古笔记》。

于是，我之《千古杂记》没有碑铭、游记、笔记作品，在所选百余篇杂记中，近百分之八十的篇目是以题名为记的文章，如《冷泉亭记》《醉翁亭记》《汾湖石记》。剩余各篇目中，一是题名为"书"为"志"为"题"者，如《书何易于》《项脊轩志》《书王尚甫事》《书鲁亮侪》《题东坡笠屐图》《书继洲及对山事》《题词〈江南卧游册·横塘〉》，前人早就认定"书""志""题"就是"记"；其中，为绘画作品题写的文字也叫做"题画记"或"画记"（从这个意义上讲，"题"字就是"题画记"或"画记"的略称）。二是题名为"传"者，如《方山子传》《童区寄传》《徐文长传》《息庵翁传》《李贺小传》《戴文进传》《黄山人小传》《阎典史传》，它们的行文体式和风格都符合杂记体，而与所谓传记体并不一致。三是题名中没有"记""书""志""题""传"者，但又的确是杂记作品，如《斗蚁》《观潮》《左忠毅公逸事》；又如《景林寺》《三峡》，它们分别选自《洛阳伽蓝记》和《水经注》，足以说明魏晋时代确实是我国杂记体成熟期；而《跋李庄简公家书》一文则是阅读杂记；《说居庸关》一文最特别，文题中一个"说"字，让人以为它是一篇论文，可是一读之下我们便能发现它是一篇以夹叙夹议见长的杂记。

有人为解说以"志"为题的杂记，说记人叙事的《项脊轩志》是杂记，因而这里的"志"与"记"是同义的。如此推论，记人叙事的《徐文长传》等是杂记，因而这里的"传"与"记"是同义的。其实，中国文字字义很复杂，如果查一查专业辞典就会发现，"书""志""题""传""写"（甚至"跋"）等等，都有"记"的意义。这与我们国家有着五千年书写文明的历史是相称的。我想：文章题目不是我们判别杂记体的准衡；《千古杂记》聊备数"格"有好处，它能使读者更多了解杂记体作品的纷繁多样性。

我之《千古杂记》选文在五篇以上的杂记作家共有五人，他们是：欧阳修（七篇）、苏轼（六篇）、袁宏道（八篇）、方苞（六篇）、姚鼐（五篇）。这些杂记大家的作品不得不多选一些。欧阳修、苏轼是文章"唐宋八大家"中的两位，他们把人生经历和情感世界寄寓在台、阁、亭、堂、园、庙诸名胜上，林林总总，让我们堪足玩味；后来者在台阁名胜杂记上的所兴所托、所赋所议，都难出其右。袁宏道斗虫斗鸡杂记则别具一格，人与动物理趣一也；它们连同袁氏其余诸作，既为"性灵"张目，也替"公安派"挣足了面子。方苞、姚鼐的杂记，是雄霸清代文坛的桐城文派关心世态民情、注重人文精神的典型篇章，学"桐城"章法当从这里入手。我没有理由不多选一些上述前辈的杂记。

我试图在今天里完成这篇《前言》，却难，因为——

写着写着，莫名的怅惘之感和永远的愧疚之情，搅和着在心间涌起。我对不起前人，因为还有较多的杂记，没有珊瑚在网；因为已经选录的一些篇什,我怎么也走不进作者的心理世界和他所处的时代,只能强作解语,胡说八道。

写着写着,深深的歉意划然而出。请读到本书的人们,用你们的心去读前人们的篇什,尽可能少看本书中我的文字,那真的是一个个粗见。

二〇〇五年九月二日

千古图书犹香,历史无法尘封

一

我是属于晋人陶潜笔下"好读书,不求甚解"的五柳先生一类人。可是,我决定编选《千古杂记》后,便被前人一篇篇"杂记"牵引着,不得安宁。

就在我为《千古杂记》努力求解的时候,两个当代大书鱼子徐雁、钱念孙先后来深圳,在公干之余与我晤对相处了。把盏间,雁兄要我多读书,把"古玩趣话"写下去;念孙兄说当今藏书态势,对我说,"你要是有一帙宋版书,你就是藏书家了"。两兄说得我怦然心动,我也对寒架上不多的藏书肃然起敬。我不正是利用它们在做着编书的事吗?可是,雁兄此行还送我一册《故纸犹香》(书海出版社二〇〇四年十一月第一版)、念孙兄此行送我一册《无法尘封的历史:抗战旧书收藏笔记》(安徽教育出版社二〇〇五年八月第一版),我在一边称羡两书、一边玩看两书的时候,不觉就说到要为它们写书评的事上去了。

《故纸犹香》和《无法尘封的历史:抗战旧书收藏笔记》两书先后伴在我的床侧案上,让我有过好一阵子"不求甚解"般的阅读,竟没有"云蒸霞蔚"出关于它们的品评之作。

龚自珍以书鱼子自喻,他在诗中这样说:"情多处处有悲欢,何必沧桑始浩叹。昨过城西晒书地,蠹鱼无数报平安。"蠹鱼是一种喜欢蛀食书籍的虫子,又称"书鱼子"。徐雁、钱念孙两人对于书籍的痴迷与龚前辈一样,都达致像书鱼子食书那样的境界。

二

在完成《千古杂记》后,我发现他俩的到来竟对我起了潜移默化的影响。我不仅选了一些关于藏书、读书的杂记,还在陆游《万卷楼记》、丁雄飞《九喜榻记》、姚鼐《陈氏藏书楼记》、袁枚《所好轩记》注释完毕后,先后写下了一堆子关于藏书、读书、用书的文字——

评品《所好轩记》:袁枚在此记中大言不惭,称自己"好味,好色,好葺屋,好游,好友,好花竹泉石,好珪璋彝尊、名人字画……"我们不得不佩服他说话很有技巧,"好游、好友"明明是风雅至极的事情,却偏偏要和"好味、好色"相提并论,反叫人不好意思开口说长道短了……袁枚"八好"代表了平凡的情欲,与张岱自述同趣。有人认为"八好"是过往的小资情调。不过袁枚最爱的,还是书籍,"书之为物,少壮、老病、饥寒、风雨,无勿宜也。而其事又无尽,故胜也",且"好书从独,则以所好归书也固宜"。《所好轩记》言读书之乐,不故为高论,这是值得提倡的书生本色。

评品《万卷楼记》:对于藏书,我赞成藏书为用的观点。对于建藏书楼,我是心向往之。我对藏书及其藏书楼,有无比的崇拜。

那一日,某兄被人传出他藏书四万余册,且有一个藏书楼,我艳羡得很。不久后我去他的藏书楼一游,浮光掠影、走马观花,不知不觉,我与他又亲近了许多。某兄对我说:在双休日、节假日里,不想去应酬,到藏书楼读书、理书,不亦快哉!他还理书和编目,就编目涉及的分类,征询我的意见。他的分类共八大类,与图书馆的通行分类都有不同。我说：我赞成根据自己藏书实际情况进行图书分类。云云。在夏日炎炎的办公间隙，有某兄这样的人来与你交谈这样的事情，调动着你那已经被灼烤变形的思想，真不啻得了一管清凉剂。某兄呢？藏书而理书而读书的他享有更多的快乐。他与朱敬之公为隔代知音。读这篇《万卷楼记》的时候，我想到某兄的藏书楼在中国南疆的海滨真可谓一枝独秀。

在若干年之后，还会有藏书楼吗？书籍变身为光盘、变身为键盘连着的网络，以纸质为载体的图书越来越古董化。我们见到前代的大型类书，被用宣纸印出来了；一些属于普及的国粹，如唐诗宋词元曲之类，也被用宣纸印了出来。怀念旧书、线装书的人们从中找到了一些感觉。莫非藏书就是留给子孙后代的古董？

陆游记中的"粹于学而笃于行……然每悒然自以为歉，益务藏书，以栖于架藏于棱为未足，又筑楼于第中，以示尊阁传后之意"。某兄说："捐送这些书，我不干；那些不懂这些书的价值的人，还不把它们糟蹋了？我百年之后，这些书留给我的子孙……"相隔近千年的两位藏书家，心曲相通，几无二致。还有一点余味是，《万卷楼记》作者陆游竟也列名藏书家行列。陆家藏书楼叫"书巢""双清堂"。那一日，有朋友问：藏书楼为何叫"书巢"呢？陆先生说："吾室之内，或栖于棱，或陈于前，或枕籍于床；俯仰四顾，无非书者。吾饮食起居、病疾呻吟、悲忧愤叹，未尝不与书俱。""与书俱"是藏书家人生的最大亮点。

三

想来我编注的《千古杂记》也会出版。《千古杂记》及其所从属的"中华千古诗文丛书"，是为普罗大众构筑的文学国粹馆，起到延续根脉、焕然香火的作用。《千古杂记》中百余篇杂记从哪里来？丛书的几十种诗文选从哪里来？不都是由前代书鱼子们传承下来的吗？

我忽然想到：吃书的雁兄、念孙兄果然看透了藏书文化的最本质的内容，含英咀华，为各自的书取了非常贴切的书名；亦生动地反映出书鱼子们的某种生存状态。

在《故纸犹香》一书中，雁兄把在读书、访书过程中得到的吉光片羽，组成两个版块：读旧书的心得，访书的小风景。在心得部分，他按照所读图书的书名列题，共计十二个题目，而涉及图书却远远多于十二种。因为多年爱书、觅书的雁兄给我们介绍的是《贩书经眼录》《来青阁书庄书目》《知不足斋丛书样本》之类书，所含图书信息很多；如《扫叶山房书目》一文穿插讲到《文学山房书目》为"叶鞠汤先生遗著"打的广告语中有："吾业既有传播文化之义，不无保存国粹之心。"又可知旧书商确实有文化底蕴，并非寻常买卖生意之人。我知雁兄留意出自书肆的古旧书目，为他撰写我国古旧书业史一定极有帮助。对读者而言，雁兄这些有点专业的书林掌故和知识，把我们拉入了书籍编目、流散、聚藏的过程里。雁兄访书中的"小风景"，记述了他到上海、南京、北京、合肥等地淘书阅历，那些"风景"不仅是他的所历所见，也是他心中之景。

二〇〇三年七月间，雁兄到合肥，两日访书。他在《合肥市古旧书店》一节中，有关《文史杂笔》一书的介绍，很有意思，又与我曾经工作过的黄山书社有关。他认为宋毓培的《文史杂笔》"着实是一本好书"，是一部"学术随笔集"……这勾起我的回忆，并查找起带到深圳的黄山书社版图书。我印象里没有这本书。如雁兄称许的这样一本好书，我会携带到深圳的；可是我也没有找到这本书。

我还带了一些由书商、学人自行操作的图书，真是"假手于书商出版的书"；它们在版权著录信息上的"幽默"，果然能让你啼笑皆非。今天，出版社假手于书商出版图书的情况，已经可以用"古已有之，于今为烈"来描述了。这个"古"字所含的意义是，约莫二十年时间。这个"烈"字所含的意义是:十多年后,成熟起来的书商在出版社的"假手"(亦可说培养)下,不仅出版那些时髦的、"快餐"的读物,竟也有规模、有条理、有节奏地组织出版故纸堆里发掘的东西。如今想在他们的出版物中找到雁兄笔下那样的笑话,已是一件困难的事情了。

看来雁兄还是买了《文史杂笔》一书,没有买的话倒是挺可惜的。我想,雁兄手里会有一些这类"假手"之作,加之他早先也在出版社工作,或许会在完成《中国旧书业百年》后,再写一部关于出版社假手于书商出版图书的历史长卷。

跟随着雁兄的走笔,我还"到"了合肥的张记旧书店、花冲周日旧书集市、学海古旧书店,见他又觅购到一些称心的书,我心亦喜;像《说书史话》《百花集:芜湖地区十年文化艺术工作建设成就资料汇编》这类尘封多时的旧书,就像待字阁中的闺女,那日里总算是嫁得一个好人家。雁兄记述细致,我竟有一种身临其境之感,随行于他身侧,看他披阅图书,听他与店家叙话。

如果把旧书不遇而被尘封于店铺多时比作好女子待字阁中,是一个可以成立之比喻的话;那么,书鱼子们可算得上是风流透顶的人了!旧书之遇书鱼子,等于托付终身给了君子;书鱼子待旧书,那就是陆游的"与书共俱"、袁枚的"书之为物,无勿宜也"。雁兄、念孙兄都是拥有好几万册图书的藏家,他们不仅与书相偕相守,他们还咀嚼出书中的华韵精爽;醍醐灌顶,使我辈自然多几许书卷气。

"风晨雨夕没有指望过,那么风和日丽的日子总该来转转来看看了吧?"徐雁在为古旧书店招徕客人,可这也是他心中期盼的风景啊!

在《故纸犹香》中,第三版块叫做:高高的故纸堆。这个风流透顶的书鱼子,自己寻寻觅觅,把一本本中意的书"迎娶"家中还不过瘾,又在这里呐喊:要敬惜字纸啊!要把一本本古旧图书迎回家中啊!从他的声音里,我自能感到源远流长的传统;从他的文字内容里，我们能知道"敬惜字纸"给文化继承和繁荣带来什么样的作用。《线装书现代传奇七章回》和《"故纸尘昏枉乞灵"》（后记）都写到的胡适，早年在推行"文学革命"的过程中，骂那些钻入故纸堆的人是"以古为邻"，其实不过是"以鬼为邻"；后来胡适自己"敬惜字纸""以鬼为邻"起来，他到处搜购《水经注》不同版本，用四十余种《水经注》版本，解决了这部著名地理学（也是文学）著作在学术上的许多问题。这是非常生动的例子。在《中国文献资源与知识传播纲要》这个学究式的标题下，我们读到的各种专门知识，如"文献的构成""（经、史、子、集）四部书籍""历史文献整理""版本与版本学""古旧书业""目录与目录学"等等，足以佐证出故纸堆、古籍在中华民族伟大复兴事业中的巨大作用，也自能促动我们生起一片"敬惜字纸"之心。

总结和提炼雁兄此书给世人永久的启迪意义是：要敬惜字纸，因为故纸犹香！

四

念孙兄的《无法尘封的历史：抗战旧书收藏笔记》，就是故纸犹香结出的硕果。如果这本书在去年上半年出版，《故纸犹香》中《廿年来中国藏书文化著述补遗录》一文当予以收载，并给以品评。

这部书除前言、后记外，就是"抗战发生背景""日本侵略战序幕""八年抗战历程""战时中国政治""战时中国军事""战时中国外交""战时中国经济""战时中国文化""日本对中国研究""中国对日本研究""抗战善后与恢复"十一个专题，其中包括两百余种旧书介绍。我在翻阅时，念孙兄为我作了同步介绍。比如说，哪一本书是在哪里收到的，哪一本书是国民党中央或军内出版发行的内部读物，哪一本书在介绍内容上还有不足。他跟我讲的一段话，震撼我心，发人深思；后来在该书前言也见到了这段话的书面语：

（翻阅）关于中国现代史特别是抗战史的图书时，思想受到很大震撼，因为其所讲述的内容与我从小学到大学所接受的知识，是那样互不相同以至颇多抵牾……难道历史真的像有人所说的那样，是个可以任人打扮的小姑娘？难道我们对已经过去半个多世纪的伟大的抗战史，不应该有自己秉笔直书的作品吗？

此书中记宦乡等著、一九四六年十月开明书店初版之《第二次世界大战总结：战争与和平》一文，一个熟悉的名字跳入眼帘：陈正飞；他写的《欧洲战争始末》是该抗战旧书七篇文章中的一篇。陈正飞是我大学时的老师，二十三年前，他只在全系师生开会和提高课上偶露真容，寻常哪里能见到他！那时，陈正飞老师担任我国二战史学会理事长。可是，我们大多数同学都不知道他成名已久、因何成名。在一个地方高校里何以会埋伏着一个全国性学会的理事长？与陈正飞老师同为本书作者的人物有：宦乡、湘渔、顾均正、茅盾、陈原、金仲华；这使我在二十多年后对陈老师有了新了解。我知道，在新中国成立以后的数次运动中，陈正飞老师是挨过整的。莫非是他早年所做的那些学术研究触犯了时忌？可笑的是：我的"新"了解却是白纸黑字印在近六十年前的书上的陈正飞老师。由此可知："尘封"这个东西在岁月中是如何的无情。

念孙兄这书还记着一套丛书，叫《中国内乱外祸历史丛书》。它自一九三六年陆续出版，到一九四六年形成三个版本。在影影绰绰的记忆中，我的书架上有此丛书；翻过一页，一组书影立现眼前，它们果然是我所藏的一九八二年四月上海书店影印之《中国历史研究资料丛书》的前身；影印者把它们定为四版，却没有保留（或者采用）初版本上蔡元培写的总序（手迹）。蔡先生站在抵抗日本侵略、中华民族必胜的高度，称道此丛书："方今学者，处国难严重之期，切民族自决之望，得是书以增其刺激，其与中国之将来，必大有影响无疑也。"也许因为时忌还没有打破，蔡序这么好的一篇短序在一九八二年的第四版中未能完整现身，依然处在被"尘封"的状态下。

念孙兄这部书的一大特色是，二百余种抗战旧书封面书影，俱为彩色版印。在十六开的图书版面上，每一书影都占了一半甚至一半以上的版面；一些旧书中的图片资料被再次使用，居然十分清晰，起到助读和图文互动作用，而绝不是那种做做样子的装饰。比如从《汪主席和平建国言论选集》一书中翻印的一帧照片，让我们看到汪精卫向东条英机献媚的场景；念孙兄评点此书的文字是："该书是汪精卫降日卖国汉奸思想的集中展示，是其对沦陷区民众进行奴化宣传的教材，也是研究汪伪集团的重要史料。"

念孙兄对我说，图版的色彩与实际藏书颜色相差无几。我在浏览这些书影时，也特别喜欢那些抗战时人题署的书名，各种手迹有的古拙朴白，有的婉曲蕴秀，有的狂放不羁，有的敦厚周致；孔祥熙题"足食足兵"、俞飞鹏题"十五年来之交通概况"、孙科题"中国战时经济志"、吴稚晖题"民营厂矿内迁纪略"、顾祝同题"中国战时经济"、冯玉祥题"抗倭军官须知歌"，以及钮永建、汤恩伯、徐永昌分别题写的"中国抗战史"等等，还有许多未落书家款的书名字，都极有个性和表现力。在我受的教育中，孔祥熙给我留有的印象是贪婪财长和冒牌的孔圣人后裔，是胸无点墨的草包；他怎能写出这手有肉有骨、气贯长虹的好字？这些脱去"尘封"的书名字，亦照映出国民党要员和将领文化素养的另一侧面。我与念孙兄商量：在进一步思考和筹划后，我们可不可以编一册民国人物图书手迹选？

有赖于念孙兄一类藏书家，我们还能从他们的藏书上深化思想。从念孙兄的这些抗战旧书书名字题署上看，采用作者自署和相关人士题署的手迹，十分普遍。从存史来看，我们在一些书名字上看到了时代的声音和书家的个性；从装帧实用美学来讲，题署人的书名字之书法美，意味无穷，我在玩味中不知不觉就与题署人亲近了许多。今天，出版界以手迹作书名字的做法，日益稀落；想来在六十年之后，人们要在今日之书上选编一本人物手迹，恐怕不可能了。反观之，这是出版业的进步吗？

抗战旧书中呐喊的民族之声、抒发的抗日之情、谋划的灭寇之策、飞吟的行军之曲、怒吼的冲锋之号，无不振奋精神，至今犹香！

五

我的《千古杂记》是从传世藏书中选文，脍炙人口的杂记代代相传，正是故纸犹香的极好说明。雁兄的文墨生涯正处在一个喝茶得味、味道绵醇悠长的境界，所以他说旧书时吐气如兰，茶味惠及我等。念孙兄在做一件打破"尘封"的事，他的行为得到了出版社的支持，也是机缘巧合，获得成功；然而他的行为说明：只要有书鱼子们在，是无法尘封历史的。从陆游、朱敬之、丁雄飞、袁枚、陈氏藏书楼，直到今天的徐雁、钱念孙等，许多的藏书家薪火相传，继往开来，为中华民族书写着一轴图书文化的瑰丽长卷，必将泽及后代，书香永恒。是以，我为本文拟题为——

千古图书犹香，历史无法尘封！

二〇〇五年九月十日

祭城隍民俗考

"城隍"两字最早见于《周易·泰卦》："上六：城复于隍。"意思是：城墙倾覆于城下的沟中。注家云："无水称隍，有水称池。"而祭祀城隍神的文字，最早的记载，可能是《礼记·郊特牲》："天子大蜡八，伊耆氏始为蜡（注：伊耆，尧也；蜡神八，水庸居七。水，隍也；庸，城也）。"《春秋左传》记载："郑灾，祧于四鄘。宋灾，用马于四鄘。"鄘与堭、庸意义相通。说明传说中的尧舜时代，就有了祭拜城隍的民俗形态。到了周朝已经制定了每年年底祭祀八种神（城隍居第七）的制度。春秋战国时期，封地在今河南新郑和商丘的郑、宋两国，均盛行着祀城隍活动。当时这种祭祀仪制是旨在加强统治者对人民精神奴役的一种活动。有了城隍神，因之而兴建了城隍庙。

城隍庙成为意识形态的物化标志。城隍有庙的时间，有史可考的是在三国吴。据《太平府志》说："城隍庙在府承流坊，赤乌二年创建。"太平府的"承流坊"，在今安徽省芜湖市的辖区内。"赤乌二年"是公元二三九年，距今已有一千七百五十余年。在清末民初时，芜湖县有一座城隍庙，传即建于赤乌年间，可能即府志所记的城隍庙。

北齐慕容俨在今河南信阳市南也建有城隍神祠，目的是奉祀城隍、祈求城隍帮助战胜敌方梁军。到了唐代，各郡县皆祭祀城隍。唐代文人韩愈、张九龄、李商隐、杜文员都作过祭城隍的诗文。唐乾元二年（七五九），缙云县（今属浙江）久旱不雨，时任缙云县令的李阳冰躬祷于城隍庙，向城隍神祈祷说："五日不雨，将焚其庙。"结果，五天之内全县普降雨水。李阳冰又率署官和耆宿人众将该县城隍庙由西谷迁建至山巅。据明代叶盛《水东日记》载，李阳冰曾将这一活动篆书勒于碑石，明朝时人们尚可目见碑石。另外，五代钱镠写有《重修墙隍庙记》。钱镠在公元九〇七年接受后梁建立者朱温（全忠）的"吴越王"封号，同时建立"吴越国"。他为了避朱温父名之讳，以"墙"讳"城"。五代时后唐废帝于清泰元年（九三四）封城隍为王。后唐所辖地区，大约为今日河北、河南一带。

宋代，祀城隍的活动更为兴盛，分布地区相当广泛。宋廷规定：新官到任的三日内，必须拜谒城隍庙。许多著名学者开始研究城隍庙及其祭祀活动，并发表一些见解，采取一些行动。欧阳修认为唐代各地虽然都有城隍，但县一级行政单位基本上是不搞城隍的建设（指城墙和环城池水），所以在县是不会有城隍庙的，也不会有新官上任谒拜城隍神之举。范仲淹就"新官三日例谒庙"之事向程颐请教，程回答说："城隍既如社稷先圣，又如古先贤哲，所以应当拜谒之。"程颐认为：城隍不同于土地神，它也是社稷。程颐是宋代理学代表人物之一，是封建王朝所崇尚的三纲五常之卫道者。他与范仲淹的对话充分表明了他对城隍的重视，将城隍等同于社稷，与其理学思想和政治主张是一致的。另一位理学人物张栻在桂林禁毁所谓淫祠，见土地庙祠坐落在城墙弯曲处，令人毁之，并说："土地庙坐落于此甚为荒诞，况且这里本是城隍所在地。"有幕僚问他："既然已有祭祀土地神的'社'，是否还需要城隍庙祠？"张栻回答："祀城隍也是赘举，但这是祀典上规定的。当今州郡还是以奉祀社稷为最正确。"诗人陆游记载了镇江府的城隍庙，自昔即祀奉汉代纪信为城隍神。纪信其人，在楚汉相争中为刘邦属下将军。项羽围困荥阳，形势紧迫，纪信自请乘刘邦车，黄屋左纛，将楚军吸引到自己身边，刘邦得以脱逃。项羽俘获纪信后，焚杀之。西汉时已经立有纪信的庙享，名曰"忠祐庙"，址在顺庆。陆游认为纪信之为城隍，是"为善之报"。陆游还比较了城隍与社稷，说：唐以来郡县皆祀城隍，今世尤为恭谨，守令之类官员对城隍的谒拜甚于对其他神祠的谒拜。虽然社稷最受尊崇，但需要在一定季节按一定规则从事祭祀活动。像官民中的祈祷决判等活动，唯在城隍庙祠可以解决。对待祭城隍一类的活动，不必尽循千古礼，只要有义、于心可安，都可以进行。另外，宋人洪迈在其《夷坚志》中，称城隍治理阴间之事。这给它在神的职岗方面找到了位置。祭祀城隍活动成了宋代社会普遍现象，引起当时学者的高度重视。由上述可见，学者们都在试图给城隍以明确的定义，目的是将既成的祭城隍活动拉入官方的政治轨道。陆游所记镇江府城隍庙奉祀纪信之说，说明至迟在宋代城隍已由臆想物转变为人神共一的专门祀主。祭祀城隍的活动逐渐成了一种民俗的迎神赛会的形式，所祭祀的对象不再是传说中那个纯属虚构的神祇，而是历史上有过作为、受人崇拜的一些名人。

只有一百六十余年的元朝，仍然十分尊崇城隍。坐江山的蒙古统治者为稳定人心、巩固政权，没有改变、取消祭城隍这一汉习。元廷还赐封安庆城隍纪信为"显忠灵佑王"。元代学者吴澄研究了江右各郡县为何都以汉侯灌婴为城隍祀主，他说"以侯尝定豫章诸郡而然"；就是说：西汉名将灌婴在楚汉战争中攻克过这些地区（长江以西沿江地区），战功赫奕，所以祀之。

宋元两朝，是各地兴建城隍庙最为盛行的时期。据《怀宁县志》载：安庆城隍庙有元大将余阙所写碑文，说"自唐以来，始稍见之。今日天子都邑，下逮郡县，至于山陬海峤、荒墟左里之间，无不有祠"。可说明全国普遍建城隍庙的情况。

赐封臣属是封建帝王的拿手好戏。明太祖朱元璋承袭封号城隍的传统，又有所"创新"。洪武元年（一三六八），朱元璋颁诏封天下城隍神：在应天府者为帝，开封、东平、临濠、和州、滁州、太平府者为王，一般的府、州、县为公为侯为伯。朱元璋封号的等级是将京畿居上，他兴起之地次之，其他地区再次之。这种简单划分显然有着维护自己至上形象的用意。洪武三年，诏定岳、镇、海、渎皆以本名相称，而各地城隍复又改题本主。亦即取消了王侯之类的封号，仍按当地对祀主的称呼称之。当时泉州人称当地城隍庙祀主为苏缄，俗称"苏城隍"。苏缄是泉州人，殉节于邕州，被乡人视为荣耀。洪武四年，又颁诏规定：郡县里社须设立"无祀鬼神坛"，以城隍神为主祭对象，借此监察善恶。后又进一步规定：新官赴任，必须先拜谒任地的城隍神，于庙内作神誓。朝廷通过此举，使地方官员做到阴阳表里一致，履行牧民守土之责。谒神的礼仪和祝祭之文，是仰承朱元璋旨意制订的，有一定规范，不能逾越。有明一代，对城隍神是极为重视和尊崇的。

清代，尊崇奉祀城隍的惯势不减，城隍庙遍及大江南北和边远地区。雷州属边荒地区，清初，这里以陈冯宝为城隍神，包括当地的少数民族群众在内，都参与祭祀城隍神陈冯宝的活动。由于官方的推动和中华民族的文化交流，祭城隍成为中华民族的文化现象——一种共同的信仰崇拜民俗。每当农历七月二十四日这天，清政权所在地北京都要举行隆重祀奠当地城隍的活动，以此昭示天下（相传农历七月二十四日是北京筑城的日子，亦为当地城隍诞辰日）。

城隍庙祀主一旦确定，一般都不会变易。如宋元时江西各郡为灌婴、英德郡为纪信，至清末，这些地方的城隍祀主仍分别为灌婴、纪信。清学者梁绍壬针对城隍是治阴间（如前述洪迈等）的神之说法，提出不同看法。他认为城隍是"主城郭之神"，意为守护城池的神。这个观点为今天民俗学者所接受。

不过，也要看到祭城隍这一民俗的宗教烙印。道教信奉城隍，以城隍为管理亡魂的神。城隍庙多为道士所居，道士建醮"超度亡魂"时须发《城隍牒》文书，"知照"城隍后方能"拘解"亡魂到坛。道教认为城隍又能"剪恶除凶，护国保邦"，因此道士代人向城隍求雨、祈晴、禳灾等。一些地区在祭祀城隍的活动中，备办香粮、香钱，延请老道人持续诵经四天，善男信女赴庙降香、添香钱，对神像顶礼膜拜；庙内香火通明，烟雾缭绕。另外在川西一带，民间俗信在农历七月十五日城隍爷要给孤魂野鬼烧纸作祭，赏贫恤孤，当地流行"赏孤会"（于是日将红袍冠戴的城隍爷及木雕像抬至郊外赏孤）。这仿佛又为城隍治掌阴司的一证。各地祭祀城隍的时间也不尽相同。北京是农历七月二十四日，青海西宁市和周近地区是农历五月十八日，大多数地区是农历三月一日、清明日、七月十五日、十月一日；又往往以城隍庙祀主的生辰、殉难日为祭祀的时间。因此，从祭祀对象、祭祀目的到祭祀时间，均能反映出祭城隍这一民俗的复杂性。

　　近代学者胡朴安以清明、七月十五日、十月一日的祭祀城隍活动为"三巡会"时间，各地在一年中这三个日子"举城隍神像，导以旗仗，至厉坛而还，谓之城隍出巡"。就安徽省情况看：安庆、巢湖等地是在农历五月十五日，滁县是农历七月十五日，泾县是农历十月十五日，六安以农历四月初二（或农历五月二十八日）为大会，清明节和农历十月初一为小会，阜阳是农历四月十九日。可知城隍出巡时间各异，有的地方一年只举行一次出巡活动。

　　在祭城隍的民俗文化中，最瑰奇多彩、情趣盎然的内容便是城隍出巡。当是时，民众巧制花轿，由四或八人抬城隍及二位娘娘的木雕座像穿城过街；有的地方人群簇拥至郊外，同时举行"赏孤"活动。城隍木雕像被安置在临时搭成的"神棚"内，周围举行群众庙会，弹唱吹拿，软歌悍舞，儿童放风筝，老人说旧事，妇女争艳妆……凡一般庙会所有的物资交流与民间文艺活动，应有尽有，不过都带有当地特色。庙会结束后，还要将木雕像抬回城隍庙。在城隍巡回途中，花轿前有金瓜、斧钺、"回避"、"肃静"等兵仗和牌面；一些善男信女手触轿杆而行，算是"护驾"；轿夫均穿兜裆彩裤、白色短衣，腰系艳丽绸带。一般在随轿队伍中,大致又有马队、高跷队、道士队、役兵队。马上骑士手持各种兵器,表情神圣严肃;高跷上是化妆成的各种神、鬼模样,以高矮、胖瘦、黑白分明的黑无常、白无常最滑稽,在肃穆中透出活泼;道上边走边奏音乐;皂役、兵勇玩弄着手上竹板,手按腰刀,拖着铁链。传说城隍享受半副銮驾的待遇,因此才有如此排场。唯安徽省五河县城隍庙的传说稍异:因为该庙的泥马曾救过乾隆皇帝的性命,乾隆赏赐该庙满副銮驾。整个庙会活动不仅有祭祀的庄严肃穆,也有娱乐的欢愉热闹。

城隍庙建筑规模大小不等,多坐南朝北、圆门高墙(隐壁墙)。第一进楼房,楼上为戏台("万年台"),楼下为走廊,两边分别是"千里眼""顺风耳"神像。庙的正殿中央设神龛,下塑两尊城隍神像,坐身、立身各一,王冠蟒带,脚蹬粉底皂靴;左右分立金童玉女塑像(道童打扮),手执云幡。前有香案,摆放香炉、笔架、签筒、铁磬等物;下有蒲团。再两旁有四大金刚立像,周围有钟、鼓、武器架和算盘等陈设。正殿两厢或后进有十殿阎王的塑像,气氛森严可怖。正殿后面的寝殿是城隍娘子的住所,又有卧室、书房、家具、妆奁等,中间为凤冠霞帔的城隍娘子塑像。城隍庙的屋檐下、神龛旁、楹柱上有匾额和楹联。楹联的内容多诲人警世之义,宣传善恶有报思想;有些楹联对社会上种种"作恶"现象痛加挞伐,并呼唤平等。如今,规模完整无损的城隍庙很少见了。一些尚存(或复建)的城隍庙,以其丰富的民俗文化魅力和卓越的建筑特色,成为当地吸引游众的名胜古迹。如上海城隍庙、苏州城隍庙工字殿、合肥城隍庙、台湾凤山城隍庙等等。

在对待传统文化方面,持弃芜存精、消化吸收的态度,是不会有偏差的。在祭城隍这一民俗文化中,哪些是芜杂的,哪些是精粹的?我们明显地感触到了在森严氛围内的妙趣精华,却很难一刀断开,好坏立分。在城隍出巡的庙会过程中,从万人空巷、尾随游城,到载歌载舞、锣鼓喧腾，无时不洋溢着浓郁的乡土气息，不啻是一次民俗文化旅游。今天，剔除这一民俗中的迷信成分，将"城隍出巡"当作一地的旅游节目演一演，是未尝不可的。例如西方国家一些城市流行的"鬼节"，人们化妆成各种各样的鬼怪，作一些无伤大雅的恶作剧，热热闹闹，欢度一宵。这不仅增进了人们之间的友情和家庭内部的和睦，也使城市充满欢乐祥和气氛，吸引来外地游客，树立起良好的城市形象。类似"鬼节"的民俗活动，在西方国家是很多的，我们可借鉴其有益成分。

我读吉田弥寿夫《现代日语》，颇怀疑类似城隍出巡的民俗传入了日本。该书第二十六课的会话部分，通过两人对话反映一次民俗活动："您听，听到笛子和锣声了吧。过来了。有个许多人抬着的东西吧？那叫做神舆……"接着在对话中道出有一支百余人的队伍，一边吃喝着一边跳着舞（狮子舞），向目的地"神社"走去；周围有很多人围观。就在该书中，作者称"日本的传统节日活动多半是从中国传来的"。我更注意到日本民族是很会消化吸收外来文化的，我国的一些节日、旧习被其改造得有声有色，具有强烈的娱乐趣味。看来，传统民族文化要在现代化社会立足，必须增加趣味内容，扩大参与面。这不妨拿"城隍出巡"一试。

刊于一九九八年第一期《苏州大学学报》

论《隋炀帝艳史》的主题思想

《隋炀帝艳史》(下称《艳史》)八卷四十回,是明代小说中很有特色的一部。此书在清初遭禁毁,很少传存下来。鲁迅、郑振铎等前辈学者在他们的著述中对此书稍有涉及,但未见有深入展开研究。一九八六年中州古籍出版社出版了《艳史》整理本,署"齐东野人编演""不经先生批评",整校颇精,为研究此书提供了方便。

明清小说假奢华淫艳隐其政治用意者很多,前人对此多有指陈。此类书名的运用是颇有深意的,主要在于躲避权忌时讳。《艳史》凡例曰:"艳史穷极荒淫奢侈之事,而其中微言冷语与夫诗词之类,皆寓讥讽规谏之意。使读者一鉴知酒色所以丧身,土木所以亡国,则兹编之为殷鉴,有裨于风化者岂鲜哉?"《艳史》写隋炀帝亡国历史,其实少有淫艳之语;这段文字正是该书编演者对于《艳史》主题的一种提示,一种"唯恐别人不知"的心态的自然流露。

《艳史》序有"崇祯辛未"的落款,又可知此书当成于一六三一年(崇祯辛未)前后。处于明朝政权垂死之际,写隋炀帝亡国历史小说,其中是否寓有某种政治意义呢?

一

《艳史》的主要情节取正史、野史及笔记小说的有关材料敷演而成,堪为讲史小说的正格。讲史小说不同于史官记录,它是一种文学创作。一个时代的文学作品免不了会有那个时代的印记。撇开《艳史》对历史叙述的真实性而言,我们可以发现一些明显属于明朝荒淫君主和政治格局特征的内容。

自宫求进与宦官擅权。《艳史》第七回出现一个叫王义的人。此人"生得眉浓目秀,身材短小,行动举止皆可人意。又口巧心灵,善于应对"。作者对这一人物开首写来,便勾勒了一个典型的太监形象。王义凡事小心谨慎,说话做事均能仰承体贴君主之意,深得炀帝喜爱。为了能昼夜随侍和出入庭闱的方便,王义私下请人为自己净身。书中尚有一段净身的描写,处处表现了王义对净身的主动意识和决心,所以这是自宫行为。王义自宫后更得炀帝渥幸,除随侍承迎其左右,尚能每每进言,语涉枢要。

明朝自武宗起,出现了一种因宠用宦官而引发的不正常现象,即别有用心者自宫求得进用。《古今谭概·颜甲部》有:"宣德中,金吾卫指挥同知傅广自宫,请效用内庭。"自宫现象的远因则是永乐末"诏天下学官考绩不称者,许净身入宫训女官辈"(《纲目分注》)。擅权一时的大宦官王振,正是逢此机遇,自宫者以进用于宫廷。明朝自仁宗起,朝廷禁止自宫,然而嘉、隆以后,自宫愈禁愈多,无可止绝。自宫求进败坏了社会风气,是明朝阉宦得以结党营私的原因之一。《艳史》也印证了这一点:向王义进净身之计并为之净身的人,是先行入宫的太监。

太监夤缘而进以致造成不可救药的阉党专权,是明朝中晚期最恶劣的政治现象之一。且看《艳史》中一段描述:

> 却说这宫中的太监原来都与外官交结,凡有机密事情都暗暗报知,外官却将厚礼酬谢。当日有个穿宫太监叫做王忠,听见炀帝与萧后商量西域开市,要外官上书。他知道这

些事有些想头，便留心听了。在官中鬼混半日，见没甚公事，他就潜身走出东华门，骑了一匹马，带了几个跟从，竟来拜一个素常相好的官儿，那官儿……见王忠来拜，慌忙接入，分宾主而坐。——第七回

  这段文字是描写宦官与外臣间一桩龌龊交易的"序幕"。后面还有大段的白描和对话。仅此已可看出：王太监不仅骑马而行，居然还跟着几个随从，而且朝官见到他来，"慌忙接入，分宾主而坐"。寥寥几笔，太监的趾高气扬、洋洋得意、威风炙人的气势便跃然纸上。沈德符，明万历、崇祯间人，应为《艳史》作者同时人。他的《野获编》有许多可以佐证的资料。如记明英宗死，宦官王抡与大学士钱溥相谋并拟作遗诏；穆宗死，大珰冯保与张居正密谋迎立嗣君诸事等；弘治末，在被诛杀的权阉李广居处搜出了纳贿簿籍，上面分列了朝官供奉的金、银数量……这都是明朝中晚期的政治现实——宦官交结外臣，《艳史》作者以此向我们展示了宦官擅权的一个侧面。

  宦官交结外臣是明朝宦官专权的特点之一。他们相互利用，断烂朝纲，败坏和腐化了明朝政治，是后世公认的致明衰亡之重要原因。即在当时有识者中，对宦官交结外臣也是深恶痛绝的。大学士李东阳只因替权阉作碑记，便颇为当时士林所讥议；稍后，冯梦龙更将此事记入他的《古今谭概》。是为一证。事实上，掌握实际政权的宦官们，一方面加强特务统治，培植爪牙，用酷刑镇压异己的官民；另一方面广收贿赂，买卖官爵，造成所谓"以财贷官"然后"转输权贵"的恶风。这情形（尤其是后者）在《艳史》里可以看到缩影。

  《艳史》着墨塑造太监"王义""王忠"的深意，是我们考察《艳史》政治主题的一个依据。

  男色与淫药。炀帝之于男色在《艳史》中仅有一处描写，作者之意似着落在淫君戒女色的虚伪和"色性难更"上。第三十三回写别后

妃而居期以戒欲的隋炀帝，依然"满腔欲火"，恨不得马上回到美人丽妇中去。"忽抬头只见一个小黄门站在面前，止好有十六七岁，到生得唇红齿白，有几分俊俏……"小黄门遂被炀帝奸了。这是《艳史》炀帝性格化上很成功的一段白描，缘此，我们认识到炀帝之荒淫确实到了无可救药、欲罢不能的境地了。

然而，男色之风却是我国明朝中晚期的特产。上自君臣，下至士夫兵民，均有"嗜娈童而不顾生计性命"者。略早于《艳史》的《金瓶梅词话》（笔者从"万历说"）对此有许多揭示，可为两书的时代性的一个互证。男色之风的产生虽有种种原因，但明朝君主的荒淫行径则起到了推波助澜作用。有明一代，爱男色的君主不乏其人。武宗以下娈童之好愈演愈达，子孙相袭。明神宗幸御嫔妃已觉无味，犹试男宠："选重髫内臣之慧且丽者十余曹"，与之"同卧起"，"内廷皆目之为'十俊'"（《野获编》），甚至公然派遣太监外出寻买妙龄男子以充内庭。君主好男宠已是半公开的秘密，民间有闲阶层自然逐乐其中，遂致男色之风一直"刮"到清兵入关、新政权建立。满族这个强悍的北方民族是不懂男色的，深以此风为丑。清初对男色之风曾有过相当严肃的整顿。由此想到《艳史》在清初被禁，其渲染男色及颇多"淫词诲语"必是原因之一。

可与男色之风并提的丑行是追寻春方淫药（具）。这虽非明朝的特产，但在明中晚期的君们则蔚为大观了。很可以比较的是《艳史》作者也有他对隋炀帝方面的得意描写。一是何安、何稠、上官时分别向隋炀帝进呈淫具"御女车"、"转关车"（又名"任意车"）、"御童女车"、"乌铜屏"，三人因之先后得官；二是炀帝令"画院官将男女交合的春图，奇奇怪怪地画上无数，遍迷楼中都悬挂起来……细细观看"；三是炀帝向"蕃厘观"道人讨得"固精最妙"的所谓"金丹"，吃了"精神焕发，春兴勃勃"。值得我们注意的是第三十二回中一段夹叙夹议的文字：

> 只因炀帝有旨寻求丹药，早惊动了一班烧铅炼汞的假仙人，都将麝香附子诸般热药制成假仙丹，来哄骗炀帝。也有羽衣鹤氅，装束得齐齐整整，到官门首来献的；也有破衲头腌腌臜臜，装做疯魔之状，在街市上卖的。这个要千金，那个要百换，并没一个肯白送。众内相……只得下高价，逢着便买，遇着便收。不多时，丹药就如粪土般，流水的送入官来……原来那药一味都是兴阳之物，吃下去到也暖暖烘烘，有些熬炼。不期那些热药发作起来……十分难过……

这把隋炀帝追求淫药春方不辨真假、不知死活的丑态，表现得淋漓尽致。事实上明朝中晚期君主们即是如此荒唐。

明朝自成化后，朝野竞谈"房术"，恬不为耻；方士李孜、僧继晓以献房中术骤贵，为邪恶之人所羡慕；进士起家的盛端明、顾可学也借着"春方"——秋石方——才做了大官。明武宗祖孙之流，视国事如无，淫欲似壑，搜讨春方淫药成了他们的急务，致有献一方换得高官厚禄的无耻之徒；嘉靖时，陶仲文又以进红铅得幸于明世宗，官至特进光禄大夫柱国少师少傅少保礼部尚书恭诚伯；明穆宗乐此不疲，以致身遭淫药之害，"阳物昼夜不仆，遂不能视朝"。明神宗更胜于乃祖乃父，他的好淫贪色行径已引起朝臣们的不安。自万历八年十月至十七年三月，张居正、范鸣谦、万象春、邹元标、赵志皋先后上书劝谏神宗戒"嗜欲"等（分见《明史》）。略举数例，即可见出春方淫药与明中晚期君主们有何等密切的关系了。

既然有靠房术与春方得富贵的，自然便成了社会的好尚；社会上既有这种风气，自然又会在文学作品中得以反映。以上引《艳史》第三十二回片段而言，简直就是嘉靖皇帝的真实写照。明世宗抑佛尚道，所有道士真人都吃得开；其又最为推崇迷信他们所呈的金丹妙药、房中术之类。《艳史》所描写的"羽衣鹤氅"辈，正是在完全道教化的嘉靖时代讨得便宜的道士们。

《艳史》中关于男色、淫药春方等方面的描写，是我们考察《艳史》政治主题的又一依据。

二

"崇祯辛未"的落款表明《艳史》创作的年代已届明朝末世。把握时代的脉搏，将自己的感受——忧患意识——倾注于笔端，是这一时期我国文化人共同的心态。冯梦龙（一五七四—一六四六）针对黑暗现状发出"末世通弊，贤者不免，悲夫"的慨叹，即为显著一例。

文学创作给予杰出的作家们以广阔的思想天地。纵横捭阖、驰骋神思、上下求索，每一个时代（期）的文学家孜孜以求的正是这个自由。在《艳史》里，我们考察它那丰富多彩、奇矫多姿的"诗词之类"，也能体味到作者的用意所在。

明清白话小说中的诗词曲是小说由"讲话本"演变、发展过程中文人化的结果，虽然还存有"楔子""旁白"等作用，但已是白话小说的重要的文学手法之一。由《金瓶梅》到《红楼梦》，诗词曲愈作愈美，逐渐成为加强作品之主题的补充手段，有着不可替代的作用。《艳史》是《红楼梦》之前最能运用诗词曲的比兴效果以强调主题的杰作。

《艳史》有诗词曲三百多首，其中较多的词语品藻皆美、艺境深远，确是大手笔所为。有相当一部分诗词曲以凝重、激越的笔调，发出了末世之叹！

第一回回首的"诗词曰"较多，算是全书的"开篇"。明清小说开篇往往承载着全书的某种重要信息，且看《艳史》的"开篇"：

> 试问水归何处，无明彻夜东流。滔滔不管古今愁。浪花

如喷雪,新月似银钩。暗想当年富贵,挂锦帆直至扬州。风流人去几千秋,两行金线柳,依旧缆扁舟。

词中"古今愁""暗想当年""风流人去几千秋"都有吊古思今的意味。此词之下尚有"诗曰"九首,细细琢磨,尽管手法不同,虚实相间,这种意味却都是主调。只有"今日又非昔,春风能几时"一句才是吊古思今的主旨——古今同一。所以,作者借诗词引发联想,在悲悯无奈中悄悄透出了古今同律的思想。这就是"开篇"的信息罢。

第十一回写炀帝泛龙舟吟诗的盛事。前数回已极尽渲染了炀帝奢华之举,到此再也隐忍不住对现实的联想了,有诗曰:

君莫恃繁华,繁华没终始。鹿台一旦休,三归千载耻。秦破为长城,陈亡因结绮。石家金谷园,岂不极华靡?歌舞未曾终,身夷绿珠死。汉主好神仙,金茎云外起。丹药几时成?长陵高垒垒。前鉴已如斯,后人可知矣。何事愚君臣,荒淫不知止。今古吊兴亡,叹息何能已?

此诗已将明朝中晚期奢华之风愈演愈烈的原因说得很清楚了,(古往今来)根子都在"愚君臣"身上。作者发出忧心忡忡的警告:"前鉴已如斯,后人可知矣。"旋即又有一种无奈于时局的流露:"今古吊兴亡,叹息何能已?"欲忍不能,欲说无奈,这是处在政治最为黑暗腐败氛围中的文人的共同心态。

明朝中晚期社会的奢华之风,已是社会痼疾之一。君臣误国坏政,士庶败家毁业,与此多有关系。《松窗梦语》记道:"自昔吴俗习奢华、乐奇异,人情皆观赴焉。"又特别强调当时的江南地区其民利渔稻之饶,极人工之巧,服饰器具足以炫人心目,而志于富侈者争趋效之。

其实不独江南,据山东两个地方志载,当时北地同样"趋效之"。《博平县志》卷四《民风解》说当地自嘉靖以后,流风愈趋愈下,"以欢宴放饮为豁达,以珍味艳色为盛礼";甚至市井、商贩、仆役辈也寻求酒庐茶肆、异调新声、华冠丽服之享。《郓城县志》卷七《风俗》言当地"竞尚奢靡,齐民而士人之服,士人而大夫之官,饮食器用及婚丧游宴,尽改旧意……里中老少,辄习浮薄,见敦厚俭朴者窘且笑之"。这便是当时的社会背景。《艳史》作者的"君莫恃繁华"云云,不仅来自于他对历史的认同感,还代表了当时的有识之士对统治集团笙歌艳舞、穷极奢华的日常生活的痛心疾首、深恶厌绝。

随着《艳史》对炀帝大兴土木、夸富逞强、荒淫行径的铺陈张扬,"诗词曲"亦由古今一律的感慨,变为直斥现实之非的激越笔法,作者恣肆地写道:

> ……后世荒淫王,明德不复敦。年年穷土木,日日倾芳樽。骄奢享作福,官爵施为恩。音荡之则聩,色荒之则昏。朝廷威与德,丧尽不复存。所以死妖孽,亦来瞰其门,圣躬既被侮,家国安足论。
> ——第十二回题诗

> 天地生财只此数,不在民间即官库,民间官库一齐穷,定是好兴土木故。好兴土木亦何为?只为夺强与逞富!谁知强富有尽时,土木之工实无度。前工未了后工催,东绩才成西又务。城漕土国不及终,早已雷塘造坟墓……
> ——第十四回题诗

大兴土木必然劳民伤财,纵欲无度必然荒政废业,这是作者的基本观点,也是《艳史》表现炀帝荒淫生活以致国灭身亡的基本情节。

众多诗词曲也都在这方面反复指陈,明显地观照了明朝中晚期最高统治者的腐败现象。

明朝政治腐败自英宗始,以后则每下愈况,景帝、宪宗、孝宗、武宗等都长期不问政事。明世宗登基初,虽曾下诏尽革武宗弊政,但治力萎顿、好景不长,早已深入统治集团骨髓的腐蚀突为发展。世宗朝中晚期,由于营建繁兴、斋醮不断,以至于帑藏耗竭。据史载,明廷光禄库金自嘉靖改元至十五年,已积到八十万两;自二十一年以后,供亿日增,余藏顿尽(《明史·刘体乾传》)。明神宗万历初,张居正勠力整顿,综覈名实,裁减冗费,政治上了轨道,国库渐渐充实。张居正死,神宗又因循守旧。他晏居深宫,怠荒朝政,土木之费荡耗无度;营建宫殿等种种费用都强迫国库承担,"万历二十六年,诏旨采办珠宝二千四百万,而天下赋税之额止四百万"(《明史·朱国祚传》),"帝方营三殿,采木楚中,计费四百二十万有奇"(《明史·张问达传》)。由此,不到十年工夫,"光禄太仆之帑,括取几空"(《明史·何选传》)。万历四十七年,大臣杨嗣昌上《请帑稿》,悲苦地呈述道:

> 今日见钱,户部无有,工部无有,太仆寺无有,各处直省地方无有……一议加派,而加派尽矣;一议搜刮,而搜刮尽矣……臣等只得相率恳请皇上将内帑多年蓄积银两,即日发出亿万……

其时,因神宗公然传索帑藏营兴木林,国家财库早已空虚,此呈故留中不发。

上述正是《艳史》"民间官库一齐穷,定是好兴土木故"的真实所指。

到了此时,社会矛盾激化;隋炀帝将亡在即,明朝亦将亡在即。

其表现在两个绝对悬殊的阶级尖锐对立：上自皇帝，下至市民的专务享乐，莫不过着穷奢极欲、荒淫无度的生活；而广大农民却受着十几重的剥削，在水平线下过着饥饿困穷、流离转徙的生活。在他们面前只有两条路，一是穷死沟壑，一是揭竿而起。诚如《艳史》第二十九回写道："怎奈这一次比前不同。内帑外库俱已空虚，天下百姓的膏血已尽，哪里还禁得起又一场大工？只因这番土木，有分教：干戈四起，盗贼蜂生，黎民保不得性命，朝廷坐不稳江山。这正是：世乱自遭兵，民穷定为盗。任有万木撑，江山要重造。"从这段议论看，明末农民起义（一六二二——一六四六）的烽火烈炽，给作者不小的震荡。他能够较为清醒地说出"官逼民反"的道理，并客观地预测了明朝灭亡这一重大历史事件，是极为可贵的。

这里尚有必要讨论一下第八回题词中出现的"末世"所指。该回写隋炀帝在"西域开市"并"擅兵蓟北"，基本情节符合史实。但"开市"和"擅兵"皆在炀帝登基之初，正因其时隋政权强盛才有此举。此回中也写"此时海内富庶，百物丰美，宫帐器皿皆极其奢侈"。丝毫未及衰微民变之写状。据《贞观政要·论贡赋》说，到隋文帝末年时，"计天下储积，得供五六十年"，甚至到隋末，东都的布帛还堆积如山，太原的粮储可支十年。那么，"开市""擅兵"及其"末世"究竟何指呢？我认为："开市"是指明隆庆五年以后在沿边各地开茶马市与蒙古各部贸易，以示明廷强盛。"擅兵"是指明神宗万历中平播州、平朝鲜倭寇、平宁夏诸事。"末世"正是明朝中晚期之指，亦即《艳史》作者所处时代的前后。这首题词与其说是处在末世中一个文化人忧患意识的体现，毋宁说是明末崇祯帝登基初诛逐奸佞、励精图治在文化人中的思想返照；否则，题词中便不会又有"愿君主端拱享承平，登三五"之说。

上述诗词曲也为我们了解《艳史》的政治主题提供了大量的信息。

三

　　《艳史》作者所处时代，封建王朝面临着内忧外患、社会矛盾激化的局面。此时煌煌三百余年的明王朝已经中柱腐蚀颓败，将亡在即。那么，为什么会出现这种纷乱的社会局面呢？作者"齐东野人"对历史作了联想和反思，捕捉了因隋炀帝荒淫奢华生活而导致农民起义直至隋亡的历史事实，选择了方兴未艾的小说创作之途径，以"艳史"之名，行政治讽谕之实。我以为《艳史》这部小说是作者对明嘉靖以降百余年的历史总结和隐括，它是一部非君讽时的政治小说。

　　在《艳史》中的"隋炀帝"身上，附着了明朝中晚期所有帝王的乖行劣政，而尤以明世宗为甚。作者精心描写和塑造"隋炀帝"这一人物，不仅是寓其"讥讽规谏之意"，而且是把明朝衰微、将亡的账算在了帝王的身上，尤其是统有嘉靖一朝四十五年的明世宗身上。

　　当农民起义的烽火燃烧起来的时候，当满族这一强悍的北方民族觊觎着中原土地的时候，这位《艳史》作者一定是在南方的某地，忧患和愤慨交织，眼看就要成为亡国后的遗民了。所以，《艳史》全书中少不了"民盗""胡人"的各种字眼。正是这种合乎情理和立场的演绎，成了《艳史》在清初被禁毁的根本原因——胡人夷狄的字眼和炀帝巡游蓟北接受少数民族部落领袖朝见的大段文字，严重地刺激了清初统治者。

　　我们即便用现代眼光来审视《艳史》这部政治小说，也不能不承认它具有批判现实的思想价值，也不能不承认它在认识上的进步意义。从思想性和艺术性看，《艳史》都不愧为我国古典小说中的上乘之作品。郑振铎先生称之为"确是一部盛水不漏的大著作""影响了后来的小说很大"，是誉确当。

刊于一九九七年第五期《安徽大学学报》

关羽：儒称圣，释称佛，道称天尊
——文化的"变异复合"

魏、蜀、吴鼎足而立的三国历史遥远而陌生。三国历史，国家三分，穷兵黩武，黎庶流离失所，没有一个安定团结的社会环境，曹操说："旧土人民，死丧略尽，令人凄怆，国中终日行，不见所识，使我凄怆伤怀……"（《军谯令》）。我以为三国历史难以称道。可是，在艺术之笔下，三国历史实在奇妙感人。那可是：马上横槊，杯底风波；幕帐机谋，闺闱风月；将帅奇秉，臣僚丰姿，阵海吞日，兵雨遮天。这是别一种三国春秋、人物风流。当它映入我眼帘的时候，一个个三国人物似乎明晰鲜活了。

在艺术之笔下，三国人物形象最生动而丰满的也就是诸葛亮、曹操、关羽等数人。如关羽形象的塑造上首先注重于义的品质，鲁迅赞赏罗贯中："写华容道上放曹操一节，则义勇之气可掬，如见其人。"（《中国小说的历史的变迁》）关羽形象的内部构成中，还有神威和刚而自矜这两个侧面。在罗贯中笔下，关羽虽有神圣化的趋向，却还不似他在中国历史上的出神入圣，不仅异乎寻常地雄踞三国人物之上，也几乎无人能望其项背。在历史的造化下，关羽身上被编织了几道光环，我们传统文化中便有了个独特的文化现象——关羽现象。

光环之一：儒家的圣人

关羽生前死后得到过很多封号，较早的封号是寿亭侯、壮缪公。

又早在南朝陈废帝光大年间，便有了专祠，即湖北当阳县关羽玉泉祠。后来，关羽的封号不断拔高，享庙日益增多。自宋哲宗至清宣宗，关羽的整个封号是"忠义神武灵佑仁勇威显关圣大帝"。而关羽的享庙在元代之后，由原先的关王庙、关公庙一跃而成关帝庙。清康熙四年，尊关羽为夫子，与孔子并称。雍正三年，诏令天下省郡邑都要建关羽的享庙，春秋祭以太牢。从此，关庙（此处泛称）遍及全国，乃至"蛮荒之地"，达到了"九州无处不焚香"的地步。雍正八年，追封关羽为武圣。关羽与孔子为"文武两圣人"。孔庙既称文庙，关庙也就称武庙。埋葬孔丘的地方既称孔林（在山东曲阜），埋葬关羽的地方也就称关林（在河南洛阳）。甚至，另一处传为关羽尸骸葬地还享有皇帝墓葬地才有的"专利"称谓，即关陵（在湖北当阳）。这可能是中国古代社会，除帝王以外唯一获此"殊荣"的历史人物。

关庙在数量、规制上都不让孔庙，关羽受尊崇的程度甚至也能与孔子并肩比美。有关庙楹联曰："纲纪重春秋，周有夫子，汉有夫子；庙堂齐学府，文一圣人，武一圣人。"（江苏吴县东山关庙）"孔夫子，关夫子，万世两夫子；修春秋，读春秋，千古一春秋。"（四川成都关羽衣冠冢）

光环之二：佛教的守护神

佛教天台宗智顗和尚在湖北当阳玉泉山建精舍，曾见"二人威仪如王。长者美髯而丰厚，少者冠帽而秀发"。这两人向智顗通报姓名，乃是关羽、关平父子。他们请求在近山处建造佛寺。智顗允其所请。当寺建成后，智顗为关羽授五戒。这是《佛祖统纪·智顗传》所述。在佛门内还有一说：智顗于玉泉寺白日禅定中，看到关羽持刀护寺。智顗是天台宗开宗祖师，公元五五六年出家，五九七年圆寂，时当南朝陈至隋朝开皇年间。智顗在世造大寺三十五座，度僧四千多人，传业弟子三十二人,是佛教史上著名高僧,世称天台大师。智𫖮去玉泉山建寺讲经是开皇年间。生生不灭,涅槃轮回。关羽竟在死后三百多年于玉泉山皈依佛门了。《佛祖统纪》为南宋僧人志磐所著,成书于咸淳五年。从传播学看:智𫖮为关羽授戒的说法,在南宋之前就应当有了。

关羽在中国佛教中演变为伽蓝神之一,许多佛寺的伽蓝殿上,也供奉着关羽塑像,如杭州灵隐寺。伽蓝殿是纪念、祀奉对维护佛教作出巨大贡献者的场所,同时也供奉寺院的守护之神。在藏传佛教中,关羽也受到了尊崇。《穷庐谭故》(上海书店出版社一九九二年三月版)有一篇文章叫《喇嘛庙供关公像考》,该文说内蒙古敕勒川民俗博物馆曾征集到喇嘛庙中所供关羽布画像。

光环之三:道教的帝君

宋徽宗崇尚道教。崇宁年间,徽宗封关羽为"崇宁真君"。是以,在关羽故乡解州西关的关庙增建崇宁殿。上海现存道观遗迹中,也有宋建崇宁庵(演变为关帝庙)。大观二年,徽宗封关羽为"武安王"。关羽封王始此。政和三年,徽宗自称梦见太上老君要自己振兴道教。不久,他便大会道士。宣和五年,加封关羽"义勇武安王"。关羽进入道教的殿堂便是在这一历史时期,而盛于明清,连原先的一些关帝庙都变成了道观,如上海的关帝庙便是。明神宗痴迷道教,也将关羽奉为道教尊神。明万历三十三年,加封关羽为"三界伏魔大帝、神威远镇天尊关圣帝君",自头至尾充满道教色彩。这个封号得来,却又演绎出关羽显灵的道教传说。

明万历中,有一位皇亲路经洛阳时,住宿官驿一夜,梦见关羽来求构新宅。次日,皇亲便向当地父老询问,获知关羽冢墓在此,便去拜谒。正在拜时,白气腾起,直凌霄汉,关羽隐现于云间。皇亲移文抚按司道，上书请求敕封。明神宗准奏，加封关羽上述封号；又加冕旒十二，如帝制，遣使致祭于关冢，又建享庙。这则传说在康熙五年刻关林"林碑"上有载。

除了关庙性质的一些变化，关羽还被列享在道观中。北方最为宏大的正一派道院——北京东岳庙就有伏魔大帝殿。关羽成为道教尊崇的神祇。甚至，关羽在道教理论上还有了"建树"，如《关帝觉世真经》《关帝明圣经》《关帝戒士子文》《关帝全书》等讲道、弘道书籍，流行于世，其中有讲道教扶乩降神方法的；其内容多少反映了伪托者的需要。另外，关羽的道迹可见：

宁波史状元立斋大成，乡试杭州，占签于万安桥西之关庙，神示签诀云："君今庚甲未亨通，且向江头作钓翁。"心怏怏，谓一第今无分耳。是科为顺治甲午，榜发，中举人。明年乙未，大魁天下，始解神言谓"亨通在甲、未"也。噫异矣！后六十年为康熙甲午。慈溪裘庶常殿玉琏，年七十有一，试京兆，祷于正阳门之关庙……亦示此诀，遂中。（详见《不下带编》卷五）

关庙成了求签打卦之地，祈求关羽神示科举仕途之成败的活动，广泛而普遍。就像道教人物吕洞宾一样，关羽也"常将道心度士心"，关心着世俗社会生活，不时地来到人间。

光环之四：民间的财神

民间的财神有文、武之分。文财神称增福财神，古代传说是北斗七星之一，白脸长发，降临人间时，左手执玉如意，右手捧宝盒，上书"招财进宝"。武财神有两位：一是商朝武将赵公明（赵玄坛），一是三国蜀将关羽。关羽红脸长相,因他在曹营时"挂印封金",故为民间俗信。

对于财神关羽的崇信,由华夏本土通过华人扩散至海外。目前,海外华人以关羽的"忠义""仁德"与"君子爱财,取之有道"金钱观息息相通,更为崇拜"关财神"。要发财,必须讲义,对不仁不义之财绝不垂涎。每当农历五月十二日关羽生辰和正月迎财神活动,人们便在关庙中祭奠武财神关羽,一面祈祷发财,一面扪心自问,遏制不仁不义之举。

在民间节俗中,出现了区域性的关羽禁忌和节日。旧时江淮一带流行"关王磨刀日忌"。相传农历五月十三日为关羽磨刀之期,此日家家忌动刀砧,以此表示对关羽的崇敬。《燕京岁时记》说:"六月二十四日致祭关帝,岁以为常。"这一天,北京等地民间以关羽有德于民,十分灵应,遂燃放鞭炮,供食作祭,与新年无异。山西等地则在农历五月三十日欢度这一节日。这些节俗,现在多已消失。

关羽现象:中国传统文化的"变异复合"

关羽是一位历史人物,见于《三国志》及裴松之注引史料的介绍,不过千字而已。关羽生平致力于辅佐刘备在纷乱格局中争一席之地。他对刘备的忠心竭力为封建史家所赞许,见于史志所记载、演义所渲染的关羽弃曹归刘,构成关羽性格的主要层面,当然也反映了他的正统皇朝观念。关羽却又刚愎自用、骄傲自大,终致自己兵败被俘。用今天眼光看,关羽是道德力量型的武将,不是纪律智慧型的武将,与在他前后的韩信、岳飞等相比都有所不及。然而,关羽的影响则迥出于历代武将之上,成了儒家的圣人,佛门的守护神,道教的帝君,民间的财神;如一副关庙楹联所称:"儒称圣,释称佛,道称天尊,三教尽皈依,式瞻庙貌常新,无人不肃然起敬;汉封侯,宋封王,明封大帝,历朝加尊号,矧是神功卓著,真所谓荡乎难名。"而其有如此变异的根本原因,则由于统治者维护文化传统的需要,从关羽身上找出"道德"的一面——对正统王朝的忠义不二。

文化的"变异",是指一种文化吸收其他文化并使之溶解而形成新文化形态——高层次的文化。在关羽身上,最初的道德形态相对贴切而真实。自隋唐以来,关羽由人而圣而神的过程特别活跃,几乎没有停滞的时候,终于集儒、释、道、俗于一身,达到"九州无处不焚香"的社会崇拜。这一关羽现象,便是一种新文化形态的表征。

这个新文化形态的产生,是以儒、释、道文化作为理论变异的材料,并与中华民族固有的观念(皇室观念、道德观等)结合在一起,从而使中华民族传统意识获得了新的表现形式。所以,关羽现象是复合形态的文化现象。它也充分地反映了我国传统文化的发展,是在儒、释、道的相互撞击和融合中进行的。

小说《三国演义》中的关羽,《三国名胜楹联》中的关羽,电视剧中的关羽,各有不同的读法。我还将继续读它。有一副关庙楹联说:"出圣入神成变化,汉至唐,唐至宋,宋至明,明至大清,荡荡乎无能名焉。"(下联,黑龙江宁安关庙)此联的意思是:关羽的"出圣入神",乃是唐以后各朝的推动,他自己哪里知道!

刊于一九九六年第一期《苏州大学学报》

文史短章节选

重读《左忠毅公逸事》

明朝天启年间,国政、官场、民生已都圮坏极了,担任左佥都御史的左光斗仍然在这时上书弹劾权阉魏忠贤三十二条可斩之罪,结果他反而遭到恶势力诬陷,被逮捕关进牢里。左光斗在遭到残酷迫害后死于狱中。

史可法是左光斗的学生。方苞这篇《左忠毅公逸事》就是写左光斗、史可法师生二人交集的几个故事片段。这篇文章尤其细腻地描写了史可法到狱中探视左光斗的情景。

我在二十世纪八十年代初首次阅读《左忠毅公逸事》,后来又读了几遍。二〇〇五年间受邀参加编著"中华千古诗文丛书",我选了"杂记"一册,于二〇〇六年出版《千古杂记》。选家之快意事者,莫过于把自家喜欢的作者及其文章,珊瑚在网。自然,近三百页的《千古杂记》中收录了《左忠毅公逸事》一文。

二〇一六年九月九日,读韦力兄《去安徽,寻访桐城派》,其中笔涉《左忠毅公逸事》,自述寻找左光斗祠堂而不得。十日乃教师节,《左忠毅公逸事》的内容整天在我脑海中浮现。我翻出《千古杂记》再读之,有良多感慨。又看一看自己十年前的解读,竟然在文字的亲

切之中有了很不轻快的反刍了。我当年的解读又是怎样的呢?且看以下原文:

> 本篇通过左光斗和史可法两人的师生情谊,着重刻画左光斗的忧国忧民精神和他为了国家民族而不惜置个人生死于度外的气节操守。
>
> 文章从左光斗发现史可法是个人才开始,以史可法继承左光斗遗志而结束,写出两代知识分子道义的传承和继承。重点是文章的第二段。明末政治的腐败黑暗、特务阉党的横行不法,把左光斗的忧国忧民及与阉党势不两立的斗争精神衬托得更加鲜明突出。本篇以简洁的语言和传神的人物对话,浮雕似的刻画出左光斗的形象。他命在旦夕,仍以大义和国事为重;身受骇人听闻的酷刑,却激励史可法关心国家民族。这些描写是很动人的,表现了作者高度的艺术技巧。
>
> 史可法确实是明末英才,左光斗独具慧眼,文章较好地显现了这一点。

我心里总在想出版社这个丛书各册取名皆有"千古"二字,如《千古杂记》《千古传记》《千古小品》等等。"千古"是一个时间状语,历史一步步走来,到得今天殊为不易。还有多少个"千古"?"千古"之谓果然是好的。左光斗的神情犹在人间光耀,声韵响彻古今天穹。读史明智,品味佳作。在中国历史长河继续流淌下,师生情谊、家国理想、人间正道总要向好的。

回首向来处,不废江河万古流!(写于二〇一六年九月十二日)

歌咏春天的诗

这阵子，我把《历代四季风景诗三百首》放在枕头旁，专门选读歌咏春天的诗。特喜欢高鼎的《村居》与杨万里的《麦田》，这诗意的农村、快乐的风筝让我惊喜，正是我童年的故乡。读诗如做梦，梦醒情何堪？这"三百首"之书，一九八三年三月出版，定价九毛钱，封底盖合肥市新华书店售书章。这书一定是在四牌楼新华书店买的，瞬间记忆翻出……

"绿桑高下映平川，赛罢田神笑语喧。林外鸣鸠春雨歇，屋头初日杏花繁。"（欧阳修《田家》）这诗写于九百五六十年前的一个春雨霁晴后，记录了美好的、幸福的三农情景。读来眼里杏花繁，耳中笑语喧，画耶？梦耶？个中必有缘故！

看王驾《社日》，与诗里的农人同乐同醉亦同梦！诗道："鹅湖山下稻粱肥，豚栅鸡栖半掩扉。桑柘影斜春社散，家家扶得醉人归。"这里的庄稼是肥油油的，这里的牲畜是自己打开了门遛弯子去了，这里的农人是合伙搞着迷信活动，这里的酒坛子们是被喝了个底朝天，这里的家家户户今夜是美梦连连。

这又是让人如在梦中的诗："漠漠余香着草花，森森柔绿长桑麻；池塘水满蛙成市，门巷春深燕作家。""漠漠"是云烟密布的氛围，"森森"是植物茂盛的样子；一场春雨之前，青蛙们、燕子们各自忙碌。方岳把这首春天诗题名为《农谣》，是俺们农村没有污染，动植物各自安好、相互依存时的纪实。

春天的梦不能简称"春梦"，春天的梦里却一定有春梦。"打起黄莺儿，莫教枝上啼；啼时惊妾梦，不得到辽西。"杭州人金昌绪在《全唐诗》中据说仅存此诗，它传写了春天里一场春梦：妇人正与远在辽西的爱人缠绵悱恻，鸟儿猫儿狗儿鸡鸭儿们，都请别来把妇人惊醒而梦散。梦多样，春梦古今中外多一样，可称世界梦……

春天里的农人梦是什么？南宋朱淑真帮农人代言："一塍芳草碧芊芊，活水穿花暗护田。蚕事正忙农事急，不知春色为谁妍。"（《东马塍》）农人有农活忙，而且忙到连欣赏春色的时间都没有，这才叫好。春勤作而秋丰收，年复一年。谁个农人不此梦？

春天诗歌写照了先人们各种梦，且看"儿童散学归来早，忙趁东风放纸鸢""春风又绿江南岸，明月何时照我还""我家洗砚池头树，朵朵花开淡墨痕""呼鸡过篱栅，行酒尽儿孙""好折待宾客，金盘衬红琼""尺鳞堪易酒，一叶便为家""高田如楼梯，平田如棋局"……这是不是中国梦？你等幸福吗？（写于二〇一三年三月间）

秋胡

孔子有"万世师表"的美誉。同为春秋鲁国人，秋胡却背了几千年的不良名誉：他爱情不专一，他花心。

秋胡是纯正山东汉子。山东兄弟好汉多，而秋胡怎么了？秋胡结婚后第五日，就到陈国去了。在陈国搏出身，一搏五年。秋胡那一天回家，在路旁看到一个美妇在采桑，赠金以戏之，美妇不纳赠金。秋胡到家，他妈唤出儿媳。儿媳便是采桑美妇。

美妇真烈！她立即斥责秋胡悦路旁妇人而忘了母亲，是不孝之人，是好色淫佚之徒。更烈的事情发生了：美妇骂完后，就将身子沉河去了。

美妇真是女汉子！通观历史与现实，一个汉子栽在一个女汉子嘴下的案例，秋胡哥哥排名靠前。

在前人笔下，没见到秋哥的心理、言谈、表情。这样一件寻常之事，却又有不寻常的地方，耐人寻味，可以想象与演绎的空间太大了。

且不说秋哥的婚姻是不是包办，夫妇有无感情；也不说结婚后他俩有没有五日。反正秋哥很快就在媳妇眼皮下消失了。

秋哥，你离家干事业，是领父母之命、娇妻之命？还是你自觉革命？秋哥，我们只看到你回家时带了不少金子，想来是你革命成功了！

秋哥，你之赠金美妇干吗？是你看人家依稀是你老婆，你想给老婆一个惊喜吗？还是你始终以家乡的姑娘美如水，见她劳作，怜香惜玉？秋哥，我们没看到你对美妇怎么戏的，只看到美妇不纳金子、离你而去的背影。

秋哥老乡孔子，婚后多年离家，周游列国。南子，卫灵公的夫人，绝色美人。在卫国，南子与孔子幽会成功。

孔子万世是师表，秋哥岁岁是花心！

子曰：男人要干大事，光有金子怎行？（写于二〇一三年三月间）

读李商隐的诗歌

二十世纪末，我在选注《婉约诗》时，选注和解评了李商隐的诗歌。秋天里的一天，听深圳大学范晓燕教授讲课，有感于她对李商隐"无题"诸诗的解读，尤其是对"春蚕到死"一诗的点睛，使我饶有兴趣地拿出一九九九年六月出版的《婉约诗》，重读书中的李商隐十七首诗。

李商隐是一个极其重视体验的人，在他的内心深处渴望爱、被爱，享受着寂寞。在李商隐短短的生命中，他以那些关于相思、思念的诗歌，构成了一个纯粹的精神世界。

我徜徉于其中，感受到的是：他以生命中最具价值的精神力量，诠释了"爱"。爱是相思，是思念，是痛苦；爱是自甘煎熬，是自甘束缚。这样的爱，谁人能够企及？

当年我评解"春蚕到死"一诗道："春蚕到死丝方尽，蜡炬成灰泪始干"是千古绝唱,被后世用在强调执着感情的各种事情上。只有结合全诗,你才能感受到它是真挚爱情的极致语。全诗前四句表达了主人公内心强烈的爱,后四句转为温情脉脉的怨别之思。

夜色降临,黑幕遮被大地,万家灯火逐次熄灭。一灯如豆,似乎是一个陪伴主人的精灵。主人拉灭了灯,不愿干扰,在黑夜里开始了长长的思念。

好像是黑夜拿住了他的命。命,就像是他的身影,命,是影子的他。黑夜消除了影子,自也拿住了他的命。这时候——世间也没了他。他独行,去一个没人去的地方,那地方汗漫无际也无人,缥缈无色更无情。

在沉沉黑夜里,大寂寞给予李商隐们无边的心景,吟唱着思念之歌。

这样的爱,有人能够企及,也不足为怪。只是……只是需要一点点关于思念的回馈,却是很难很难;有的时候,是永远没有回馈的。

著名作家村上春树安慰着李商隐们,他幻化成鱼和水的对话——

鱼对水说:你看不见我的眼泪,因为我在水中。

水对鱼说:我能感觉到你的眼泪,因为你在我心中。

……

爱,在水中,也在心中。(写于二〇一二年间)

静静地走进这片辉光

一代风骚多寄托,十分沉实见精神。中国古典文学名著名篇反映了世道人心,凝聚了时代精神,是中华民族心灵的吟唱。它于千般风情、万种精妙之中,高扬着真、善、美主旋律,或铁板铜琶,或小桥流水,令我们不灭希望之火理想之梦,薪火相传、血脉相承。中国古典文学名著名篇以其传世价值,持续地影响着一代又一代的人们。在人类文化遗产中，中国古典文学名著名篇熠熠生辉。

人类书籍阅读的历史就是人类出版的历史。自前人们一部部原创作品先后"落地"开始，相关的阅读与出版活动也开始了。阅读如潮，出版似波；波潮不歇，披沙拣金。从中国古典文学名著名篇形成及其代代相传相习的历史脉络上，我们看到出版的关键作用与积极意义。

海天出版社身处于深圳经济特区，已经沉淀了二十五年的阅读与出版互动的历史；曾经向阅读界提供了一些中国古典文学名著名篇，如：《中国古典文学四大名著》《唐宋全词》《新唐诗三百首》《新宋词三百首》等。我们做得还很不够。不久前，在精选底本、择善而从、认真校勘的原则下，几位古籍整理专家为海天出版社完成了《红楼梦》《水浒全传》《三国演义》《西游记》校点工作。它们很快会以汰弃流俗之精神，超越众本之标举，将"足本""善本"之面貌，展现在读者面前。这是一个预告：遵循古籍整理传统、追求卓越的海天版中国古典文学名著名篇，将陆续走入千家万户！

仰望星空。星辉充沛，万籁俱寂。在庆祝深圳经济特区成立三十周年的喜庆日子里，我们仍要仰望星空。中国古典文学名著名篇也是星空中的一个个星辰。请安静下来，让我们一道静静地走进这片辉光。（写于二〇一一年间）

宋人苏轼

宋人苏轼在惠州有一段贬谪生涯。

他是个文化人，以才子风流、词人潇洒的行为事迹，给后人留下了无穷的意味，食之如橄。贬谪，不等于少了风花雪月。正可谓：一路贬谪，一路情色。这要让某些今人羡慕垂涎至死。

苏轼在惠州，与女子王朝云有一段恋情。这事到了清代，有一个九十二岁的道人,仿佛执意要在寂灭之前,把自己咀嚼风流韵事的感受告诉世人。他不甘心自己少年时的幻想、青年时的憧憬、壮年时的破灭……就这么无声无息了。老道人为王朝云写联,曰:

如梦如幻如泡如影如露如电;
不生不灭不垢不净不增不减。

联中使人看到佛理,《金刚经》有诵曰:"一切有为法,如梦、幻、泡、影,如露亦如电,应作如是观。"这联是写王朝云、写苏轼的吗?是写自己的经历吗?是写世人吗?我看都是。

唉,这联就流传下来了,竟也生存了几百年了,今人又把它刊在报纸上。整一个版的情色世界!

人生,情色,总教人幻想、憧憬、破灭,从起点走到终点。(写于二〇〇三年五月二十九日)

列子行车

列子是古代善于行走的人,素有"御风而行"的美誉。然而,列子的速行往往受到新近颁布的交通规则的限制。列子虽已暮年而心志颇壮,心想:不能快行,怎能尽知天下事?列子闷闷不乐逾月。

天帝深知列子心事,念其毕生辛劳,建树甚多,诏赐新型轿车一辆予列子。这轿车有电脑自动控制,遇交通监理、督察人员能够自动减速,盖有辨别人类的功能。因此,驾驶此车当不会再受滞碍和被罚款。列子洋洋自得,以为所得轿车是天下第一车,从此可以超风夺电、行驶无碍了。

列子得车的次日晨起,驱车前往某城检查某店套购紧俏商品一事。行驶途中,列子见快行的轿车多矣,其速度并不亚于己车。各轿车急缓有序,依次减速通过了一道道站、卡。唯独一些新式吉普车在站、卡前非但不减速,而且喇叭声碎、超速奔前,撇下了众多轿车。至晚,列子终于驶达某城。但是,某店套购的紧俏商品已被先于自己到达的吉普车、轿车购空。列子没抓着违纪事实。

列子沮丧而归,诉于天帝。帝慧眼所及,已知端倪。他说:"你的轿车确已是最新潮者。而今天下最新潮的轿车很多,多则岂能都从容行驶于狭窄坎坷的道路?自然提不起速度。至于那种吉普车能畅行无阻,超过你的轿车,并非它有什么先进的装置。其质量、性能实难与你的轿车相比。它的名称是'管叫通'。这是一种很特殊的车。"

列子将"管叫通"听成了"管交通",顿有所悟,原来又是"县官不如现管"一类的事。他随即将"管交通"远行抢购紧俏商品、超速行驶、不受检查的现象,列作了自己下一个调研、检查项目。(刊于《安徽党风》一九九二年第二期)

从一副对联说开去

冯梦龙辑录的《古今谭概·怪诞部》收有一副对联引起我注意。联曰:

> 信物一角,附至阿鼻地狱;
> 请去斜封,送上阎罗大王。

此联讽刺唐末官吏吴尧卿。吴某平素趋炎附势、贪赃行贿,时人皆憎,终被人仇杀之。有人作此联潜贴于吴某厝棺上以讥。对联涉及赃官生前劣迹,此不展叙。想到的是,这副对仗尚欠工整的讽刺联可作为"对联初起于唐末"的佐证之一。我尚未见有关书籍收载、论及此联。

由冯氏所辑的这副对联，又想到对联的"源头"究在何时？虽是不敢武断，却倾向于"初起于唐末"之说。对联研究界关于对联"源头"之争很盛，意见纷呈。这不妨碍一些有识者把宋以降，明、清两代汇成巨流的对联加以分类、搜集和整理。我更敬佩这些人的高瞻远瞩——把我国最优秀的民族文化遗产之一对联发扬光大。

即将要问世的《中国名胜楹联大观》（谷向阳、何慧琴辑注，黄山书社出版）将近万副名胜楹联进行有序排列和名胜点介绍、联语简注，至少有益如下：鸟瞰分布在全国各地的名胜对联，体会到名胜对联之与名胜点犹如锦衣之缀明珰，交相辉映，是祖国各个名胜风景点的组成部分；追寻以往名人雅士游踪，从其撰题的名胜对联中赏识他们特出的文才和秉性；获取与名胜对联相关的多科知识。唯其搜辑甚勤、流汗甚多，方得六十万言的"大观"，才有诸多裨益相飨读者。

冯梦龙辑联借以针砭时弊，对联"源头"之争可见今时对联研究兴盛一斑，而诸如《中国名胜楹联大观》的搜集、整理、出版则是对联的发扬光大。这形成了对联历史的继续和发展。我为祖国拥有这一独特的宝贵的文化遗产，且兴盛不衰而高兴。（刊于一九八六年八月二十日《安徽书讯》）

"推缸"及其他

时下有一种怪现状：川流不息的马路上，偶有自行车相碰或碰人的事发生时，路人便顿起兴头，邀三呼四，团团围住，踮脚引颈，如看马戏，并且耐性十分惊人，管你身前身后人呼车叫。见事发人解除瓜葛，握手相别，旁观者又会出现懊恼难舍之状。如果是围观打扑克、斗棋子当然不足为奇，就是多几句嘴，也无大关系。而在马路围观，后患就大了。有一次亲见路上停车"一条线"，喇叭齐鸣，交通阻塞约数分钟。

我想，如果围观之意在于解决瓜葛、疏通道路倒也罢了。若一味做"欣赏家"，就不对了。记得古人有"推缸"美事，颇有启迪。说有一辆马车，因所载瓦缸过多被路旁壁崖卡住了，有人悠然围观，只有二人挤进人群，来疏通道路。他付钱买下马车和瓦缸，然后与人合力推缸下崖，于是道路为之疏通。此事见之于《唐国史补》。

你看，"推缸"这一手做得何等漂亮！古人尚有如此美德，我们却只知凑热闹，能不脸红吗？（刊于一九八四年八月二十日《合肥晚报》）

有感于"无颜"

项羽兵败于刘邦，逃至乌江，对渔人说自己无颜见江东父老，而后拔剑自刎。这自然是陈年旧事了。可是，一些与"无颜"有关无关的今日事，却使我沉思。

一些使人"无颜"的事，在一些人却不感"无颜"。报载：云南某市一位干部，因贪图钱财，竟怂恿自己的女儿做某港商的小老婆；再者，不该"无颜"的事，使一些人感到"无颜"。曾闻，有一新娘因夫家酒席少备，而感到面上无光，便发誓不上"轿"了。

拈来几例，无非想说明在现实生活中，一些人对"无颜"实在缺乏起码的认识。我想，假如项羽地下有知，也定会喟然长叹的。然而，也有例外。我听一位归国学者说：如果在国外学习不刻苦、无所收获，那才真是像项羽一样，无颜见江东父老呢。可见，他用"无颜"作内在动力，"杀"了自己的懒惰，终于取得成就。我忽然悟出：人民就是"江东父老"。我们只有因感到自己的言行与祖国和人民利益相悖，这种"无颜"才有意义。此时的"无颜"也就成为自责、自新的手段了。因它而鼓起自己的勇气，"杀"去故吾，换来新生。我想，倘若如此，我们的社会就会减少拿子女作交易、贪污受贿等不良现象,党风民风也就会因之而纯正许多;倘若如此,我们有些人就可以减少许多不必要的烦恼,而把省下的大量时间用于工作和学习了。

古人项羽尚知廉耻,所以南宋词人李清照咏出"至今思项羽,不肯过江东"的赞美词句,而今人能否从中得到一点启迪呢?(刊于一九八三年十一月十二日《安徽法制报》)

"飞机"旁的思索

一声电铃响过,儿童乐园里几架模拟飞机中的一架,便在我的友人操纵下,周而复始、腾飞旋转起来。飞行使人悠然自得,十分惬意,而友人却颇失常态,比比划划,得意非常,像是回到了童年。

当翱翔五分钟后,"飞机"返回地面,我们被立即围上来的乘客——三名急不可待的儿童,催下"飞机"。再看他们飞上高处后,友人感叹道:"像他们这种年龄时,我们哪有这样的玩法!"我想起友人和我的童年,是在"文革"年月消磨殆尽的。友人所言使我想到,在那内心欢笑不常有、违背心愿的严肃神情却常在的岁月里,儿童的乐趣何在?仅有的一点娱乐玩耍,也因令人乏味而不得善始善终。然而,在我已走入成年人行列后的今天,那久违了的"空军叔叔下来,捎我上天游玩"的童年幻想,竟然方得"实现"。今日儿童的幸福是以昨日儿童的困惑不幸为代价的。这实在是儿童娱乐生活的一点进步啊!

记得鲁迅讲过,时势既有改变,生活也必须进化,所以后起的人物,一定优异于前者,决不能用同一模型,无理嵌定。我想:那些童心未泯的人们,也许会因失去体尝儿童乐趣的机会略感惋惜,但更多的必是欣慰——我们经历的那个禁锢儿童天性的时代,终究没有成为一个"模型",再套给今日广大的孩子们。这预示着祖国未来的光明和美好。(刊于一九八二年十二月十五日《合肥晚报》)

李逵与"舒民杀四虎"

《水浒传》上的黑旋风李逵,是妇孺皆知的人物。第四十三回描述"黑旋风沂岭杀四虎",着墨不多,但见他,先搠杀两虎仔,再"钻入那大虫洞内,伏在里面张外面时,只见那母大虫张牙舞爪往窝里来。李逵道:'正是你这孽畜吃了我娘。'……那母大虫到洞口,先把尾去窝里一剪,便把后半截身躯坐将入去。李逵在窝内看得仔细,把刀朝母大虫尾底尽平生气力舍命一戳,正中那母大虫粪门……老虎负痛,直抢下山石岩下去了"。接着又杀了雄虎。这里的"沂岭",在山东省境内。

近阅洪迈《夷坚志》中"舒民杀四虎"一条,其事与李逵力杀四虎,十分相似:绍兴年间,舒州某地,一村妇被虎衔去。其夫愤而携刀"往探虎穴",先见"二子(幼虎)戏岩窦(洞)下。即杀之,而隐其(洞)中以俟(等待)。少顷,望牝者(母虎)衔一人至,倒身入穴",即"断其一足","虎曳足行数十步,堕入涧中"。他"复入窦伺,牡者(公虎)俄咆跃而至,亦以尾先入,又如前法杀之"。可见,施翁笔下的大虫与洪迈笔记中的虎,均以尾先探入洞内,杀法和次序也相似,先仔虎、次母虎、后雄虎;不同的是,李逵失母,舒民丧妻。

《夷坚志》写于宋乾道初年,流传甚广。《水浒传》则推后二百年问世。据记载,施翁为写《水浒传》,博览群书、积累素材,由此可以猜测,《水浒传》中的"黑旋风沂岭杀四虎"的素材,极有可能取自《夷坚志》的"舒民杀四虎"。宋代舒州的范围,即现在的安庆地区大部分。因此,沂岭怒杀四虎的李逵,不就是宋代安庆某地方一位民间英雄的艺术升华吗?(刊于一九八二年八月十五日《安徽文化报》)

赵广·包拯·民魂

陆游的《老学庵笔记》，记下了一则生动的故事。赵广，合肥人，本李伯时（名画家，善画马）家小史（书僮）。伯时作画，每使侍左右，久之遂善画，尤工作马，几能乱真（绘技已精，能乱李伯时之真）。建炎（宋高宗年号）中陷贼（"贼"乃入侵的金人），贼闻其善画，使图所虏妇人（要他画被俘的女人），广毅然辞以实不能画，胁以白刃，不从，遂断右手拇指遣去。而广平生实用左手，乱定惟画观音大士而已。又数年而死。

一个出身微贱、"偷"学成才的民间画家，身陷敌营以后，坚决拒绝为金军绘画同遭掳掠的妇女，刀架在脖子上也不干，这股民族正气，至今读来，心情激荡不已。汉代张衡有言："不患位之不尊，而患德之不崇。"赵广所表现的民族气节，正是我国人民传统的崇高美德，值得一颂。

由赵广想到老包。由于历史家和文艺家的努力，老包已成为妇孺皆知的人物，也是合肥人民的骄傲。而赵广的事迹，却默默无闻。难道赵广这样的人，不值得我们引为骄傲吗？陆游所记虽然简略，但如果由文艺家加工创造，同样有可能感人肺腑。因此吁请历史家、文艺家，应把那些埋没在浩瀚古籍中的惊天地、泣鬼神、存民气、壮国威的事迹发掘出来，用你们的生花妙笔，描绘我中华的国魂民粹。因为鲁迅先生说过："惟有民魂是值得宝贵的，惟有他发扬起来，中国才有真进步。"（刊于一九八二年七月七日《合肥晚报》）

《郁离子》

《郁离子》载"养枭"一条，说楚太子以梧桐果实养枭，希望枭能如同凤凰一样鸣叫。看后令人发笑。《诗经》上有"凤凰鸣兮，于彼朝阳。梧桐生兮，于彼高岗"。自古传言，凤凰栖于梧桐，在黎明时发出高亢鸣叫，故有"凤鸣朝阳""丹凤朝阳"等语。实际上，凤凰是不存在的。人们把鸟类最优良之处集于想象中的凤凰一身。楚太子或许不悟，却又渴得此物，故想出这等荒谬法子来。

联系实际，于今一些领导干部颇有此种遗风，慷慨地将"主任""科长"等职务和一些优惠待遇给一些庸碌之辈，并言以"培养""锻炼"；甚而目其为"千里马""人才"等等。

呜呼！倘若此辈不像生性残暴的"枭"的话，就是万幸了。不顾事实地选拔所谓的"人才"，其行径正如同燕太子一般荒谬。

又：薄利多销原则在《郁离子》篇上有载，见"蜀贾"条。载如下："蜀贾三人，皆卖药于市。其一人专取良，计入以为出，不虚价，亦不过取赢。一人良不良皆取焉，其价之贱贵，惟买者之欲，而随以其良不良应之。一人不取良，惟其多，卖则贱其价，请益则益之，不较。于是争趋之，其门之限月一易。岁余大富。"这是做买卖的一个十分理想的好办法。

然而我想还有值得注意的一点：倘若人人都薄利多销，价格相等，这又势必产生销不出去的问题，除非由此产生一个降低价格的良性竞争。（写于二十世纪八十年代）

李白受贬不用

据《杨太真外传》（宋史官乐梁撰）载有关李白受贬不用的内容如下：

杨贵妃得宠后，玄宗曾让翰林学士李白进《清平乐》词三篇，第一首："云想衣裳花想容，春风拂槛露华浓。若非群玉山头见，会向瑶台月下逢。"第二首："一枝红艳露凝香，云雨巫山枉断肠。借问汉宫谁得似？可怜飞燕倚新妆。"第三首："名花倾国两相欢，长得君王带笑看。解释春风无限恨，沉香亭北倚栏杆。"

玄宗命梨园弟子"略约词调"，而杨贵妃也唱。有一次，高力士说："始为妃子怨李白深为骨髓，何翻拳拳如是耶?"妃子惊曰："何学士能辱如此?"力士曰："以飞燕指妃子，贱之甚矣。"妃深然之。上尝三欲命李白官，卒为宫中所掉而止。

由上引可见：李白本来是奉承杨贵妃的，写赵飞燕不如杨贵妃那样受到君王宠爱。不料，高力士嫉恨李白，为了不让当朝最能接近玄宗的人杨贵妃，对李白有好感，他对杨贵妃说了"以飞燕指妃子，贱之甚矣"的话，杨贵妃深然之。高力士挑拨成功，李白就只好"明朝散发弄扁舟"了。

高力士的挑拨固然可恨，可是李白也是自作自受。他为皇帝贵妃歌功颂德，赞誉有加，实在让人怀疑：他是以此作为为官之道。可"天生我才必有用"的李白，没有想到官场之龌龊，君主之昏庸，佞臣之邪恶。他的满腔热情化作了一腔冷气。他做官不成，只好以"一叶扁舟"周游五湖四海。

我劝当今文人不要为做官、为出名，而像李白这样为昏庸的统治者高唱赞歌，否则会连周游的权利都拥有不了，还将会被人民群众所不齿。（写于二十世纪八十年代）

辑二　海洋拾零

蓬莱阁：咏海诗歌的摇篮

蓬莱阁一区是汉武帝所到之地，汉武于此望见了海中仙山蓬莱；民间传说八仙过海的事情也发生在此。人们常在这里观看到海市蜃楼，由是来访者甚多，于是在宋代嘉祐六年，这里就建起了蓬莱阁。

蓬莱阁一爿之地果然是看海的好去处。到此一游的文人墨客，无论是否观赏到海市蜃楼，都觉得此行很值。大海，毕竟就在面前，海风夹着浪沫扑面而来，心情很爽，于是写出诗词歌赋来。明代，来蓬莱阁观海的活动更加频繁了。来此的人士仿佛被海浪摇晃着，不知不觉就吟咏出了好诗来。

明代人袁可立被封任登州巡抚一职，在此工作三年都没有来蓬莱阁看看海。当他接到退休的通知后，择一闲日登上蓬莱阁，偶一打开阁窗，就见到了一座雄伟壮丽的城市……他眼中的海市蜃楼还时分时合，乍现乍隐，如梦如幻。因为神幻，袁可立说自己是受到海神的眷顾——海神知道他就要离开此地了，也知道他有看海市的夙愿，因此为他展现此番美景。

袁可立的《观海市》如此写来：登上楼阁推开雕花窗户，看到的是海天一色，云气无边，所立开敞，风自远处扑面来。不一会似有蛟蜃吐气，刚见到的海岛没了踪影；突然就在茫茫波涛中挺立起高墙，那墙既宽坦也壁立挺直，还发出祥瑞的光彩显得格外葱郁，楼阁四面有飞檐，烟霞美景沁心入脾，洗涤俗念。远远的那些小岛山与高城相映衬，形貌还不断地变化；峭壁变成了宽广的土山，绵延的山争着秀出其高峰。然而一会儿变高一会儿又变低了，各种变化只在瞬息间。林木高耸，其下是美玉；向阳山麓，就如盛开了一丛红花。佛塔之对峙，城池之高峻，山峦之挺拔，真是鬼斧神工所为。村庄似乎铺设在沙洲上，在海边绝壁处架设了飞虹般的桥梁；那厢人物影影绰绰，色耶？空耶？一会儿那么清楚，一会儿又变得隐约莫辨，这是大自然的伟力啊！我受皇帝之命到渤海一带镇守，三年了才有见此美妙景色的一次机会。我从巳时看到申时，夙愿以偿；将别时想到此行所获如此神异，油然赋诗以酬谢苏东坡。

袁可立《观海市》一诗写于天启四年，有识者认为在诸多歌咏海市的诗歌中，袁氏此作可与苏轼之《海市》相媲美。

同时期人王世贞是个亦官亦儒之士，曾经独主文坛二十年。王世贞多次登上蓬莱阁观海，写了一首又一首咏海诗歌，如《袁将军邀饮蓬莱阁和汝思作》《和峻伯蓬莱阁（六绝）》《蓬莱阁（后六绝）》等。在王世贞咏海诗中，对于我国海洋典故的运用形成特色。诸如神话中的天鸡，《山海经》中的大荒西，海上仙山蓬莱山，仙人所乘鸾鹤，安期生以及始皇遣使入海，海上仙山瀛洲，见之祥瑞的五色云，往来于海上与天河之间的仙槎，水族中的波臣，秦始皇东游时所造的石桥，隋侯之珠，以及鼍矶、钓鳌、扶桑、鲛人、肃慎、真珠、白虹、杨仆等等。王世贞诗中用典加强了写景抒怀的效果，也显见出他在中国海洋历史文化上有着很深的功底。

非常值得注意的是，在王世贞《蓬莱阁（后六绝）》中的"汉兵飞度下朝鲜，十万旌旗鸭绿悬。烽戍祇今寒月色，可闻杨仆将楼船"，有着赞美海上强大便能彰显国家力量强大的意思，亦是国人早有海上强国之梦的说明。我看王世贞上述咏海诗歌皆为佳作。

袁可立《观海市》由董其昌书写刻石，安放在蓬莱阁，可称诗美、书法美、海景美；它们相映生辉，共享着千秋万代兴会之趣、观赏之乐。明人于蓬莱阁上赋诗咏海，犹有可以媲美之作。已经有人编选了历代蓬莱阁诗歌集，有兴趣的读者可以读读原诗。

刊于二〇一九年六月二十八日《深圳晚报》

海禁·海南·海上

明人笔记《海槎余录》,是作者顾岕一五二一年至一五二七年在海南任职期间的短小精悍之作。嘉靖二年,亦即顾岕到达海南的两年后,明廷实施海禁政策。可是在顾岕笔下,既有渔民出海捕鱼的场景,也有失事的外国船只以及番舶往来的记述。

海南岛特产的桄榔木,是最为沉重的树木,"番舶用为枪,以代铁"。又,在崖州七百里外的千里石比海水低了八九尺,航船一旦落入其中就脱离不了惊涛骇浪。在千里石以南有"万里长堤",这里波流甚急,船一旦落入回流中,是没有办法脱离险境的。但是"番舶久惯,自能避,虽风汛亦无虞"。以上两处"番舶"显然指的是向海南岛驶来的外国商船,他们用岛上的硬木代替铁制作工具,他们的航海技术足以帮助船只避开海上十分凶险的地方。

当然,番舶也不是万无一失的。农历五月一天,在距文昌很近的海面上,随风飘来一艘失事的外国商船,当地人在船上发现了金丝鹦鹉、黑人女奴、金条等。他们掩埋了已经死去的黑人女奴,把金条分了,持具金丝鹦鹉和文状去报官。官府看了文状,又隐约听得分金和埋尸等事,就以查勘外国船只为名派人前往彼地。督查的官兵似乎掀起了白色恐怖之风,人们逃到大海中躲避。不少人请顾岕指点如何平息官兵扰民之苦。顾岕仔细看了看报官的文状,把"飘来船"改为"覆来船"。上级官府看了改后的文状,知是沉船事故,就不再追究那些人了。

这样的史料虽然只出现几处,但是却能令人嗅出外国商船停泊和往来于海南岛时的浓浓洋味。看来中外民间没把明廷的海禁当真。而在顾岕的笔下,更多的却是热带草木风味、海南岛民风以及南中国海气息。

在一个秋天的晚上,顾岕乘船到昌化的属地检查工作,忽见不远处海水腾沸,赶紧驰往那里观看,看到了"二大鱼游戏水面,各头下尾上,决起烟波中,约长数丈余,离而复合者数四,每一跳跃,声震里许"。活灵活现之笔,已令人如在海底观察海洋生物。随行的原住民对好奇的顾岕说,那是雌雄番车鱼正在交配,每年只此一次交配。在中原大地的药店悬挂一种像杵臼的大鱼骨,那便是番车鱼的脊骨。顾岕假随行者之口的补充介绍,有点像电影画外音。

海鳅是"极大而变异不测"的海鱼,原住民却只捕杀刚刚出生的小海鳅。其时当农历二月之交,原住民发现隐隐轻云覆在海鳅之上时,便能感知海面下有海鳅正在生育。他们在附近等待着,小海鳅在天气晴好之时必会浮出水面,眼还没睁开,全身红色,随波涛荡漾而来。早已等在那里的几个人用系了藤丝索的逆须枪头投向小海鳅,一次二次三次的投掷。小海鳅中枪后逃逸,原住民"纵索任其去向",船随其后。直到小海鳅游不动了,原住民赶上对它又射枪一二次。小海鳅渐渐地被拉拽到沙滩上,原住民"举家分脔其肉,作煎油用亦大矣哉"!顾岕记原住民捕杀海鳅细腻周详,我看了心里难受,却也怪不得原住民。他们向海而生,靠渔业活命,只是小海鳅好可怜。

生于海中的相思子,长得跟螺一样,但是内中却坚实如石,大小如豆粒,"好事者藏置箧笥,积岁不坏,亦不转动。若置醋一盂,试投其中,遂移动盘旋不已,亦一奇物也"。相思子竟有如此的玩法,它果然是一个奇物。文昌海里的海螺头淡青色,身白色,周遭间赤色,有数棱,已经很漂亮了。可是在玩家那里犹嫌不够,还把海螺的头、胫、足、翅用金彩装饰。几案上，只见海螺色彩多样，犹如敷上了鹦鹉的羽毛，因而被叫做"鹦鹉杯"。海洋生物成为人们的亲近和雅好之物，有趣。

渔民的生活呢？新场那里的渔民处在三面山环、北面三四里就能通向远海的环境里。在"内宽可百里余"的新英、南滩上下二十四坳，渔户环绕列居其中。每当大风起兮，四百多只渔船藏身其间，"风静始出大海，可谓坐享无穷之利也"。渔民为了与地方官搞好关系，将在深海打捞到的玳瑁，取出"十二叶，有文藻"的壳，"携二三"献给就任的新官。

"江鱼"一则，写海南岛的江鱼生活在海水和江湖之水交汇的地方，肉质细腻，皮厚如钱，吃起来极有味道，就连淡水中的极品鲥、鲈、鳜都比不过这个江鱼啊。顾岕不仅写江鱼是一种美味，还界定了江鱼的生活环境。不知今日岛上尚有江鱼乎？

刊于二〇一八年十二月十六日《深圳晚报》

妈祖庙对联

徐玉福编注的《妈祖庙宇对联》让我惊奇不已。原来崇祀妈祖的庙宇遍及海内外，据徐玉福估计二十一世纪初在一万座左右，妈祖信众已近三亿人。妈祖庙之广泛存在，竟可与文武二庙媲美了。

我平常知道在民间崇信的神祇中，妈祖（亦即天后、天妃）是一尊海神。人们与这位尊神相关联的活动既是我国宗教信仰之一，更是我国海洋文化的重要内容。妈祖崇信深入到我国内陆省份，妈祖庙还大量地出现在非沿海地区。《妈祖庙宇对联》说合肥市淮河路上的合肥剧场的地址原来是福建会馆，建有天后宫。合肥剧场离我家老宅子所在的省报大院不过三四百米，离我那么近的地方有过一座妈祖庙宇而我却长期不知道。这座天后宫的对联是"禹之后一人，大功在水；宋以来千载，盛德配天"。对联明写大禹治水的万世之功，实是说以妈祖对人类的贡献而言，足可与大禹并肩齐美。这副对联大概是近代人士所撰。

据研究，妈祖实有其人，史料有载，她是宋代福建莆田湄洲屿的林姓女子，为人急公好义，爱心经常惠及危困落难人家，救助海难船客不遗余力，后在救援海难人员时牺牲了。乡亲们在岛屿上建庙宇祭祀林女。此后，海客纷传林女显灵，救助自己拔脱了海难。长此以往，越传越神，林女已是官民心中的海神了，并得到自宋徽宗以降诸多皇帝的褒奖封号，累积叠加达六十四个汉字。

妈祖的灵验在深圳地方志中有记载。明代万历间南头人吴国光以《诗经》考中解元，后来担任乐清县知县。吴国光就听得本地故老相传，说天妃神显灵于海上，舟楫遇到大风颠危之时，船客们呼祷天妃便能立即获救。吴国光的《重修赤湾天妃庙记》写得亲切而丰赡。后人还记录了赤湾天妃甚灵应：天妃庙前临大海，洪涛万顷，凡船经过于此，必向天妃祷祀之……

我思万川归海既然是自然之理、祖宗的共识，那么古代民众把神力广大、灵验无比的海神妈祖当作中华水域的统领和保护神，也是顺理成章了。而细品妈祖庙的对联，海洋连通内陆各省，妈祖时刻与我们同在哉。即使在湖南慈利——一个丘陵加山峦的山城，却也有天后宫。其对联若干，那副"受天地之中以生，一曰水；有功德于民则祀，谓之神"，上下联尾字组成"水神"。妈祖既是海神，自也就是水神，无论大洋还是陆地，都需要妈祖的庇护。又见淮阴县天妃庙联道："世间无水不朝宗，岂止黄河一派；天上有妃能降福，何愁碧浪千层。"在清朝李渔这副对联中，"朝宗"二字就说尽了江河湖泊都要归入海洋的自然现象。玩味此联，余韵袅袅。

《妈祖庙宇对联》收录了千余副妈祖庙对联。据徐玉福先生保守估计，妈祖庙对联有五千多副。须知对联是广大人民群众最喜闻乐见的文化艺术样式，对联文本对妈祖的不惜笔墨，妈祖庙悬挂和张贴对联，大量的古今妈祖庙对联就大大普及了海洋意识。概而言之：

一是陆地、江河湖泊、大海是相连相通的，陆地之众水都要汇入海洋。清人李渔题淮阴天妃庙联有"世间无水不朝宗"句即是代表，该联已见前述。

二是海洋是连通陆地的商业航道。邓心茂撰写的天后殿联"渤海靖鲸鲵，万廪千仓遵职贡；舟车驰水陆，南征北运仗神威"，一看就明白它把渤海靖安与粮食水陆南北运输的关系写了出来。

三是航海有风险。天后的神力实际来源于人们对于海上航行的恐惧，人们希望这样的神力保佑自己航海时不出风险，没有覆舟之虞。即如上联，就说到海陆的商业航道还要仰仗天妃的庇护。

四是台湾自古就是中国的一部分，同为妈祖庇护的乡邦。这在台湾的妈祖庙对联中比较常见，如朝兴宫联"朝我台疆，圣恩唯一；兴诸海岛，母德无双"。近人黎月樵（一八八九——一九六一）精研妈祖的事迹，撰写了二百五十六字小姑山启秀寺联。此联不仅是妈祖庙对联中最为优秀的长联，它还运用了妈祖显神通帮助收复台湾的神话。此联值得单独成文，再做赏析和分享。

刊于二〇一八年十二月三日《深圳晚报》

洪涛奋日驭，天势出其中

——品读《赤嵌集》咏海诗歌

清代桐城人孙元衡，字湘南，在康熙年间担任台湾地方官。孙元衡出生于桐城，这里是雄霸明清文坛的桐城派滥觞之地。孙元衡深受乡邦文化熏陶，卓有才气，长年宦游在外，晚年回归故里桐城。

孙元衡一生写了哪些作品，多少诗作，已不可考。孙元衡四卷诗集《赤嵌集》流传了下来。赤嵌，台湾有赤嵌城，曾被用作台湾的代称。《赤嵌集》是孙元衡在台湾工作期间写作的诗歌作品集。或者说，《赤嵌集》是反映台湾社会环境、自然环境的诗歌作品集。《赤嵌集》被收入《四库全书》而流传了下来，说明它既是作者的重视之作，也是清廷许可刊布的本朝作品。

《赤嵌集》流传了下来，从中可知：在历代歌咏海洋的诗人队伍中，孙元衡卓然大家风范。孙元衡的咏海诗歌怎么样？试分析如下。

一、赴台之前：向往·惊吓·升华

孙氏还没有渡海，就已写了咏海的诗句了。《赤嵌集》第一首诗歌题目就清晰明白，叫做《除台湾郡丞，客以海图见遗，漫赋一篇寄诸同学》。孙元衡出任台湾郡丞的命令下达了，他得到一张地图。他看着图上要去的地方，可见很多的岛屿。他知道在航海时是要靠"回身指南斗，东西日月浴"辨识方向的。海上尽管会"飓风怒有声，骇浪堆篷幅",但是我孙元衡却是"涤汔终古心,瀇瀁万里目"。在《书怀》二首中,"彼岸浮鹏外,灵槎着日傍""望云为故国,见日是长安"的句子,与前人咏海诗作的一些境界差不多。不过,这是孙元衡苦吟所得。孙元衡知道自己这样写诗,是"未到滋遐想,胸翻大海澜"(《书怀》)。我们可知:孙元衡在没有取道海路前往台湾时,心里已经翻滚起大波澜了。

既然强烈渴望在大海上航行,那么会不会有所行动呢?果然,孙元衡要在海行之前练一练了。他是练航海的胆子吗?却也不是。

泉州洛阳桥是一座跨江接海桥梁。那一天,孙元衡到此一游,写下《洛阳桥》诗,在诗序与诗句中他都批评了当地沿袭旧说的可笑;此外还有:"四十七门分雪浪,三千余尺驾虹梁。垒渊不道蒙神力,观海何曾似洛阳!鱼鸟逍遥倭鬼遁,轮蹄安稳孼龙僵。迎潮磊磊支危石,尚与渔家养蛎房。"孙元衡这回练的是望海的一双眼睛,他看到大海了,虽还没有漂洋过海的行动,心却已是在航海了。

与其说孙元衡此时练习望海的眼睛,倒不如说海洋的确是要望一望、想一想、写一写的。海洋的气度、格局、形貌、变幻等,与望海者心灵相碰撞,就流淌出了诗歌来。在《渡浯通支海》中,在写了"帆挂逆风舟宛转,浪翻危屿岸流连"句后,又有"我与轻鸥同泛泛,未知何处是桑田"句,这就表达了轻快的心情。

再如:"潮汐东西游子路,蟭沙开阔水军威"(《望洋》),"岛屿浮空天地青,舟人束手坐邮亭。风威豫识迻巡月,潮信真随长短星"(《守风厦门排闷》),写海潮东来西去是游子要行的路,波涛起落间岛礁浮现,海军操演十分威猛;岛屿若漂浮在海天一色中,船夫因为行不了船闲坐在驿站里,风力大能帮助预先识别月晕,潮水随着能占潮候的星星涨落。从这些诗句中,我能测知孙元衡在等候航海去台湾的日子里,不仅望海写景抒情,还学习了航海知识。诸如辨识"迻巡月""长短星",都与选择何时启航有关,这难道是那个闲在驿馆的船老大教他的吗?

孙元衡登舟了,有《登舟》诗为证。可是,登舟不等于海行啊。我在这首诗中只读到"波水溽云片席张,情怀气味孰相当?美人一去投龙塞,猛士相将赴敌场"。这是向朝廷表达一种豪情壮志。"溽云",含雨的浓云。由此可知登舟这天,虽没有下雨,却有可能下雨。这次登舟,是没有成功到达目的地的。

《登舟》之后不久,孙元衡又写了一首长诗,题目很清楚,曰:《乙酉三月十七夜渡海遇飓,天晓觅澎湖不得,回西北帆,屡濒于危,作歌以纪其事》。这一次是真的航海了。航海情况怎么样?全诗如下:

羲和鞭日日已西,金门理檝乌鹊栖。满张云帆夜济海,天吴镇静无纤翳。东方蟾蜍照颜色,高低万顷黄琉璃。飞廉倏来海若怒,颓飙鼓锐喧鲸鲵。南箕簸扬北斗乱,马衔罔象随蛟犀。暴骇铿訇两耳裂,金甲格鬭交鼓鼙。倒悬不解云动席,宛有异物来诃诋。伏艎僮仆呕欲死,胆汁沥尽挛腰脐。长夜漫漫半人鬼,舵楼一唱疑天鸡。阿班眩睫痿筋力,出海环玟频难稽(海舶内称望远者为阿班、舟师为出海)。不见澎湖见飞鸟,鸟飞已没山转迷。旁罗子午晷度错,陷身异域同酸嘶。况闻北礁沙似铁,误尔触之为粉齑(澎湖山南有北礁,下为铁板沙,济海之舟不见澎湖,则不敢南)!回帆北向岂得已,失所犹作中原泥。浪锋春汊鹳首立,下●涡白高榄低。怒涛汹溅顶踵湿,悔不脱壳为凫鹥!此事但蒙神●力,窅然大地真浮稊。翠华南幸公卿集,从臣旧识咸金闺。桂冠神武踪已迈,愿乞骸骨还山溪。读书有儿织有妻,春深烟雨把锄犁。

这首诗用了不少典故,前六句说明傍晚时分,在金门修理船桨,海鸟停在了船上。天黑了,海船张帆起航,海面平静天上没有阴云。月亮飘升在东方,月光金黄,给亿万顷起伏的海水敷上了黄色,仿若竹席。从"飞廉"句开始,写风神"倏来"摹状大风起兮,海神"怒"摹状波浪起伏;海上飓风的情状有声有景,有形有色——巨大的声音把鲸鱼惊动,天上的星宿已经颠倒斜乱、分不清在哪,海神咬住水怪追赶蛟龙犀牛,爆炸般的声音令人两耳失聪,若有金甲神兵在厮杀格斗,战鼓声声响,倒挂不松懈的云连着竹席般海面,仿佛有怪物在那边责骂诋毁。自"伏艎"句一转,写船上的人的情状:僮仆呕吐欲死,船上活物半人半鬼,舵工一声喊叫,大家都当作天鸡叫太阳出;这时候,导航的叫"阿班"——他眼花体瘫,驾船的叫"出海"——他想要占卜吉凶却做不到。我眼中不见澎湖,看见了飞鸟,看见了飞鸟时它已影杳,远山也迷蒙;哪曾想,测度方向时连晷度都错了,陷身外乡的人好悲叹啊!而且还听说,北礁那儿礁沙似铁,碰触到它必然化身粉齑。掉转船帆返回,实属不得已;没办法到达应到之处,只好再回到内地。浪锋击向天空,船头高立;俯瞰海面,满是漩涡,高高的桅杆显得很低;怒涛汹涌飞溅全身透湿,还不如生为凫鹭!发生海上飓风这样的事情,真是由了神鬼之力驱动,深远的大地真像是漂浮的稊米。今皇南巡,众多公卿群集,跟随的朝臣中有我认识的人。今皇高洁神武已经超越了前代圣贤君主,我愿皇上准许我归还故乡;伴着儿女读书声、妻子织机声度日,在春天锄犁于农田。

史称孙元衡是康熙年间被派到台湾任官的。由此诗题中"乙酉""三月十七日",进一步确定了孙氏是在公元一七〇五年四月十日这一天渡海前往台湾,但是因遇到台风而没有到达台湾便返回了。诗中"翠华南幸公卿集"等句,是指清康熙帝第五次南巡阅河的大事件,与孙元衡赴任台湾时间是相互印证的。

一七〇五年农历二月康熙谕吏部、户部、工部:"我谨念民生,加意河道,屡行亲阅,一切疏浚修筑事宜,业经周详指划。前黄河之水往往倒灌清口,但由于仲庄闸与清口相对,骆马湖水势湍急,遂逼黄灌入清口。我视河时亲命河臣移仲庄闸,改建于杨家庄出口。工竣之后,河臣报称黄水畅流入海,绝无倒灌清口之患。我尚未经亲阅,今欲亲临其地,察验形势,用筹善后之规。其中河、运河、黄河有应加修防的,亦随时指示。乘兹仲春解冻,减从轻装,循河南下,往返皆用舟楫,不御室庐;经过地方,不得更旨缮治行宫,妄事科敛。其日用所需,俱自内廷供应,从无纤毫取办于民。前此屡次南巡,间阎皆所深悉,倘有不肖官吏藉名预备,擅动官帑,并图日后加派补偿,以为巧取侵渔之地,事觉,严行治罪,决不宽宥。"康熙在农历二月里乘舟南巡,三月驻跸苏州,命选江南、浙江举、贡、生、监善书者入京修书。江宁织造曹寅校刊《全唐诗》成。赐大学士马齐等《皇舆表》。

以上这段历史在孙元衡诗中化为"翠华南幸公卿集,从臣旧识咸金闺"两句。孙氏还赞扬康熙高洁神武,功绩超越了前代帝王。《乙酉三月十七夜渡海遇飓,天晓觅澎湖不得,回西北帆,屡濒于危,作歌以纪其事》获得了王士禛好评,说是诗:"洞心骇目,字字挟海外风涛之气;恨坡公不及见之!"

王士禛是《赤嵌集》的评点者,他对于孙元衡《赤嵌集》及其咏海诗多有好评。在《乙酉三月十七夜渡海遇飓,天晓觅澎湖不得,回西北帆,屡濒于危,作歌以纪其事》之后,王士禛评《危舟得泊,晚饭书怀对》"皆从杜出",评《即事》"第六句亦不减右丞",评《黑水沟》"险绝,又妙于典",评《舟人言泛海不见飞鸟则渐至大洋,盖水禽陆栖也》"旷甚",评《抵台湾》"兴会笔墨都不减坡,欲不为海外之游,胡可得也"……好了,仅从这几处评点之语看,已经把孙元衡之作与苏轼、杜甫的诗歌创作相提并论,评价很高。

《四库提要》介绍孙元衡之《赤嵌集》:"清朝孙元衡撰。元衡字湘南,桐城人,康熙中官至东昌府知府。是集,皆其为台湾同知时所作,以地有'赤嵌城',故以为名。多纪海外风土物产,颇逞才气;而未能尽轨于诗律,王士禛为之点定,谓其追踪建安,蹑迹长公。似乎太过也。"《乙酉三月十七夜渡海遇飓,天晓觅澎湖不得,回西北帆,屡濒于危,作歌以纪其事》写作于一七〇五年四月,《赤嵌集》完成于孙元衡任官台湾的三年期间。王士禛卒于一七一一年。对《赤嵌集》点定,一定是王士禛去世前的一次重要的文学评论活动。因此,我们既可以推想孙、王两人的交情匪浅,也可以确知王士禛对孙元衡诗歌的评价甚高。由于评价甚高,《四库提要》编撰者都认为"似乎太过也"。

且撇过王士禛不表,回到孙元衡咏海诗歌上来。在到达台湾之前,受到台风惊吓的孙元衡,回味航海,还有余悸:"大海狂澜惊转舵,金山到似解重围。此生不道有来日,欲往何如成独归!麤粝儒餐初定痛,萧疏旅鬓忽知非。百年好是双行脚,梦绕湖山旧翠微。"(《危舟得泊,晚饭书怀》)诗里流露出对于陆地生活的依恋,喜欢用的还是自己的一双好脚,心向往之的是田园山水。而海波平稳、风月柔情之时,又扰动孙元衡的诗心,他写出了"乱若春灯远度萤,坐看光怪满沧溟。天风吹却半边月,波水杳然无数星。是色是空迷住着,非仙非鬼照青荧。夜珠十斛谁抛得,欲掬微闻龙气腥"(《海波夜动,焰如流火,天黑弥烂,亦奇观也》)。好一派春灯风月漾星海的景色,好一个空灵梦幻起龙珠的仙境!此外,"沧溟笔墨鱼龙气,汗漫行藏鸿鹄心。日没云流天地断,山穷水弱岁时深"(《写怀》),"海邦耳目多新获,岛市谈言各不聆。暮雨过时丛屿黑,春潮到处晓天青"(《即事》),是在咏海之中抒怀写意,表达心情。

想来此时孙元衡已听得不少台海故事了。有关黑水沟是从厦门到台湾的险隘之处的传言,打动了他。那一天,《黑水沟》一诗油然而出。孙元衡特地写了诗序,云:"大海洪波,实分顺逆;凡适他国,悉循势以行。惟台与厦藏岸七百里,号曰横洋;中有'黑水沟',色如墨,曰黑洋,广百余里,惊涛鼎沸,势若连山,险冠诸海。或言顺流而东,则为弱水;虽无可考证,然自来浮去之舟,无一还者,盖亦有足信焉。"这首诗也写得好,王士禛说它写出了黑水沟的险恶绝望之环境,诗中用典灵活而美妙。我照录全诗如下:

  气势不容陈茂骂,奔腾难着谢安吟。十洲遍历横洋险,百谷同归弱水沈。黔浪隐樯天在白,神光涌棹日当心。方知浑沌无终极,不省人间变古今。

  孙元衡创作《黑水沟》时是在陆地上。他与航海者刚刚聊完天,手里可能还捧着一杯香茶。当然,孙元衡所在的陆地其实就是海边,他与从人在等待着再次过海那边、赴任台湾官职的时机。时机没到,诗题甚至话题还是离不开"海"。《舟人言泛海不见飞鸟则渐至大洋,盖水禽陆栖也》曰:"天无鸿雁水无鸥,烟雨茫茫我即浮。已识功名如嚼蜡,逍遥偶逐大鹏游。"诗从海上看不见飞鸟,讲自己人生是在烟雨茫茫中漂浮,此时已知功名味同嚼蜡,学习逍遥游精神做一次鲲鹏扶摇九万里的追随者。孙元衡这样咏海,把人生感悟与情操自守融入其间,未来航海还有什么可怕的?!
  孙元衡终于起航了。在《赤嵌集》中有两首诗连续出现,题目是《抵澎湖澳》《抵台湾》。但是,我们不知孙元衡是哪一天到了澎湖澳,哪一天到了台湾。从《抵澎湖澳》看,航海于晴朗的晚上,一阵"夜鼓天风"就过了黑水沟,诗人在船上似在品尝着"翠蠏""胎鱼"之类海鲜,天上能见到月亮,因而"贯月浮查正渺茫"。再看《抵台湾》:

  八幅征帆落远空,苍龙衔烛晚波红。洲前竹树疑归后,天外云山似梦中。鹿耳荡缨分左路,鲲身沙线利南风。书名纸尾知无补,着得诗筒与钓筒。

浪言矢志在澄清,博得天涯汗漫行。山势北盘乌鬼渡,潮声南吼赤嵌城。眼明象外三千界,肠转人间十二更。我与苏髯同不恨,兹游奇绝冠平生。

孙元衡在诗中有夹注,注释"鹿耳荡缨""鲲身沙线""十二更"等。"鹿耳""鲲身"都是台湾的地名。在鹿耳,由于水路弯弯曲曲,用缨绳系在竹竿上,用以探试水路哪里深哪里浅,这就叫做"荡缨"。鲲身是七个岛屿相连的岛礁地带"七鲲身"的省称,这里的尾部有个叫"沙线"的所在,航行到此时如恰遇南风,便可在沙线停泊。从厦门渡海到台湾,需要十二更的时间。诗中有多个典故。如:"苍龙衔烛"典出于《楚辞·天问》"日安不到,烛龙何照"。汉代王逸注:"言天之西北有幽冥无日之国,有龙衔烛而照之也。"其"衔烛"即口含火炬。又,"汗漫"典出于《淮南子·道应训》"吾与汗漫期于九垓之外"。后来汗漫被附会为仙人的名字。"汗漫"的常用义是"渺茫不可知"。诗最后用了苏轼咏海名作的意境,并照引一句。苏轼《六月二十日夜渡海》结束句是"九死南荒吾不恨,兹游奇绝冠平生";孙元衡用了一个巧劲,以"我与苏髯同不恨,兹游奇绝冠平生"结束全诗。

王士禛评价《抵台湾》诗:"兴会笔墨都不减坡,欲不为海外之游,胡可得也。"我以为孙元衡这首航海诗不仅是对海上情景的传神着墨,还借助于此诗表达了一种化外之心境,他升华了,物我相忘了,最后把自己在宦海漂泊、渡海遇险的坎坷、遭遇一笔带过,歌咏出了豪迈情怀。

二、在台时日：自嘲·观察·寄寓

孙元衡到达台湾后，在三年的工作中还有一些海行的经历，因为只在台湾群岛之间穿梭，航程不远。这些都有诗为证。如《朔四日泛海赴安平镇》：

> 异国春回问鹿聻，风微浪静受朝暾。云屏列翠飞孤凤，烟镜浮花漾七鲲。古堞初依新树色，灵槎远赴碧天痕。未知铁骑戈船在，落落罘寮水面村。

他这次短距离航海，是出于公干；时令是春回大地的某天，海面上风微浪静，七鲲沙被浮花一样的水波荡漾着……一切很美好。这是孙元衡在海上观察安平镇的感受。他还写了《安平镇》，曰："浮空巨镇海云齐，七点鲲身踞水犀。潮趁去来分顺逆，风乘朝暮便东西。空城一任生禾黍，老将应知厌鼓鼙。战舰如山乌在幕，千樯影静夕阳低。"把安平镇在海洋中的情景摹状传神，有力地表现了此镇的军事意义，同时祈祝厌鼓鼙、千樯影静的和平时光。又一次短距离航海——不得不做的返航回府，孙元衡写《自安平镇风中返棹，波涛甚恶，归卧竟日而心犹悸，作诗自嘲》："七里风涛万叠愁，归来不道小瀛洲（安平在水中，距郡七里，余常以小瀛洲称之）。流云过影身摇动，空宇无声耳唧啾。飘泊樽罍三峡夜，黄昏枕簟九疑秋。自量终是尘凡客，海月应难挂席求。"孙元衡说自己只航海了七里便有"万迭愁"，就是一尘凡客，哪里能像前人那样"挂席拾海月"呢。"挂席"与"扬帆"义同，孙元衡借用了谢灵运《游赤石进帆海》诗中"扬帆采石华，挂席拾海月"之意境，只不过用此自嘲而已。

他即使没有航海，在诗歌中都会自然流淌出咏海的诗句。《赤嵌城》"石楼盘百级，涌出似孤城。下岸临沧海，依然禾黍生"；《七沙鲲》"海天悬北斗,下照七鲲斜。阴火燃深夜,鱼龙自有家"。两诗只是题点台湾的地方,却都写出了海洋的韵味,写出了人类与海洋的依存关系。《冬日眺远》:"叶叶征帆似羽翰,排空飞上白云端。驰风骋雨无常态,海水那知天地寒!"孙元衡眺望大海,把海面上的点点帆船想象成飞上天穹的羽翰,陆地已经天寒地冻而海上并没有这样的常态。诸如"落日镕天海,归舟刺岛矗"(《晚眺》),"行春大海岸,心遥步已穷。洪涛奋目驭,天势出其中"(《初春杂咏》),"危城映白沙,天与海为涯。日射千樯影,黄龙出浪花"(《安平镇城》)等诗句,在作诗过程中如出天然。这样例子真是不胜枚举。

孙元衡歌咏渔民、渔村、海鲜贸易市场,以及海族,丰富了咏海诗歌的内容。《渔家》写渔民"业就水为田""艘侣分潮路",赞美渔民"岁晏输公毕,风波自有仙";《渔家口号》则道"家在蚝山蜃气开,鲸潮初定鲨帆来。虎鲨鬼蟹纷无数,就里难求蛤蚌胎",把渔民干活的场景与艰险再现出来,有画面感;《海市清言》的"巧人西域营工到,估舶东吴载酒来",概言国外的商人带着做工精巧的产品、国内苏浙一带商人带着美酒到这里的贸易市场来。孙元衡以当地人对一些海洋生物的称谓作为诗题,写作了《新妇啼》《飞藉鱼》《鹦哥鱼》《翠蟹》《海龙》等诗,诗中的海洋生物在海洋的表现、关联的传说、被烹饪后的佐餐、捕获时的情景,不一而足,此处不一一征引了。

在台三年,孙元衡可能不止一次见识了海啸,但是他只有一首写海啸的诗歌。这首诗即《海吼》,诗曰:

> 我闻百物愤恚鸣穹苍,而何有于百谷之王?幽隧搏击成声光,而何有于祝融之汪?云胡吼怒弥昼夜,震撼鲛室喧龙堂?延听千声无远近,气沴风屯海为运。穷天拗怨悲莫伸,死地埋忧思欲奋。初时起类渔阳挝,七鲲喷沫开谽谺(自安

平七鲲身起,故俗云鲲身响)。繁响渐臻有嘘噙,万蹄按辔行虚沙。倏如战胜轰千轴,刮乾戾坤为起伏。漓以山摧熊虎号,砰磕成雷魔母哭。山摧石烂如寒灰,雷震翻空偶驰逐。尔乃十日、五日吼不休,使我耳聋心矗矗。或言訇哮由积风,挂席长梢凝碧空。或言狂潮本澜汗,进则剽沙礔石争来攻,退则馀波呀呷殿成功;为魁为窟奔海童,朝夕池边历岁月,去来喧寂将毋同?老农又言征在雨,黑螭隐见青鼍舞。叫啸年来彻霄汉,炎威千里成焦土。泱泱海若大难名,我欲问之阻长鲸。水德懦弱惧民玩,庶几赫怒张奇兵。大贤崇实戒虚声,股肱之喜良非轻。

海吼,与"海啸"同。在《赤嵌集》虽仅此一首吟咏海啸的诗歌,但是在读过这首诗后,却令人感受其独特的艺术魅力而爱不释手。全诗用典较多,如"鲛室""龙堂""渔阳""挂席""澜汗""海童""海若""余波呀呷""水德懦弱""大贤"等,但都不是僻典。我试译如下:

我知道万物怨恨时鸣于苍天,怎么会向大海作声?在幽隘之处迎击风浪发出的声光,怎么会存在于海神治下广阔无边的海洋?为什么怒吼了全天,以致震动摇撼鲛室,喧腾龙堂?慢慢地听去,千百种声音听不清谁远谁近,气阻了风积了大海为它们运动。就算一生不顺、满腔愤恨,都莫要申吐,在绝境排除忧愁应当图谋奋进。声音初起时犹如渔阳之鼓被敲击,七鲲那里喷涌泡沫闪烁光芒。繁密的响声渐渐形成有节奏般的吐纳之势,犹如万马在缰绳扣紧下于虚幻之沙上一会儿缓行一会儿停步。风疾起就像战斗中千万战车轰鸣,吹翻天空扭转大地成起伏之状。连续不断的地动海翻令熊虎哀号,水流激荡声势如炸雷让魔母都哭泣了。山摧石烂就像断绝了心思,雷鸣翻倒又如有所追随。吼啸了十日吼啸了五日还吼个不停,使我耳聋使我心也悬得老高。有人讲风大的样子还是为了蓄积风,如同扬起的风帆在船尾凝望着蓝蓝的天穹。有人讲汹涌的潮水原本就声势浩大,进则以裹挟砂砾以及海水击石之声势争相攻伐,退则以余势未尽的波浪及其吞吐开合之形守护着成效;变作小丘、变作洞窟像个奔跑的海神童,在大海无边无际那里过着岁月,来来往往的喧腾与静默莫非相同?老农又说征兆在雨水,黑色螭龙隐约显身、青黑色的鼍龙也舞当空。这一年中长长的高叫声音响彻霄汉,酷热的威力致千里成为焦土。无边际深难测的海洋之神灵太难说得清了,我还想问却被长鲸所阻止。黑龙出有水德之瑞兆,可水显懦弱之势,老百姓易轻视之,这又让百姓葬身于水——这是我担心的;或许以盛怒之声势来夸张我们拥有奇兵。才德超群的人崇尚朴实力戒浮夸,这是辅佐天子捍卫疆域的好事,真的是很好的事情。

《海吼》诗中不仅有直观,还有内省,都寄寓了作者深沉的人生体验与执政情怀;语言典雅精妙,意境深远,气势沉雄,允为传世佳作。孙元衡这样写海啸,构筑了广阔而奇妙的审美空间,是以绝少而胜多多的创作实践之典范。

再有,《秋日杂诗二十首》值得重视。孙元衡将自己在台湾执政三年中观察与思考台湾的海洋地理环境、军事意义,岛上原住民习俗、生态环境、原住民与汉人关系、经济生产等情况,写在组诗中。组诗开篇一首就言海:"西偏惟落日,东向一烟峦。不爽针盘路,无形铁板关。鱼鲕纷似叶,战舸静如山。浃稳成安宅,毋忧海国顽。"他在铁板关夹注道:"渡海以指南为信,曰'针路'。又台郡无形胜,可据水底铁沙为要害云。"组诗中还出现"战舸""战鼓""边烽""版籍",都反映了作者始终不忘前来台湾的政治使命。

此外,几首因"海客"而作的诗歌值得玩味。何谓海客?《汉语大词典》解释"海客"有三义,即航海者,海商,浪迹四海者(谓走江湖的人)。孙元衡《赠海客》《听海客言,寄嘲北庄友人》《因海客言勖文士》等诗,我结合各诗内容看,认为他的确与一个航海者有交集。这个人是上了年纪的"头白"之人,是"安居"之人,经常随着风向乘坐"顺逆船"在岛屿、陆地往还。孙元衡以为像他这样的安居已经算是过着神仙般生活了,足可以游乐人间了。这人说了海上求仙的故事,求仙很艰险,既要依靠舟楫渡海,也要凭借攀爬登山。爬两座山:银山,玉山。可这两座有金银、美玉的山,却是"千条歧路""状若峰峦"而已。在《海客与文士谈仙》中,有前人写过的海上神仙故事,对仙人生活的描述活灵活现,王士禛评之曰:"如闻徐福辈语。"我相信,孙元衡生活中与一位"海客"交集,孙元衡心中还驻扎着一位"海客"。不过,孙元衡心中的海客是他自己。这组以"海客"为名的诗作,反映出于此时在此地的孙元衡之思想动态。分散在这些诗中的"安居已是仙""此中堪玩世""典籍为罟儒锻羽,衣冠是鼎儒沸汤""有生最乐独良友,与世不死惟高文"诗句,都是孙元衡的借题发挥,表达了一种安于现状、职守岛上、心驰八荒、读写终生的志尚与情趣。

三、离台前夕:送别·伤情·走人

与"海客"诗歌同一写作期间,孙元衡还写了一些送别诗歌。这些诗歌以海洋为背景,别离之情仿佛至今还漂浮在台湾海峡的海面上。在《海外饯客登舟,其情怀黯然,乃在离别之外,因为是诗》中,有诗句是"展转别离无后约",可知他已经有了与来访者从此一别、再无相见之日的心理准备了。这也说明孙元衡安于现状、职守岛上等思想,不是空穴来风的;而是他很可能隐约感到自己回不了中原,要在岛上工作至退休了。

不久,孙元衡又在送别七弟等人时,写诗相赠:"仙舟李郭去从容,别酒兰英气味浓。六月天云开岛屿,南风海水似吴松。珠连夜照蟾光合,鹏徙秋程雁字逢。直到姑苏枫叶岸,寒山晓寺待鸣钟。"(《七弟、沅真、光三、会贞同舟泛海,拟在姑苏登岸,驰赴秋闱,赠别》)七弟等在一个好天气里登船航海,目的地是苏州,参加在那里的秋季科举考试。孙元衡在诗中为几个亲人描绘了海上风平浪静、景色宜人的画面,珍珠、月、鲲鹏、一字雁阵、枫叶、寒山寺、鸣钟扑面而来,美不胜收,而实际上是以此祈祝亲人们一帆风顺。

孙元衡的心情果然平静如水吗?那天他写《风潮靡定,远眺大洋无片帆往来,累十余日矣,书怀一首》:"大海劳孤望,长天日日阴。水云相断续,中外一浮沈。远鸟骞为练,虚沙响作砧。亲朋归已尽,南北有遐心。"从题目看就知道,诗人十几天看海面上的往来船只,没有看到他想看到的。那么,孙元衡真正想看的是什么?若说他想看到的是乘船而来的亲朋,似乎不像。"亲朋归已尽"——不会再来亲朋了。那么他想看什么呢?他想看到船来,哪怕是片帆而来。因为有片帆过来,就可能带来一些信息;有信息到,这信息就有可能是与自己有关的通知。可十几天中都没有等到片帆来,回到中原怕是无望了吧?"遐心",避世隐居的心情。

孙元衡之"遐心",实在是一种无奈的心情。不过,清廷没有忘记这位职守台湾三年的地方官员。某一天,清廷的"调令"终于来了。

离台前夕的情形在"调令"来了之后,于《赤嵌集》一些诗作中可以知晓与判断。在等待航海回到大陆的日子里,孙元衡也没有创作咏海诗歌了。《赤嵌集》中最后一首咏海诗是《澎湖》,全诗如下:

> 七十二屿称澎湖,沧溟万里开荒涂。屿屿盘纡互钩带,洪波割据成方隅。东西二吉门户壮,将军之澳为中区。雄师镇压马官汛,天然犄角中邦无。其馀赋形非一状,纷陈簠簋兼盘盂。蛟蛇拳曲龙隐见,狮象蹲踞僧跏趺。诸流回溯舟难

入,逆帆欲泊兴嗟吁。百折终成触礁势,狂澜反走如亡逋。有时无风水澄镜,咫尺胶固谁能逾。巨舸理不任篙楫,束手待敌甘为俘。汪洋指南争此土,既到往往遭艰虞。昔日王师事征讨,神兵彷佛前驰驱。风摧火灭甘泉沸,降幡夜出台山陬(大帅施公亲见马祖助战,表上其事,敕封天后)。制府谋成输百万,冠军一战真良图。事关正统岂微细,封赏有间传闻殊。榜人维舟汲清水,躅踪到顶招吾徒。黑铁崩崖潮欲缩,黄沙石碛盐为污。蚝岛峰峦咸破碎,凫鹥草木原焦枯。大海东流无底极,振衣一啸心踟蹰。

全诗白话为:七十二个岛屿合称澎湖,在万里碧波中形成了荒凉的沙滩。各个岛屿在回环盘旋间像被带钩连接在一起,在洪波割据下形成部分区域。澎湖两边是吉利的形胜而使得要塞固若金汤,施琅将军所在的海湾是中心区域。雄师镇守着马宫的汛情,这样天然而有利的军事地理位置在中原大地是没有的。其余的形胜没有一样的,都不过像是纷陈在桌面上的簠簋盘盂。是蛟蛇拳曲猛龙藏身之地,是狮象蹲踞和尚打坐之所。众多的水流回旋往复船舟难以进入,逆水行舟休想在此停泊。无数次浪来浪去终成撞击岛礁的势能,汹涌的波澜像迈着小步伐迅速倒退的逃亡者。无风时海水澄澈如镜,各岛距离近而巩固,谁又能经过。大船以为凭借划动篙楫就可以了,结果它束手待敌甘为俘虏。皇帝的恩情深厚指引武力收回被贰臣占领之土,到达了这里往往遭遇困难忧患。昔日朝廷之师征讨郑氏,仿佛有神兵在前头驰驱。对郑氏军队的风摧火灭之战事不断传到朝廷,黑夜里郑氏军队在台湾的山角落挂出降旗(大帅施琅公亲眼看见妈祖前来助战,特向朝廷上表,朝廷敕封妈祖为"天后")。施琅主战的谋划成功了,不啻是向朝廷的极大进贡,这可列作诸军之首的一战真是很好的图谋。这战事关乎了国家的统一,岂能言其"微细"。对有功之人的封赏是丰裕的，但是有的传闻与实际有不同处。恍见大帅的船停泊了去汲取清纯之水，我愿追随其足迹到最高处并招纳同志来。兵锋所及像潮水撞击岩崖总被反弹，死难者葬于多石的沙滩把盐田都搞脏了。蚝岛峰峦都破碎了，水鸟聚集的草木也焦枯了。大海东流没有终极，我整整衣服长啸一声心却不知止于何处。

孙元衡之《澎湖》莫非诗史？抑或史诗？王士祯评价它是"纵笔所之，明白若图画"。明白什么？或者说在什么上明白呢？孙元衡在澎湖海战胜利二十五年后，航海途经澎湖，写诗纪念与赞美了施琅，思考了战争与和平关系，肯定了澎湖海战为国家统一做出了重大贡献，摹写了战争造成的灾难局面，表达了和平与非战的愿望。

航海去，航海回。孙元衡就带着这样一种感情，一种思想，离开了台湾，从此在祖国内地生活。孙元衡视《赤嵌集》为其一生精神成果，刊印成书，遂流传至今。我品读《赤嵌集》一年，为其咏海诗歌而彰扬之。

刊于二〇一七年第十九辑《桐城派研究》

张煌言要留清气在人间
——品读《张苍水全集》咏海诗歌

明末人张煌言（一六二〇——一六六四）只活了四十五年。他不是因病而逝，也不是自寻短见。张煌言曾写："予生则中华兮死则大明，寸丹为重兮七尺为轻。予之浩气兮化为雷霆，予之精魂兮变为日星。尚足留纲常于万祀兮，垂节义于千龄。"张煌言以这样的文字，表明自己已将生命许出去了，要留清气在人间。

从抓到南明兵部尚书张煌言的清军这方面来讲，他们的心里很清楚：张煌言是反清的一面旗帜，如果说服他变节，成为清廷臣属，是首选之策；否则杀之。张煌言拒绝诱惑，以抒写多首诗歌自明心志，终于慷慨就义。

说到张煌言的就义，就要追溯其二十五岁那年的某天。这一天，刑部员外郎钱肃乐等率众集会于宁波府城隍庙。张煌言毅然参加，倡议勤王，集师起义。从此，张煌言生命的后二十年就在抗清斗争中一天一天地度过，"义帜纵横二十年"（《将入武陵》）。无论一场场的战斗胜负如何，张煌言的人生都是可歌可泣的，注定要写在历史上。

我尝言：可歌可泣的人生必由精神生命为支柱。张煌言忠于国家、反对侵略的精神贯穿于他的后二十年，成就其出生入死、转战千里、三渡闽海、四入长江的人生履迹。张煌言是书生投笔从戎。我们在其留存于世的文字中，可以仔细打量。

第一，在张煌言的诗歌中，有很多关联大海的诗句，这些诗句在哀挽逝者的诗歌中有之,在迎送他人的诗歌中有之,在赞美胜利的诗歌中有之,在寄托理想的诗歌中有之……可以说是很自然地就流荡于诗歌中,俯拾即是。如《端阳喜雨,呈张相国鲵渊》:"海国悬符为辟兵,驱来雷檄又纵横。中天雨露天中节,半夜风云夜半晴。"前两句写张相国于海上率军与清军斗争,后两句写海上气候变化。又如《癸巳元日和友人韵》:"灵槎容易度流年,海角春云思黯然。地近虹津堪浴日,潮生蜃市欲黏天。"写出时光的变迁犹如海船的飞逝那样容易,人在海滨处在春天却神伤于对敌斗争的不顺,太阳在连接着虹霓的地方洗浴,波潮生于缥缈如幻的海市蜃楼像是要去黏住天。

第二,张煌言在海上行舟后往往有诗纪实,这些诗既有以写景见长的,也有以寄寓、遣怀为旨趣的,还有将摹景抒情说理熔于一炉的,不一而足。如《舟次中秋》:"淡荡秋光客路长,兰桡桂棹泛天香。月明圆峤人千里,风急轻帆雁一行。此夜衔杯惭庾亮,几年持斧笑吴刚!观涛岂必钱塘上,碧海银潢自渺茫。"写某天行船海上,正是中秋佳节,漫长的海上路程只有秋光相伴,但是船桨荡水水花竟如天香,望天上明月想海中仙山思念亲人,船在急猛海风中犹如一行归雁。今夜持杯饮酒邀月要让庾亮自愧不如,我已经持斧多年早已赛过了月中的吴刚,观赏海潮未必都要去看那钱塘江潮,船行于大海自然随波逐浪不知身在何方。又有《翁洲行》写:

自从钱塘怒涛竭,会稽之栖多铩翮。甬东百户古翁洲,居然天堑高碣石。青雀黄龙似列屏,蛟螭不敢波间鸣;虎韔争如秦妇女,鱼旐半是汉公卿。五六年间风云变,帝子南巡开宫殿;鹾来泽国仗楼船,乌鬼渔人都不贱。堂怡穴斗几经秋,胡来饮马沧海流;共言沧海难飞越,况乃北马非南舟!东风偏与胡儿便,一夜轻帆落奔电;南军鼓死将军擒,从此两军罢水战。孤城闻警蚤登陴,万骑压城城欲夷;炮声如雷矢如雨,城头甲士皆疮痍。云梯百道凌霄起,四顾援师无蝼蚁;裹疮奋呼外宅儿,誓死痛苦良家子。斯时弟子在行间,吴淞渡口凯歌还;谁知胜败无常势,明朝闻已破岩关。又闻巷战戈旋倒,阖城草草涂肝脑;忠臣尽葬伯夷山,义士悉到田横岛。亦有人自重围来,向余细语令人哀;椒涂玉叶填眢井,甲第珠珰掩劫灰。而今人民已非况城郭,髑髅跳号宁复肉。土花新蚀遗镞黄,石苔早绣缺斯绿。呜呼!问谁横驱铁裲裆,翻令汉土剪龙荒?安得一剑扫天狼,重酹椒浆慰国殇!

此诗夹叙夹议明朝军民与清军斗争失利后,逐步转入东南沿海的抵抗;写景抒情,表扬了"忠臣尽葬伯夷山,义士悉到田横岛"的英勇行为;寄寓了要与清军战斗到底、以慰先烈的决心。

再看《舟行阻风,口号》(二首选一):"欶水鞭潮势自雄,此身原不畏蛟龙;明朝鹢首还东指,禁得谁传万里风。"《舟中听雨分得"长"字》:"小雨江天倍渺茫,翩然有客度鸣榔。坐来知己忘觞薄,话到英雄看剑长。残角分明悲渤海,孤篷辗转忆潇湘。相怜身世真飘泊,岂为春风欲断肠!"以上两首诗歌写于海上,它们不仅充满了战斗的豪情,也有一种明知不可为而为之的悲情。张煌言在《元宵舟次,步宾从韵"鱼"字》道:"春涛拥舰俨宸居,雪舞风回寒满裾。箫鼓浮空停晓箭,楼台幻境隐仙舆。帐中绝小盘龙戏,幕下偏能倚马书。共道六鳌来海上,如何照夜只鲸鱼。"诗中的"晓箭""倚马书"指向了对敌斗争;"六鳌",地名,在今漳州市漳浦县,这里似代指六艘对敌作战的船只。

张煌言《海上》(二首选一):

> 屈指蒙尘近十秋,每怀若作济川舟。公卿宁忆朝元暮,士庶空余思汉讴。报越有君谁共难,椎秦无力独胜愁。螭龙岂是池中物,文叔当年自谓刘。

"蒙尘近十秋",指以鲁王朱以海为代表的南明政权,已经流亡近十年了。"济川舟"出于《书·说命上》:"爰立作相,王置诸其左右。命之曰:'朝夕纳诲,以辅台德。若金,用汝作砺;若济巨川,用汝作舟楫。'""济川"一词被用以比喻辅佐帝王。"朝元暮","朝元"是周代以来的中原王朝一种礼仪,即诸侯臣属在每年元旦进朝向皇帝祝贺,皇帝摆宴乐招待诸侯臣属。本诗中的"宁忆""暮",将当下高官们的心理状态反映出来了。"思汉讴",即讴吟思汉,典出于《后汉书·王常传》,说老百姓在对王莽新政极度失望后,每每会在歌谣中思念汉朝。本诗中"空余"二字,极为沉痛地表达了难以光复失地、恢复明朝的意思。以下"报越""椎秦""螭龙""文叔"都有典可循,抒发了与清军斗争到底的决心。

第三,张煌言的咏海诗歌不拘一格,有时是绝句,有时是律诗,有时是拟古;而写作的起因多种多样。例如写同道在海上遇险,有《沈彤庵阁学舣舟南日山,遭风失维,不知所之;虽存亡未卜,余犹望其来归也》:"昨夜惊涛势转雄,孤帆何处御长风?沃焦不信胶舟解,博望初疑银汉通。欲问冯夷愁莫应,倘成精卫恨何穷。袖归当有支机石,岂遂骑鲸向碧空?"同道究竟被狂风吹到哪里了?如果葬身大海,岂不是如同精卫填海那样空余恨?同道是不是驾长鲸飞向了碧空?诗歌问海,期盼之情深深也!

战友自海上来,带来了写于海上的诗歌。张煌言阅读后,常常有应和之作,这些作品中就有了浓浓的海之韵味。例如甲午,有《和于湛之海上原韵》诗六首，各诗中的"星槎飘泊""鳌极""雪涛""泽国""仙舠""海门潮咽""瀚海""泪比鲛人""潜蛟"等词语，构筑了各种意象与境界，令读者置身于海洋上。

张煌言多首诗歌写到了天妃。天妃是历代航海船工、海员、旅客、商人和渔民共同信奉的神祇，抗击清军、行军海上的张煌言到天妃庙举行祭祀活动，是很正常的行为。先是《登湄洲》有道："不尽沧浪兴，孤洲眺晚晖。海翁称地主，野父说天妃。舴艋风前出，镰锄雨后归。侏禽虽未解，一笑亦忘机。"可能在到达湄洲之际就有人向他报告"这里有天妃庙，应当去拜祀"吧？癸巳，他又到湄洲，写《登湄洲谒天妃宫》："苍茫一曲带烟霞，闻说飞仙此驻家。石髓沁香流奶酪，云根瀹雾想铅华。楼前缥缈凌波袜，槛外参差贯月槎。湘女雒妃多往迹，曾无精爽遍天涯？"丙申，张煌言又写《重登秦港天妃宫》诗，诗题说明他以前已经拜祀过秦港的天妃宫，诗歌写道：

郡山依旧枕翁洲，风雨萧然杂暮愁。海蕊经寒香更远，松枝带烧节还留。荒祠古瓦兴亡殿，绝壁回潮曲折流。身世已经飘泊甚，如何海外有浮鸥。

一个"愁"字，可知抗击清军的斗争之不顺利；一个"节"字，又表达了自己的松柏之志；最后两句是说自己早已抛家别舍、身世漂泊，只为抗击清军，不会放弃斗争；如此，海外怎么会有我这样的"浮鸥"。天妃庙里，一次又一次抒发抗击清军、绝不退却的心志。

在与清军斗争中，有一股强大的力量，曾经打出了明朝的旗帜；后来，这股力量变节了，臣服于清。庚子，张煌言写《长鲸行》，如下：

南海长鲸何横绝，吞吐波涛喷日月；鼓鬣俄成赤羽旗，披鳞都变黄金穴。初依海市现楼台，旋上天关守宫阙。天狼忽从西北来，旌为蚩尤鞭为孛。长鲸稽首称波臣，玉皇香案皆膻羯；希恩岂望凤凰池，论功敢乞蛟螭窟。那识狼心最不仁，组系长鲸离溟渤，跳梁宁复昔睢盱，涸辙应怜旧饕餮。长鲸有子类龙种，起代灵鼍震列缺；银河朝犯织女机，珠浦夜泣鲛人血。天狼跋扈还叱咤，金谓鲸鲵本遗孽；疏属山头贰负尸，钟离村内专车骨。残魂几处听蒲牢，遗醢何年化彭越！嗟嗟长鲸尔何愚，如彼异类终屈节；神龙不臣臣贪狼，抉自涂肠坐自灭。昨夜星躔弧矢明，欲喜欃枪影欲没；天狼天狼莫漫骄，海宇会有真龙出。

张煌言此诗中的"长鲸"是指变节者，"天狼""贪狼"是指清政权，"神龙""真龙"是南明朱氏政权。从"长鲸有子类龙种"看，变节者的后人还有称王者。这首诗表述了长鲸被最不仁义的天狼"系离溟渤"，变成了涸泽之鱼，任人宰割……长鲸，你不臣服神龙却臣服贪狼，是何等愚笨，必然坐以自灭。

张煌言还批评与谴责了抗击清军的队伍侵害老百姓利益的现象。他在古风《舴艋行》中写一些抵抗部队"乘舴艋、载艅艎，槌钲挝鼓走风樯"，人们看到满船的儿郎雄赳赳气昂昂，夸赞他们"真鹰扬"。可是他们却"罄我瓶中粟，使我朝无粮；断我机上苎，使我暮无裳"。此诗最后假老百姓之口说道：要使我们相信你们真的威武，何不去收复失地？只有做到这样，我们"愿输夏税贡秋粮"。

张煌言时常回味与思考着江山社稷的大事，在诗中表达对于疆域、领土的认识。如《舟山感旧（四首）》中"独有采芝人尚在""谁与海翁争地主""空村人迹疑毛女，野寺僧闲说汉官"，似乎是说在这些地方依然可以是中原王朝的土地，"独喜亡秦三户在"。其《感事》四首之二，甚至表达了对扶桑国的向往："闻说扶桑国，依稀弱水东;人皆传燕语,地亦辟蚕丛。荜路曾无异,桃源恐不同。鲸波万里外,倘是大王风。"

第四,在张煌言的咏海诗歌中,有几首诗能见出些许的闲情逸趣。《海月》,写海上观月的感受:"海峤看明月,苍茫练影多;不知乡国夜,皓魄复如何?"《夜泛》,是于航海时的写景抒情:"秋云何淡淡,影入夜波清;倒作银河看,依然星斗横。"《月夜重登普陀山》(二首选一),在普陀山披月观海:"海岸真孤绝,青青三两峰;月圆清梵塔,潮上翠微钟。鹤梦来何处?龙吟隔几重。迎门有镫火,僧话旧时踪。"张煌言太忙了,那种彻底放松、完全把自己融入自然美景的心情,我在其咏海诗歌中没有找到。

己亥年一个佳节期间,有天晚上军民联欢,于海上放灯、舞灯。张煌言参加了这一活动,事后写《海上观灯,限"十五删""十五咸"二韵》:

岛屿微茫午夜闲,鱼龙漫衍出尘寰。兰缸射水翻星汉,莲幕传烽破玉山。香拥虹桥千里外,芒寒蜃市九霄间。遥怜歌舞长安地,银钥今宵自不关。

极目沧波明镜函,火珠独见烛龙衔。鲛人夜贡珊瑚树,云母春开锦绣帆。金谷未须夸富贵,瑶池应不隔仙凡。自来三五传柑胜,莫惜霞觞付酒监。

这诗对迄今仍然流行在闽粤沿海民间的鱼龙灯灯舞,描写得美妙多姿,色彩迷幻,真传神阿堵!诗中运用海洋典故,如信手拈来。可是,"遥怜歌舞长安地"与"不知乡国夜",一脉相承,显示了张煌言强烈的故国之思。

最后,要讲一讲张煌言的《岛居》。由于各种反清力量的被剿灭,南明政权大势已去,不得已,张煌言于一六六四年六月遣散义师,隐居在舟山附近的悬岙岛上。在岛上,张煌言写了一些诗歌,其中五律《岛居》共八首,诗中"蜑户供新错""蜃楼献秘嬉""苍莽看帆飞""野火渔镫外"等诗句,是其海上生活的写实:张煌言吃的是蜑户供给的新鲜海产品,海市蜃楼就像为他上演的一出出大戏;出没于飞涛巨浪中的船只,夜海里的渔灯、野火,具足可观。

但是,《岛居》八首毕竟是张煌言牺牲前夕的精审之作,具有浓郁的反思色彩,同时它还对未来做了憧憬般的规划,并找到了依据。张煌言在第六首中说:"浮槎非我好,恋恋为衣冠",什么意思呢?意思是:我并不喜欢长期漂泊海上,过着仿佛海客一样的生活;我之所以过着浮槎海上的生活,是因为我珍惜自己这一身衣冠。可"衣冠"有那么重要吗?在古汉语中,"衣冠"一词有着丰富的含义,它不仅代表缙绅、士大夫,也象征了斯文、礼教。再读第二、八首:

岛事几沧桑,何劳更辨亡!人能扶日毂,我且挟云囊。
傲骨甘鸥鹭,雄心怯虎狼。诛茅还辟土,海外有封疆。

鸠工严部勒,治屋亦犹兵;据水轩辕法,依山壁垒横。
短垣缭却月,中溜贯长庚。只此扶桑国,居然细柳营。

这个时候,海上反清势力最强大的郑成功集团,因为郑成功病故,力量锐减;永历帝、鲁王先后死去,明朝实际已亡。之前,张煌言诗句中还有"海宇会有真龙出",此时已经转变为"海外有封疆"了;并且可以"据水轩辕法,依山壁垒横",从而成就又一个扶桑国。这是张煌言的梦想。就在完成《岛居》八首后不久,清军在先逮捕张煌言一名随从后,获得情报,夜袭悬岙岛;张煌言没有来得及自刎,被俘,直至英勇就义。

上述咏海诗及其诗句是张煌言精神生命的一部分。

前年,我始得读宁波出版社二〇〇二年七月出版的《张苍水全集》。据知该集是以《四明丛书·张苍水集》为底本,参考一九五九年中华书局上海编辑所本及一九八四年台北《宁波同乡》月刊社编印之《张苍水先生专集》进行编校的新刊本。我断断续续阅读至今,为张煌言诗文蕴含的人事物情所感,写成此文。

刊于二〇一六年第一期《书都》

一边吃海鲜一边咏海的赵执信

清康乾时期,有一个人写了许多咏海诗歌。这些诗歌有《望之罘二绝句》《题海岸小溪》《月夜饮酒,烧蛎房,赠陈康海》《即事》《晴日村南》《再寄任登州》《遣怀》《大雪日简踽庵》《赴登州留别康海》《海潮庵》《海潮庵观出月》《登州杂诗十首》《却望登州》《说海》《过南海庙,以晚不及登,呈同舟王明府》《龙虾》《香螺》等八十多首。日后,此人编录个人集子,把上述诗歌编为一集,取名为《观海集》。

《观海集》有很多堪称这个人的"第一"的作品。比如他第一次看到大海,写了《始见海》;他第一次看到海市,写了《雪晴过海上,适海市见之罘下,自亭午至晡,快睹有述,时十月十日》;他第一次吃到海肠,写了《食水族有名海肠者,戏为口号》;他第一次探访蓬莱的田横岛,写了《田横寨咏古》……人生在途,人生亦如旅行。人在行走中有无数个体验,其初次体验是每个人的第一次,理当受到尊重与珍惜。一个喜欢把对于海洋的每个初次体验入诗的人,海洋一定为他所爱重,诗歌一定是他的精神生命了。

这个把对海洋不同情景的初次体验写入诗歌的人,就是赵执信。

赵执信先是在仕途上行走的。如果他不被免去官职,也许我们就见不到《观海集》及其咏海诗歌了。

赵执信被罢官除名的事件发生在京师。康熙二十八年八月中旬的一天,赵执信等众在洪昇寓所观看《长生殿》传奇的演出。此前,赵执信应洪昇邀请，对《长生殿》剧本做过点评。演出后，给事中黄六鸿上书弹劾：举办《长生殿》的演出及其庆祝宴会，适逢康熙佟皇后丧期还未除服，因此犯了大不敬之罪。赵执信受到被革职与永不叙用的处分。

赵执信离开官场，闲在家歇了些日子，而后就开始了行走天下的生活。赵执信几十年就是这样过的。他一生，看到了东海、黄海、渤海、南海，并为之写诗作文。

赵执信如此爱重海洋，是何种情怀使然？或许在以下几首诗歌中我们能够含英咀华。

赵执信《始见海》云：

> 洗眼看云海，前期未参差。心目忽一豁，神情恍四驰。大地直前赴，高天欻下垂。颠波从东来，神山竞西移。斜日万里碧，寒风十月吹。半生在坎井，跬步临津涯。蠡测亦云妄，桴泛将安归。玄虚倘可作，词赋犹能追。

赵执信在第一次看海前，心里对于大海有一些摹画，真的看到了海洋，觉得与自己的摹画差不多。可是，当心胸与眼睛豁然开朗后，神思妙想便散逸开来，只觉得大地扑向海洋，苍天忽然垂到海面，汹涌波涛自东而来，仙岛向西移动，斜阳照万里碧海，十月里的寒风拂海面。我半生都是井底之蛙，自以为走半步就到达彼岸了，真是以蠡测海、目光短浅；皆是虚妄之见，这就如同有船也没有办法航行一样。如果真出现神秘莫测之情景，可以用诗词歌赋来追取与表现其实质。

赵执信《泛海言怀》曰：

> 忽登万斛舟，如蹑长鲸背。寄身入无涯，旷览乾坤态。

潮动风色遒，棹急云光碎。潜随元气游，迥出人境外。千山相簸荡，六合欲横溃。顿觉丧吾我，何知齐小大。幼安漂泊久，谢傅襟情在。谁发小海讴，回帆引雄概。

登上一艘大海船，就像踏上长鲸背脊，便置身在没有边际的海洋了，可以旷览乾坤的千姿百态。这首诗开首四句是这样的意思。接着写海潮浪涛涌动，海风遒劲，自己内气也潜涨流动，正在远离人世。山海摇荡，宇宙像要崩溃，自己顿时失了所在，已经做不到"齐小大"了。最后表示要学习辛弃疾、谢安，继续喜欢海上漂泊生活。云云。《泛海言怀》写出了初次泛海时的感受，有出世之想。

赵执信品写的海洋内容比较多，有海市、海潮、海月、海岛、海鲜、海神庙、海行等等，既有海洋现象，也有海洋物产与人文沉积，还有海洋活动。在这些诗歌中，赵执信表达了对于虚无缥缈的海上世界的向往，这是其咏海诗歌的一个主题。

赵执信写海市，其诗题是"雪晴过海上，适海市见之罘下，自亭午至晡，快睹有述，时十月十日"，很不一般。它告诉我们是在大雪停了之后，航行于海上，在之罘那里发生了海市蜃楼，自己从正午看到下午四五点钟，非常愉快，就写了这首诗。这一天是农历十月十号。全诗如下：

今晨雪乍晴，寒日升扶桑。出门邀河伯，东向同眈洋。昨日之罘山，紫翠点水如鸳鸯。未至二三里，见人欲飞翔。坐而忽复不相识，回峰叠嶂肯摧藏。赫然烟霭中，城郭连帆樯。疑是秦楼船，归来阅千霜。又疑瑶宫与贝阙，神山倒影沧流长。飞仙骖虎豹，晃漾凌波光。招招不得语，目极天苍黄。同游竟指是海市，对之使我神扬扬。岁序闭冰雪，鱼龙走颠僵。非时出瑰丽，此遇超寻常。当年苏夫子，雄词自炫惊海王。惭予本凡才,未敢纵笔相颉颃。不请亦得睹,失喜欲发狂。巨川细流两无拒,信知大海真难量。准拟还家诧乡党,讵肯此地辞杯觞。天穷人厄总莫问,微尘大地俱荒唐。客散境变灭,半山还夕阳。醉归却听暮潮上,浩浩天风吹面凉。

这首诗写雪晴了,拟登之罘山,航行海上,见到海市蜃楼,如同美妙的瑶宫与贝阙,神山现出来,倒映在海水中,飞仙驾着虎豹也来了。海市蜃楼不该出现在这样的季节却出现,真是奇遇……各种感想联翩而至:想到以往苏东坡写海市,想到了回转故里要向家人炫耀这次奇遇,想到了不要再去想什么人生之路有多难,想到了大地之上是微尘、争来争去皆荒唐。海市消失了,醉在船上,船在夕阳中由之罘返回,脸上被海风吹得凉飕飕的。

赵执信写海潮,有《大风登海镜亭观潮》,其诗云:

疾风鼓穷冬,大海势一变。顿收浩瀁形,坐获奇丽观。耸身列缺旁,侧足虬龙畔。譬如倚阊阖,下见元黄战。波腾银屋翻,沫吼白雨乱。万灵助呼吸,百怪互隐见。东连汤谷沸,北汩雪山转。恍忽掣丹崖,苍茫吞赤县。天吴本肆威,飞廉苦相煽。莫测天地机,但觉心目眩。倍看城市亲,遥被舟楫羡。一笑险夷间,吾生失忧患。

诗写大风起于冬天,海洋势态发生变化,一会儿收束起浩荡之形,一会现出壮丽奇景;人在电闪雷鸣中耸立,人在龙腾蛟飞旁立足。就像是站在天门处俯瞰群龙混战,波浪翻腾似白银房子倾倒,飞沫怒吼风雨乱击;万灵帮助大海呼吸,大海里百怪时隐时现。这样一种态势连着了东边,汤谷沸腾;连到了北边,云山转动;忽然间海洋像被拽起来的一座绮丽的悬崖,苍莽弥漫过来又吞没了神州大地。海神天吴本来就威猛得很,风神还拼命扇风。怎能知道造化的玄机,只觉得心眩目昏,倍感城市可亲;在险涛骇浪中的舟楫,自然羡慕平稳无险的家园。笑谈我此番的历险,自己今后哪还会有什么忧患。

赵执信写海岛,有《蓬莱阁望诸岛歌》云:

> 君不见不周崩摧地维绝,东南海溅共工血。千山万山皆平沉,鳌撑无力海水深。女娲拣石炼天色,余块累累向空掷。落处蓬莱浅且清,看当霜雪寒逾碧。长山西接沙门长,鼍矶北去凌苍苍。牵牛灭没见尻臂,大竹小竹争颔颅。或如星槎堕河汉,或如古鼎腾光芒。鱼鼋戢戢尽昂首,云霞历历森成行。余者琐细不足数,鸥浮鹭立参微茫。雄观何年付高阁,丹丘县圃檐间落。云卧分明见凤麟,天飞真拟骖鸾鹤。惊风飒飒碣石来,银涛连山中划开。漂摇岛屿相摩戛,激荡海底生轰雷。登高望远心易哀,黄昏白日须臾催。半城烟火下山路,身是仙人被放回。

此诗先用神话典故把海上诸岛的来历说清楚,再写蓬莱这里"浅且清",这时候"霜雪寒逾碧"。岛屿有"长山""沙门""鼍矶""苍苍""牵牛""尻臂""大竹""小竹",它们就像天上的星星、仙槎落在了河汉,也如同古鼎正在冒着光芒。鱼鼋昂着首,顺从在众岛边上;云霞排成行,整整齐齐地依傍于众岛旁;还有很多岛,不胜枚举,只看那鸥浮鹭立处便是。如此壮观景色,不知在哪一年被束之高阁了;海上众岛就是神仙之地,仿佛眼前。隐逸潜居之地,分明有祥兽瑞禽;身居高位之处,就像驾驭着鸾鹤;惊猛迅疾的大风从碣石那里刮过来,惊涛巨浪把高山划开。岛屿被摩擦,相互激荡与碰撞,发出滚滚雷鸣声响。登高看去,心里哀伤,因为白天与黄昏转换得飞快！半座城市已经亮起灯火，我就像仙人被放归人间了。

前人给诗文集起一个名字是一件很重要的事情，用"观海集"作为诗集的书名——历史上有不少人就是这么干的。在赵执信前后，还有施闰章、李石桐、邓显鹤、刘家谋等人诗集、诗文集叫做《观海集》。清朝文人似乎特别爱重"观海集"这样的书名，我以为这已经算是一个文化现象了。这个文化现象，有趣而值得梳理与研究。

为赵执信《观海集》写序言的是顺德人陈恭尹。陈序对赵执信咏海诗作的评价，是"气则包括混茫，心则细若毫发，片言只语，不苟下笔，其要归于自写性真，力去浮靡"，是"气势豪放，风格深峭"。通过上述诗歌的展示与解读，我对于陈序这样的评价完全赞成。

赵执信诗中有句"巨川细流两无拒，信知大海真难量"，可是他在如此难以测量的海洋面前，却极有兴味而又不知疲倦地发现海洋、品味海洋，将一次次体验用诗歌表现出来，这为世间摹画了一轴海洋长卷。如果要在我国古代诗人中选出几位可戴上"咏海诗人"桂冠的人物来，赵执信是当之无愧的一位。

刊于二〇一六年一月二十一日《深圳晚报》

搜海杂俎

一、最大海钓

在《庄子·外物》中,说有个任公子用巨大无比的鱼钩与钓绳,在钩子上挂上五头壮健的牛,自己坐在会稽山上,把鱼钩生生就甩到东海里,天天守着鱼上钩,等了好多年没有钓到鱼。某天,鱼上钩了。一个壮观的钓鱼场面出现了:"牵巨钩䤜没而下,骛扬而奋鬐,白波若山,海水震荡,声侔鬼神,惮赫千里。"任公子终于钓到一条巨无霸大鱼。这是亘古至今我们能够想象到最大的一次海钓。其所谓的"大",一是场面大,二是钓到的海鱼大,三是钓鱼的时间"大"。任公子钓到这样的鱼怎么处理了?将这条大鱼切小块,然后腌制成干鱼肉,从制河以东,到苍梧以北的人们,都去饱食这条鱼。

庄子用这样的海钓,讽说后来做如同钓鱼一样工作的人们,不能像任公子一般行事,因此他们治理政事就差劲狠了。

在庄子虚构出这次海钓后,我国语言中出现了一些典故,例如:一钓饱千里、五十犗为饵、任公、任公大饵、任公子、任公钓东海、任子、任钓、巨海钓、巨缗东钓、沧海钓、犗饵、钓东海、钓竿疏、钓鲸公子。有些诗句,例如:"欲问任公子,垂纶意若何""任子偶垂沧海钓,戴逵虚认少微星""昔日任公子,期年钓此鱼""愿随任公子，欲钓吞舟鱼""今日任公子，沧浪罢钓竿""巨海能无钓，浮云亦有梯""将寻会稽迹，从此访任公""巨缗东钓倪可期，与子共饱鲸鱼"等等，都耐人寻味。

二、孔子出海

孔子想出海去，这事儿见诸于《论语·公冶长》。某天，孔子对门人说："如大道不能推行，就乘木筏到海上去。你们谁能随从我去海上呢？只有仲由吧。"仲由，字子敬；他听到老师这么说，喜极。老师也触景生情，不禁说道："仲由的勇敢是超过我的，只是到哪里才能搞到制作木筏的材料呢？"

孔子知道海外有国家，"出海"是要到外国宣扬思想，传布主张，交流文化。孔子知道要做一条合适的船儿才能漂洋过海，到达彼岸。孔子知道海行很艰险，需要勇敢的同伴。足可见，孔子具有非常强烈的海洋意识，是蓝色文明的高级因子。

我不由得想到：假设当年孔子真的出海去了，会有甚结果？

三、玩在海边

《列子·黄帝》讲了一个海上故事：海边有个人早晨喜好到海边与海鸥玩，每次和他一起玩耍的海鸥总有上百只，亲密无间。某天父亲对他说："我知道海鸥都喜欢跟着你玩。你抓一只给我。"这人第二天到海边，海鸥们只是在空中翔舞，不再落下来跟这个人玩耍了。

我感到这个故事很美好。好在哪？好在海边有了美景：那是人鸟相亲相爱的一幕；那是当人起了"要抓一只鸟"的心机后，海鸥仍然在空中翔舞。我们眼前什么时候定格了这样的画面，那就好了。

说我们先人对海洋有恐惧之感，在诗歌文赋中是有据的；说我们先人对海洋充满了向往与喜好之情，在诗歌文赋中也是有据的。"只闲闲鸥鹭忘机，云水任宽窄"……

四、溟海浮槎

《拾遗记》写：在尧登位时，有很大的槎在西海上漂浮。槎在夜晚闪光，白天见不到光。海上的人们望去，槎发出的光一会儿很大，一会儿变小了，就像是星星与月亮在时隐时现。这个巨大的槎常在四海浮绕，每十二年一循环，从去处回到去处。这个槎被叫做"贯月槎""挂星槎"。

"槎"是什么？槎，树木的枝杈。古时人想象仙人所乘坐的船与俗人不一样。那么会是什么样呢？我从前代遗传下来的文物发现，仙人乘坐的船就像是树木的枝杈。因而，槎，船也。我也见到有个"艖"字，其读音与"槎"字同，它们有渊源。

这则笔记衍生了一些令人浮想联翩的典故，例如：溟海浮槎、乘舟上月、挂星槎、断槎浮月、星槎、星河槎、星津回槎、月中槎、月宫槎、泛星槎、泛月槎、泛月船。不知道古人见到的这种能够浮海飞天的船，是不是UFO？

五、海鸟之死

很久以前，在离鲁国都城百里地某处，飞来一只叫做鹓鹐的海鸟。鲁侯派人驾车前去把鹓鹐接到宗庙里，向鹓鹐敬酒，为鹓鹐演奏《九韶》之乐，把祭祀大典才用的膳食供品太牢（牛、羊、猪三牲全备的肉）给鹓鹐吃。结果，鹓鹐眼昏花、心愁悲，不敢吃也不敢喝，过了三天就死了。

以上是《庄子·外篇·至乐》写的故事。鲁国是有海岸线的，鹓鹓飞到鲁国都城百里之地，也不是什么虚构。说明庄子是很有海洋意识的。今人解庄子原文"此以己养养鸟也，非以鸟养养鸟也"句：这是用自己的生活方式来养鸟，不是用养鸟的方法来养鸟。

我以为：要留住漂洋过海而来的鹓鹓，是需要跟鹓鹓商量商量的，看一看它愿意不愿意留下来。鹓鹓愿意留下来，那就要满足鹓鹓的生存条件。一厢情愿，一意孤行，即使搞出了盛大的仪式与礼节，鹓鹓还是会死的。

六、善下的海

在前人的诗文中，会出现一个叫做"百谷"的名词。谷，是粮食作物的总称。若说"百谷"，乃极言粮食作物之多，正确。可是，汉字之美妙意蕴，还反映了前人的生活实践与观察。水是孕育与涵养万物的，再多的粮食作物也离不开水。如果细细品味诗文中的"百谷"，也就会发现这个名词是与江海有关的。

前人观察到水往低处流，给山下低凹处起名为"谷"。百谷不仅是指众多的粮食作物，还指众谷之水。在宋玉《高唐赋》中有一句："遇天雨之新霁兮，观百谷之俱集"，此"百谷"就是众水汇聚之意。前人还观察到：百谷之水必将汇入大江流向海洋。先秦诸子百家的经典之一《道德经》称："江海所以能为百谷王者，以其善下之，故能为百谷王。""百谷王"成为海洋的代名词，应该就是这么形成的。

我国农耕文化悠久绵长，这不意味我们前人对海洋没有感觉。从农作物之谷到蓄水之谷，到众谷之水汇江入海，总结出海的"厉害"之处在于它"善下"。善下，善于处在下游。海以此容纳了众水。今日有云：你放低身段，你为人低调，你以此而包容了众多意见，你就能做得比别人更好更强。

七、海眼·泉眼·虞泉

在明代人许仲琳的《封神演义》里，申公豹因为拨弄是非，挑唆别人打斗，违反誓约，多次出尔反尔，最后被元始天尊处以将其身体堵塞北海眼的刑罚。申公豹虽然不死，但是从早到晚被不停地涌出涌入的海水洗涮。

这样的刑罚是人们想象出来的，只在文学作品中有之。可以佐证的还有传说。北京北新桥海眼的传说是，明初刘伯温设计拿住了一个镇海兽，用铁链子将它拴住，放在了海眼里。在这个传说中，泉眼就是海水通向陆地的出口。

海眼乎？泉眼乎？它们是怎么来的？怎么就相互关系上了？这是一篇大文章。而究其根本，它们是我国前人认识海洋过程中的产物。人们观察大海广垠没有边际，潮起潮落；黄河都会断流，海水却从没有枯竭。因此，海水是本有的，是从一个地方不断生发出来的。不断生发出海水的地方就叫做"海眼"。这就是前人对于海水自有来处的一种理解。在陆地上，任你黄河断流、四季不雨，某些泉水却照样能水流不竭。这样的现象入得前人眼里，不免就与大海联系上了。泉眼，不也就是海眼了吗？

我国人士早就将泉与海联系在一起了。《淮南子》曰："薄于虞泉，是谓黄昏。"意思是：太阳一旦落在虞泉里，就是黄昏时分了。虞泉，又称虞渊、虞海。依据《汉书·扬雄传上》之说，虞渊在海洋的邪界，周围"鸿濛沆茫"。《晋书·束皙传》："亦岂能登海湄而抑东流之水，临虞泉而招西归之日？"唐代人柳宗元《杂曲歌辞》"君不见夸父逐日窥虞渊，跳踉北海超昆仑"，钱起《中书遇雨》"尺波应万假，虞海载沿洄"等，笔触了日沉虞泉的神话，令其诗文有许多意味，不愧为传世佳作。

八、东有大海

招魂文化流行于各个民族。在招魂程式中有歌吟曲辞，平常人不是很容易能够弄明白个中意趣。在我国各种招魂歌曲中，我仿佛听到了从远古传出来的一曲招魂歌谣：东方有苍茫大海，沉溺万物，浩浩荡荡。没角的螭龙顺流而行，上上下下，出波入浪。迷雾阵阵，淫雨绵绵，白莽莽像凝结的胶冻一样。魂啊，不要去东方！

天道有常，生命无常，肉体没了，魂不可去那东方。前人在这个招魂歌谣中表达了对海洋的恐惧，对离开故土的恐惧。招魂是一种情感，是依恋与皈依精神家园的表征。

这首招魂歌曲，原出于《楚辞·大招》，云："东有大海，溺水㴉㴉只。螭龙并流，上下悠悠只。雾雨淫淫，白皓胶只。魂乎无东！"

九、大海的恢宏

先秦经典《庄子》是老庄学派代表人物庄子贡献给世界的精神财富。庄子所处的时代距今两千多年了，庄子关注海洋的资讯在《庄子·秋水》中得到了反映——

那年秋天涨大水，一直自以为很伟大的黄河之神河伯，已然辨不清楚黄河两岸上的牛马。河伯往下游漂去，看见了大海，茫然若失。海神北海若对河伯说，不能和井底之蛙谈论大海，因井蛙只在那小小的地盘上生活着，是无法想象大海的博大。如今河伯你终于看见了大海的恢宏……

这是一个寓言，它有很多方面启发人，如：不要自以为是，外面还有世界；又如：走出来，豁然开朗，外面很精彩；等等。而在这个寓言中，河伯向东顺流而下，到了海边，向东望去却不见海洋的边际；天下的水面，没有哪种水能够大过海，千万条河川流归大海等，都是我国先民的海洋观。

十、海中灵物多样化

在《孟子·尽心上》中有："孔子登东山而小鲁，登泰山而小天下，故观于海者难为水，游于圣人之门者难为言。"这个典故在后人诗作中常常出现。比如："会当凌绝顶，一览众山小""曾经沧海难为水"，等等。

某年秋天，隋炀帝杨广写《季秋观海》诗。在这首诗中，起手就用了《孟子》典故，它是这样用的："孟轲叙游圣。"然后又用了汉代文学家枚乘的名篇《七发》典故，曰："枚乘说瘉疾。""游圣"，游于圣人之门。"瘉疾"，即愈疾。《七发》描写楚太子有疾，吴客往问，"说七事以启发太子"，一席谈话，竟然使太子涩然汗出，霍然病去。历来认为：《七发》假吴客之口，行讽喻、劝诫之志。《七发》细腻生动地描绘了广陵涛的全过程，显示出海之伟力。

《季秋观海》写了海涛汹涌淹没了岸，海中灵物多样化，众谷之水汇聚到海洋，千万条小水因为要奔向大水而溢流，一半的城池罩着晴天里青色的云雾，绵延的沙洲那里密布绚丽的云彩。最后还说：我赞成孟子之说，只是写不出很奥妙的文章来。

这首诗在对海洋的把握上，没有出新的地方；我们从中看不到什么抱负，看不到何种气概。因此我不录全诗。但是，诗中"浮天迥无岸，含灵故非一"一句有反映海洋生灵多样化的意思，这是值得肯定与表扬的。

十一、田横岛

明末人张煌言在反清复明的斗争中，出生入死、转战千里、三渡闽海、四入长江。我品读《张苍水全集》中咏海诗歌,非常感动。张煌言的《翁洲行》诗,夹叙夹议明朝军民与清军斗争失利后,逐步转入东南沿海的抵抗,寄寓了要与清军战斗到底、以慰先烈的决心。诗中"忠臣尽葬伯夷山,义士悉到田横岛"一句,又把我的思绪带入更早的国家历史中。

田横与田横岛都非常有名。田横,秦朝末年人。他是齐国的贵族,在乱世中起义并自立为齐王。汉朝建立,田横率五百名部下逃亡到一个海岛上。汉高祖刘邦派人捧诏去见田横,意思是要田横到朝上班,来了就封王,以前所作所为与汉家有隙无隙都一笔勾销了。田横答应了,说服了闻讯群情激昂、表示不离不弃的众部属,只带了一个兄弟前去帝都。其实田横是不欲臣服于汉朝的,已经有了死心。田横在路途中自杀。消息传到岛上,田横五百名部属都自杀而亡。刘邦闻知田横竟然有收买人心、部属相从于死这样大的本事,便以王者之礼埋葬了田横。田横及其五百部属的事迹见于《史记》的《田儋列传》《高祖本纪》《魏豹彭越传》《淮阴侯列传》《秦楚之际月表》及《汉书》的《田儋传》《高帝纪》《彭越传》《韩信传》《异姓诸侯王表》。张煌言"义士悉到田横岛"句,典源于以上所述;"田横岛",即是《史记·田儋列传》中"后与其徒属五百人入海,居岛中"之"岛"也。

"田横岛"这个名称,是我国法定的海岛名称。通观我国许多海岛名称,以人名命名的海岛是寥若晨星的。"田横岛"的出现,说明以历史名人的姓名命名地方是我国一种文化传统。"田横岛"这个海岛名字,有着对志节之气、耿直之慨、家国之爱、忠正之义的崇尚与赞美之内涵。可是,田横岛是什么人命名的?何时命名的?确切地讲是中国古人命名的,人们叫着叫着就习以为常、引以为惯了,然后就为史官采信了。有研究者在二十五史的《北史》中查到了一些命名的线索。《北史·杨愔传》记载:杨愔"又潜之光州,东入田横岛,以讲诵为业,海隅之士谓之刘先生"。这也是我所见到的田横岛之名在编年史中最早的记录。《北史》记录了公元三八六年到六一八年间我国北朝历史,以此推算,在距今一千六百年以前,田横岛之名已经出现。

历代文化名人如司马迁、诸葛亮、韩愈、刘克庄、袁可立、张煌言、赵翼、徐悲鸿等,对田横、田横的五百部属、田横岛做了各种各样的描写与讴歌,蔚为壮观。

我写这则短文目的,是要在中国海洋文化中为田横岛说一说。田横岛不仅有着美丽壮观的海域,有着丰富的历史文化,还有着值得我们进一步研究的东西。例如:田横岛之名是不是世界上有史可据的最早用人名命名的海岛?田横岛是不是可以申报世界文化记忆遗产?

十二、子瞻居海岛

四川眉山,中国内陆一个地方。苏轼是眉山人,他若不是学而优则仕——通过科举考试当了朝廷官员,可能就与中国海洋文化没有什么关联了。苏轼仕途坎坷,被一贬再贬三贬;贬,贬,贬,使他不断地与海洋靠近。于是在我国传统文化中就有了"子瞻居海岛"的典故。这里的"海岛"就是今天的海南岛。

我看到了一段记载,说宋绍圣初年(一〇九四),御史弹劾苏轼讥斥先朝,苏轼被贬到英州;可他还没到任,又有诏书要他去宁远军担任节度副使,安置在惠州。苏轼在惠州居住三年,"泊然无所蒂芥,人无贤愚,皆得其欢心"。可是,朝廷继续贬放苏轼,给他"琼州别驾"的小官职。此时开始,苏轼在昌化居住。昌化是儋人的原住地,这里生活条件十分艰苦,生病的人想要买到药饵,那是梦想。照道理讲,苏轼还是个官员,理应由公家分配官屋居住,可是有关领导机关竟然不同意给苏轼官屋住。《宋史·苏轼列传》称:苏轼"遂买地筑室,儋人运甓畚土以助之。独与幼子过处,著书以为乐,时时从其父老游,若将终身"。读罢令人唏嘘。

中国历史上,把官员贬放到南海边上,是朝廷处罚官员较重的手段。宋代几乎不杀文官,是以苏轼被贬放到海南昌化,是朝廷对他下了狠手。而海南岛却由于苏轼的到来,后人到此寻访苏轼旧踪,等等,推动了海南岛的文化发展。苏轼无疑是海南岛一个文化坐标。

纵观苏轼一生,说他是海洋文化工作者的模范,也是实至名归的。苏轼在登州为官时写过《登州海市并序》,在被贬放途中写过《六月二十日渡海》。前者是描写海市蜃楼最著名的作品,问世以来,有无数的老人与小孩子读之。后者不仅描写了海上景观,抒发了走进海洋的情怀;其"兹游奇绝冠平生"句,感动与振奋了许许多多后来人,将自家身心与海洋相融相洽。

十三、负石入海

古往今来,死在海里的人不知凡几。绝大多数死在海里的人,都是因为在航海过程中遭遇了意外而死的。人类的航海至今还是具有危险的活动。水能载舟,亦能覆舟。这个道理,中国人很早就明白了。

乘船在汪洋大海航行,船倾覆了,船上的人会怎么样呢?我想了想,以为一个人落海后的活命率是很低的。遭遇意外的落海者,其九死一生的经历非常罕见,在艺术作品中得到了反映,深深地感动了我们。可是,还有一些死于海的人物故事,值得回读与寻味。

在我国死于海的人物典故中,有一个叫做"负石入海"。此典说的是东周末年,世道乱糟糟的,这把一个人心里的厌恶之情惹了出来,并且日甚一日。这个名叫徐衍的人,厌恶到不想活了,有一天他身背一块大石,纵身一跳,就跳到海里去了。唐朝颜师古研究徐衍之所以身负石头跳海,是"欲速沉也",即是要让自己沉入海底的速度变快。或者说，他是用负石的办法消解对自己死亡的一切阻力。徐衍博得身后名，不少后人把他当作烈士夸奖与学习。例如《史记·邹阳列传》中记载：梁孝王听信谗言，派人将邹阳逮捕，有心杀之。邹阳在狱中想来想去，觉得自己客游于此，这样不明不白地死了，死后会带累他人，于是上书辩白，其中有"故不能自免于嫉妒之人也。是以申徒狄自沈于河，徐衍负石入海"。又如汉代王符《潜夫论·贤难》："岂复知孝悌之原，忠正之直，纲纪之化，本途之归哉！此鲍焦所以立枯于道左，徐衍所以自沉于沧海者也。"

对徐衍负石入海自杀身亡之举持批判态度的，也大有人在。最著名的传世之句，是李贺的"屈平沉湘不足慕，徐衍入海诚为愚"（《箜篌引》）。一个"愚"字，足以警示人们切莫效仿徐衍；负石入海自杀是愚蠢的行为。李贺之句尊重生命珍惜生命，蕴含着人道主义精神，至今光芒万丈。

十四、驱石下海

在阅读与欣赏前人的诗文时，如果见到"石"字，切莫就把它当作石头的"石"。因为"石"字有两种读音，一种读音是 shí，另一种读音是 dàn。两种读音，两种字义。但是，你在古诗文中一旦看到"驱石"二字，其"石"字读音一定是 shí；从字面意义看，"驱石"就是驱赶着石头。可是，谁那么傻乎乎地跟石头过不去呢？

跟石头过不去的人，大有人在。比如前些日子一个叫做三孬子的人，就在自己家的园子里，把十几块石板翻过来倒过去看，后来他家小四子找人帮忙把它们运走了……可是，跟石头过不去，想要把石头驱赶到海里的，就不会大有人在了。干驱石下海之事的，是神！

在前人著作中，秦朝时神仙好出现。据说秦始皇要建造海上石桥，他想踏桥过海去看太阳升起的地方。于是一个神适时现身了。这个神能驱赶石头下海，神力所至，城阳那个地方一座山的山石全都立起，"嶷嶷东倾"，状若排队相随向东而去。山石向东而去速度稍稍慢了，神立即挥鞭抽石，山石们都流血了。那些石头到现在还红赤赤的呢。以上就是晋朝伏琛写在《三齐略记》中的内容。在汉语系统，秦皇鞭、鬼鞭、秦皇驱山、秦皇驱峰、驱石架津等，都是典源于此。因此，这个干着与石头过不去活儿的，绝不是神。那会是谁呢？难道是秦始皇吗？

"驱石下海"的神话是秦始皇实现海上架桥之梦想的真实反映，也是架桥劳动者之血淋淋的写实。历代借典歌咏此事的作品，以讽为主，如杜甫"合欢却笑千年事，驱石何时到海东"，庄南杰"秦皇虚费驱山力，英风一去更无言"，马湘"秦皇漫作驱山计，沧海茫茫转更深"，等等。历史真实，讽有其理。然而，在海上架桥，是人类的梦想。为实现这个梦想，人类不懈地努力。艰难困苦，玉汝于成。海上架桥的梦想已经实现。

十五、门神源于海上

在汉朝人王充《论衡·订鬼》中，有一段引自《山海经》的文字，很有意思，引起我的注意："沧海之中，有度朔之山。上有大桃木，其屈蟠三千里，其枝间东北曰鬼门，万鬼所出入也。上有二神人，一曰神荼，一曰郁垒，主阅领万鬼。恶害之鬼，执以苇索而以食虎。于是黄帝乃作礼，以时驱之，立大桃人，门户画神荼、郁垒与虎，悬苇索以御凶魅"（《论衡·乱龙篇》中也有差不多的文字）。与这段文字可相印证的《海内十洲记》亦曰："东海有山名度索山，上有大桃树，蟠屈三千里，曰蟠木。"

"沧海"即"东海"，"度朔之山"即"度索山"，"大桃木"即"大桃树"，"屈蟠"即"蟠屈"；两段古文有二十多字的内容高度叠合。我发现它们大意是说：在东海里有座山，山里有盘盘曲曲、长达三千里的桃树，树枝中间有数以万计的鬼。这些鬼从东北边的鬼门出入。但是，鬼门那儿有两个尊神把守。两位尊神管理着鬼们，对于"恶害之鬼"毫不留情，肯定要把它捆绑后送给老虎吃掉。两位尊神分别叫做神荼、郁垒。黄帝学习这里的管理办法，颁行一种礼制。这种礼制的原则是根据时节驱鬼。具体做法是家家户户门庭旁边竖立大桃人，在各家门上画神荼、郁垒两位尊神与老虎像，并悬挂用苇编成的绳子。

神荼、郁垒就是民间俗信的门神。这种民俗流行于中国广大地区。年画专家沈泓先生分类整理研究历代年画，在历代经典年画中划定出"门神年画"。画了神荼、郁垒、老虎、鸡的年画，都属于"门神年画"。楹联研究界有一种意见，认为对联是门上贴神荼、郁垒像演变而成。

以"门神源于海上"观照黄帝时期，我以为黄帝时期不仅不惧怕海洋，反而走向海洋。那时走向海洋又为的什么呢？为的是学习人家的长处，制定出适合自己的管理办法。今日尊黄帝为"人文初祖"，正是因为黄帝时期订立了许多仪礼与制度，惠及后代。今天继续改革开放，走出去，跨过海，学人所长补己所短，是炎黄子孙历史回归与现实选择的结果，因缘殊胜。

十六、小海唱

一个国家的民众充满热情地为志士仁人编创歌曲，并带着热烈感情传唱于街巷间衢，是一种文明发达的标志。我国历史上有之，并且成为文化传统。可是，在我国古代为志士仁人编创的歌曲中，以海洋为元素的歌曲却是十分罕见的。

小海唱、小海讴、小海歌，按照现代汉语标点习惯应该标为：

《小海唱》《小海讴》《小海歌》。它们的"唱""讴""歌",定性了《小海》是歌。《小海唱》《小海讴》《小海歌》是一回事,就是一首歌曲。在历代诗词曲赋中见到"小海"二字,可能就是《小海唱》《小海讴》《小海歌》的省称。即如宋人苏轼《复次放鱼前韵答赵承议陈教授》诗中道:"为君更唤木肠儿,却扣两舷歌小海。"

《晋书·隐逸列传》记录夏统其人其事:某年上巳节那天,洛阳城里热闹非凡,王公贵族、仕女俊彦以及贩夫走卒填塞于道,浮桥一带异常拥堵。这时夏统就在船上只顾"曝所市药"。太尉贾充感到这个人举止蛮怪异的,就打听这人是谁?夏统如若未闻;再问,他才懒懒地答道"会稽夏仲御也"。贾充派人试探夏统,故意问他会稽那里的风土人情。夏统回答:"其人循循,犹有大禹之遗风,太伯之义让,严遵之抗志,黄公之高节。"又问他说:"你居住的地方是海边,你会划水吗?"夏统不仅做了肯定答复,还当即"操柂正橹,折旋中流"……夏统对围观的人们说起会稽那里可歌可泣的历史故事以及流行于民间的歌曲,其中有颂扬大禹的《慕歌》,赞美曹娥的《河女》之章,咏叹伍子胥的《小海唱》。夏统竟然"以足叩船",唱起歌来。夏统唱歌的情况怎样呢?那是"引声喉啭,清激慷慨,大风应至,含水嗽天,云雨响集,叱咤欢呼,雷电昼冥,集气长啸,沙尘烟起。王公已下皆恐,止之乃已"。有个人当场就说:"听《慕歌》时,仿佛看到大禹的面容;听《河女》时,抑制不住眼泪哗哗地流淌下来,似乎曹娥的高尚行为就在眼前;听《小海唱》时,感到伍子胥、屈原站立在我身体左右两边。"贾充想拿朝廷仪仗队向夏统炫耀,他希望夏统看一看。夏统婉言谢绝。贾充"遂命建朱旗,举幡校,分羽骑为队,军伍肃然。须臾,鼓吹乱作,胡葭长鸣,车乘纷错,纵横驰道。又使妓女之徒服袿襡,炫金翠,绕其船三匝"。夏统怎么样呢?夏统"危坐如故,若无所闻"。贾充等人在散去前相顾说道:"此吴儿是木人石心也。"

伍子胥进言吴王夫差不要相信勾践,并且反复劝谏,吴王不仅不采纳意见,反而对宵小之辈伯嚭言听计从。吴王终于要杀伍子胥了,他派人送一把宝剑给伍子胥,令其自杀。伍子胥对门客说:"在我自杀后,把我的眼睛挖出置于东门之上,我要看着吴国灭亡。"吴王夫差极怒,命令把伍子胥尸首用鸱夷革裹着抛弃于钱塘江中。在民间,把伍子胥作为涛神、潮神、海神供奉与祭奠,由来已久。如若不信,可去海宁的海神庙瞻仰。在民间俗信中,海神伍子胥每每在海宁潮涌起、奔腾而来时,总是立在潮头。

《小海唱》正是我国古代吴人悼念伍子胥的歌曲。它是以海洋为元素的,创作的年代距今比较久远。我们恍惚穿越时空隧道,听闻吴地人士正在唱出潮来潮去、含水嗽天、云雨响集、叱咤欢呼的歌声。

十七、海鱼沫儿有多大?

在生活中,我们看到鱼儿嘴里吐沫儿时,一定是这条鱼儿离开了水。鱼儿在江河湖海中应该是不吐沫儿的,或者游动的鱼儿在吐沫儿而我们却是看不见它吐沫儿。当看见鱼儿吐沫时,这鱼儿八成处在非常危险的境地。这是生活哲理。

庄子从这个生活哲理说开去,便有了"泉涸,鱼相与处于陆,相呴以湿,相濡以沫"(《庄子·大宗师》)。陆地上泉水干涸了,一群鱼儿拥挤在一起,都吐着沫儿。沫儿毕竟是水的成分,至少有些潮湿;许多沫儿汇聚在一起,离不开水的鱼儿们借之以延长生命了。从这个意义讲,后来人们把"鱼沫"比喻人们处在困境时相依为命,互相救助。并且,产生了一系列带"沫"的典故,如:以沫相濡、呴沫、惠沫、江湖鱼有沫、濡沫、呴沫鳞、相濡以沫、相呴沫、聚沫、鱼吹沫等等。说实在的,这些词似乎都带着鱼腥味。

庄子以及绝大多数人,应该看不到海洋干涸见底的情况,看不到海洋中的海鱼们"相与处于陆"的情况。海鱼们离开海水是照样会吐沫儿的。在我们前人的思想见识中，海鱼是很大很大的，这在《太平广记》中有很多记载。可是，海鱼沫儿究竟有多大呢？我不见前人的记录与描述。

近代以来，世界海洋捕捞业发达起来，海鱼包括最大的鲸鱼都被人类捕捉到了。照道理讲，我们该知道海鱼沫儿有多大了吧？可惜我迄今还不知道海鱼沫儿有多大，也未见到哪个今人解答了海鱼沫儿有多大的问题。

好大好大的海鱼，它的鱼沫儿自然应该非常壮观。前人既慧黠而又敏于思，有办法。唐朝李贺《古悠悠行》道："海沙变成石，鱼沫吹秦桥。"清朝屈大均《广东新语·石语·三石》中有："遥望是寺，鱼沫吹门。"能吹秦桥、能吹石门的海鱼沫儿有多大呢？你想有多大，就有多大！

十八、弄潮儿

我中学时，读书中记住了"弄潮儿向涛头立，手把红旗旗不湿"这句诗；而且，我好几次把"弄潮儿"这句诗写在了作文中，感觉加强了主题思想。在大学时，看宋朝人周密《武林旧事》、吴自牧《梦粱录》中"观潮"的记录与描写，终于看清楚了弄潮儿踏潮争雄的风貌。后来，我在影视的银幕与荧屏上都看过弄潮儿。一边看，一边想到旧时的阅读，弄潮儿以一种近于冲浪者的形象印在我脑海中。

南宋时杭州，农历八月观潮。《梦粱录》云："不惜性命之徒……以大彩旗，或小清凉伞，红绿小伞儿，各系绣色缎子满竿，伺潮出海门，百十为群，执旗泅水上，以迓子胥弄潮之戏，或有手脚执五小旗，浮潮头而戏弄。"从中可知弄潮儿是熟悉水性的年轻人，是驾驭江海大潮的勇敢者。弄潮儿一个个将身立于汹涌澎湃的潮头，竞相拿出自己的看家本事，腾挪身体，变化造型，可谓：张三涛中拿大顶，李四浪里一字马，王五赶紧变招站在红旗上……你要晒奇，他就秀险，人人在险象环生中浮于浪潮上，不一而足。弄潮儿们结束比赛，评出了优胜者。优胜者得到银钱奖赏。插花披红的优胜者在吹打乐器奏出的欢快乐曲声中，被人们迎入城中，街道两旁站满了争观优胜者、欢庆活动圆满结束的人们，那真是万人空巷庆弄潮啊。

这一场活动少不得钱塘江大潮。没有大潮，就没有办法弄。民间俗信钱塘江大潮是潮神、涛神、海神集于一身的伍子胥驾驭而来，是来向吴王夫差宣示历史仇恨的。年复一年，准时而来。弄潮儿的产生便在于人们相信有这么一回事，在你子胥弄潮而来之时，我们不惧你，迎接你，挑战你，拥抱你。当好大、好猛、好烈的大潮划然退去，弄潮儿已经完成了亲近江海的整个过程。

弄潮儿们不惧汹涌万丈的大潮，其表现就是玩冲浪，一边玩出高难度，一边潇洒舞红旗，精彩至极！这一种在特定地方的江海盛况、浪潮奇观，是从缅怀与祭奠伍子胥之死的民间活动开始，逐渐形成带有浓郁的娱乐色彩的比赛。总括而言，它是民俗活动。俗信伍子胥准时驾潮而来，弄潮儿们一准会"执旗泅水上，以迓子胥弄潮之戏"；"弄潮儿"成为守信的代名词了。唐朝李益《江南曲》有句："早知潮有信，嫁与弄潮儿。"这是守信者应得到的赞美。

钱塘江是联通海洋的一条江水。弄潮儿在钱塘江大潮上的活动，是国人走近海洋的必然产物。此前，我国的海客们已经利用潮信作为出海远洋的时间依据了。回顾弄潮儿这一江海奇观，果然在其文化沉淀中还有相关的"海潮堪凭"的典故。

我尝思：手把红旗旗不湿的弄潮儿活动，群众参与度比较高，壮观与惊险程度与斗牛活动相比一点不差，却不像斗牛那么凶残。真是发扬光大此一国粹，比搞斗牛活动要好得多了。可惜今日越来越不见矣！

十九、驾海

唐太宗李世民在文治武功上都留下了好名声。一些史料说明了李世民有亲近海疆的行为。李世民在海边写了诗歌,并且流传了下来。

六四五年,李世民亲征高丽,九月班师,十月入临渝关(今山海关),并"次汉武台,刻石记功"。那一天,一代名君李世民与大臣杨师道等人来到了最负盛名的观海地秦皇岛,分别写下了《春日望海》和《奉和圣制春日望海》。

李世民的《春日望海》(原诗略)大意是:敞开襟袍眺望大海,倚靠车栏品味春之气息。海洋横溢于大地,众多的水流上接天河。氤氲云气在几座山岭上凝聚,和风向四面八方飘散。早晨就已布满彩云,日光杳冥,云涛迷漫,变态万状。日照下海岸边花光艳艳,密云中飞行的大雁隔断行列。心能放得下,就能有包容;持满有道,就能广远绵长。海洋看来有形貌,却无法测量;因为它源源不断,怎么测量?大波浪常将大地分野,海洋不断演绎着沧海桑田的故事。海边的芝罘、碣石两山让人想到秦皇、汉帝的无数旧事。华丽的装饰并非出自我的本意,我将以恭敬、庄重、一丝不苟之心图谋王业。

杨师道的《奉和圣制春日望海》也写得好,这里不做阐解。李世民、杨师道这对君臣的咏海诗作,在对海的观察和玩味中都不乏治国安邦的思想。作为君主,李世民在观海中体悟了"怀卑运深广,持满守灵长"之治政哲理,描写出"洪涛经变野,翠岛屡成桑"之海洋长情,是值得赞美的。

李世民还是创造"驾海"一词的作者。早在观海之前,亦即贞观六年(六三二),李世民在临幸庆善宫时,他因为高兴而赋诗。他的诗歌随即被宫廷乐师配乐,成为带有歌词的歌舞曲。《新唐书·志·礼乐》称:"《功成庆善乐》以童儿六十四人,冠进德冠,紫袴褶,长袖,漆髻,屣履而舞,号《九功舞》。进蹈安徐,以象文德。"唐太宗李世民的诗歌名为《幸武功庆善宫》，在《全唐诗》卷一有录。

《幸武功庆善宫》诗有一句"梯山咸入款，驾海亦来思"。什么意思呢？"梯山"即远涉险阻，"入款"即进贡，"驾海"即航海，"来思"即来归。全句表示了国家处在万邦来朝、四海归心的局面。反观上古之人把航海视为畏途，而至今认为海洋确实是波涛汹涌，暗礁密布，不可驯服的。李世民以一个"驾"字，极显了人类之伟力是可以驾驭海洋的。

李世民开贞观之治的盛世，形成包容开放的执政格局，遂使陆路与海洋通向世界各地。"驾海"之词是唐太宗治政的实况，开了唐代海上丝绸之路之先锋。我想在庆善宫里，蔚蓝色的海洋一定还在屣履而舞中荡漾着和平的光芒。

二十、隐与蹈：生死海洋

近来听得一个名词，叫做"隐商"。说者谓我：隐商，你看见他了，你却不知道他是一个商人；而他呢？他既不炫富，也不会到处"布道"。隐商才是顶级的、最富有的商人。

我仔细想了想，"隐商"果然是有的，而且至少在极有意思的春秋时期就出现了。例如范蠡在辅佐越王勾践灭吴霸越之后，"浮海入齐"。范蠡将自家姓名隐去，对外号称"鸱夷子皮"。有关史籍说鸱夷子皮在海边结庐而居，与妻儿"苦身勠力""耕于海畔"。几年间，范蠡发了大财。范蠡喜好散财帛以济贫，因而名声大了起来。齐国君一再邀请范蠡出任丞相，为国家服务。范蠡只好接受了公职。范蠡工作勤谨，业绩很好。但是他还是想隐居，便向齐王辞职，把钱财散尽，带着妻儿悄悄离去，消失在烟波浩渺之中。范蠡后在山东定陶一带隐姓埋名，经商办贸易，十九年之中三致千金，成为巨富。由于范蠡自称"陶朱公"，人们渐渐的只知陶朱公之富名而不知范蠡其人了。在民间俗信中，陶朱公（范蠡）是一位财神，对他香祷礼拜之风刮到了今天。

范蠡是一位隐商。范蠡在成为富豪的过程中，有着浮船于海上、耕作于海畔、隐居于海边的不同经历。应该讲，范蠡是向海而生的人。他不仅活得好好的，成了大富豪，还一直享受了人们的崇祀。

还有一位先人，竟然号称自己要向海而死，但是没有死掉，后来也隐于海上了。这位先人赢得千古美名传，许多人都想念他。他就是鲁仲连，著名典故"蹈海""沧海难追""海见鲁连心"等，都源出于他的生平事迹。

鲁仲连其人其事，见载于《战国策·赵策》《史记·鲁仲连邹阳列传》。鲁仲连是重大历史事件"秦围赵之邯郸"中的说客。当时鲁仲连恰好旅行到了赵国，他先把平原君说动。此时赵国的友邦魏国使臣新垣衍已经到了邯郸。魏国主"欲令赵尊秦为帝"，新垣衍是来向赵国主传达此意的。在平原君帮助下，鲁仲连见到了新垣衍，游说成功。二十年后，鲁仲连在齐国收复被燕国占据的聊城战役中，写信给守城的燕将，使得燕将左思右想，在一声长叹后自杀了。齐将田单拿下聊城，屠戮之。齐王想要给鲁仲连一个官爵。鲁仲连闻讯，立即逃隐于海上。

在鲁仲连对新垣衍的说辞中，有"彼秦者，弃礼义而上首功之国也，权使其士，虏使其民。彼即肆然而为帝，过而为政于天下，则连有蹈东海而死耳，吾不忍为之民也……"即今读之，犹能感受到鲁仲连那种反对暴政、视死如归的气势。而说辞中的"蹈海"原是"跳到东海里去死"的省略语。鲁仲连拿命去赌——把自己的性命与海洋联系起来。但是，跳到东海里就一定会死吗？你看：多年后，鲁仲连选择了归隐于海上。

鲁仲连对于海洋的理解非常深刻，他的一生实践几乎都着落在海洋上。可谓死亦海洋，生亦海洋。后人将"鲁连蹈海"之词，表示宁死而不受强敌屈辱的气节、情操。明朝高启《送沈征士铉归海上》组诗的最后一句道："傥见鲁连子，殷勤烦寄声。"鲁仲连活在了人们心中。

二十一、湾区与湾

这两天，微信《深圳人等的大消息来了：中央点名"粤港澳大湾区"将横空出世》很火。"湾区"也从冷词变成了热词。

我说"湾区"是冷词是有依据的：一是往日很少见（很少用）这个词汇；二是在《现代汉语大词典》《现代汉语词典》中，长期没有收录这个词汇。我请教了一个熟知英语的人。他说：在英文中，"湾区"这个地方是旧金山海湾附近的一片富人区。"湾区"对应的英文是"Bay Area"。它是在美国早期的淘金热中，中国淘金客按照英文Bay（海湾）、Area（区域）直译来的。这样来看，把同处在一个海湾中的粤港澳三地建设成经济发达、人民富庶的区域，就是"粤港澳大湾区"实现之日。我不禁想到宋人曾中思的词作《水调歌头》真是不错，其中一句"山湾水曲，个中依约是仙区"，不就说的是我们充满期待、终将实现的"粤港澳大湾区"吗？

汉语"湾"字从水，出现很早。《广韵·删韵》"湾，水曲"。指明湾的本义乃是水弯曲处。而水有不同，河湖江海，浩浩荡荡。细考河湾、湖湾、江湾、海湾之由来、典事，一定是趣味无穷的。在汉籍中，"湾"字无不是伴随着人类的活动而出现。唐孟浩然《问舟子》诗："湾头正堪泊，淮里足风波。"清吴伟业《避乱》诗之二："水市湾头见，溪门屋后偏。"分别写了人在水湾边上的生活与交际。在我国地名形成中，更能发现"湾"字的贡献。有些带"湾"字地名令人遐思仙想，恍见那一湾云蒸霞蔚、渔舟唱晚、海天一色。

我见不止一本书说"湾"字另有一义，即海或洋伸进陆地的一小部分水体。世界范围内,比斯开湾、辽东湾、东京湾、贝斯开湾、卡奔塔利亚湾、胶州湾、渤海湾、北部湾、波斯湾等湾区经济日渐重要起来。不管西风欧雨,我自岿然不动。方今我们要在意海湾,憧憬海湾,建设海湾。我们举手投足之地,就是一个叫做深圳湾的地方,也有传世佳句可以极状之。那就是"窈窕寻湾漪,迢递望峦屿",也会是"山川晴处见崇陵,沙湾漾水图新粉",还要是"遥望白云出海湾,变成万状须臾间",终究是"面朝大海,春暖花开"。

二十二、海图屏风

中式家具越来越受到现在人的青睐,成为一种生活时尚。这一点也不奇怪。中式家具自其起源、发轫、成长时期,就有着中国人的创意,反映出中国人的审美趣味,凝聚了中国人的奇思妙想与精工细作。中式家具是最能代表中国儒佛道文化传统的老物件了,是以长久地葆有生命力。

中式家具之屏风,由来已久。有一幅著名的画作叫做《韩熙载夜宴图》,图中人物的重要背景之一就是屏风。此图摄取了韩熙载生活的场景,有许多可以玩味的东西。而无论是在韩熙载们的现实生活中,还是在画家笔下的这幅画里,没有了屏风的话,也就没有了生动。

唐代杰出诗人白居易关注社会现实,视野既广大又独到。有一天,白居易为自己见到的一个屏风题写了诗歌。在《题海图屏风》中,白氏歌咏道:"海水无风时,波涛安悠悠。鳞介无小大,遂性各沉浮。突兀海底鳌,首冠三神丘。钩网不能制,其来非一秋。或者不量力,谓兹鳌可求。赑屃牵不动,纶绝沉其钩。一鳌既顿领,诸鳌齐掉头。白涛与黑浪,呼吸绕咽喉。喷风激飞廉,鼓波怒阳侯。鲸鲵得其便,张口欲吞舟。万里无活鳞,百川多倒流。遂使江汉水,朝宗意亦休。苍然屏风上，此画良有由。"

这首诗歌大意是：没有风时，海上波平浪静。水生动物无论大小，在海里都自由自在地游着。来自深海的大龟直立海面，头部就如三座山丘。用渔网和钓钩不能将它制服，多年如此了。或许有人说：可逮到大龟。这真是自不量力！大龟就如力大无比的赑屃，人们虽然钩住它了，可在牵扯中渔绳线断了，钩子沉入海底。一个大龟点下头，许多大龟转身就朝人们进逼，它们掀起狂风激涛，瞬间就压迫得使人呼不出气来。正像是风神和波涛之神一起发怒。巨鲸们乘机张开大口，其势像是要把整船吞下口。这样一折腾，海洋里很大范围内不见了水生动物，许多湖泊江河之水不能入海，形成倒流。《书·禹贡》说长江与汉水"朝宗于海"，可在这个时候看不出它们有此意。画家以深青色布满了这个屏风，画意当是如此。

在居室的陈设中，屏风是个隔断用具。屏风看似不很重要，其实它最能显示或拔升主人的审美情趣。从白诗《题海图屏风》可知，在被歌咏的屏风上，绘画了海洋图景。唐时不仅诗人关注海洋，缙绅关注海洋，画家亦然。海洋世界在日常生活中已成为审美的客体，是一道美丽的风景了。

二十三、精卫填海

人类填海的故事由来已久，层出不穷。人类填海的目的：建设村庄，搭建桥梁，修筑堤坝，开凿油井，等等。无非是向海洋要土地，要资源。在真实人生中，没有哪一个正常人会以为通过自己的填海能填出一个大陆来。以当今人类之力，填埋海洋是绝无可能的。

在人类神话中，填埋海洋是有可能的，只是至今还没有演绎出举办庆典的故事。《山海经·北山经》："炎帝之少女，名曰女娃，女娃游于东海，溺而不返，故为精卫。常衔西山之木石，以堙于东海。"

炎帝的小女儿女娃在东海游玩,不幸被海水淹死了。女娃的魂魄变身为一种名为"精卫"的鸟。精卫每天飞去西山,口衔西山的木石后再飞到东海边,将木石抛放到海里面,要用木石填埋了东海。

炎帝是华夏民族的祖先之一,有人视"精卫填海"故事是我国氏族时期部族征战的一种史实。假设"精卫填海"故事果然是征战史实,那么这个征战看来是打到了东海边甚至海上了。而从文本上讲,不过就是一个海鸟在海面上飞着飞着,就将嘴里衔着的木石抛落海。因此,对"精卫填海"故事无论怎么解读之,其"以堙于东海"——填海只是一种譬喻。

我曾经读过一篇今人写的文章,它说自然界有一种鸟在不断重复、没有止境地向海里抛落石草之类的东西,此鸟即精卫。如此科普,说明了什么?可以说明《山海经》的撰著者是观察到了海鸟抛石现象的。目前认为《山海经》是许多人参与的作品,成书于先秦时期。《山海经》中许多故事来自于民间传说。我想,先民在很早的时候就发现了海鸟抛石现象。

古往今来,阅读《山海经》的人不知凡几。晋人陶渊明爱读《山海经》,还在其所写的《读〈山海经〉》中表达了自己的政治思想。《读〈山海经〉》一共十三首诗歌,其中第十首是:"精卫衔微木,将以填沧海。刑天舞干戚,猛志固常在。同物既无虑,化去不复悔。徒设在昔心,良辰讵可待。"这首诗表达和赞颂了身死而精神不灭的忠臣烈士之猛志奇节,为我所珍爱;诗中"舞干戚"的神话也与上古传说中的炎帝有关。在诗歌中运用"精卫填海"的神话,韩愈不遑稍让。韩愈有《学诸进士作精卫衔石填海》诗,其中"人皆讥造次,我独赏专精"翻出了新意。这令我不得不说:精卫填海的精神价值不仅代表了人类对大自然积极进取的态度,还蕴含了人类在不断探索中坚守着专一求精的心志。

二十四、神仙海上来

神仙是人类思维的结晶,源远流长。"神仙"是什么?当下一种流行说法,称"神仙"乃是古代神话传说中的无所不能、超脱轮回、跳出三界、长生不老之人物。原来神仙者,人也。

神仙文化流传至今,蔚为壮观。神仙世界既近在身边,又遥不可及。我们祖先相信有一个神仙世界,各种神仙各有居处。神仙栖居之地在中西典籍中大多是有名目的。相对于我们人来讲,我们仅仅是地球上的居民,而神仙却无处不在。星空,大地,山峦,江海,云光,凡人类思维能到达的边地角落,神仙也能到达之。在典籍中,神仙最后去了哪里?总是以一言以蔽之:不知所踪。人类思维不及的地方,神仙也能从容去来。

汪洋大海之中,是神仙最重要的一方栖身之所。在我国,至迟在秦汉典籍中就有了海上神山之记录,最著名的是三座神山,分别叫做蓬莱、瀛洲、方丈。《汉武内传》记王母对汉武帝讲大神们居住在沧浪海岛,在沧流大海玄津之中,"水则碧黑俱流,波则震荡群精。诸仙玉女,聚居沧溟"。《仙传拾遗》假鬼谷子之口,说大海之中有十座仙洲,那个叫"祖洲"的仙界生长一种神草,可以把死人救活,活人无数。

读书人相信神仙在海洋中。古人笔记说唐朝开元年间有个读书人得了个半身枯瘦变黑的怪病,连御医都治不好。读书人对全家人说:"我已经病成这样了,还能活多久呢?我听说大海里有神仙,干脆我就去求仙方治病吧。"家人不太同意这么做,读书人决心却很大,带一仆人在山东登州大海边登上了一条空船,张起船帆,随着风就走了。这个读书人此行是有了奇遇的,他见到了神仙徐福,把病治好了。

自古而今的神话,说到底还是人话。登州不仅有望向沧溟、心接仙界的蓬莱阁，更有抛锚启航、驶向海洋的港口。我以为在中国海洋文明史上，海洋中的神仙世界一定是华夏民族的早年记忆。

神仙不仅在海洋居处，神仙还无往而不至。那么神仙从海上怎么来去？让我们看得最真切最爽快的作品是前人的画作。神仙刘海蟾入画，文人起了很大作用，我曾见的《刘海蟾图》就是明朝刘俊的作品。浩瀚无垠的大海，辽阔无边的天空，怡然从容的刘海蟾信步于碧波白浪之上。刘海蟾身着长袍，脚穿云履，腰系葫芦与紫芝，左手托了个三足金蟾——这些穿着与物件都是人间所有之物。远山苍漭，海云缥缈，洋流激荡，令人仙意顿起，想象着刘海蟾正在前往凡间，送福来哉。

刘海蟾踏海凌波而来，也很像人类的自况。根据基因科学技术的研究，人类源出于同一个母亲，由非洲繁衍、迁徙而出，经过长时间的越洋跨海活动才散布到地球上各处的，也才有了当下的处境不同的我们。

人类源出于同一个母亲，这已是人类认识自我与大自然关系的最新重大收获。有些人认为神仙世界是绝对存在的，只是与人类不在一个维度。我相信有人还在为之实证着，我也乐观其成。

二十五、海底居民

世界各地都有美人鱼的传说。丹麦人安徒生撷取了美人鱼传说，另辟蹊径，创作出《海的女儿》。我少年时读《海的女儿》，很感动。美人鱼小公主最终放弃了刺杀王子的机会，纵身大海之中变成了一片白色的泡沫。这样的悲剧撞击人心，很容易在情窦初开的少年心里，升华出凄绝之美，烙印上爱情的崇高。

《海的女儿》令我入迷的另一个原因，是它展现了海底还有一个智慧世界，与我族类相仿佛。他们有自己的语言以及衣食住行系统，最主要的特征是"人"形,或者他们是可以变化为人的。

在东西方,海底有居民的观念由来已久,至今仍然有市场。在《山海经》等早期汉籍中,能寻到这方面的蛛丝马迹。在我国神话系统中,东西南北四海分别都有一位尊神掌控着海洋世界的风风雨雨、生生灭灭。在《山海经》中,大海的四位尊神分别是南海神不廷胡余、东海神禺䝞、北海神禺彊(又作禺京)、西海神弇兹。其他典籍所谓四海神的名称各有表述,如:东海渊圣广德王、南海洪圣广利王、西海通圣广润王、北海冲圣广泽王;东海龙王广德王敖广、南海龙王广利王敖钦、西海龙王广润王敖闰、北海龙王广泽王敖顺。在祭祀海神的庙宇中,海神们的相貌主要是人形的。在《西游记》中,四海龙王就是海底居民的四位领袖,他们各守一方,带领龙子龙孙以及其他族类居栖生息如常。

在当代考古中,屡屡发现海底的城市建筑遗迹,这让一些人觉得海底存在居民越来越现实了。但是这些建筑遗迹事实上曾经是在陆地上的,而不是原先就在海底的。现当代有关于海底居民的神话、童话仍然在创造中,它们富有人类的某些观念与浪漫想象。人类渴望了解自己是怎么来的,渴望在地球上与星际中找到另一个自己,这样的心意似乎永不停歇。

当下还有一个重大的推测(未经过实证所以叫"推测"),是说地球上已经历了几次文明了,当下的人类社会是最近的一次地球文明。我在二十世纪八十年代初就参与了这个推测,对我正在学习的历史专业做了许多遐想与质疑,并写在了日记中。我之所以冠以"重大",是其可能已经促动了一些历史学者的深思,带动了一些考古学家的探寻。我以为人类的思维无论是对待大千世界还是施以微尘幽冥,都是永恒地拥抱着可能性的。在已经度过了三四十亿年的地球之上,是有可能存在过几次地球文明的;在遍布海洋的地球之上,是有可能存在过海底居民的。我们要特别珍惜前人有关海底居民的记录,这些记录有可能是前几次地球文明留下来的一种记忆。

在汉籍中,"鲛人"的故事打动了无数人。鲛人,我们先祖心目中的海底居民之一。

二十六、鲛人

《山海经》《礼记》都提到一个叫做"雕题"的地方。郭璞注解《山海经·海内南经》之"雕题":"点涅其面,画体为鳞采,即鲛人也。"意思是说面额与身体四肢绘有纹身,这就是鲛人。杨孚《异物志》说雕题人"画其面皮,身刻其肌而青之,或若锦衣,或若鱼鳞"。其意是说在脸皮上绘画,在全身肌肤上刻青色纹,有的像锦衣,有的像鱼鳞。综合郭璞、杨孚之说,雕题人就是鲛人,鲛人有纹身习俗。"雕题"地在何方呢?据说是在海南岛北部。

在魏晋南北朝时期,张华《博物志》、干宝《搜神记》、任昉《述异记》等书中就出现了鲛人的故事。《博物志》说:"南海水有鲛人,水居如鱼,不废织绩,其眼能泣珠。"这段话在今天的一些工具书中被当作"鲛人"的出处。干宝笔下的鲛人,与张华所记大致仿佛。任昉则丰富了鲛人的内容。综合三家之记述,鲛人故事如下:

在离南海很远的大洋底下,居栖了像鱼样的人。鲛人、泉先、泉客等名称,指的就是这种人。鲛人潜居在茫茫大海之下的龙绡宫里,日夜纺织着世上难有的美丽绢绡。这些绢绡又有"蛟绡纱""龙纱""鲛绡"等名称,它的颜色如霜一样白,入水不湿。要买鲛绡,非得花费百余金。鲛人会从海里上岸,寄寓于平常人家好几天,要把鲛绢卖完后才离去。离去那一刻,鲛人向屋主人要一盘子,对盘而泣,眼泪即时凝结成珍珠。鲛人把满盘的珍珠赠予屋主人后离去。

郭璞生年晚于张华,早于干宝、任昉。郭璞与干宝生平有交集,还算是朋友。郭璞当是阅知了当时流行的鲛人之说,于是在注解"雕题"时就来了一句"即鲛人也"。郭璞的鲛人是有纹身的，这或许更接近鲛人的本来面貌？

"鲛人"及其典故出现在许多历史文化名人的辞赋诗词作品中，曹植《七启》"采菱华，擢水萍，弄珠蚌，戏鲛人"，左思《吴都赋》"泉室潜织而卷绡，渊客慷慨而泣珠"。"鲛人"入唐诗多多，在杜甫《雨》诗之四有"神女花钿落，鲛人织杼悲"，施肩吾《贫客吟》有"今朝欲泣泉客珠，及到盘中却成血"，章孝标《送金可纪归新罗》有"鲛室夜眠阴火冷，蜃楼朝泊晓霞深"……蔚为壮观，不胜枚举。"鲛人"及其衍生词汇在诗文作品中起到了绝妙的作用。康翊仁《鲛人潜织》诗写鲛人的织技娴熟精湛，世间最好的丝绢"吴练"和"越缣"都不能与潜织之技的产品相媲美，从而表现与赞美了专业精神。王世贞《袁将军邀饮蓬莱阁和汝思作》"日似海人珠捧出"句，展现了不一样的海上景观：太阳是鲛人捧出的大珍珠！

在讲述与传播我国鲛人故事的过程中，相伴着国人对海洋的认识与理解。唐人李颀《鲛人歌》了不起，它尽情渲染与描写了鲛人的故事："鲛人潜织水底居，侧身上下随游鱼。轻绡文彩不可识，夜夜澄波连月色。有时寄宿来城市，海岛青冥无极已。泣珠报恩君莫辞，今年相见明年期。始知万族无不有，百尺深泉架户牖。鸟没空山谁复望，一望云涛堪白首。"全诗在保留鲛人故事完整性的基础上又有创新，语言明白流畅，情景生动美丽，具有强烈的画面感与影剧效果。诗中"始知万族无不有，百尺深泉架户牖"等句，一方面描述了鲛人乃是海底居民，另一方面表达了生物多样性、各族平等的观念，因而颇富思想价值。这应该是开放的大唐带给诗人的妙悟。

鲛人，与人类仿佛，住在海底，可以上岸与人贸易、通好。这说的是我们自己？还是另有其人？鲛人故事的形成与流布亦真亦幻，是现象级的中国海洋文化。

二十七、"南海"成书名

"南海"一词很早就出现了。《诗经·大雅·江汉》"于疆于理，至于南海"。这是诗歌中周王对召虎说的话，有拓展疆土到达南海的意思。我想词汇"南海"甫一现身就有海洋与地域的意味。我在汉籍中还发现了一本书，它把"南海"一词做了书名，并且有着相称的内容，丰富多彩，耐人寻味。

南宋开禧年间，福建莆田人方信孺在担任番禺县尉时，寻访古迹，为所见所感的每一物事题写一首七言绝句，并在诗题下注释物事之始末，"注中多记五代南汉刘氏事"，汇集成书。此即容纳了一百首绝句及其注释的《南海百咏》。

一个书名通常最能够反映出一本书的主要价值取向。方信孺为什么取了这样的书名？方信孺没有自序。我则在《南海百咏》中看到：方信孺用一些诗歌表达了对中原王朝包括宋廷驻军南海、翦灭割据势力的歌颂之情。也许，方信孺从宋金对峙、战争中预感了南海这里对中原王朝的重要意义，从而驱动他完成了《南海百咏》。

《南海百咏》是有绝大的认知与欣赏空间的。一个时任小小不言的番禺县尉之人，重视研究南海历史文化，热情满怀地题点南海乡土风物与名胜古迹，富有时代担当与远见卓识。在拙著《山思海韵》中，我写《南海百咏方信孺》一文介绍与评价了《南海百咏》在我国咏海诗歌史上的独特贡献，剖析与解读了《南海百咏》中诸多中国海洋文化故事。如今看来，言犹未尽。

我想在浩如瀚海的古籍中，书名带有"南海"词汇者大概不多见；《南海百咏》的存之于今，颇多曲折，因此稀罕而珍贵。我又想在大数据时代，检索出书名带有"南海"一词的古籍已不是什么难事了，把"南海"书名的古籍汇编成帙终将成为现实。我复想到了这一天，向世人展现出的就不是一个方信孺对于南海的歌咏，而是祖先们对于我国南海的关情与厚爱。

二十八、珍珠

在汉字中，带王玉旁的字大都跟玉有关。有朋友直接说：这些带王玉旁的字就是玉或玉石。"珍""珠"二字都不是玉或玉石，各有其义。"珍""珠"二字合成，即为专有名词"珍珠"，它通常指蛤蚌壳内由分泌物结成的有光小圆体。在我国海洋典故中，鲛人泣珠、合浦珠还所蕴含的内核就是珍珠，折射出的是珍珠经济。

托名东汉人郭宪所作《洞冥记》，有"鲛人泣珠"另一版本："味勒国在日南，其人乘象入海底取宝，宿于鲛人之宫，得泪珠，则鲛人所泣之珠也，亦曰泣珠。""日南"是古地名，这里有一个国家叫"味勒"。味勒人乘象入海获得珍珠，这自是神话。但是先民很早就驯服了象，象被用于战事。三国时期还有很多大象，"曹冲称象"故事中的象是吴国孙权送给曹操的。象的承重力强，还被作为交通工具以运输贡品，这在汉籍与汉画像中都有印证。乘象入海底取宝得珍珠的内容，不过是托名者想象驾乘着满载贡物的大象行进在途而已。

是的，珍珠就是古代诸多贡品的一种。珍珠的珍贵，不仅见于它有一个"珍"字，还在很多汉语词汇上反映出来。"珠联璧合"中的璧是玉璧，皇家贵族持有之物，极尊崇。而古人把珍珠与玉璧等而视之，结撰成这个词汇，用以形容几件美好的事物相伴出现（而来）。许多含"珠"的词汇都寓有美好与吉祥的意义。"珠履""珠碧""珠英""珠翠""珠林""珠宝""珠光宝气""珠辉玉丽""珠玑""珠帘""珠围翠绕""珠玉""珠圆玉润"等，无不如是。

通观中国历史，在美丽光润的珍珠这个小物件上，可以写出无数篇章与三部大书。哪三部书？曰：《珍珠经济史》《珍珠文化史》《珍珠审美史》。在汉语中，有两个词汇是《珍珠经济史》的"龙睛"。一是"珠户",其指采珍珠的民户。一是"珠市",其指买卖珍珠的集市。画龙点睛,一部珍珠历史划然而出;却又见出这两词所蕴含的历史内容并不都是美好的。

前人把上品珍珠叫做"合浦珠""南珠"。细赏合浦珠,它们凝重结实,浑圆莹润,透有虹彩。前人记载:在濒临合浦的海洋中,名叫"讫宝""断望"两个地方的珠蚌,孕育的珍珠既大且美,最为著名。在南海之滨的集市,最常见到的场景是人们正在交易着珍珠。

"合浦珠还"故事说:由于采珠的收益很高,一些官吏就乘机贪赃枉法,巧立名目,盘剥珠民。为了捞到更多的油水,他们不顾珠蚌的生长规律,一味地叫珠民去捕捞。结果,珠蚌逐渐迁移到邻近的交趾郡内,在合浦捕捞到珍珠越来越难了。合浦沿海靠采珠为生的人不少,种植稻米的人很少。珍珠采得多收入就高,买粮食花些钱都不在乎。如今珍珠产量少了,收入锐减,许多珠户甚至连买粮钱也没有了,不少人饿死了。汉顺帝派孟尝当合浦太守。孟尝到任后,很快找出了当地居民没有饭吃的原因,下令革除弊端,废除盘剥珠户的陋规。孟尝下令不准滥捕乱采,以此保护珠蚌的资源。不到一年,珠蚌又繁衍起来,合浦又成了盛产珍珠的地方。

这个故事在民间流传久远,还原了一些历史风貌。可是,随着历代朝廷对珍珠的需求量越来越大,孟尝以后的地方官还是加大了珍珠征收量,合浦珠又越来越稀罕了。这又衍生出一故事。这故事说珍珠的母亲——蚌,原来生长在海边。许许多多蚌垒在一起,高达数百千丈,有的时候露出海面。蚌是通灵的,一旦知道地方官贪图珍珠,它就离开合浦。

合浦珠产量少了,其他地方的珍珠逐渐多起来了。浙江海门曾经一次性向国家缴纳五千斤珍珠,个个都有一寸大小。一种产于淡水蚌的珍珠受到宋徽宗等大玩家的青睐,它叫"北珠"。常熟人徐兰在《塞上六歌·采珠序》说:"岭南北海所产珍珠,皆不及北珠之色如淡金者名贵。"国家需要珍珠，皇亲贵胄与官员士绅喜欢珍珠，演绎了一幕幕活报剧。明清两大权臣严嵩、和珅衰败后，都被抄了家，被抄物品中都有大量上品珍珠。

……

骑象入海底取得珍珠，神话耳。现实中，珠户入海采珠却何其艰险，具有悲悯情怀的前人对采珠已有笔触。

二十九、蜑人

在珍珠经济中，今人应当了解一些有关蜑人的史事。在我国古代，是蜑人在做采集珍珠的事情。宋蔡絛《铁围山丛谈》卷五："凡采珠，必蜑人。"有史料说：明朝洪武初开始将蜑人编户，在这些户籍人口中设立里长，统一由河泊司管辖之，每年对这些人征收渔业方面的税赋。这些户籍人口叫"蜑户"。明宋应星《天工开物·珠》："蜑户采珠，每岁必以三月时牲杀祭海神，极其虔敬，蜑户生啖海腥，入水能视水色，知蛟龙之所在，则不敢侵犯。"古代把采珍珠的人叫做蜑人、蜑户、蜑丁、疍户、疍民、龙户、珠户等。蜑人在采珍珠之外可能还从事渔盐业。

此外，汉籍中还有一种比较流行的说法："蜑人"是流放在海域，终生生活在海上，不能上岸的人。

综合汉籍有关介绍，可知蜑人的生活十分悲惨。由于日晒雨淋，合浦那里的蜑人形貌怪丑。他们特别能耐得辛苦，捕鱼为生，男女老幼常年居住在小海船中，世世代代不离船艇。

蜑人采珠的经历惊心动魄。他们采珠是没有时间概念的，说去采就去采。蜑人带上粮食会聚到一起：十数只大船集中到断望（或讫宝）那里的海面，围成一圈；船两侧左右垂下拴牢了大石块的绳子，大石块叫做"定石"。蜑人们腰上系有小绳，一个个屏住呼吸随着大绳下潜数十百丈后，离开大绳，摸取珠母。未多久，感觉憋气太甚了，海底下的蜑人摇动大绳，船上的人看到绳子动了，忙将大绳子提起。蜑人随着大绳得以攀升，浮出海面后不断大喊大叫，上了船后几乎死去，很长时间才苏醒过来。如果是在大寒季节下海了，蜑人浮出海面后，必须先向他嘴中灌下去苦酒，他会七窍出血，过许久后才能苏醒。蜑人就是如此艰难地生活着，世代如此。

有一年发生了战争，渔民、蜑人遭受磨难，走避烽火。战争结束后，朝廷委派一个新人来合浦一带主理事务。此人听说珠母在海底堆积了两三丈高，就向上级呈报说，当地已经可以恢复采珠业了。他命令蜑人下海采珠，在遭到抵抗后就对蜑人用刑，引起了地方骚乱。一些蜑人冒险下海探视珠母，却见哪里还有多少蚌母啊！好不容易找到了珠母，剖开一看，里面竟没有珍珠。蜑人们集体大哭，官员们却没有给予任何同情和安抚。从此以后，蜑人要到别的地方去采珍珠了。

由于朝廷及其地方官员经常会增加缴纳珍珠的数量，采珠业就常常问题丛生，蜑人灾难不断。

南汉在大埔置媚川都，派兵八千人镇守，驱管蜑人在大埔海域采集珍珠。《南海百咏·媚川都》一诗道："潦潦愁云吊媚川，蚌胎光彩夜连天；幽魂水底犹相泣，恨不生逢开宝年。"题注曰："媚川都，伪刘采珠之地也，隶役凡二千人，每采珠，溺而死者靡日不有。所获既充府库，复以饰殿宇。潘公美克平之后，于煨烬中得所余玭珰、珍珠以进。太祖令小黄门持视宰相，且言采珠危苦之状。开宝五年，诏废媚川都，选其少壮者为静江军，老弱者听自便。至今东莞县濒海处往往犹有遗珠。"此诗有讽恶行、吊民艰、呼唤宽民之政的情怀，值得点赞。注文则揭露在南汉刘氏政权时，天天都有蜑人死于役作之事发生。蜑人冒死获取的珍珠、玭珰被放进了刘氏政权的国库，也有一些被装饰到刘氏宫殿上了。刘氏政权攫取的大量珍珠哪里去了？在刘氏宫殿与刘氏政权衙门的废址里发现了一些珍珠，地方官收集后上缴了朝廷。哪里还有珍珠？现在东莞近海处还有一些遗珠。这些就是《南海百咏·媚川都》提供的史事，也是蜑人之来到深圳的较早旁证。

我多年前担任《深圳旧志三种》责任编辑。该书收录了由张一兵校勘的嘉庆《新安县志》、康熙《新安县志》、天顺《东莞志》。天顺《东莞志》是一部残志。在这部残缺不全的志书中，仍能见到对蜑户的记载，如记河泊所"专管邑境蜑户，岁征渔课"；记"津渡"有"蜑家租渡"。当今史志工作者研究认为：这些蜑户是从番禺、中山、江门一带迁徙而来，其历史可追溯至两千多年前南越王时期。"蜑家租"是明天顺八年立村时名字，后来村庄不断改名，今名"万江"。

"珍珠经济"是我为了行文方便而起的名字。归根结底，珍珠的采集与流通就是海洋经济。蜑人是这个经济的一线劳动者，没有他们这个经济就不存在。进一步说，珍珠无数的篇章与历史，都是海洋的赐予。我们回首向来处，更要感恩海洋，珍惜海洋，回馈海洋。

三十、煮海

在"煮海"一词中，"煮"字令我们不着头绪。它莫非说的是取海水煮开来喝？抑或是哪一位尊神搞了一单煮海的神话？非也。我国古人把摄取海盐的劳作过程叫做煮海。劳作者，盐民也。历代的盐民才是煮海的尊神。今通过互联网，很容易就可以了解古人煮海的知识与典事了。

盐业，历来为政府专管专营，这样一个制度在汉籍中代不绝书。从天顺《东莞志》可知：古代东莞就是海盐产区，宋代就有四大盐场，其中叫做"黄田"的盐场很可能就在今深圳境内。天顺《东莞旧志》中说的"煎盐"，与"煮海"是一回事情。

盐与我们生活密切相关。我曾经在沈家门航海，被扑面而来的海水呛了一嗓子，味觉上是苦咸的，其中苦的成分为大。我曾见有个朋友问人："海水为什么是咸的？"我觉得老大不小一个人，又是生活在深圳的一个人，他怎么会不知道海盐？莫非他是扮萌、装呆？或许，与我们生活很密切的盐及其有关知识与典事，真是需要普及。

十九世纪美国抒情诗人布赖恩特诗道："古老的大海是一片灰白而忧郁的原野。"这诗句赠给古老的海盐业，也算有些贴切。我看到在这个原野上不独流淌出诗意，也浸泡着许多血汗与不幸。

宋代大词人柳永早就干过普及盐业知识的事情了。柳永在定海为官三年中，常看见的是山是海，也常见到舟山那里盐民的生活。我看到柳永为盐业、盐民写作了《煮海歌》，表现了盐民生活多艰的现实，不由得叫好。诗云："煮海之民何所营，妇无蚕织夫无耕。衣食之源太寥落，牢盆煮就汝轮征。年年春夏潮盈浦，潮退刮泥成岛屿。风干日曝咸味加，始灌潮波溜成卤。卤浓碱淡未得闲，采樵深入无穷山。豹踪虎迹不敢避，朝阳山去夕阳还。船载肩擎未遑歇，投入巨灶炎炎热。晨烧暮烁堆积高，才得波涛变成雪。自从潴卤至飞霜，无非假贷充糇粮。秤入官中得微直，一缗往往十缗偿。周而复始无休息，官租未了私租逼。驱妻逐子课工程，虽作人形俱菜色。鬻海之民何苦门，安得母富子不贫。本朝一物不失所，愿广皇仁到海滨。甲兵净洗征轮辍，君有余财罢盐铁。太平相业尔惟盐，化作夏商周时节。"柳永此诗歌为古风，共十六联，没有用冷字僻典，明白晓畅，像是在诉说盐民的不幸，呼唤清和的统治。有评家说此诗格局恢宏，叙事真切，对盐民的生活空间、劳作方式等，做了非常深刻的描摹。

柳永在定海所任官职为晓峰盐场官，《煮海歌》也能反映出他的为政情怀。由此我想到：能持有独立的人格、恪守一方精神家园的人，无论是做文人还是做官员，他们在文化传承中都有可能给后世留下点东西。

三十一、花与海洋

"面朝大海,春暖花开",营造了美好的情境,皈依于自在的心灵,这样的诗句会成为经典。这让我对"面朝大海,春暖花开"很是爱重,津津乐道。

我家就面朝大海,背倚青山;山上山下,四季花开。我细细品玩春夏秋冬之意趣,飞花落叶,飘云落雨,更加叹服海子之诗句。一颗诗心驰骋八荒,上穷碧落下黄泉。其实,海子的营造和皈依不仅是诗人的愿景,还应当是地球村的共同宣言。在小小寰球上,人类主要栖居在陆地上。海洋占有了百分之七十的地表,是以有人将地球比作水球。人类处身于海洋中,被海洋包围。你,无论在何处,都面朝大海。

我知道,诗心是无穷大的,永无止境;诗心也可以很小很小,以至于恪守毫粒,和同尘光。而如此诗心能在"面朝大海,春暖花开"之外,还有花与海洋的好题目么?我觉得还有。

海洋喜欢花。我们看到无边无际的海洋,洪波涌起,巨涛汹涌,万千变幻,亘古不变。可是,一波又一波的海浪,在我们注视下化身为一朵又一朵以至于无数朵花儿。这是浪花!有时候,在我们心里也可以飞出浪花。

花喜欢海洋。在地球村里,花开花谢花常在。花儿不是"谢了",而是一轮又一轮地蓄积力量,一次又一次地结伴而来,在四时大戏台上舞之蹈之。在我们眼里花团锦簇,犹如海洋。这是花海!有时候,在茫茫大海上真的会浮现出无数的花朵花瓣,我们心里的亲情变成了花海。

海洋滋生和涵养花儿。海洋在太阳照射的作用下,蒸发了大量的云汽,变作雨水,落向大地,汇入江河,滋生和涵养万物。海洋也生长植物。绝大多数的海洋植物不开花,却依然有花样年华;有的长得还跟花一样。海边的红树和海草是开花的主儿,与陆地上的花卉草木竞奇斗艳。

海岛和湾区有丰富多彩的花胜。例如海洋国家荷兰的郁金香、菲律宾的茉莉花,分别是两国的胜景。我国海岛台湾、海南、普陀,广深港澳湾区的城市,不独城市有市花,还有多种多样的花木,甚至有绝大多数人叫不出名字的花儿。海岛和湾区的人民喜欢花卉,有种种得天独厚的条件,表现出风情万种的形态和趣味。

花儿是美好的使者,海洋是花儿的航道。许多的草木由原生地漂洋过海,扩散到五大洲,扎根异域,繁衍生息,开花结果。它们完成了从"使者"到"移民"的华丽转身。这样的例子不少,如今在我国一些城市已经成为花之胜景的凤凰木、蓝花楹,就是"移民"。

花与海洋的上述题目,在深圳便有全部的生动内容。近在眼前,何其幸也。反观乡土历史,花文化、花习俗见载于志书中,亦被无际的海洋所包围。那可是待耕的又一亩地。我今只从"面朝大海,春暖花开"说开去,可知花与海洋的亘古到今,是一篇人类不断续写的大文章。

三十二、茉莉过海

拙著《写花卅年》中有一篇《茉莉映像》,已经好好地把茉莉花说了一通。如今我还有什么可以说的呢?幸好我在这本书的自序中给自己留了后路:我只是一个花文化爱好者,学习者。

既然有了声明在先,我的胆子就大了许多。我于花木卉草兼及一切关联物,爱好终身,学无止境。茉莉,我爱好和学习的一个对象。我十分惊奇地发现:茉莉竟然是一部厚厚的书。

乙未七月廿日,我应邀到广西横县参加"第二届国家重点花文化基地建设研讨会"。横县,即古代横州之治所。横县茉莉花的年产量占我国茉莉花全年总产量的百分之七十以上。横县茉莉花交易市场是茉莉花世界交易中心。我参观了茉莉花的生长环境和生产与加工场地，知道茉莉在横县每一年都要花开好几茬子的。这真是叹为观止。

我知道茉莉的原生地不在这里。可是我竟然自我拷问：横县若不是茉莉的原生地，还有什么地方配作茉莉的原生地？横县的茉莉经济早已走向四方、联通世界，横县的茉莉已成为世界级的花卉胜景。

在"第二届国家重点花文化基地建设研讨会"召开时，横县党委政府几套班子来听专家建议。我讲了两大内容：一是要做与全民阅读的倡导相一致的事情，细化为组织出版一两本有关茉莉花的原创学术著作等五条。二是要做与国家发展战略相一致的事情，共两条，其中承办一个高端论坛，论题是"丝绸之路与中国花文化"。最后还强调"腹有诗书气自华，茉莉之香（乡）也致远"。这些得自于我的文化认知和实地考察。

茉莉的原生地在哪里？晋朝嵇含《南方草木状》有"耶悉茗花与茉莉花，皆胡人自西域移植南海，南人怜其芳香，竞植之"。这说明了茉莉原来不在中国生长，是外国人将它移植到南疆之域。茉莉还有别名如抹利、鬘华、抹厉等，有人依据这些词语出于古人汉译的佛经，复以宋代王梅溪"茉莉名佳花亦佳，远从佛国到中华"为证据，认为茉莉原生于佛国印度。当然还有另一说：茉莉花祖先在亚洲西南、中国西域、波斯（这样的说法，显而易见是不确定的）。

在我眼里，茉莉从原生地印度通过西域一路迁徙，一路繁衍，最后遍及南中国，并在横县找到了天时、地利、人和的最佳条件，在此花开之胜之美之利都独步于天下。如今，横县的茉莉已经漂洋过海了。横县受益于从原生地走丝绸之路而来的茉莉，有责任有理由从茉莉及茉莉花文化这一单独案例，为扩展到对一带一路范围内国家与地区的花文化的研究，做出贡献。

丙申春节期间，我和家人到三亚度假。这里蓝天白云，海碧沙莹，树绿花繁。我在游邀和休闲时竟都与茉莉相遇。茉莉在三亚的山里不那么密集，散漫地生长，很低调的样子。如果不是看到了个别茉莉枝上的名片，你可能想不出它是谁来。巧的是，我在电子书中又读到了茉莉。

明代顾岕在海南岛做地方长官时，爱记录当地人情风俗物产事件，返回内地后将这些笔记集为《海槎余录》，刊印于世。《海槎余录》仅仅数十条笔记，却真实而可贵，如"茉莉花最繁，不但妇人簪之，童竖俱以绵穿成钏，缚髻上，香气袭人"。这是当地生长茉莉以及茉莉花之花俗的传神写照。更重要的是，这则笔记把茉莉早已漂过海峡登陆海南岛的事实给确定下来了，并且说明了伴随花卉的到来发生了相应的花俗，对当地各族人民的生活产生影响。

假设茉莉在明初到达海南岛，那么茉莉过海之事距今已大约六百五十年了。这令我想到了菲律宾。菲律宾是东南亚群岛国家之一，它把茉莉花作为国花。菲律宾茉莉之花胜遐迩闻名。莫非茉莉是从印度沿西域之路南下，过南中国海到达了菲律宾？无限遐想，一切皆有可能。

花卉离开原生地，漂洋过海，并在异域安营扎寨，繁衍生息，定居下来，发生了文化和习俗。这哪里是小事情！近来又听闻郁金香的原生地是中国而不是其他国家的说法。是耶？非耶？不管怎么讲，茉莉花儿由原生地迁徙到异域的事实存在，漂洋过海的事实存在。这说明"丝绸之路与中国花文化"的论坛已显得很局促了，如今应当着眼于中外花文化的研究了。

三十三、地名与海

我国地名，包括聚落名、地理名、名胜古迹、景点、要塞、关隘、津梁渡口等（以下统称"地名"），很有知识含量和文化价值。

有人着力构建古今地名知识体系,有人创设中国地名学,有人积极倡导重视古地名的文化软实力……地名得到了如此重视,乃是大好事情。

深圳一些地名包含了乡土历史和海洋文化,不回溯与讲述它们,对不起先人,有负于后人,殊为可惜。即以"深圳"之名而言,史志工作者考证它出现于明朝。在清嘉庆《新安县志》中地理志、舆地志中,也分别记有"深圳墟"。墟,集市。这说明"深圳"不仅是聚落名,还是集市名,从而反映了深圳社会发展的一些情况。

这类在海岸边上的集市(墟)还有许多,海产品怎能不是集市贸易中的大宗买卖呢?能够相佐的史料不胜枚举。这部县志的编纂者在"地理志"结束前作一总结(即"论曰"),大意如下:

新安县北边与东莞县接壤,东边与归善县相邻。三县的土地虽然交互错处,但是新安的日用器物却依赖于别的县城。为什么?大概因为新安一地太多高山峻岭,又挨着大海,方便在鱼盐蜃蛤之类海产品交易中获利,老百姓竞相做此买卖,没有时间去做其他生意了。不过近来卖盐的路子被阻塞,只好贱售之,最后盐买卖的利益被有势力人家获得,导致了盐户不干本业了。在捕采鱼虾方面,就要看渔船情况怎样了。虽然现在已解除海禁,但是渔船久已坏毁;好的渔船,其数量还不到早年的百分之一。即使有好船,卖起来亦很困难。要在疏通上下功夫,找到了方法,海产品贸易就回归了兴旺发达局面。

这位关心民生、研究地方经济发展办法的地方史学家,值得我们一赞。这也说明:地名是包含了重要的历史信息的,在深圳普及海洋意识教育,有得天独厚的条件,能够极大地促进一些教育目的之实现。举其荦荦大端如下:

一是从地名看海洋经济。除前述深圳墟外,还有福永、盐田、沙井、渔民村等。福永,明初已经存在,有福永码头及福永圩,这一带渔业兴旺发达,曾有"福海渔村"之誉。"福海"是取义"福如东海"

的。盐田，旧时海盐生产之地。沙井产蚝，遐迩闻名。

二是从地名看海防。像福脊山、莆台山、龙鼓山、大磨刀山、马鞍洲、小磨刀山等，《东莞志》把它们归入"海岛山洲"。它们的名字也出现在《粤大记》中的"海防图"里，说明这些地方具有军事意义。再如屯门（今属香港）、大鹏所城、南头寨等等，都曾经是古代海军驻守的地方，甚至在此发生了海战。

三是从地名看海上航运。赤湾、福永、妈湾等是沿用至今的古地名，其地就是港口。有一个叫"缆声"的地方，康熙《新安县志》说它在蚊洲海，传说这里留有古代的船缆，当天如果要下雨，缆声先响起来，故名。推测它在更早的时候就是让海船停泊的地方。

四是从地名看海洋俗信。如车公庙、杯渡山（今属香港）、天妃庙、王母围。在香港、深圳都有地名车公庙，地方史志记载了相关的历史故事以及形成民间崇信的流变。宋朝杯渡和尚渡海的故事，以及相关的遗迹，是佛教在此地得到流传和崇信的例证。天妃，亦即妈祖。妈祖庙遍及我国浙闽台粤沿海地区，有广泛的信众。

五是从地名看来到南中国海的名人以及相关历史。零丁山、岗厦、望烟台（楼）等，流传了文天祥及其后裔居于此的故事。官富驻跸、虎头山、梅蔚山等处，是宋端宗避乱南逃时栖止的几个地方。

六是从地名看滨海居民的一些生活状态。惠民桥的建造，据康熙《新安县志》讲，乃是"深圳河沟深浚，凡遇雨潦、潮涨，往来维艰；更有不知深浅，动遭淹溺。康熙二十八年，巡检廖膺宠建造石桥，名曰'惠民'"。据嘉庆《新安县志》，在南头海畔，犹存"钓鱼台"遗址。这是明代成化间的贡士黄庆祥建造的台子，用以垂钓海鱼，休闲度日。孝节坊，为纪念李姓人家媳妇何氏刲股尽孝的事迹而建造。

以上地名有的沿用至今，其地大多数在深圳，少数归属于香港、东莞、惠州。古地名今天未沿用者，依然有文化意义。这样的地名知识和海洋文化、乡土历史，不仅仅是一种文本解读，施教者和受教者还可以身临其境,到达特定的地方,加深和提高对文本解读的理解。我以为在我国倡导普及海洋意识教育的当下,深圳的地名及其相关知识是能发挥很大作用的。

三十四、沙,澳,洲

前人取名有很多讲究,也因为讲究多了,形成了经验,有些方面就积淀为陈规旧俗。我们是从历史走过来的人类,只有继承遵循弘扬优秀传统,服务当下才能走向未来。一代又一代的我们就是这么过来的。

在海天版《深圳旧志三种》中,带"洲"字的地名不少。例如丫洲山、桑洲山、宁洲山、枯洲山、南洲山、龙穴洲、合阑洲、马鞍洲、大王洲、急水旗角洲、上下横当洲等,不仅出现于地方志中,也出现在清代的海图、海防图中,说明它们大都是坐落在海边或海中的岛屿。当然"洲"字从水部,指水中的陆地,选它作为海岛或者海边地块的名称是很正常的。

三部志书中含"沙"字的村名亦很多。现在仍在沿用的"上沙""下沙""沙尾"村名,村中故老相传:古时候海水把村子所在地冲击成一个很大的沙滩地,村子建在沙地上,村名都围绕"沙"字来取。

在南粤大地,地名中有"澳"字的,几乎都是海边的渔村、港口;明清时也征用为军事要塞。在《深圳旧志三种》中,带"澳"字的地名是:𠻸船澳、南澳、澳门、淇澳、澳尾、螺杯澳、大澳、鹅公澳、岑子澳、屯门澳口、二澳村、西澳村、榕树澳、白沙澳、吉澳、屯门澳、湾船澳、铜船澳、柘门澳。屯门澳口和屯门澳是一回事,𠻸船澳和铜船澳可能是一回事。在三部志书中还出现了很多带"澳"的句子,例如:彝居澳地,窟穴于澳中,窜身澳艇,驱逐回澳,采于大澳海中,海澳险阻,屯门海澳,湾澳有险阻,港澳,澳无兵船,澳有

辑二 海洋拾零

兵船、沿海之澳、船舶在澳、各澳各船，等等。结合文中语句之旨，详查其义，这些"澳"字并不具体表示何处，而是泛指具有海港特征的地方。一些辞书指"澳"是海边弯曲可以停船的地方，这从南粤的一些地名及其实际地理位置方面得到了印证。

从古到今，这些地理名、聚落名中含"沙"、带"澳"、有"洲"的地方，发生了许许多多可圈可点的故事。这些故事的主要共同点，是一代又一代移民迁徙到海边，开疆拓土，发展经济，繁衍生息，形成宗脉族群家园。他们有功于国家之作为又岂在少端？

我多次前去深圳南澳游历，还曾小住于这里的海边，曾经畅想立脚之处是南中国海一小段海岸线上的一点；若是沿线走起来，可能会见到一个又一个类似于南澳的地方，不啻串联了一个又一个美妙之地。如今，这条海岸线正在形成粤港澳大湾区，我的畅想是接地气的。

三十五、洋

前几年，我国台湾学者卢俊方先生发表了《屈大均〈广东新语〉中"洋"群词汇之探讨》一文，文中检索并胪列了出现于《广东新语》中的带"洋"字语汇五十九则，研究区别出四类"洋"群词汇。卢氏还将《广东新语》"洋"字的使用情况与《广东通志》的"洋"字进行比较分析，判断两书的某些关系。

《深圳旧志三种》包含明天顺《东莞志》，清康熙《新安县志》、嘉庆《新安县志》。综括来看，三部志书中出现带"洋"字词汇三十三则，可以归属到卢氏的"洋"群词汇三个分类中。三部志书中虽然出现了"东洋""西洋"词汇，但是结合它们在文中的意思，却无法归入卢氏"具有判分东西区域的'洋'群词汇"。以下试说之。

在三部志书中的大洋、洋海、外洋、海洋、内洋、洋面、洋中，零丁洋、独鳌洋、鳌洋、雷洋、春花洋、磨刀洋、赤沥角洋、沥角洋等词，有的指海洋，有的指海面、海中、远海、近海，有的指一段海域。又，"雷洋"只出现在对明将李茂材的"赞"中，实指雷州港。这些可归于卢氏的"专指水名的'洋'群词汇"。

在三部志书中有东洋、出洋、巡洋、望洋、回洋、开洋等词。东洋在志书中的句子分别是"山阴垂距东洋""枕东洋""后障东洋"，由此可知东洋具有"东面的海洋"之意。巡洋在志书中都是作为军事意义"巡逻护卫于海洋"之意，开洋与出洋都是指"出海"，望洋则为"观望水气"。这些可归在卢氏的"与水相涉、或从中引申他意的'洋'群词汇"。

在三部志书中有西洋、洋船、洋舶、洋银、洋柑等词。西洋指外国，它只出现在"贸易西洋"句中，可知此词与海上贸易有关。这些词可归在卢氏的"从海上贸易得来并与原有事物区别的'洋'群词汇"。

在三部志书中共有三处"洋洋"，都形容盛大貌；一处"洋溢"表示广泛传播；三处"汪洋"都形容水势浩大的样子。还有黄竹洋、土洋、平洋等词，可以确定是聚落名。它们是滨海的客家人村落，其中平洋即今坪洋，如今分别归属于深圳与香港。

在三部志书中，"洋匪"一词共出现两次：一、"时因洋匪充斥，督带各路兵船，自乾隆五十五年出师"；二、"阅三载，值洋匪流劫乡村，氏与其小姑亚七同被掳掠"。我以为句中的"洋匪"都是指外国人结成的强盗团伙、匪帮。"洋匪"的出现与海上贸易有关系吗？

由一个"洋"字说开去，可以小中见大，显现出东莞、新安沿海地区海洋意识的觉悟程度，以及海洋文化的历史信息。

三十六、平步碧波

行走在西湖的苏堤、白堤上,不知你会不会有平步碧波的感觉?我五次西湖行,以为西湖的美妙在于湖光山色产生的柔情韵味。苏堤、白堤和柳绿桃红合成为观景长廊,为人们获得这样的享受提供了极大的方便。

到哪里去找平步碧波的感觉呢?到海边来吧,到南粤来吧,到深圳来吧。在深圳东部的海岸线上修建了绿色栈道,一边是岩崖,一边是海浪。在通往香港的深圳湾,架起了一座跨海大桥。深广沿江高速公路,有跨海高架公路和大桥。我以为:这是会生出平步碧波感觉的地方。

在宋代的东莞,平步碧波的感觉已经发生过了,并载入史册。

宋元祐二年,一个叫李岩的江西临江人出任东莞地方长官。李岩执政为民,做了不少好事。例如治理易生洪灾水患的东江。李岩率领官民兴建防洪堤坝,历经千辛万苦,成堤数万余丈。这条长堤就是惠民工程"福隆堤",迄今仍发挥着良好作用,被称作东江堤。

李岩在东莞还兴调查研究之举。当地把苦咸的海潮看作咸潮,咸潮经常卷沙越岸、长驱直入,灌进了附近的农田,使得农作物绝收。李岩决定筑建防止咸潮侵蚀的堤坝,这一行动于元祐四年间开始。据天顺《东莞志》:"普安桥,在寮步村,正当驿路,巨石跨海,为桥九间。海水迁入港内九十余湾。邑宰李岩筑堤四千一百二十丈,即咸潮堤。"有关地方史学工作者认为:咸潮堤在靠近海洋的咸西、獭步等处,共有十二条。寮步即獭步,在今东莞长安。咸潮堤对于防范和阻挡海潮对农田的危害,起到了良好的作用。

宋乾道八年进士翁炳在普安桥、咸潮堤上行走后,欣然写诗云:"长堤缭绕四千丈,断港萦回九十湾。谁架石虹来海上,行人平步碧波间。"在九百五十年前,东莞人翁炳就在南粤海边的桥堤上,抒写了平步碧波的感受。

随着粤港澳大湾区发展战略的推进,我展望未来的湾区,期待造福于民生的工程多多,向往平步碧波的诗意栖居环境。滨海城市人民,时常有平步碧波的感觉是美好生活的一部分。

三十七、流亡海上

"流亡"一词,商务版《现代汉语词典》解释为"因灾害或政治原因而被迫离开家乡或祖国",并举出"流亡海外""流亡政府"的例词。

在中国海洋史上,流亡海上事件时有发生。南宋末、明朝末年都有流亡海上的著名事件。宋末帝及其臣属一逃再逃,于海上流亡时曾经抵达深圳附近,后来逃到了崖山。在崖山海战中失利后,陆秀夫背着赵昺赴海而亡。明末张煌言率众与清军对抗、周旋于海上近二十年,在南明永历帝、监国鲁王等人相继死去后,隐居于海岛;后被人出卖,被清军逮捕,英勇就义。有人认为这前后两大海洋事件,分别标志着前后两个王朝的彻底终结。

"流亡"一词出现较早,《楚辞·七谏·哀命》有"痛楚国之流亡兮"。不过此句中的"流亡"有日益危败之意。实际上,"流亡"一词跟农民关系最大。由于农民依附的土地没有了,他们才会流亡。早在《汉书·食货志上》就有:"此商人所以兼并农人,农人所以流亡者也。"意思是说:这正是商人兼并农人的土地,农人因而流亡的原因。清道光年间,汤成烈在《屯田篇上》中陈议:"招集流亡,俾令垦艺。"这里的"流亡"就是指流离失所、背井离乡的百姓,尤其是指农民。在嘉庆《新安县志》中,我们可以看到沿海农民流亡的惨状。卷之十三《防省志》"再迁"条:"及流离日久,养生无计,爰有夫弃其妻、父别其子、兄别其弟而不顾者,辗转流亡,不可殚述。"清初迁界政策是造成此一时期沿海民众流亡的原因。

沿海民众向哪里流亡呢？朝廷已经下达禁海令了，规定他们只能向内（背着大海的方向）迁徙五十里地。几十万人丢失了田园房舍向陌生之地迁徙，怎么会不出现贫病交加、生离死别的人间悲剧？又怎么会不侵扰所过之地？一些沿海民众坚决不离开熟悉之地和近海生活，却要向海而生。他们冒着付出生命代价的风险流亡海上。在这批人中，最主要的就是疍民。

流亡海上演变为择岛而居的概率是很高的。春秋时期，田横及其五百壮士流亡海上，择海岛而居，遂有田横岛故事流传至今。历朝历代流亡海上的人，绝无可能一年到头都在茫茫大海上混日子。流亡者上不了陆地，却可以登陆海岛，以补充大量的淡水和食物，找一个临时安身之所进行适当休整。渐渐的，他们对海岛越来越依赖，便栖居于岛上了。流亡海上择荒岛栖居，繁衍成村落的现象是客观存在的。例如大连附近海域中的长兴岛。长兴岛孤踞海中，流亡海上的人上岛生息。清初禁海，长兴岛民被迫迁离家园。后来清廷颁布政策：允许流亡者开垦无主荒田，所垦土地由州县给以"信义执照""永准为业"，凡属垦荒的土地"免税三年"。自此，逃离长兴岛的人家和流亡者登岛垦荒。我想这可算是长兴岛的"第二次"开发吧。

清初，广东一些地方官员在条陈奏议中，把"粤东海域的岛屿与其他地方的不同，表现在不少海岛上已经有人生活了"，作为一条情况上报。他们希望引起上级重视，对这些有人的海岛加强管理。如今我在这类文字中，隐隐约约看到了在南中国海域的诸多海岛上，晃动着流亡者的身影，以及阳光、丛林、农田、沙滩、海浪。

三十八、海盗史

关于海盗，我看到两种解释：一、出没在公海上的强盗；二、在海上掠夺他人财物者。这两种解释分别有关键词：公海、海上掠夺。

在汉籍中是有"海盗"一词的。它是否完全符合上述定义呢？在近代小说《文明小史》第二十九回有："有某国教士从宁波走到敝县界上，不幸为海盗劫财伤命。"这一海盗行径肯定不是在公海上发生的。

在《深圳旧志三种》中，"海盗"一词只出现了一次，见于嘉庆《新安县志》卷二十《人物志·烈女》"节妇"："嘉靖三十年，海盗入寇，重山渡海，中流被擒。"故事接着说廖重山家接到消息，母亲和妻凄惨欲绝。廖妻侯氏到海盗船上，自请当人质，换丈夫回家筹措银钱再来赎回自己。海盗同意了。夫妇俩相别时，侯氏暗将头发、指甲密封牢固交给丈夫，要他来赎自己时务必要探听消息准确后，才可下船送钱换人。廖重山再回来换妻时，仔细查探方知侯氏已于当日投海自尽了。廖重山对海洋号哭招魂，为妻建墓，当地称为"招魂墓"。

掳人上船勒索银钱的海盗行径，在《深圳旧志三种》中不时可见，不过名称已换成海寇、海贼了。海寇、海贼不仅在海上掠财掳人，还到海边村庄、墟市掠财掳人。明万历庚午间，邓公佐被海寇林凤掳去了，他儿子邓孔麟就主动上了贼船，换回了父亲。后来贼船到海丰港，邓孔麟乘海盗松懈，抱一浮木漂到岸边，逃归乡里。又：德沙浦两女子，一姓游、一姓梁。梁女已许配给游女的哥哥，只是没过门。游女也订婚了，夫家姓徐。明嘉靖壬辰间，海寇劫掠茅洲，梁游二人被掳到海边，胁迫她俩上船，欲行非礼。二女骂不绝口。海寇大怒说：你俩从我就能活命，不从的话就死在我刀下。二女坚决不从，遇难。乡人觅得二女尸体，下葬，墓名"双烈"。

以上这类事情符合纲常礼教，事发之时就被逐级上报，得到了旌表和彰扬，列享于乡贤、节妇、孝子之林；游梁二女的遇难，当时的县长孙学古都写诗悼念了。地方志籍也代不绝书，否则我们也就无法知道这些故事了。

海盗可恶，他们掳人索财劫色，甚至把良家妇女禁锢在船上，变成所谓"压寨妇人"。大海盗船多人众，还能干出击灭官兵、攻城拔寨的事情。嘉庆年间的海盗郭婆带、邹石二等，掳掠居民，向富人要赎金，胁迫穷人为海盗。郭婆带等声势日炽，拥有大小海盗船千余艘，不仅在海上纵横，还侵扰陆地城乡。

在《深圳旧志三种》中，屡见明清官员治理海盗的条陈奏折，可知海盗侵扰问题时紧时缓，读来亦为海边居民一会忧一会喜。有个清明的官员叫王来任，他在《展界复乡疏》中说：

下臣我在广东任巡抚两年多时间，没有听说发生海寇大肆侵掠的事情。有一些情况，却只是内地被迫迁徙逃往到海洋过生活的民众，他们相聚为盗。当下若是对他们施以展界的政策，他们也会把屠刀卖了，去买开垦土地的耕牛了。连这种思路都不提，却聚在那里商议解决民瘼的办法，说出来的其实都是空言……

展界是清初开放海禁后一个配套政策，即安排被迫迁徙外地的沿海居民重新复归故土，去开垦沿海大片弃地、荒地，重建家园。王来任的话是接地气的。相当多的海盗还是为生活所迫，铤而走险，成为汪洋大盗的。这是海盗构成的重要部分。我期待有一部中国的海盗史，以飨读者以更多的故事。

三十九、太阳与海

唐代是一个开放的时代，海洋文化发达。这时候文人骚客发挥想象力，把海洋尽情地说开去了。唐人把太阳都写进了海洋，这方面我以为唐朝人柳喜的《日浴咸池赋》很有代表性。如今随我去看一看太阳是如何在海洋中玩耍的。《日浴咸池赋》写道：

看海上，太阳赫赫，越出旸谷后便冒出金辉，经过咸池时沐浴了光色。太阳的光色宛转波动，回还影斜。太阳变得光亮鲜明，周围涌泉渐渐沸腾。太阳甫一藏身,天涯海岸顿时昏黑。太阳射下红光,就像浮萍的果实降沉。太阳红光上扬,好似丛林的云岚飘动。时间之轮没有停歇,金色之波将要凝结,太阳驾驶六龙之车把崦嵫山抛在身后,看苍天之上三足神鸟正在飞腾。太阳经大地时盛大的光芒暂敛,带动大海悄悄蒸发暖气。太阳在时间未到时,任由明亮的光芒徒然增强。待到美好的夜晚将尽,繁密的众星渐渐隐没,太阳出现在沙子和碎石铺成的海岸,红红的光辉在大海里漂洗。太阳的红光映射到龙川,映射到华洞,映射到人皇的祭天之台,神采焕发。远远的海岸那边像烛照一样光明乍现,连续不断的波浪急迫起来,这股力量直击海龙王的府邸,还涤荡太阳中的三足鸟。太阳的光圈既辉煌又滋润,三足鸟展开湿润的双翅上下飞动,发力于云中而旋飞不止,直射于海底而光华不变。这情景如逝水不可企及,清清楚楚明明白白的样子能够望见。太阳把海市照射出来搁在了曲岸上,又把鲛室描绘出来扔在了海洋中。由此开始发出了各种色彩,九州焕然一新。太阳之车飞经渤海时,驾车之神整了整驭车之具,光辉映射在无数岛屿上。太阳亦似擦着天下岛屿飞过。碧浪沸腾,太阳沐浴后固守其运行而常明。巨涛连绵,太阳威严和仁爱并依旧万丈光芒。在时间长河中,天地合合而分分,云霞之彩也经常变化。在我们视线中,太阳落处细柳已是很远了,太阳升处扶桑犹在。暂且在被侵夺的大地上,把恩泽放在波涛之中。从此时此地起附着于天,在全国遍布光华。不久,众多高耸的山峰,光华高悬八万尺;明亮的光芒没有一毫一秒的停止,气势兴盛,奋勇向上,光焰流动出金灿灿的颜色。大海涌起白色的波浪,显示出洗涤之力。太阳倏忽就降临了。相信太阳与海的情形,自古以来不曾湮灭,天空中央有长久的光彩照耀。

以上是《日浴咸池赋》的现代汉语版,其中一些名词如:咸池、旸谷、咸孙、崦嵫、细柳、扶桑等,是我国太阳神话中的著名典故,可以延伸阅读。在此文后半段,太阳即为人间明君之意渐渐的显现了出来，还能看到战争与和平的蛛丝马迹。这里就不再展开了。我们须记得《日浴咸池赋》写了太阳与海以及岛屿、山峦、大地，暗中寓意，是一篇优秀的古代散文。

四十、出海贸易

明代凌濛初的小说集《初刻拍案惊奇》有一篇文章《转运汉巧遇洞庭红，波斯胡说破鼍龙壳》，写明代苏州人文若虚卖扇子，由于其当时处在阴雨连绵的季节，扇子霉坏几尽，导致他本钱一空。文若虚在多年行商中经常遭遇这类事情，还带累了与他合伙做买卖的人。因此人们给文若虚起了个外号：倒运汉。后来，这位倒运汉得到一些商人的帮助，竟然发财了。这归因于文若虚大胆地从事出海贸易活动。

文若虚带着几篓"洞庭红"的橘子，航海到达吉零国，把橘子卖了八九百两银子；又于归途中泊船于荒岛，在脚踏岛岸时捡到一只大龟壳，将之带回福州。某波斯商人花费五万两银子从文若虚手中买下了大龟壳。原来这个外商故意说大龟壳是鼍龙壳，乃宝物也。两人成交，文若虚从此富甲一方，是真正的转运汉了。

外商为何有此"故意"之说呢？原来外商知道在大龟壳里还藏有许多珍珠，它们才是价值连城的宝物。文若虚将大龟壳卖给外商时没有提出更高的价格，他后来发现了珍珠之实也没有向外商发难。

在《转运汉巧遇洞庭红，波斯胡说破鼍龙壳》中，有不少海洋文化的元素，最重要的当是"出海贸易"。小说写文若虚在海外经商获重利之后，张三等人对他的崇拜和敬慕，从而反映了百姓阶层对海外贸易的极大兴趣。

明代嘉靖庚子年间，顾岕把自己在海南岛为官期间的闻见录整理成《海槎余录》。其中提到了"番舶"，有"文昌海面当五月有失风飘至船只，不知何国人，内载有金丝鹦鹉、墨女、金条等件"。这显然说的是一艘外国商船在南海时遇到台风而失事了，商船被吹到了靠近文昌的海面上。这则史料向我们提示了在文若虚出海贸易的同时，还有外国商船来华贸易。这样的史料不就是凌濛初之《转运汉巧遇洞庭红，波斯胡说破鼍龙壳》的时代背景和创作源泉吗？

四十一、海洋谚语

《现代汉语词典》对"谚语"的解释是："在民间流传的固定语句，用简单通俗的话反映出深刻的道理。"词典把"三个臭皮匠，赛过诸葛亮""三百六十行，行行出状元""天下无难事，只怕有心人"作为谚语例证。我近来在古代深圳地方志中发现了"海洋谚语"，说明谚语的历史文化知识还有很多很多。

先解析一则"飓母不回南，再来不待三"。这是一则关于飓风的谚语。现在气象学定义飓风就是台风，而在我国古代人士的认识上，飓风就是海上的一种灾风，并且有神秘力量在起作用。早在《投荒杂录》《南越志》中就有"飓风"之谓。在唐宋文人笔下，飓风的威力和灾害都有表现，如韩愈《赴江陵途中寄赠王二十补阙、李十一拾遗、李二十六员外翰林三学士》"飓起最可畏，訇哮簸陵丘"。飓风之起，全由飓母发动。陆游说：岭南有瘴母，初起时一团黑，时间久了就变得广大起来，这就是"飓母"。《南越志》指出：飓母就是孟婆，在春夏的时候海空上出现的"有晕如虹"一团，就是飓母。谚语来源于生活。志书解说了飓风出现在农历六七八月并判断飓风先兆，指出了"云凝不行，雷隐不动，海气沸腾，矶石响，水禽遁，狂飙乍起乍息"的飓风形态，说明了飓风造成"毁屋杀稼、拔木沉舟"的局面，最后说：飓风"息也，必转东荡西而南，然后停止，谓之'回南'"。也就是说：回南了，飓风才真正停歇下来。谚语"飓母不回南，再来不待三"就这么来的，意思是说飓风没有"回南"的表现，必然还要发作。

除了飓风外,还有关于海风、风灾的谚语,如"(海风)朝发三,晚发七,昼发不过日",这是按照风起的时间做出的判断:风起于早晨,可刮三天,风起于傍晚,可刮七天,如果大白天起风,不过刮一天。"潮生则风起,潮退则风止",这是按照海潮的起落做出的判断:潮水一阵阵涌过来时,就带来了大风;潮水退去、潮头落下后,风也就停歇了。"白鸎、乌鸎,不劳频至,至则有风灾",这则是按照海洋鱼类——鸎做出判断:但凡白乌两色的鸎在近海频繁出现,就会发生风灾。"近海多风"说明靠近海边的地方,遇到风的机会多。

还有几则海洋谚语,有的反映岭南海滨百姓因海洋气候特点而应急的生活状况:"急脱急着,强于服药";有的是对某些海鱼好斗性的比较和评判:"海鳅虽大鲔鱼强";有的是对某些海鱼优美品质的比较区别:"寒鲚热鲈","热鱲,一以寒而美,一以热而美";有的是对渔民防范海上凶险的提示:"毋逢海女,毋见人鱼"。

值得一提的是:志书中讲人鱼身长六七尺,肢体、毛发以及雌雄生殖器官与人类一样,不同之处在于其背上有微红的短鬣。雄性的人鱼又名"海和尚",雌性的人鱼又名"海女"。海女"能媚人,舶行遇者,必禳解之"。这与古希腊神话中的美人鱼大致仿佛。中西方民间文本的比较研究之坐标,在美人鱼上形成交点。

刊于《深圳晚报》,为《搜海杂俎》专栏文章,刊期略

辑三　在地表情

涵育和守护滨海家园的新安乡贤

一、钓鳌台

在古人眼里,鳌是海洋中的龟鳖之类。倘若我们在行走大地时,忽然看见一块立石,上面题刻了"钓鳌台"三个字,不知你会不会停下脚步,在那儿绕石盘桓一会儿,想一想这三个字为什么会题写在此?

真是有这样的题石。古代东莞叫做亭头的地方靠近海边,有人在这里叠石,并在石上刻"钓鳌台"。明代天顺《东莞志》接着说:当地流传曾有隐者在这里钓到了大海鱼的故事,叠石于今已经废了。原来这个小小的人文景观竟然是蕴含了故事的。海边这样的题刻相较于那些大山里的摩崖刻岩镌石,就少见得多了,如果再相伴一些故事的传世,那么无论是何种题刻都是很珍贵的。可以肯定地讲:"钓鳌台"富有乡土历史内容,亦是研究海洋文化的小课题。可是"钓鳌台"竟然废毁了,怎么不可惜呢!

汉字意蕴丰富多彩,题刻于石自有故事和意味,一定是传播了某些信息。再细究"钓鳌台",它是题在叠石上。叠石何意呢?叠石是把天然石拼叠在一起的造园艺术手法,也可以说这一造园艺术的产物叫做"叠石"。隐者,泛泛而言:是躲到一个地方居息生活,不想让人知道自己存在的人。无疑,此人是迁徙到亭头这里的人,他不去做讨功名的事,过着隐逸的生活。此人很喜欢在海边钓鱼,可能不止一次钓到了大鱼和海龟海鳌之类。此人(或者他的后代、亲属)有叠石的本事,有可能造设了一爿园林,园中叠石成台,题刻"钓鳌台",纪事述功。

自汉代以来,东莞一地不断得到开发,社会与经济发展跌宕起伏。每在国家发生大的战乱后,必有一次移民来此地避乱的高峰值活动期。平和时代亦有人来此。国家政权也从没有忽视和小看岭南这些边荒之地,有的时候会派精明强干的官员到此任职,更多的时候是把那些倒霉、过气、没有靠山的官员安排到此任职。这些官员往往要干出一些实绩后,才能返回魂牵梦绕的中原,靠近君王身边。有一些人,则终老于此。一代又一代的客家人和原住民,共同打理和受益于这一方土地。我相信:"钓鳌台"是某姓客家人的文化标志,蕴含了渔耕自给、怡然自得的历史信息。

东莞地方上有那么多的事情,修一次志书亦非易事,可是"钓鳌台"竟然被志书记了下来,这说明"钓鳌台"在地方史学家眼中具有何等的重要性。而那"今废"二字,又多多少少有惋惜的成分。试想:如果没有这样一些记录,乡邦历史和海洋文化是不是少了许多生动、多了一些苍白?这真是乡邦历史和海洋文化相结合的教育素材啊!

如今,我们在祖国的南疆大地上行走时,还会看到诸如"钓鳌台"这样的遗存。我们对它们要生敬畏之心、珍惜之情。唯此,它们才会跟我们说话,讲一讲乡邦历史和海洋文化的故事。(刊于二〇一七年十一月二十三日《深圳晚报》)

二、八景"海"占半

在二十多年前的一天,有人来找我要出一本叫做"天下八景"的书。乍一听,确实吓我一跳:普天之下,只此八大景观?怎么可能!聊一聊后知道,"天下"者,中华大地也。"八景",中华大地各处自古至今评选出来的本地八个景观。比如我出生地合肥,旧时有庐阳八景,新中国成立后有合肥八景。编辑出版"天下八景"这样一本书是有趣的,也是有文化价值与现实意义的。

在一个城市,毫无功利性的搞出本城的八景,于今已经是很少见了。八景,关涉许多荣誉与业绩,是可以变现的,是利益之源。而在前人的笔下,我在诸多地方出现的"八景"中,绝少看到利益的踪影。八景的形成,绝大多数是遵循了乡土文化沉淀、继承、升华、弘扬的自然法则,已是一种纯洁的文化传统了。乡贤是最重视本地文化软实力建设的人,他们也对本地八景的形成起了很大的作用。是以,致敬!已逝去的乡贤们……

一个地方的八景具有相对的稳定性,这是因为八景很好地浓缩了这个地方的人文与自然的精粹。人们对八景的认可和美誉都达到了很高的趋同一致程度。一个地方有了八景,怎么样才能传承下去呢?无非是口耳相传、地方志记载、碑刻摩崖、乡土教材等。在清康熙《新安县志》中,我便看到了那个时代本地的八景了。它们是:杯渡仙踪,赤湾胜概,梧岭天池,参山乔木,卢山桃李,龙穴楼台,鳌洋甘瀑,玉勒温泉。

在上述"新安八景"中,有四个景观是带了海洋味道的,抑或是说蕴含着本地历史故事与海洋文化元素的。综括《深圳旧志三种》中三部志书的有关介绍与描述,四景是这样的——

杯渡仙踪:杯渡山古木千章,郁然苍秀;又有兰花径,香气四时不断;林泉之胜,别有天地,是海上胜境。世传宋代杯渡禅师是以杯渡海来此憩息与修行的，因以为名。山麓有二石柱，高五丈，都已半折了。《广东府志》记载：过去长鲸入海时碰触了石柱，使石柱折断了。山腰杯渡寺前有虎跑泉，其左是鹿湖、桃花洞、滴水岩、瑞应岩、莺哥石。寺后石佛岩刻杯渡石像，佛座后有深不可测的洞穴，岩上环抱了两株吊钟树。旧传山顶所镌"高山第一"是韩愈题。这里前俯大洋，海水汨没，杳溟无际。

赤湾胜概：在南山之南，其势高高耸立，展开之处若一对羽翼，盘护葱郁。这里有一爿天妃庙宫殿。于此前临大海，洪涛万顷，一望无际，伶仃数峰，壁立海中，为之屏案，这真是海外奇观。天妃十分灵应，大小船只经过这里，是一定要行祈祷祝拜之举的。

龙穴楼台：在三都海中有个龙穴洲，相传有龙出没其间，故名。春波澄霁之时，经常出现蜃气，蒸发为楼观、城堞、人物、车盖往来的形貌和情状。这在正月里是常见的景观了。龙穴洲的三座小山，石罅浪涌，船家在此取淡水后向外国航行。

鳌洋甘瀑：在七都的大洋中，有一块高达十丈的岩石。在它四面是咸潮，在它中间有一股甘泉。这里的泉瀑仿佛从天而降。

新安县知县李可成写八首七言律诗分咏"新安八景"，诗中注入了不少海味，像"海上禅宗渡远山""一望苍茫万顷波""远国梯航贡使多""海国三峰插汉奇""海不扬波三十年，蜃龙吐气幻云烟""潮汛翩翻浮玉乳"等，假如我早些年见之，也已写入拙著《山思海韵》中了。而且我会这样说：新安八景"海"占半，这是深圳人不可不知的乡土历史。当下深圳的山青青，深圳的海蓝蓝，正在续写新景观。
（刊于二〇一七年十二月二十二日《深圳晚报》）

三、海边乡贤

在我国沿海城市的历史上，屡屡发生的感人事迹，成为乡贤文化流传下来。今我阅读明代天顺《东莞志》后，统而称其事为"海边乡贤"。

在乡贤文化中，人的价值被放到重中之重的位置，生命殊为可贵。但是，在乡贤的认识中，精神的生命更加高贵。在关乎仁义礼孝智信等大节上，可以弃肉体而顾大节。明隆庆时，东莞人邓师孟的父亲被海盗林凤掳走，他对岳父说："我家贫穷，没有办法拿出钱来赎回父亲，我去换回父亲。"岳父再三阻止，没有成功。邓师孟登上贼船，用恳挚的语言，哀求以身代父，声泪俱下。海盗应允了。邓师孟与父亲分别时，对父亲说："几个弟弟都可以做事了，您不必挂心于我。"待父亲走远，邓师孟自沉大海而死。邓师孟舍身救父，同时也不令贫困的家庭到处筹钱来赎自己。后来，经县令王廷钺批准，邓师孟入祀乡贤，邓氏族人在大莆墟立祠堂，祭祀邓师孟。

王廷钺在担任东莞县县令期间，还研究、批准了几个乡贤。例如本地人在外地做好事的吴预。明嘉靖八年，吴预被推荐担任邵武府推官。他在任上廉而有断，宽而不阿。吴预在处理邵武县的有关事情上，厘革宿弊，节省民财。吴预为官柳州府同知期间，在受命前去办理思恩府有关事情时，恰逢当地发生民变。愤怒的民众如潮水般向府城涌来，城里守成居民望风溃散。在孤城无援的危机中，吴预运筹决策，拿出攻守方面的措施。当上访民众进入城中后，吴预晓以事理、申以大义，访民听了一齐拜倒在地，感动流泪，随即就解散回家了。

再如在本地产生好影响的潘楫。潘楫追求洁身自好的人格，生平持己端庄，平时很注重礼仪；努力研学，治《春秋》甚为勤谨。潘楫是耕读传家的践行者，笃于庭训。潘楫还为传承乡邦历史服务，参与纂修《莞志》。还有一位叫陈让。陈让自幼丧父，对母亲非常孝顺。陈让与叔叔的子弟们合在一起分田，吃亏了也不作声。有一年发生大饥荒，国家颁布诏令：民间人士捐出千石粟米，帮助县政府赈饥，可以得到官职。陈让以叔叔之名捐出三千石谷。陈让热爱学习，喜好创作诗歌，著有《诗集》四卷。

　　黄舒可能是最早的一位乡贤。黄舒是晋代人，字展公。黄舒一家是移民，其父率全家迁移到东莞。黄舒事亲至孝。他家贫穷，自己便担负起养家糊口的重任；每次给父母侍膳，无论多寒冷都不解冠带；父母所想达成的事情，尽管需要到千里之外去办理，他都义无反顾地前往。黄舒父亲去世，他皇皇如欲无生，亲手负土把父亲安葬；并在坟墓旁扎一草庐，守在墓旁，白天行礼，夜晚号哭，声出林薄，闻者泣下。久而久之，黄舒形容枯槁了，人们劝他还家，他只是哭着而没有回答。母亲去世了，黄舒与居父丧时的表现一般无二，东莞县人士把黄舒视作活着的曾参，把黄家所在地叫做"参里"。参里旁边有座山，也被称为"参里山"。黄舒生前即受到旌表，去世后被奉祀于乡贤祠。

　　海边乡贤的事迹，不胜枚举。乡贤们为凝聚人心、布施仁善、公益家乡、弘扬慈爱而努力奋斗。物换星移，还看今朝。（刊于二〇一八年四月二十三日《深圳晚报》）

四、南山乡人

　　南山是深圳的名山，自古有名。地方志记录，南山滨海，不仅是扼船舶之通途，大有军事意义，而且形胜绝佳，观海上洪涛万顷，一望无际。我踏访南山之地，不仅满眼风物，亦为前人事迹所感。

　　南山是一座山峦，一批批客家人迁徙而来，依傍南山聚落成村，居栖下来了。在地方志中屡屡出现的"南山乡人"，勤劳智慧，贤良忠正之风是其文化传统。我举南山乡人陈姓四杰故事，以飨读者。

　　一是制止邪惑的陈悃。陈悃聪颖绝伦，二十岁进补为东莞县学学生。明嘉靖四十年发生大饥荒，两三恶少置身庙中，装作祀奉神的声音怪作，不少无知小儿跟着起哄。陈悃进庙指责神说："你享受全乡人民供奉的祭祀之品，理当保障乡人才是，为何要鼓动乡人抢劫作乱？"第二天，有个人像是被"神"附了体，来到陈悯家，拿出刀作势要伤陈悯。陈悯说："你如果是正派神祇，听我一言，可补你过失。你是邪恶之神，怎奈我何！"话音刚落，那个被"神"附体之人爽然自失。亲见这件事情的乡人们都感叹道："陈悯真乃正人君子啊！"后陈悯之子进补为弟子员时，一群年轻人在夜里持送百金给陈悯，表示祝贺。陈悯好言好语婉拒之，这件事让大家对陈悯更加愧服了。

二是抗清殉节的陈文豹。其时清贵族已入主中原，中国时间已到了顺治丙戌三年，清总督佟养甲率军进入广东。以大明子民自居的陈文豹，立即招募兵丁，以求保卫粤境。丁亥四年三月，陈文豹遣散全家、尽取赀财以佐张家玉的军队。这支抗清军队一度攻取了新安，还袭击了东莞。六月，清朝大军涌至，陈文豹与清军战于赤岗山下，壮烈牺牲。清廷在粤境建立政权后不久，下旨将陈文豹等入祀忠义祠，这件事情还载入《钦定胜朝殉节诸臣录》。

三是教育士子的陈明。陈明年少的时候就能作诗，生平为人赋性英敏、持躬谨严。陈明在故里的时候，以教育士子为己任，崇尚器识为先的教育理念。器识是指人的内在涵养、精神境界。陈明注重教育士子如何做人，并且贯穿于一生。清乾隆三十年，陈明被省学政考选为拔贡，复在京城考取了武英殿校录，先后在遂溪县、揭阳县担任教谕。教谕是主持一县教育工作的官员，陈明不仅得以继续器识为先的教育实践，更着力于正士气、励风俗，言传身教。陈明在揭阳学署里去世，享年七十有三。

四是家贫力学的陈宗光。陈宗光还是孩童的时候，便显示出超越同龄孩子的聪颖。但是，陈宗光生活在极贫困的家庭，没有读书与学习的环境。陈宗光不以终日身处在这样的环境中而自卑自怜，他反而是利用一切机会、想尽一切办法读书与学习。约莫在陈宗光二十岁时，他被递补为县学学生，可以吃到公家补给的学生餐了。乾隆十六年，陈宗光被省学政考选为拔贡，担任了小官职；后回乡里生活，至乾隆三十九年被举荐，县令多次聘请他主持文岗书院讲席。陈宗光训诲过许多士子，他们都获得科举考试方面的成功。陈宗光在教育上的贡献传到了朝廷，礼部颁文要调他进京参加选任官职的考试。陈宗光以自己年迈辞谢了，礼部迅即任命他为归善县教谕，他未及赴任便驾鹤西行了。

海边乡贤之南山乡人陈姓四杰的故事说明：南山不仅是滨海的山峦，还是一块宝地。这里是人文地理和自然地理都很丰富的地方。时至一九九〇年一月，深圳市就有了一级地方政府南山区人民政府。这是合乎历史逻辑的结果。（刊于二〇一八年一月九日《深圳商报》）

五、海滨久安

明代，东莞南头的海防意义愈加凸显。"海滨久安"是明代南头一位乡贤讲的话。这话因何而讲？讲了后有什么作用？且听下表。

吴祚，字廷锡。他的一举一动中具见慷慨和豪爽之气。吴祚居南头，这里濒临大海，远离县城。南头乡间一旦发生争议不下之事，吴祚就要忙了，因为争议的人们会扶老携幼到他府上，要求评判和仲裁。吴祚不嫌麻烦，以公平公允之心来化解矛盾。吴祚身上所洋溢的古烈士风息，深受民众认可，官方亦很倚重。

吴祚秉持正气，对于奸宄跳梁之辈的不轨，经常能够戳穿阴谋，消弭不端。当地经常发生啸聚掠夺民家米粮的事情，有时事态还要继续恶化。吴祚看到参与打砸抢的人多是饥民，挺身而出。他站在汹汹人群前竭力劝阻，理由就是：再这样搞下去，一是到处蔓延，祸及自己的家庭；二是将会引来政府军，把你们当成匪盗来剿灭。吴祚说："你们赶紧回家保护妻儿去吧。如果你们不回去，那就先把我杀了再说。"饥民们信其理而服其威，就都散去了。

明隆庆六年,朝廷命官员刘稳按临经略东莞时,吴祚哭着向刘稳恳求道:"辛酉年发生的变乱,在广府全境蔓延,这既是天道轮回之变,也是人事不周之变。为了让海滨久安、万年不变,不如靠近南头这里设立一个县政府,以便广行教化,社会管理可以焕然一新。"刘稳听了,深以为然,随即做出分立两县的决策,经朝廷批准执行。这就是新安县在今治所的由来。刘稳后来升任太仆贰卿,吴祚率领乡众建了一座"去思祠"以纪念刘公开埠之功德。吴祚还积存船租、置办田产,作为存续去思祠的护祠资产。吴祚七十八岁去世,新安知县曾孔志亲撰祭文哀悼。

乡贤吴祚之后,南头这里又出了一个人物。这个人叫黄成元,字辅两。黄成元是在外地为官时做了好事的。黄成元先是担任湖南东安县令,任内就廉明勤谨,颂声四起。黄成元后调任益阳,他能做到正己率物,馈遗一无所受。黄成元在当地多有惠政,他在修书院、建社学、听讼断案等事上,从早忙到晚,孜孜不倦。黄成元处理案件时,无论案情大小,都是当众裁决,不曾有乱理妄判之事,也没有人来向他求情请托。黄成元在办理"枫林拒捕毙命案"时,一声"判曰"让原告被告当庭信服,人们都以为他是包公再现。黄成元到辰溪任职时,上万民众簇拥着他的官车,都不舍他的离去,之后竖立《去思碑》以志不朽。黄成元在辰溪四年,剔弊厘蠹,殚精励操,政声比旧日更加隆盛,不仅老百姓爱戴,也得到领导的雅重,有"阖楚仅见"的美誉。黄成元以勤劳卒于任上,他的灵柩回归故里时,阖邑民众哭泣相送,有的人远送至百余里以外。

新安县志有记黄成元"幼聪隽,善吟咏。清乾隆乙酉,以《易经》领乡荐"。说明南头人黄成元小时候读书环境不错。这或许跟另一个南头人吴祚有关。无论如何,海滨久安才能给儿童以良好的生长环境,这是海滨出人才的历史逻辑。(刊于二〇一八年四月十七日《深圳商报》)

六、海边书院

二〇一六年五月间,我到本埠盐田区某小区参加书院文化讲座的活动。活动在紫禁书院里举行,我一边听王鲁湘先生讲中国书院文化中的清谈传统,一边嗅到了海洋的味道。在我国,离海最近的书院是哪一个?答曰:紫禁书院。从紫禁书院出发,走一百多米便可以下海了。

如果说当代中国离海最近的书院出现在深圳,我毫不奇怪。在历史上,无论是东莞、新安,还是宝安、南头,书院建设不断。我曾探访凤凰古村,村史记录了这里的书院旧址,直至改革开放前还被用作小学校舍。在鹤湖新居,人们也可以看到旧时的书院遗存和匾额。如果今天有人以为在深圳兴建一个两个书院,是一件了不起的开创性事业,那便是他太不了解这方乡土的历史了。

明天顺《东莞志》、清康熙和嘉庆《新安县志》,是今人了解深圳历史文化不可不读的三部地方志。从志书中获悉宋代徽宗时,邓符在今属香港的桂角山锦田这里兴办了力瀛书院。而在三部志书中记录的著名书院有圆沙书院、养正书院、西石书院、象岗书院、城南书院、凤岗书院、宁溪书院、文岗书院、宝安书院等。它们有的建于元朝,有的建于明、清。大多数的书院为乡绅所建,或由乡绅倡议与乡里人士共建。城南书院、文岗书院、宝安书院分别为县令吴中、段巘生、丁棠发倡导主持建设。在志书的人物志中也有乡绅建书院的记录,只是没有书院其名。莞港深书院之风行,由上述窥得一斑。

在三部志书中,存录了几件关于书院的文献,我读后发现,在这一带出现了书院屡毁屡建的有趣现象。为什么这里会如此坚持地办书院呢?前人也总结得好:

一是《东莞志》卷之三《书院》称:"东莞自晋宋以来,家事诗书,里有弦诵,咸建书院于乡,以教子弟。"

二是许浚《新建凤岗书院碑文》写："新邑地处海滨,居民自耕渔而外,不废弦歌。"

这两段引文说明这一带自古以来礼乐教化风行,人们从重文崇教中得到了好处。书院得到了民众的拥护,各方人士都积极建设书院,当地学子普遍受教于书院。综合看,这一带建设书院是一种内需,并形成了文化传统。

海风阵阵,浪涛滚滚,一个个书院只争朝夕。我们脚下这片土地,因书院传统的存续而散发出持久的书香。(刊于二〇一八年六月十二日《深圳商报》)

七、家族传贤风

在嘉庆《新安县志》中,可以见到不少姓邓的锦田人。他们因为取得科举功名或热心公益而被列名乡贤榜中。志书还刊印了三位邓姓人物的小传。他们是邓文蔚、邓与璋、邓晃。

邓文蔚生活在清顺治到康熙年间,他少贫力学,为文敏捷。当地人发现读书人邓文蔚经常混迹于渔樵之中,通过辛勤劳作尽心孝养父母。由于邓文蔚一边劳作一边学习吟诵,人们常在土路旁山道边听到他吟诵诗书的声音。后来邓文蔚中了进士。邓文蔚在中进士前,亦曾得乡荐北上,但没有获得官职,便返回故里,陶冶寄情于山水之间长达二十余年。邓文蔚中进士后,到京城在倪将军设馆课从教,京城的不少名士与邓文蔚交往。邓文蔚所著《燕台新艺》得到蔡升元先生的欣赏。蔡公不仅为其写序,还帮助梓印和发行此书。邓文蔚在京三年后被任命为龙游县令,可惜他到任不久便病逝了。

邓与璋生活在雍正和乾隆年间,十九岁就补了弟子员,二十岁成为廪生而享受县里的廪膳补贴。邓与璋在科举考试中,曾中了明通榜。什么叫明通榜?此乃清雍正乾隆间,在会试落第举人中选取文理明通者补授出缺的学官，于正榜之外另出的一榜。邓与璋仁厚坦直，学问淹博；他居住乡里与朋侪相处，必诚必信。邓与璋担任德庆州学正时，工作非常勤奋，狠抓月课，注重训迪。邓与璋待诸生好。诸生中曾有人因得罪了有司和官员而性命危殆；邓与璋闻知此事，查得此生遭人诬陷，便竭力为之辩争，终于使该生逃脱灾祸。邓与璋后来上京赶考，在京城病逝。冯潜斋太史知道邓与璋的事迹后，亲自撰写了邓与璋墓志，以传不朽。

邓晃在乾隆年二十七年，经科举考试被乡荐。邓晃博览群书，淹通经史，工诗文，甚有美誉，引起汪县长的关注。汪县长多次与本县廪生邓晃交谈，爱慕他的才学，就聘请他担任文岗书院的讲席。邓、汪俩相与论文，结为忘形交；而本县许多人乃是凭借邓晃的教育培养而成为县诸生和人才。新安县人文蔚起，此时可称极盛。

回味邓文蔚、邓与璋、邓晃的故事，分明可以感觉到他们具有一些共同的特质：勤奋读书，积极仕进，反哺教育。为什么在锦田邓氏中乡贤层出不穷？

宋徽宗时的官员邓符在任广东的阳春令时，喜欢上了岭南风土之美，就卜宅定居于桂角山的锦田，并创办了力瀛书院，亲自讲学。宋南渡时，邓符第四世裔孙邓铣勤王有功，宋高宗赏婚，其子邓自明成了高宗公主的夫婿，时称"税院郡马"。邓自明生育了四个男孩，长男邓林在光宗嗣位后拿着母亲的手书，上报朝廷，皇帝赏赐了十顷祭田。桂角山今属香港新界，是鸡公岭的最高点，海拔高度五百八十五公尺。在锦田邓氏后代中，有的人可能还存续了宋高宗的血脉呢。

从锦田邓氏这一历史故事，可以测知邓文蔚、邓与璋、邓晃等何以为乡贤也。或曰：锦田邓氏家族的文化传统一脉相承，并在涵养和培育后世子孙上发挥了巨大作用。（刊于二〇一八年五月二十九日《深圳商报》）

赤湾天后庙

一、赤湾胜概：广东沿海最大的祀奉妈祖的庙宇

深圳赤湾天后庙由来已久，声名远播。我以往在阅读清康熙和嘉庆《新安县志》有关赤湾天后庙的内容时，已经神游了这里。戊戌春假里的一天，我夫妇驱车到本埠南山区探游几处名胜古迹，就登上了位于赤湾村旁的赤湾天后庙。我们尽情地观览庙里庙外的胜概和风景。

那一日不仅路上车辆少行人少，天后庙的游人和香客也很少，这与"天后诞"庙会活动反差很大。"天后诞"是怎么回事？原来在宋建隆元年（九六〇）三月二十三日，一个叫林默娘的女子在福建莆田湄洲诞生。林默娘生前做了大量善事，卒后屡次显灵海上，营救遇难渔民。元代被敕封天妃奉为海神，清康熙时加封为天后。曾几何时，民间就把农历三月二十三日叫做"天后诞"，许多地方的渔民要举行纪念天后诞辰的活动。这一天，赤湾天后庙有盛大庙会，渔民们用乳猪、酒果等为祭品，迎神出游。这一节日延续了数百年，是万人空巷的民俗活动。

天后亦称天妃、妈祖、海神娘娘等。通观当代一些学者的研究见解，我知道了源于渔民祈求海神娘娘保护的民间崇信，以及衍生出来

的物质文明和精神文明活动，是具有广泛影响和凝聚作用的妈祖文化。明天顺《东莞志》、清康熙和嘉庆《新安县志》中"天妃""天后"之名及其相关的内容是妈祖文化的史料，有关赤湾天后庙的记载和文献不可小觑。

康熙二十三年，赐封天妃为"护国庇民妙应昭应普济天后"，"天后"从此便成了妈祖的圣称。康熙《新安县志》虽纂修于康熙二十七年，但其志还不见"天后"二字。在上百年后出版的嘉庆《新安县志》中，"天后"二字就多见了。这反映了天妃庙改称天后庙有一个时间差，这符合地名衍变的实际。赤湾天后庙之名沿用至今。赤湾天后庙是广东沿海最大的祀奉妈祖的庙宇，我在庙宇门前徘徊，时而看一看远处的景观，时而读一读庙上的对联，思想有些穿越。

二、历史悠久：广东在南宋就有奉祀妈祖的庙祠了

赤湾天后庙前殿大门有湄洲祖庙董事会题赠楹联："东莞辞沙，粤庙古昭顺济庙；南山驻跸，赤湾潮接湄洲湾"。辞沙是一种祭礼，详见后述。对联不写"深圳"而用"东莞"，是观照了天后庙在本地发展的历史。

现存残志《东莞志》中已有天妃庙的记录：一是"在西江口二里"的地方有一座天妃庙；另一是河泊所前街延袤十里余，坚致平坦，这条街"上自迎恩桥，下至天妃庙"。如今只能想象《东莞志》残缺的部分还会有妈祖庙祠的内容，这多少令人感到有一些遗憾和叹惜。

康熙《新安县志》中仍有几处有关天妃庙的记录，都比较简略，大致写到了它们所在地，例如"厂前天妃庙"者。

嘉庆《新安县志》记有天后元君庙、茅洲天后庙、沙岗古庙、城

外天后庙、濒海石庙、报德祠等庙祠都奉祀天后。坐落于县治前聚秀街中的报德祠内，还放置了有功德于民众的知县的禄位牌，以供人们祭祀。官员莅任后的行香礼，是在每月的朔望日，先到文庙，其次城隍庙，复次天后庙，最后是土地庙。这些足以说明妈祖崇信在深圳地区历史悠久，内容丰富多彩。

在嘉庆《新安县志》中发现"创于宋"的天后庙，庙"有石刻碑文数行，字如碗大，岁久漫灭，内'咸淳二年'四字尚可识"。咸淳是宋度宗赵禥的年号，咸淳二年是公元一二六六年。志载这座天后古庙位于佛堂门的北佛堂，右邻碇齿湾，可知它的坐落位置现在已属于我国香港辖有了。值得一说的是，明代南头人吴国光在《重修赤湾天妃庙记》说"广之有庙，建自征南将军廖永忠"，意思是说广东一地之兴建奉祀妈祖的庙祠，最早是在明初。但此则"创于宋"的天后庙史料，确凿无疑，一下就把广东始建妈祖庙祠的时间提前了许多。治学严谨的人在纂修地方志的过程中往往进行实地采风和考察，我想这则天后庙的史料就是通过采风和考察得出来的。

三、身临其境：古人笔下的赤湾天妃庙

不过最精彩的还是康熙《新安县志》对新安八景之一"赤湾胜概"和赤湾天妃庙的描述和阐释，任何人走进了这些文字中都会有身临其境的感觉，获得一种美好的享受。

志书说"赤湾胜概"在南山南面，山势耸立并且像展开的两翼，盘护葱郁，天妃宫殿就在这里。它前临大海，洪涛万顷，一望无际，伶仃数峰壁立于海中，成为赤湾天妃庙的屏案，这真是海外的奇观。天妃神十分灵应，航船经过此地，船户们必然会登庙祈祷平安，礼拜天妃。

天妃的最著名神验故事，是宋朝宣和年间，给事中高允迪出使高丽，在海上遇风以致七条船沉没，只有高允迪乘坐的船由于天妃降临帆樯上，平安无事，得以回朝复命。

赤湾天妃庙始建于明永乐年间。明万历年间有两任知县丘体乾和王廷钺先后对天妃庙进行了重修和扩建，至万历四十四年，天妃庙大门外有了月池及其石桥，桥前有牌楼及其砖墙，墙上开十二扇石窗。明崇祯年间知县乌文明和副总兵黎延庆先后重修牌楼、前殿，重塑神像，把后殿当作寝殿，在大门左右各建官厅，在中殿左右各建官房；并且建立了天妃庙每岁从当地乡民得到田租、湾租、树果收入，乡民轮流缴交的规约等。天妃庙在清顺治十八年，又得到一次重修，主持修庙之事的是平南王张总镇，他会同一些官员捐俸修庙，刻碑留存庙中。天妃的神迹是火光和花香，民间以此作为天妃降临人间的验证。

嘉庆《新安县志》关于赤湾天后庙的文献更多，内容更加丰赡。在延续前志"赤湾胜概"的内容后，补上"嘉庆乙亥，庙貌更新"一句。在专门介绍赤湾天后庙时，也补入了一些内容，例如乾隆初年一个姓倪的本地商人主持重修了一次庙，嘉庆二十二年蒋总督、林提督、孙海观知县主持重修了一次庙。

赤湾天后庙内建筑曾经拥有山门、牌楼、月池、石桥、钟楼、鼓楼、前殿、正殿、后殿、左右偏殿、厢房、长廊、碑亭、角亭等二十余处建筑及九十九座门，加上附属建筑、庙产及祀田，占地达六十万平方米。二十世纪五十年代后期，庙被全部废毁了，九十年代在原址复建的庙宇部分建筑，规模远不如当年宏大和壮观。

四、历史存照：妈祖文化长卷中的珍贵内容

康熙、嘉庆《新安县志》先后收录的文章和诗歌，如《新建赤湾

天妃庙后殿记》（黄谏撰）、《重修赤湾天妃庙记》（吴国光撰）、《重修赤湾天妃庙记》（王应华撰）、《祷天妃庙喜诸生会集》（刘稳撰）、《重修赤湾天后庙引》（孙海观撰）、《重修赤湾天后庙记》（蔡学元撰）、《赤湾谒天后庙》（袁嘉言撰），既有对庙史的概述，也有对倡议捐款、主持或参与新建和重修之人的记录，还有对庙周围自然环境的描述。甚至还有人以海防战略和通商外国的雄阔视野，对赤湾天后庙的现实意义，不惜笔墨，议论风生。从中可知在赤湾天后庙建修史上，有两人捐钱二万缗，各有一人捐五百金、百金者；而众人合计捐款万金者多次发生，这些都说明了每一次修庙的领导者和主持人是地方官员和乡绅。

孙海观："而新安赤湾天后庙，为省会藩篱之地，扼外洋要害之冲，护卫虎门、澳门，以作保障；汇东北诸海，以为归宿；外而占城、爪哇、真腊、三佛齐，番舶来赆，莫不经由于此，然后就岸……维时驻辖赤湾，舟船成市，车骑如流。"读此我怎么产生了一种置身于海防重镇和通商口岸的感觉呢？仿佛旧日的藩篱之地在内敛而自信心态下呈现出中外经贸的繁荣景象。

吴国光："祠下西以南，俯溟海，波涛万顷，奔腾澎湃，慨然兴朝宗之思焉。东北眺群峰，迤逦倚伏，罗浮、梧桐，隐隐云端；四顾郁葱，令人心神怡旷。"俯瞰海洋，远眺家山，在南海之滨，这一方郁郁葱葱好山水更像是神仙世界。我想人临其间，怎不油然而兴感恩妈祖之情。

袁嘉言："庙貌光同日月昭，伶仃横锁海门潮。云随仙佩归金阙，雾卷灵旗下碧霄。岛外鲸鲵沉浊浪，空中鸾鹤舞回飙。即今万国柔怀日，重译都来奠酒椒。"我不仅读出了庙宇和天后神像与日月同辉的美好，还恍见神仙在云风翻卷的海空显灵，更品味出在天下各国相互示好的时候，外国人都会登上赤湾天后庙祭奠天后，祈祷能够持续着和睦与安宁。

　　我在赤湾天后庙游览时,已经看不到前人笔下的胜概了。其时我就想到一定要回读上述诗文,以释遗憾之情。我回读之,深感这些诗文既是赤湾天后庙的历史存照,更是妈祖文化长卷中的珍贵内容。

　　　　刊于二〇一八年八月二十六日《深圳晚报》

客家人的书院旧事

书院驻扎我心里久矣。我今重读《鹅湖书院志》中书院之沿革、建筑、教学活动、祭祀活动、鹅湖之会、鹅湖之晤诸篇什，便像是又走访了一个书院发达的时代。

当下在神州大地上刮起的强劲的书院建设之风，引起了我的关注，嗅出了其中一些变异的味道。如今是不是书院发达的时代呢？我还在思考着。不久前我发现在深莞大地上早就唱响了书院的礼乐之韵，且其广普程度非常惊人。

张一兵先生校勘的《深圳旧志三种》包括了明天顺卢祥纂《东莞志》，清康熙靳文谟修、邓文蔚等纂《新安县志》，清嘉庆舒懋官、王崇熙等编《新安县志》。《东莞志》卷之三《书院》称："东莞自晋宋以来，家事诗书，里有弦诵，咸建书院于乡，以教子弟。"咸者，都也。这是说各方人士都来建设书院，书院得到了民众的拥护，当地学子普遍受教于书院。任谁看了这样的记录，都会忍不住要说一声：怎一个"咸"字了得！又，清嘉庆年间，新安县县令许浚在《新建凤岗书院碑文》中讲本县"地处海滨，居民自耕渔而外，不废弦歌"。"弦歌"比喻以礼乐教化民众，典出于《论语·阳货》。深莞大地早就在人文风貌中显现了书院的发达，这是令人惊喜的事情。

我读《深圳旧志三种》中的书院故事，以为可以说道者有以下数端：

书院的建设者主要是乡绅与地方官。在三部志书中记录的著名书院有：圆沙书院、养正书院、西石书院、象岗书院、城南书院、凤岗书院、宁溪书院、文岗书院、宝安书院等。它们有的建于元朝，有的建于明、清。大多数的书院为乡绅所建，或由乡绅倡议与乡里人士共建。城南书院、文岗书院、宝安书院分别为县令吴中、段巘生、丁棠发倡导主持建设。在志书的人物志中也有乡绅建书院的记录，只是没有书院其名。

书院之家后代忠于朝廷，得与皇室结亲。宋徽宗时的官员邓符在任广东的阳春令时，喜欢上了岭南风土之美，就卜宅定居于桂角山的锦田，并创办了力瀛书院，亲自讲学。宋南渡时，邓符第四世裔孙邓铣勤王有功，宋高宗赏婚，其子邓自明成了高宗之女赵姬的夫婿，时称"税院郡马"。邓自明生育了四个男孩，长男邓林在光宗嗣位后拿着母亲的手书，上报朝廷，皇帝赏赐了十顷祭田。桂角山今属香港新界，是鸡公岭的最高点，海拔高度五百八十五公尺。在锦田邓氏后代中，有的人可能还存续了宋高宗的血脉呢。

书院彰扬地方善举之事。宋朝时深溪山龙潭一带，隐居了一个叫然公的人。有一年久旱不雨，然公自焚以祷雨，果然降雨了。然公焚身的旧址得到保护，至元代大德年间，乡绅尹元泰在旧址建了紫虚庵、通仙庵。然公与尹元泰所行都是善好之事，引得宗教人士、官员与士绅共襄盛举，张广微天师书匾；宗濂书院山长张正子为之作《龙潭记》，由罗璧元帅书写、赵兴祖佥事篆盖后，刻石于龙潭附近。

书院之兴在于普及教育。清康熙三十三年新安知县丁棠发宽惠仁慈，在任期间多行便民之事。他发现县里一直没有社学，于是召集绅士，共同创建了宝安书院。丁县长说："义学，犹百工成事之肆也，讵可一日少哉！"（《创建宝安书院义学碑记》）义学，古之免费传授课业的地方。丁县长是本地实施义务教育的先行者，其言至今熠熠生辉。清雍正二年新安知县段巘生，在任时政简刑清，礼贤下士。他发现宝安书院颓废了，立即主建了文岗书院，还向各方劝募到了社田七十石，用作书院山长的束修与生童的伙食来源。后来书院的经费日增，不成问题，这完全归功于段县长首倡之法并得到了继承。

书院的教育与学习的费用，一是官府从官田、官租中解决，二是乡绅提供帮助。官府怎么解决呢？县长会把已报未升之田拨归本县书院作为师生的膏火。县里把荒芜的官田批给某氏耕种，核查出他没有上缴递年增加的租钱，县长就把应缴的租钱拨充本县书院师生的膏火。县长在断理田地争执案件中，把罚没的余税拨充本县书院师生的膏火。县长把某氏一年应缴纳的租钱直接拨充本县书院师生的膏火。在乡绅方面，捐田出资之事不胜枚举。

书院的传道授业，得乡绅的助力，成效显著。宝安书院甫一建成，本地孝廉温上汲被聘为士子的老师。水贝乡的陈振在外地任官时，课士有方，洁己爱民，刑清政简，革除陋规，民歌其德；退休回故里，主讲于文岗书院，直至去世。西乡人黄梦桂得县令何梦篆延请，掌教文岗书院十余年。他丰标隽逸，博学强记，文思敏捷，当时县里的知名人士多出其门。沙浦人蔡珍积学能文、谦光庞德，掌教文岗书院十余年，许多士子都得到了他的培养教育。

书院刻印地方志。清嘉庆二十三年，新安知县舒懋官修、江西籍学者王崇熙纂的《新安县志》杀青，新安县署刻印，此为《新安县志》初刻本。第二年，凤岗书院又刻印了修补本。

深圳在东晋时为宝安县所辖。唐朝时宝安县改名为东莞县。明代万历年间分置东莞县、新安县，后者辖有今日深圳的大部分。明志"晋宋以来"跨度很大，但蕴含了乡邦人文历史一个重要节点和有关史实。

在晋代移民活动中，中原人民迁徙而来，到了东莞，安居下来。宋朝是移民南下东莞的又一高峰时期。客家人不断迁移而来，中原文化到这里生根发芽开花结果，这才是书院建设的文化渊源。

宋邓符就是客家人。锦田的邓姓人家都是邓符的后代，经过长期居栖繁衍成为邓氏宗族。邓氏守护着先人的庐墓。无独有偶，在深圳莲花山西北坡也有一宋墓，即黄默堂之墓。黄默堂是江夏黄氏杰出人物黄峭山的后裔，于南宋时到深圳下沙一带开基立村。

近些年我常去采风，在凤凰村、南头古城、鹤湖新居等处都看到了书院旧址。这些书院诞生后就起到了教化、教育的作用，有的书院在新中国成立后被当作了学校施教于乡村子弟。二〇一五年八月卅一日，我在鹤湖新居又看来看去，流连忘返，禁不住写了题为"重文崇教"的一段文字：

今天到鹤湖新居，重点看看这儿读书的地方。新居建于清乾隆年间，是客家人的围屋。上次来此听说一个故事：两北京人到深圳，他深圳朋友知道他俩来了，打电话问人家："你到哪了？"北京人说："我在鹤湖新居。"深圳朋友叹道："北京人有钱，来了就去看楼盘。"呵呵，我在深圳居家度日，不知鹤湖好多年，也才知道它不久。重文崇教的鹤湖新居，有底蕴。龙岗的客家人民居遗存还有很多，欢迎再来啊。

上面的故事是一位教授告诉我的，隐去了那位"深圳朋友"的姓名与工作单位。在迁徙深圳的芸芸众生中，很多人毫不在意这片土地的历史。如今我想说的是：在深圳客家人的古民居建筑中，书院遗址的存在与深圳旧志中的那些记录是相互佐证的。东莞，新安，宝安，深圳；书院的发达，一次次掀起了重文崇教之风，客家人持续谱写了乡邦文化的美好篇章。

刊于二〇一七年五月三日《深圳晚报》

深圳渔村也曾福如东海

二○一○年八月，我写了一篇博文叫做《深圳渔村也曾福如东海》。写文的原因之一是，有几个小儿辈先后发出"渔村怎么就贫困呢"的疑问。我被问倒了。我因而也有了质疑。

"渔村怎么就贫困呢？"问题之由乃是经常从一些媒体、宣传材料、书籍上看到这样的表述，即深圳在改革开放之前是个"偏僻的小渔村"（或者"贫困的小渔村"）。在这些语境熏染下，"渔村"一词等同于经济落后的小地方；而深圳早前是一个经济落后、偏僻贫困的小地方。

可是，无论是河鲜、江鲜还是海鲜，靠的是渔民捕捞，才成为我们餐桌上的美味。孩子们会说：海鲜很贵的，海边渔村靠卖海鲜为生，渔村怎么会是贫困的呢？怎么会是落后的呢？我曾经在《深圳渔村也曾福如东海》中用海天版《怀德村史》及其引用的《福永镇志》，做出了"不"的回答。

我引述和分析道：明初，福永码头及福永圩一带即有"福海渔村"的美誉。清代时，已成水产品和农副产品的小型集散地，很多水产品和农副产品运往香港、澳门、广州、太平及周边城乡，并延续至今。由此可知：福永那里包括怀德村在内，是"福海渔村"，也是水产品和农副产品的小型集散地……当年的圆明园内最大的水面在园东，叫做"福海"，取义于"福如东海"。"福海渔村"，这个古人的美誉让我们知道深圳有过福如东海般的渔村及其社会经济的史实。至今，在深圳福永还存留了"福海"的地名。

我认为：深圳的经济发展成就，举世瞩目。在成为经济特区之前的这块土地上，渔村发挥过积极有益的经济作用；一些渔村甚至以其得天独厚的条件与渔民的辛勤劳作，使当地经济发达。

其实，在几部地方志中，深圳早前的社会经济文化等方面表现不错。天顺《东莞志》（残志）《风俗》一节，不过两百来字，竟然是晋朝以迄明代的东莞所辖范围（包括今日深圳所辖）客家人历史的剪影。"人文浸盛""士崇气节""声教广被""民兴礼让"；最惊人的是：这里"家有法律，户有《诗》《书》"。这样的文明递进与文化局面足以令后人无比汗颜。且看教育怎么样？一些见载于天顺《东莞志》的书院，仿佛犹自在传诵读书的声音。"东晋以来，家事诗书，里有弦诵，咸建书院于乡"。咸者，都也。一个"咸"字，可见这里崇文重教到了何等程度——已然是乡乡有书院啊！

康熙《新安县志》首刊靳文谟县长写的《重修新安县志序》，其中"新安，弹丸小邑也……忠义之苗裔多流寓焉。若大奚名胜，鱼盐物产，不胜仆仆数"。"大奚"，疑指大奚山，见载于《南粤志》。"不胜仆仆数"，形容新安这里的渔业盐业之物产繁多，多到了在运输途中不胜其困苦与劳顿。该志又在《沿革》一节中写："邑地颇辽阔，人民向称辐辏矣，乃辐辏者，皆沿海之区；财求向称饶阜矣，而其饶阜者，以鱼盐，亦在沿海之区。"这恰好印证了小儿辈思想里的"海鲜贵，渔民收入多，渔村富裕"这样一个基本的经济学现象。

康熙《新安县志》、嘉庆《新安县志》对于渔业盐业之关注，巨细无遗。清初的海禁，造成了"船只不及先年百之一。即有所得，销售维艰。疏通之法，岂不重有望哉"。海上打鱼的辛苦与艰险，"或扁舟一叶，或枯竹数根，破浪冲涛，与阳侯争旦夕之命；每见飓风倏作，则哭妇沿滨"，打鱼人的俚歌"初一、十五当朝饭，初八、二十三水大，牛归栏"，等等，都见载于这两部志书中。

志书中一些聚落名沿用至今，例如：大鹏所城、福永村、黄贝岭、田面村、土洋、葵涌、深圳等。

"深圳"名出现在明代永乐年间。客家人用"圳"字表示田间水沟，深圳村周围水沟密布，因而得名。与深圳村社会生活和经济发展的需要相适应，"深圳墟"也应运而生。"墟"是商品交易、流通的集市贸易场所。在"深圳墟"等墟市里，年复一年、日复一日地进行着海产品、农副产品等物产与生活资料的交易。从"深圳墟"变身为"深圳市"虽然还有一个漫长的过程，但是，客家人一直在辛勤劳作、繁荣经济，他们仿佛早就知道一个机会终将到来。

……

福永的凤凰村被在原址保存了下来，村民搬迁走了。我不久前到了凤凰村，村里可看可品的东西有很多。凤凰村是客家人的村子，初建于宋代。凤凰村是个渔村。这个村子保留完好的民舍等建筑，不仅不能说明渔村是落后的，相反，它们恰好是渔民富裕、经济发达才应该有的产物。一个小渔村，竟然还矗立了一座文昌塔，令我惊奇而称赞。是以，我把"凤凰古村在活灵活现地向我们说着渔村的故事"这句话当作《凤凰古村风雨行》一文的结束语。

客家人的接踵而至、筚路蓝缕，才有了深圳福永一地的开发历史与人文沉淀。客家人抵达海滨，向海而生，建立渔村，以鱼盐谋求生存与发展。客家人吃苦耐劳、因地制宜、致富重文的精神，在一个个渔村的诞生与发展过程中显现。这才是深圳渔村历史的通识。

刊于二〇一六年十二月九日《深圳晚报》

与猴年有关的南岭记忆

我第一次去南岭村是在上一个猴年，亦即二〇〇四年。去的那天是正月初五，我写有《猴年第五天》的纪游文字。同年十一月下旬，海天出版社到龙岗、盐田两个区搞赠书活动。那天南岭村的张育彪书记正在村里主持会议，听说我们来了，从会场出来与我们合影留念。我这次到南岭村的活动就这样结束了。

猴年与南岭村结了缘，后来又有故事。某天，我把在深亲戚组团上求水山玩。那一天山顶长廊的藤架盛开了一簇簇花朵，给我留下美好印象。

在二〇〇六年间，《南岭村志》由海天出版社出版。我翻阅这部当代人编纂的志书时，百无聊赖，脑子里没有记下什么。在这一年（或者此年前后）的一天，我又去了南岭村，此行有点考察的味道。听村里一位老人讲村民主要由五姓组成，以及一些故事。留在我记忆中的是村口的绍玉张公祠，它是个古建筑，为南岭村大姓张氏移民深圳的历史凭证。

二〇一〇年后，我再去南岭村。这几次去不是游览南岭村，而是工作访问。我访问的是坐落在南岭村里的中国丝绸文化产业创意园，我很想与创意园合作筹划编撰出版《中国丝绸文化通史》（或者《中国丝绸文化丛书》）。在我眼里，南岭村已然是一片欣欣向荣的街区了，并且与先进的文化创意相伴，令人惊奇万分。

今年以来，我断断续续阅读《深圳旧志三种》，忽然唤醒了一些记忆，想起南岭村老人说他们祖先是在清康熙年间由福建长汀迁徙到这里的，村子有个旧名叫做"鸭屎围"，等等。不过，在舒懋官、王崇熙编修于嘉庆年间的《新安县志》中，南岭村的名字叫"南岭"。

《新安县志·舆地图》："现查本籍村庄五百七十有奇，客籍村庄二百七十有奇。"其"客籍村庄"是指移民建立的村庄。在这么多客籍村庄中，记载为"南岭"的就是南岭村了。当年一下子涌现出近三百个移民之村，是清初新安迁海复界的结果。

古往今来，"南岭"这一聚落名是比较多用而常见的。先民逐山岭而居，选择山岭之南——朝阳的一面，群聚而落定，这是太平常的事情了。深圳南岭村之名应当是这么来的。可是在两百多年之后，深圳南岭村却脱颖而出、脱胎换骨，变成了遐迩闻名的街区与产业园区、文化景观。

人生若只初相见，犹记猴年第五天。《猴年第五天》是我与南岭村第一次亲密接触的产物，也是一种到今天仍能打动自己的凭信。其文节略如下：

猴年第五天，在深圳无可投靠，仍要自寻其乐。素知南岭村有一山景，被装点得很有可观性；驱车可登山顶。乃携妻儿老小，在晨十时许驾车往行。

此山名"求水山"，今辟为公园，修建了许多观景、休憩、娱乐建筑。山顶长廊和瞭望塔都是大价钱的造作，它见证着富裕了的南岭村之沧桑变化。山顶一碑竖立，摹文写明"求水山"得名之由来。原来，这里的先民为求苍天落雨，农作物丰收，举族男人来山顶，在一平方米见方的一堆岩石前，进行祭神活动。传，在此祈雨甚灵验，岩石被目为"神石"。今碑侧有"神石"在，一丛灌木护持，石面隐约可见摹刻的"神石"二字。求水山山顶又是鸟瞰深圳市景的绝佳地之一了。在此南观帝王大厦双塔，东瞰东湖水库、梧桐山，西辨笔架、莲花，北睇绵延的深惠公路两侧楼房如大块文章和田地。在山顶盘桓四十分钟，以天气阴凉，午时许皆生下山意。

我妻在求水山山顶环望四周景色时，看到泛起了灰灰白白、隐隐约约、缥缥缈缈、影影绰绰的雾气后，很感叹地说："唉，天气不好，有霾。"在过去的一年，"霾"字登上了媒体，"霾"的气象概念被宣讲，"霾"的生成与环境污染有关系。

我却觉得当日天空上未必是霾，应该是前几日在蒙古生成的冷空气南下，与这里的明媚阳光交会而成的风光物候，遂与妻子争论了几句。之后，给友人写短信找"霾"字，一时间没找到，我就写道："我此时正在南岭的求水山上，可见全市的风景。但是天空上不时有雨＋狸。"

车行不识路，天意也留人。出了求水山竟找不着回市区的路向，在南岭村的厂区内转悠了半天，便走马观花般地扫描了欣欣向荣的农村城镇化的发展方向。

……

如今我在清康熙、嘉庆两次纂修的《新安县志》中，都看到了当年在深圳一地水利工程的重要性；其所谓"陂堰"，是指水从高处往低处流下来，从而实现"堰以灌田"的目的。对雨水的需求，民间流传着一些谚语，如正月元旦暗，有雨；谚云："干冬湿年，禾谷满田。"又如四月谚云："小满池塘满，不满天大旱。""求水"之名与志书这些内容相印证，可知两百多年前这一支客家人来到深圳，在梧桐山脉之求水岭的南面建立南岭村，从事着农业生产活动。

回溯南岭，春雨如诗秋风赋。客家人早早地来到了深圳，筚路蓝缕，以启山林。今天的深圳已是一座移民之城，我们尤其要饮水思源。

二〇一六年十月十五日

土洋村"洋"字与海洋没关系

一、土洋村红色记忆

从深圳市中心区乘大巴,向大鹏半岛去。在快到达土洋村时,我在大巴车上看到路边的大海。在车子沿海向前行驶的方向,隐约有山岭连环。海与云带动出许多想象。平静无波的海面像阔大无垠的镜子,我此时很想闪身出去,在镜子上跳舞;转念仙乡就在不远处。大巴行驶一小时,到达了土洋村。

我的脚甫一踏上地面,脑子里便泛起"土洋"来!"土洋,这个地名太怪了。"就在我自言自语,还无暇琢磨怪在哪里时,一个词汇就脱口而出:土洋结合。

土洋村是东江纵队诞生地。一九四三年十一月,广东人民抗日游击总队转战粤东,迁移到易守便出、贸易发达、有"小北京"之称的土洋村。此时土洋村一带海关、银行、典当、赌场一应俱全;村里矗立了一座意大利天主教堂,教堂的神父已经逃离。广东人民抗日游击总队司令部征用了这座教堂,在此统领粤东抗日游击队作战;十二月二日,宣布成立东江纵队;教堂遂成为东江纵队司令部成员办公与居住的场所。司令部成员是曾生、尹林平、王作尧。二〇〇二年七月,土洋东江纵队司令部旧址成为广东省文物保护单位。

在旧址管理人员介绍了相关的人文史况与故事后,我进入了教堂——东纵司令部,自由参观,见到了上百件与东江纵队相关的实物以及大量的照片、文献资料。其间,我立于教堂三楼阳台眺望远岚近云,忽然穿越,振臂一呼:"同志们,把日本鬼子打回去!"我右手握拳高举,久久不放下来。地面的同伴们轰然声气相应,持续了一阵子;不知他们此时是否也同我一样在缅怀无数的抗日先烈?

站在教堂正门前平地上,仔细打量这座教堂建筑,感到它十分惹眼。据说这座教堂建于一九二一年,铺在教堂里的花色地砖瓷片是进口来的。经历了这么多年了,教堂仍然完好。我相信在历史上和当下,村里这座教堂与村里其他房屋,无论如何都是不同的建筑样式。

二、想到了"土洋结合"

"土洋结合"一词又一次袭击了我的大脑。莫非这个村子名叫"土洋",乃因村里并存了洋人教堂与土著房子的缘故?

我在教堂附近盘桓,见到了古风悠悠、苍劲有力、翠丛如云的大树。近观笔管榕,它已有两百年的树龄了;走到那厢香樟旁,看了树上标示牌,知道它还是个百岁"小伙子"。我向这两位小老儿请教:这个村子为什么叫"土洋"?风起歌声远,不知是从哪里唱起的。我已是恍惚的人。

在很多年前,"土洋结合"这个词经常被人们使用,因此它就被我的记忆摁住了。我进一步回顾与反刍,"土洋结合"一词的意思是:把本土简单的技术、设备与外国的技术、设备结合起来。当年多用它形容某些技术革新。流行语中出现了"土洋并举"的近义词。在改革开放初起时,"土洋结合"一词还流行了一阵子,渐渐地我就不常见到它了。时至今日,"土洋结合"一词极为罕见于各种时文。我儿文科功底尚可,能写,但他说不记得学过这个词,也没用过这个词。为什么会这样？探讨起来或许会写出另外一篇文章来。

我若不是来土洋村参观学习，哪里会被"土洋结合"一词纠缠？可我查不到"土洋结合"语源于何典何籍。在《现代汉语词典》中，既没有"土洋结合"词条，也没有"土洋"词条。我发现"土洋结合"是个比较新的词汇，遂抛之脑后。

三、"土洋"有什么意思？

土洋村村名是怎么来的？"土洋"有什么意思？我将这些问题编成短信发送给土洋社区工作人员李先生的手机，并请何志红编辑代我向《土洋沙鱼涌红色纪事》一书的作者咨询同样的问题。

李先生回复：土洋村原名叫屯洋村，曾生在此设东纵司令部后由于发音把屯洋叫成了土洋，叫多了也就成了土洋（老一辈是这样说的）。

何编辑回复：咨询了作者，作者说土洋原名屯洋，就是海边的小村庄的意思，但为什么叫土洋还没有权威的解释，他在创作《土洋传奇》时也想考证这个问题。

以上所做与搞口述历史活动有一点点像。要是再能找到第一手史料就好了。经过查阅，我得到了以下内容——

一、在二〇一一年八月十八日《深圳商报》上，刊登了《土洋村：求新求变的革命根据地》一文。此文开首写"一起纠纷引发的命名"，有关内容原文如下：

"据传说，土洋村的名字与一场冲突有关。土洋村附近的沙鱼涌海滩，曾是华南主要交通口岸和物资运输要道，有许多远洋来的物资先运抵此地再发往各地，因此这里名叫'屯洋'。民国初年，葵涌镇其他十七个村与土洋村爆发了一场争夺沙鱼涌海滩的冲突。让人意外的是'十七村联军'竟然败给了土洋的子弟兵，结果十七村联名上告到当时的宝安县县官处，状纸上写着土洋村民'土霸洋盗'，独占海滩。县官骑马到此实地调查，恰好遇上退潮，海滩和土洋村联成一条直线。结果，县官将海滩'判'回给土洋，但'土霸洋盗'成了土洋人的代名词，随后连地名也被改称为了'土洋'。"

二、在一九九九年出版的《广东省志·地名志》第四章第八节"深圳市"中有："土洋（Tǔ yáng）别名屯洋。在宝安县城东约五十二公里，南临大鹏湾。属葵涌镇。因东、西、北三面环山，南临海，村民以土填洋立村，故名。"

三、在一九九七年出版的《宝安县志》中，存录了《大鹏地名歌》，其中有"土洋行出系溪涌……"有资料称，《大鹏地名歌》是民间文化工作者编录的大鹏一地传唱的山歌。

四、在一九八九年出版的《广东省海域地名志》中，收录了"土洋湾"。

五、在一九八七年出版的《深圳市地名志》中记有："东江纵队司令部旧址——葵涌土洋乡。"

以上都是二三四手材料，它们让人窥见"土洋"作为大鹏半岛一个聚落地的名称之存在、由来，以及解释与演绎。

四、"土洋"是土洋村原名

在嘉庆《新安县志》卷之二《舆地图·舆地一》的"都里"，记载了"典史管属村庄""典史管属客籍村庄""县丞管属村庄""县丞管属客籍村庄（附）"等。在"县丞管属客籍村庄"的四十四个村庄名字中，出现了"土洋"二字，排在"葵涌墟"后"白水塘"前。未见著录"屯洋"二字。

我阅读的嘉庆《新安县志》是张一兵校勘、海天出版社二〇〇六年五月出版的《深圳旧志三种》之一。《深圳旧志三种》还收有天顺

《东莞志》、康熙《新安县志》。天顺《东莞志》、康熙《新安县志》中没有"土洋""屯洋"名字。嘉庆《新安县志》所言的"客籍村庄",就是客家人迁徙而来、聚集生息的村庄。在清康熙、雍正时,国家连续发布优惠政策以吸引人民去开垦荒地,终于带动了一次比较大的迁徙。就是发生在这一时期的迁徙潮,催生了大鹏半岛上的"客籍村庄"土洋村。

我没有发现可以佐证"村民以土填洋立村,故名"一说的史料。我了解的大鹏半岛(包括土洋村所在地方)是有土壤的,为赤红壤,就地建村并没有什么困难,为何要取了土壤去填充海洋做村庄?"填洋立村"有悖常理。即或在这里有过填海之举,也不意味此举与建立村子有关。

我未见有史料支持"屯洋"是土洋村的原名之说。"屯洋"是衍变出来的别名。这一衍变可能与"以土填洋"的想象有关。由于把"屯洋"与"以土填洋"挂靠不很靠谱,所以在"屯洋"之名由来上又产生了别的故事。

五、"土洋":地势低下、平坦

作为聚落地的名称,土洋村在广东省是绝无仅有的。扩大到全国范围看,还有没有土洋村呢?回答是有的,却也不多见。在福建省永泰县洑口乡,抗日战争时期有个"土洋村",其村民为闽中游击队做过重大贡献。在福建省宁德市福安市潭头镇,该镇泥洋村别名"土洋村"。在浙江省,有庆元县黄土洋村与三门县横渡镇深土洋村。四个村庄都在山里,黄土洋村位于海拔一〇三〇米的山上。这些村名的由来,断断不会与海洋有什么关系。

在闽、浙,有很多带"洋"字的村乡名,其地并不在海上或者濒临海边。这些乡村名中的"洋"字与海洋没有一点关系。这个"洋"

字是盆地、平地的意思。例如永泰县一乡，黄氏村民所居的山村地势高，取村名"盖峰"，郑氏村民所居的山村地势低，取村名"盖洋"。《广东省志·地名志》记梅县太湖洋，"地势低洼，易受浸，湖洋田多，故名"。梅州是我国四大客家人聚落中心之一，这里很多人是从福建迁徙来的。在康熙《新安县志》中还有一个村子叫做"黄竹洋"（在今香港新界，已经废弃村庄），有研究者调查发现这里的李姓人家祖先是由福建迁徙来的。在福建山乡，迄今还有一些叫做"黄竹洋"的乡村。

清初，一支李姓人家从其原住地福建上杭、宁化，经过潮州、兴宁、五华、惠州，到达大鹏半岛，就把位于半岛中段沙鱼涌一方土地占领了，并开垦了起来。他们聚集生息劳作于此，人口渐渐地聚起来了。他们在给新聚落地起名字时，看到这片三面环山、一面临海的土地，地势低下、平坦，就把"土洋"作了村名，报了官。此后，官修的县志采信了土洋村之名，沿用至今。

刊于二〇一六年七月二十九日《深圳晚报》

附记：此文乃是我平生第一次写的聚落地名随笔。在查阅资料与消化吸收过程中，认识到聚落地名的保存与沿用，有着文化传承作用、族群记忆功能、语言源流变化的研究价值。本文主要参考了张一兵《深圳旧志三种》，曾祥委《清初新安迁海复界后的客家移民潮》，刘丽川《深圳客家研究》，林国清、林荫予《"洋"字地名故事》等资料。

银瓶梯田：绿绒地毯铺进了云端

与深圳毗邻却坐落在东莞地界的银瓶山，山里涵育了许多奇奇怪怪的生灵。山溪自山上注流而下，潺溪叮咚，不时也呈现出瀑布；积水潭一个接一个地出现。这么好的一座森林大山，早就有人文沉淀了。在今人开辟的上山道旁，就能看到客家人的梯田遗迹。据专家考证，这些梯田开耕于明末清初，客家人在梯田里主要种植油茶和茶叶。如今可见梯田是用一块又一块石头垒起来的，依山而建，至今完好，在传递着悠悠古韵；山泉的清泠之音在一旁伴奏，从不疲倦；老藤，古树，灵鸟，游云，虫鸣，乱草，苔藓……这一切都令人浮想联翩。

梯田历经几百年的风风雨雨，终于被废弃了，如今在梯田里生长出茂密的树木藤草，从中能睇觑出怎样的沧桑巨变？

看一看山道旁的梯田，我想象现实中的梯田是什么样的图景？我油然兴起向往之情，不可遏止。梯田是人类的农耕文明。中国客家人一路迁徙聚集，一路定址栖居。物竞天择，适者生存。在新环境中，客家人生存意识更加强烈了，农耕手艺的作用突显。客家人不仅接受了新环境，还创造了新的耕耘环境——梯田。银瓶山是客家人开耕的众多山林之一，曾经的梯田今日犹在向我们讲述客家人的故事。客家人勤劳朴实、开辟山林的形象在我脑子里更加深刻了。

从二十世纪八十年代以来，至今不到四十年。在这几十年里，我的不少同龄人举家迁徙,有的远至海外。我家迁移到了深圳。从以嘉庆《新安县志》为代表的旧地方志看,我即是这一方土地的"客籍",是客家人。在历史长河之中,四十年真是微不足道。但是,中国在这不到四十年间的大迁徙是怎么发生发展的,以及还在进行时的这一轮大迁徙会给人类留下什么文明?我们超越了、优秀于前面的客家人吗?

这些真是值得深思,答案却只能由后人解了。我们管好自己当下的事情便是了,例如把前人的文明遗迹保存好,诸如银瓶山客家人的梯田、龙岗客家围屋之类。我们亦是客家人,世界上许许多多地方都是有了客家人才有了今天的,是以断断不能没了记忆,不可以数典忘祖啊!

约在一周前,我读先严施培毅在一九六一年间写作并连载于《安徽日报》的《仙霞·云梯·千秋关》一文,知道皖南宁国迁徙来一支畲族人。他们在山里劳作居息,开耕出了梯田。

这篇文章关于梯田有不少介绍,例如:"跑到山涧底下,眼底忽然收进了一种奇妙的景色,原来这附近的山上大多开有梯田,种着水稻,有些梯田从山底一直到了山巅,从涧底向上望,那些碧绿中杂有金黄的晚稻和中稻,犹如挑金的绿绒地毯,一层台阶一层台阶地向上铺去,竟然铺进了云端……"文中还说:"云梯"这个美妙的地名来由跟梯田有关。

有很多事情是很奇怪的,其结果总是令人想到:一切事物到得你的眼前,是因为它们都有关联,在冥冥之中是注定了要出现的。先严这一篇描写了梯田"竟然铺进了云端"的文章,深深地打动了我,吸引了我。我读了几遍《仙霞·云梯·千秋关》后,梦里都想有机会到皖南去看一看客家人畲族梯田的实景。

我多么想看一看梯田啊!不意竟然这么快就在银瓶山与梯田相遇了,真是解一时之馋;同时再次感受了事情物理无限关联之奇妙。

我见到的银瓶山梯田与先严所见的梯田，都是客家人开耕的。前者是遗迹，后者是文中景观；它们印证对方，发凡已有，远迹近景，融为一体。此时我再回味银瓶山梯田遗迹，依稀仿佛浮现出先严笔下的梯田美景。银瓶山梯田亦是沿着涧溪，一路向上，果然如同悬挂在蓝天与翠林之间的云梯。

二〇一六年七月十七日

文天祥胞弟开创的村子

在深圳福永那一带,保留了一些古村庄,人们来村庄里可以寻找历史情景。

有一处被冠以"凤凰古村"的地方,有一些年头了。村口伫立了一座六层文昌塔,仿佛是一个能说故事的老人。

我去的那天,大雨如注,秋风如诉。我仍然在塔前立定脚跟,看了塔基上有关介绍,心里与文昌君对话。

文昌主一地文化运脉。我是搞文化的出版人,码字工作者,归他管;图书也向来是文化人的载体,也归他老人家管。只望文昌有法子让纸质图书没有垃圾,皆是精品。仰天一笑,我飘逸而去。

文昌塔旁有今人兴建的文天祥纪念馆。馆前有一诗壁,壁上题写了《正气歌》。这里怎么会跟文文山先生有关系呢?馆中有介绍,是因为文天祥的胞弟文璧一支,从江西转移至此,开村立祠,开启民智,繁衍生息,兴旺发达,终成一族。我与妻在馆里立于文氏墨迹前,共读文天祥诗作。读后,妻徘徊不去,要求留影于纸墨间。

这两首七绝确实写得好。江黑云寒,饥兵守城,一夜数惊,苦雨寒风从檐下穿过,沉重地击打着睡榻。"谁怜古寺空斋客,独写家书犹未眠"。我一下子进入了情境,感觉文天祥的身心都好苦好苦啊!

凤凰古村既有文昌君涵育乡邦文化,又有文文山流布浩然正气,这促使我更加仔细地寻觅历史的风味。

其实，凤凰古村是一座渔村。是自中古而明而清，以至于民国、中华人民共和国的村子，是建而住、住而坏、坏而修、修而败，败而再建，累代而至于今天的村子。现在，村子已经不住人了，成为深圳市宝安区文保单位了。凤凰古村最大的风味，就是我脑海中的海洋味道，海鲜味，以及渔家的女人们期盼归帆的剪影与幻境。

穿行村落中，在残旧凋敝的空地，哪怕有一点点的绿色，我便欣欣然，期盼复兴的日子来临，好再到这里来载歌载舞，远眺归帆。

在房屋鳞次栉比、人们比邻而居的这座渔村，考古队发现这一带在新石器晚期就有人类活动，至唐代中晚期就开发与建造房屋了。不久后凤凰古村成为文璧及其苗裔繁衍生息之地。村里历来非常重视教育工作，大力建设私塾、公祠，至今还保存了茅山公家塾、顾三书室。直至二十世纪七十年代，它们还被当作学校的教室，孩子们受教于此。

在凤凰古村中盘桓，我脑海会浮现曾经看到的徽州古村落，以及在二十世纪七十年代初看到的皖中一些村庄。后者涉及的那些地方，房屋破败不堪，照现在说法，人们是住在危房里。而细看文物考古机构的专业介绍，说凤凰古村的房屋排列规整、紧凑，建筑多使用清水砖墙面，山墙墙头多采用黑底飞檐，灰塑纹饰以卷草纹、夔龙纹为主，间以宝瓶、金钱、金橘、佛手等吉祥饰物，融雕塑、石刻、壁画、书法等艺术于一体，装饰精美，做工精细。

如此一看，凤凰古村建筑群，是我当年所见皖中一些村庄所不可比拟者；却也可以说，它们有点像皖南古代村落与民居。

这个古渔村不仅是文天祥胞弟文璧一族在深圳开疆拓土的凭证，它还是能够说明"深圳渔村也曾福如东海"的历史遗存。

二〇一〇年八月十二日，我写作了《深圳渔村也曾福如东海》一文。文中讲在我的孩子认知中，深圳经济特区在成立前是个偏僻的小渔村，贫穷落后；但是孩子根据另外的认知，质疑小渔村的贫穷与落后——他说海鲜是很贵的,渔村肯定很富有。我因此自问小渔村能够作为经济落后的代名词吗?我就《怀德村史》引述的《福永镇志》史料,即福永码头及福永圩一带,在明初即有"福海渔村"的美誉;清代已成水产品和农副产品的小型集散地,很多水产品和农副产品运往香港、澳门、广州、太平及周边城乡。这些是福永镇一带渔村有过"福如东海"一般的社会经济史实,说明了深圳成为经济特区前,渔村发挥过积极有益的经济作用;一些渔村以得天独厚的条件与渔民的辛勤劳作,使当地经济发达。

我曾经论证说:经济富庶是徽州古村落建设发展的基础,文化发达是徽州古村落绵延相传的灵魂。反观这个古渔村,它所遗留的元明清以及民国建筑,绝不是贫穷的产物;我眼前的古建筑群,应该是经济富庶与文化发达的历史物证。

这样想来,十几天前的凤凰古村之行,是我进一步临近了福如东海的往昔。虽然风雨兼程,看得有些粗略;但是,古村中许多的绿色,我却看得很是分明。凤凰古村保存下来了,必然要萌生新绿,就像生命得到了延续一样,正在活灵活现地向我们说着渔村的故事。

二〇一五年十月十九日

为孩子们了解海洋而畅想……

深圳是滨海城市,历史上是海上丝绸之路南端的一个出海口。深圳经济特区是中国改革开放的窗口,当下正在粤港澳大湾区建设中发挥着巨大作用。可是当下在深圳公办和民营的中小学校普遍缺乏海洋意识教育,尤其是没有开设海洋意识教育的课程。这方面已经落后于其他的城市了,包括个别内陆城市。

难道我们的孩子不需要了解海洋吗?回答是否定的。孩子们不仅需要了解海洋,他们也迫切想了解海洋。深圳中小学校的海洋意识教育不可以漫不经心,必须加速了。我因此做了一些畅想。

我畅想用教材形式开展海洋意识教育的意义重大。首先,海洋意识教育应当是一种国家行为,此一教育之目的乃是培养一代又一代具有国际视野、开放进取精神的中国人。其次,爱国主义是海洋意识教育的灵魂。复次,海洋意识教育在我国刚刚开始,在深圳更是从零起步;一旦起步,各校应该同时起跑。最后,要做到权威的、系统的、符合学生年龄段的讲授和普及海洋各种各样的知识点。综上述,实施教材教育是最好的方式。

我畅想这套教材要做到让中小学生理解海洋、读懂海洋从而掌握海洋知识,要做到内容适合于分级阅读,适应于各年龄段学生使用,符合中小学教材标准,也更方便于教师课堂教学和学生学习。

我畅想教材的编写要借鉴国内外海洋教育的最新研究成果,精心归纳海洋生物与海洋生态，海洋地理与海洋现象、海洋风光，海洋资源与经济科技，海洋污染与开发保护、海洋文化，海洋科考与水下考古，海洋权益、海洋军事、海洋强国等海洋教育主题。要较多地反映深圳地方海洋历史文化和海洋经济建设方面的内容。

我畅想要按照知识点的难易程度，从小学一年级至高中三年级进行科学划分，从而极大地激发学生们学习海洋知识的兴趣。此外，要利用新媒体优势把教材内容变成孩子们喜闻乐见的公共资源，以便于更多的家庭在普及海洋意识方面受益。

我畅想海洋意识教育从孩子抓起，必将为我国改革开放培养一代又一代人才，是以应当向在读学生免费发放教材，并把课程安排好。

刊于二〇一九年四月十八日《深圳晚报》

书市·书缘·书城

我以往多次参加全国书市和中外大型图书展销会，照说对这些活动已经习以为常了。可是第二十八届全国图书交易博览会在深圳举办的消息还是打动了我。为什么呢？

全国图书交易博览会的原名叫做全国书市。一九九六年十一月八日至十八日，第七届全国书市在深圳举办。我时任黄山书社副社长，上半年就运筹和部署参展工作。安徽省出版局对于参展团组成人员、参展书目、参展期间的工作纪律等，有着严格的审核和明确的要求。我有幸成为安徽省参展团的一员，在出版局开出证明后，到省公安厅办理了《边防通行证》，如期到达深圳，参加了这届书市的开幕式。

开幕式就在今深圳书城罗湖城正门前小广场上举行。我佩戴着印有嘉宾字样的胸花，站在密集的人丛中，面对高高矗立的大厦，想象着大厦里的情形，无比感叹和震惊。我那时已经走访过京、沪、宁、汉等地，在这些号称书业大码头的城市里，新华书店的门市虽然不少，却不曾见到哪个书店是耸入云霄的大厦。深圳市新华书店为卖场起了罗湖书城的名字，也令我有一种领异标新的感觉，竟然联想到坐拥书城的意境上。我拿出傻瓜相机在涌动的人群中，朝着大厦以及大厦台阶上的人们胡乱拍了些照片。开幕式时间不长，主持人甫一宣布结束，人们争先恐后往大厦里走。

我抬脚才走了两三步就被深圳电视台的记者拦住了，他征询我愿意不愿意接受采访，我说愿意啊。那记者就让他的同伴把摄像头对着我。我使劲捺住兴奋劲，用心听记者问话。我记得记者问我从哪里来，来到现场有什么印象，对深圳办书市有什么感想。我一一回答了。我感慨自己在行旅生涯中从未见过像罗湖书城这样大的书店，夸赞罗湖书城是全国最大的书店。我说想不到全国最大的书店能出现在深圳，并且是在最好的地段上；书城富有现代感，大气、辉煌……我见记者现出满意的样子，跟他说了句客气话后，就心急火燎地进场了。

我到一些出版社的展场参观学习，还与订货商预约见面时间等。我进场后到达的第一家出版社，就是海天出版社。这跟海天出版社展场的优势位置有关，也跟海天出版社声名远播有关。海天展场内人挤人，我欣赏着海天版的图书装帧设计，感觉一股时尚之风扑面而来。如今在我记忆中能够恍现当时有《花季雨季》和一套四本谈股票的书，在展场得到突出的展示，我还把它们拿到手中欣赏和披阅。

这一天傍晚，在深圳电视台播出的第七届全国书市的新闻节目中，采访我的录像播出了。深圳的亲戚看到了我上电视，很是高兴，还调侃我是"一到深圳就露脸了"。我倒是没见着这档新闻。据说电视画面上先出现了我的特写镜头，然后推远，侃侃而谈的样子，并配了解说。我上电视节目在深圳首开记录。次年十一月，深圳市人事局签发的调令到达安徽省出版局，我要到深圳工作的消息渐渐地传开了。

我入职海天的故事情节虽然另有表述，但是其基调和主旋律跟上深圳电视节目差不多，都是以书为媒。可以讲，以书为媒和书缘厚重在我三十六年职业舞台上占了很大的戏份；我的演出虽然乏善可陈，却能以出版人贯穿于始终。我的书缘厚重不仅体现于做书上的因缘殊胜，我还在二十年中看到深圳一座又一座书城矗立起来，一个个北方书友来到书城做图书宣传推广和文化传播活动，书城模式从深圳走向全国。犹记得那一年出版家黄书元先生出差深圳，在深圳只待一晚上；相见后他对我说要走走，问"往哪里走？"我说到深圳书城中心城。书元老友那晚不仅路走得很爽，还在二十四小时书吧盘桓良久，啧啧称赞在夜幕中的深圳有一处不灭的灯照。我很有同感，以为这间不眠的书吧是深圳阅读之海中的一盏信号灯。

朋友们在书城活动时，我当陪同的机会不多。在有限的几次陪同中，我亲眼见到书评家徐雁、作家李辉、文史家王春瑜、版本学家沈津、景观学家周武忠、考古学家陆建芳、高原生态学家徐凤翔等先生在深圳书城中心城、罗湖城的表情达意。快哉所见！这样的体验就像我拿出珍藏的版本给朋友们看，每个朋友都爱不释手，赞不绝口。对，说白了，我有一种主人般的愉悦。

十年前海天出版社与深圳发行集团组建深圳出版发行集团，当下矗立在深圳大地上的五座书城是集团的产业，未来还会矗立起更多的书城，涌现更多的书吧。我从参加第七届全国书市的客宾，即将变成第二十八届全国书博会的主人，这样一种独有的经历丰富了我的职业生涯和人生阅历，也令我感到非常幸运。今年又是我成为深圳居民暨海天出版社员工二十周年，值此之际，祝一切书友从深圳出发，乘月还来读海天。

刊于二○一八年七月十三日《深圳商报》

花间，香阵，我的深圳

我喜欢天然的植物香味，尤其是花香。

花香是可以结成阵式的，排山倒海般袭来，风卷残云样前进。有的香阵岿然不动，稳如泰山；其实是静水流深，暗香浮动。香阵经常出现在我眼前。

花的香味结成了香阵，莫非是这故事已经说完了？非也。花香，大体上可分成婉约、豪放两派。若细分之，又有温和、壮阔、刚烈、幽深、甜软、高旷、雄浑、绵柔、隽永等。其实这些关键词，就是香阵带给我的美好感受。

我行走山海时，经常主动向香阵靠拢，甚至会占领香阵。花间一壶酒。花间就是香阵，我对之以酒，把杯邀明月，起舞弄清影，花香缭乱尘飞扬，我行我歌任逍遥，一阵阵狷狂。这是多么美好的境界啊！如梦如幻。

我记住的香味不多。但是被我记住的香味，我大体上还是能够描述一番的。桂香能把人浸泡在一种甜蜜的味道里，让神经产生弥漫感。荷香能把人包裹起来，并与荷叶的清香合作让人飘飘欲仙。九里香是狂野不羁的，夜香悠悠使人恍在田园里，倏然一宿。槐香阵阵，在树下待一待就会有被芳香轰炸之感。丁香强烈，茉莉馥郁，薰衣草浓郁，水仙奔放，夜来香刺鼻，都是极强的香味子弹，穿透力加爆炸力一级棒，要命。

入夏以来，香得要命的花儿还有白兰花。白兰花在高高的枝叶里，若不是闻香抬头去寻找它，是见不到这花儿的。白兰树是乔木，可以长得很高很高。高大的白兰树一旦长满了白兰花，它那里就是香阵。五月下旬，我在深圳市育新学校领教过白兰花香阵的厉害，不知不觉就回到了江南，小时候在街边路上叫卖白兰花的情景宛现。如今在深圳一些路段行走时，我依然会闻到阵阵的白兰花香。在南疆的白兰花，花期好像忒长。

我喜欢的花香有多少，花香的记忆就有多少。例如听到人家说起了菊香（菊花），心里想到了菊香（菊花），看到书中描写了菊香（菊花），就可以唤醒我对菊香的记忆；神奇的是：菊花的香味似乎很快就散逸与蔓延开来。香味的记忆很有用，帮助我知道此香是什么味，彼香香得怎么样了。

我为什么就记住了这些香味呢？想来想去，想是花香们都有一种摁劲。假如把花香比作触觉器官的话，那么花香就是植物的能施以摁劲的手指。花香用婉约的摁，用豪放的摁，全身心的投入，直到与我浑然一体，变作了记忆。每一种花香的记忆都是被摁成的，怎一个"摁"字了得！

我四年前便写了"摁"与记忆的关系，那只是《秋色》中的一句，叫做"黑白色的记忆是摁不住的秋色"。去年写《香樟王》，"摁"字又出现了。现在请看一看我品味的樟香：

何处香味？怎地这样狠心/未经我同意/把我漂浮/漂浮在夜空里/而且——从黑夜浮到了白天

我寻觅到树下/仰望天空/一片森林/森林的边缘/缀满了小花苞/珠圆玉润的/小样儿，挺美！

香樟树啊/结蕾，开花，散香/把春夜变成了香波/往晴空挥舞了翠毫/向大地投下了诗行/是耶？非耶？

辑三　在地表情

  你一百三十岁了／当上了香樟王／你的香果然狠／狠出了王者风／摁住了我的记忆／再也忘不了你／骗你不是人

  《香樟王》主要写的就是香阵。那日夜晚，香樟的香味结成了阵式。我误入阵中，我探寻阵中，我沦陷阵中，我沉迷阵中。樟香对我冲击很大，惹我诗兴大发，《香樟王》一气呵成。此亦可知香阵的力量。

  我在香阵中也有过尽显王者之风的时候。在我家附近有一条林荫道，道两旁栽植了灌木、乔木以及草本植物，赤橙黄绿青蓝紫的花色好像是彩虹落地，我经常漫步其间。这样的道路如果用锦绣形容之，任谁都会同意。在这里有几种花卉喜欢争奇斗艳——如果是你方唱罢我登场，那也就算了。可是它们偏偏不干，非要有交集：你开花我便展颜，你飘香我就流芳。九里香、桂花一年中总有一两次同时结成香阵。这时候，九里香、桂花是对垒的两军，都不遑稍让，各自喷香吐馨，大有气吞山河之概。我逡巡花间，检阅两列香阵的气势。桂花香隽永，不仅不腻人，反而很深入人心；九里香狂放，是正在跳舞的吉普赛女郎，耐力持久，舞个不停。这俩花香啊——你汹涌澎湃我就抓着你的浪头，你猎猎作响我就舞起你的风帆，你左突右冲我就揽住你的玉辔，你长歌短唱我就抢过你的铁板铜琶。我为你点评，向你喝彩，给你奖赏，甚至道一声"你辛苦了"。芳菲笼盖了天地，山海云光唱起了大风歌，我在两阵之中闲庭信步。

  我的家在深圳。这里常年花开，到处香飘。在这里林树丛草尤其是各种花儿结成的种种香阵，是春夏秋冬别一种风情剧。我既不知道它是什么时候拉开的序幕，也看不出它有一丁点落幕的样子。若问剧中人为谁？我看诸君便是。

  呵呵，花间，香阵，我的深圳！

刊于二〇一七年七月二十一日《深圳商报》

"明德"高墙内外都要讲规则

一

"明德"是个好词儿。当下明德学校、明德学堂、明德讲堂、明德书院、明德教学楼、明德山院之类多了起来。用"明德"冠名,并不是因为遍布各处的这些校、堂、院、楼都隶属于某一个叫做"明德"的托拉斯,实在是搞教育的大伙儿都想到一块儿了。《大学》中有:"大学之道,在明明德,在亲民,在止于至善。""明德"一词还有不少美好的出处,就不一一举例了。回溯与审视,这些校、堂、院、楼用"明德"冠名,若是表示自己教书育人要坚守源远流长的明德理念、至善旨归,并要普及开来,这是多么美好的事情啊!这些校、堂、院、楼真这样去搞教育,"明德"就是货真价实的金字招牌了。

二

把孩子往这些校、堂、院、楼里送的家长们,都是真的相中了"明德"理念吗?我看不都是真的。离我视线不远的一所明德学校,每到学生返校日与回家日,校门前道路上停着一辆又一辆小车,长长的龙蛇阵影响了交通,造成一个小区居民进出困难。这样停车的一些家长,有时还对执勤的交管人员横眉冷对,说三道四。用这样不讲规则的行为接送孩子,很不明德,也说明他们眼里有"明德"而心里没有"明德"。

三

或曰:这样的事情无论在哪里发生,都该交警管,跟我们明德之校之堂之院之楼没有关系。

这话说错了。这些家长在用违规的行为影响着你的学生,违规的行为不断地发生在你眼前,你的学生在进进出出校门前夕被绑架到这样的违规行为上;说不定你的学生已然认为自己父母就该这样停车,最好离校门越近越好。因此,这样的事情怎么会与你们没有关系?!

人若不讲规则,可以德乎?能够善吗?我的答案是:不可以,不能够。进一步说开去:家长若不讲规则,把孩子往"明德"送是挤占与浪费教育资源;学生若不讲规则,明德、至善在他们那里都落不到实处;学校若不讲规则,冠以"明德"之名便如同行骗。

四

我深以为族人历来看重名气、名分,希望收获名实相符的业绩与效应。可是,族人长期吃着名实不符的亏!诸如"有名无实""盛名之下,其实难副"……无论在事上、在人中,用大名气好名分等引人瞩目、让人吃亏,古已有之,于今为烈。十年树木,百年树人。教书育人可不是开玩笑的事情!因此,明德之校之堂之院之楼们,你等既然标尚"明德",就要行明德之实。你等教育孩子们不仅要在你高墙内讲规则,还要教育孩子们在你高墙外一样讲规则,唯此明德之实才能真正种植于孩子们的心灵，开花结果。

　　当下，一窝蜂干事往往就能坏事，金字招牌很容易变成骗人招牌。在"明德"越来越热之际，我浇一瓢冷水，希望大家冷静一些，并且要大讲规则。

二〇一五年十月

我爱深圳我建言

"来了就是深圳人",这句话已经成为深圳十大观念之一。我对深圳的关爱,起步于我二姐一家落户深圳。当我在二十世纪九十年代末也成了深圳人后,很快便有了主人翁的意识。我爱深圳,并为这座城市的发展建言献策。以下文字是我写给深圳市领导、有关机构的信和在有关会议上的发言。

不要让深圳的"肺"继续咳嗽了

二〇〇〇年以前,我出差外地转回深圳,一种自豪感油然而生,总是不禁脱口而出:"还是深圳好!"为什么?因为那时候我们的蓝天格外澄净,白云悠然自得,绿色大地上的一切都欣欣向荣。众所周知,这种局面带来的感受很快就不见了(在深圳的大鹏、南澳,目前还有)。我有过在欧洲的游历,将二〇〇〇年前深圳的一些方面与欧洲一些国家同比,我们不逊色。

当然,在二〇〇〇年以前有没有令我们焦心的事情?有。比如说皇岗车通关物流的问题。深圳交通在很久以前,就以代价和教训向我们警示着。

深圳担负口岸、支援香港等重要功能,这和发展流通业一样重要,也是深圳经济发展的需要。这使我们必须以超远的战略眼光来规划我们的城市。立足点是什么？纵观世界发展规律，"以人为本"是城市可持续发展的基石；这也就是我们的立足点。当前，我们在努力创造以"以人为本"为核心的民主法治、公平正义、诚信友爱、充满活力、安定有序、人与自然和谐相处的和谐社会，这是我们规划城市时的远见卓识，是不能离开的大谱。

我看到市交警局公布限制货车及小型面包车行驶路线和区域的公告，不禁又有感言。一是公告体现了尊重市民权利的精神，二是依然走了一条"头痛医头脚痛医脚"的路子，三是不能解决根本性问题，还可能会新生问题。

首先来看交通的问题，是交警局一家的事吗？不是。因此，由交警局来解决有关问题，也只能是在交警局的职权范围内限制货车及小型面包车行驶路线。有限制的就有没被限制的。到了那一天，没被限制的路段两侧居民和公司、机构意识到货车通行量增大，给他们生活带来麻烦时，就会以各种方式提意见，甚至挂出旗帜来。这在深圳已屡见不鲜了。其次，解剖限行路段就会发现，就是不断地向西、向东来限行。举例来说：香梅路的二十四小时禁行，将货车的纵向（指南北向）放行推到了香蜜湖路（当然有一定时段的限行，下来再说其弊病）。这是以牺牲香蜜湖路及其以西纵向路道周边居民和公司、机构的利益为代价。最后，不难想象，香蜜湖路成为第二个皇岗通道的可行性就交给了那些司机们了。我们深切地关注到：被深圳人誉为深圳的"肺"的香蜜湖一带包括农科中心，今后还是深圳的"肺"吗？目前已在试行这个交通方案，香蜜湖路整天车辆络绎不绝，这个深圳的"肺"已经在咳嗽不止了。这是个案问题一。其典型意义在其他地方一定存在。按照此思路，那我们把香蜜湖路禁行了，再将放行的路往西推去。我们想：连锁问题将接踵而来。这是个案问题二、三……

发展流通业绝不能以损害安定有序、人与自然和谐相处为代价。在我们的交通规划和建设中，一定要把人车、货车分流开来：人车有人车的管道，货车有货车的管道。人车的管道已经具备，进行规划整合即可；货车的管道据说也在规划中。在我眼里，货车的管道应该是一个环城双向行驶的道路，启用深广高速南山到皇岗的道路，与铁路比邻建一条连接文津渡的东部通道。假如在环线中有必须南北穿市区的货车道路的话，那也应该是封闭或隔音的。

也许，所说不尽准确，但我的思想对路；也许，我们的城市"当家人"已经在这么规划和建设着。人车、货车分流开来，这是城市的福音，是市民的福祉。（写于二〇〇五年六月二十八日）

深圳口述历史应向各阶层移民征集

一、据我所知，这是我市在市委市政府领导下，第一次有组织地开展我市口述历史的征集工作，应当好好地利用此机会，在访谈中还应当录像。录像也是存史的需要，它起到实物档案的作用。

二、要利用好口述历史的资源。可否请一些讲得生动的老同志，在市民大讲堂中给市民们讲一讲；同时做出视频来播放。我觉得会有不少人喜欢。

三、在访谈题目中，可否增加一个关于特区建立前是什么样子的历史背景的口述历史？我与孩子讨论：现在经常讲，深圳特区成立前是一个南疆的小渔村。"渔村"被作为经济落后的代名词。可是，孩子说：海鲜很贵的，渔村肯定很富有。因此，要让今天的人们知晓改革开放的成就，应在对照有关的历史背景下才是鲜明的，才是生动的。

四、一个城市的精神，就是人的精神；一个城市的记忆，就是人的记忆。深圳是一个移民城市，她能有今天的方方面面，与移民是大有关系的。深圳的精神和记忆，是各阶层上的移民们烙上的。既然我们开了征集口述历史这项工作的"头"，就应当更加广泛地征集；不仅要向老领导、老专家征集，还应向各阶层移民们征集。甚至讲，建立起"深圳口述历史"的更大题目也未尝不可。（写于二〇〇七年五月）

深圳要多建个性纷呈的步行街和公园

我认为深圳未来的出行模式，应该增加建设步行街、林荫道、自行车道；学习发达国家城市建设经验，发展水文化战略，利用公共交通网络。

我在选择住房时最看重的相关因素有：一、区位，二、交通，三、小区环境，四、建筑风格，五、物业管理，六、户型，七、中小学，八、医疗，九、停车位，十、商业配套，十一、容积率，十二、运动场所，十三、升值空间，十四、房屋总价，十五、其他。

目前我对深圳的城市印象是：城市在快速发展现代化一面的同时，也快速出现应予汰弃的负面现象和问题；而在汰弃上跟进不足，力不从心。

我印象最深的深圳城市景观是：特区内——华侨城片区和香蜜湖片区，特区外——大鹏半岛。

我给当下的深圳城市打分是六十分。为什么？因为在现代化过程中，我们没有或少有个性，我们忘记或失缺传统，我们有太多应予汰弃的现象和问题。

我对深圳的城市规划与建设方面不太满意的方面是：没有把水利用好，没有把路的问题解决好，没有把全民共享的资源打造好，没有提供一个诗意的栖居环境。

我对深圳如何建设国际化城市，是这样看的：在建设国际化城市方面，我们已经做了不少的努力，缺乏的是"个性"这个灵魂。张扬个性与遵循传统是可以和谐发展的，张扬个性更是与市民诗意栖居的需求相一致。城市首先应该是家园。在这个家园，把它设计成"中式"的、"西式"的、"中西合璧"的、"美式"的等等，都无关紧要；重要的是：这个家园的设计是否精致到位，是否表现出了主人的文化素养；然后再来看：这个家园的设计达致和谐了吗？实用吗？

我对深圳应如何与周边城市（如香港、广州、东莞、惠州等）合作协调发展，没有太多研究。但是，我希望在任何形式和内容的合作协调发展中，都要给市民带来好处，决不能以损害市民的利益为代价！

我理想中的城市生活是：多一些个性纷呈的步行街，多一些个性纷呈的公园，让我们都安静下来——安静、安宁、安心、安全、安详——一个字：安！

我对新一轮深圳城市总体规划修编，提一个建议：多建一些个性纷呈的步行街。（写于二〇〇七年）

"把深圳建设成为现代文化大都会"之我见

一、从职业的视角来谈

要更加重视原创，重视出版。深圳出版发行相对比较落后，这几年也在奋力追赶先进。我们自身做了一些努力，深圳各方面也给予了大力的支持。从源头上讲，原创与出版共同推出好作品，好作品需要孵化。我们以为：更加重视原创、重视出版，可以从单独设立"深圳出版基金"开始。在当前新媒体融合的趋势下，这样一个出版基金应当是一个"中"出版概念，包括电子音像图书、期刊等；它在扶持对象方面，完全可以参照国家出版基金而搞出深圳特色。搞得好，一定是对新媒体融合的积极的、有益的推动。

要更加关心与扶持实体书体的生存与发展。这与重视源头、原创的意义完全一致。它关系到图书的落地，也是构建书香社会的重要地标。深圳出版发行集团的书城综合体模式，以及小书吧进大社区的发展目标，正在推进实施中，需要更多的关怀与支持。比如说：可不可以考虑制定一个我市"社区建设必须要有书吧"的方案或者措施。我们可以想象到：星星点点的小书吧在文化大都会的发展过程中，对于斯文、礼义的教化与普及，必然是"随风潜入夜，润物细无声"。

要更加关注深圳特区作品的文化积淀与传承。在我们深圳，从渔村开始，甚至更久远，就不乏有作品。我们选择任何一个时间节点，也都能汇集、整理有关深圳的作品与深圳人的作品。我们海天曾经组织整理出版过《深圳旧志三种》，从中可以看到过去。这一次，由市政协策划组织出版的《深圳口述史》，在积淀与传承深圳文化历史方面取得了很大成功。对于"过去"的积淀与传承是不是就到此为止了呢？显然不是。我们以为：有一项工作摆在了我们面前，那就是应当筹划出版"深圳历史文库"了。这样一个"文库"，是要把深圳历史上有积淀与传承价值的作品，整理编辑出版。

要更加在意打造与搭建新的文化平台。我们深圳已经有了许多的、不同形式与载体的文化平台。在全国范围，像文博会、深圳读书月等都属于开先河之大手笔，似乎已经做得很好了。的确也是很好了。但是，我们以为有一个文化平台必须建设起来，那就是在收集、整理各种各样的文化成果基础上，建立一个囊有深圳文化成果、链接深圳文化平台的文化大数据库。我可以想象在深圳成为文化大都会过程中，这样的大数据不仅像流水一样涵养人民，也会像无数星光一样辉映大地。

二、从市民的视角来谈

要更加重视花卉文化的弘扬与建设。我们深圳是一个鲜花盛开于四季的城市，是花园城市。很多人来这里、爱深圳，鲜花与绿草就是拴住他们的一根彩带，从此不愿离开。深圳人民也非常喜欢买花、种花、插花，以及陈设花卉木草。可我觉得，我们深圳在花卉文化上还可以做更多的事情。从文化流传学讲，爱花实际就是一种家园情怀，这是可以好好做文章的，不仅要有花卉主题的展览、吟诗作画等，还可以刻绘咏花诗碑、打造诸如凤凰木大道等。从经济学讲，花卉在深圳有如此民众基础与自然环境，深圳应当成为中国花卉经济的中心。我国已经开展了国家重点花文化产业示范基地的评审工作。我刚才来的时候专门问了这方面的专家——他是中国花协花文化专业委员会会长：深圳有没有一处产业被评上这个"示范基地"？他说"没有"。我问深圳这里具备不具备评上这个示范基地的条件？他说"具备的"。可惜啊，这项工作深圳没有人做。而要成为花卉经济的中心，花卉文化却是灵魂。我们可不可以筹办世界花卉文化博览会？

要更加重视水文化的弘扬与建设。我们深圳是一个滨海的城市，市区内外有河有湖有水库，山中还有泉水。一座城市，拥有了水的所有形态，何幸之有！但是，我们在珍惜水资源方面，还有很多的工作要做。这是重视水文化工作的首要任务。可不可以建立相关的教育网站？编写普及读本？其次，我们还有很多水文化的文章可做。例如，水文化专题博物馆、海上丝绸之路与深圳景观设计等。王京生部长讲：文化是流动的，这是用水流不歇来比喻文化的生动与传播。可知水的重要。我以为：水，是一座城市的灵魂。我们一定要搞好水文化建设。

要更加重视乡土教材的编写出版。这件事情我跟福田区搞教育的同学聊过，我们的看法是一致的。什么样的看法呢？就是深圳缺少或者说没有一本乡土教材。我亲戚的小孩子曾经问：为什么说深圳是从一个贫穷的小渔村发展起来的？原来在这个孩子眼里，海鲜是大餐，渔村出海鲜，不会贫穷的。我审过一本书稿，看到引用的资料，说明福永那一带在清代以来，渔业兴旺发达，人民安居乐业。因此，编写一本权威的乡土教材，把城市记忆留住，使一代一代深圳人薪火相传、继往开来，是责无旁贷的。（写于二〇一五年九月二十二日）

星空·地母·人

你知道我心中所想

每每仰望星空的时候,我知道:你在那里,早已经知道我心中所想。当银河一阵阵星光灿烂,还在永恒地发散和蔓延,大地承载了,并且也向往永恒。星光传达的是什么?是道统。由于道统的存在,大地上的万物得以生存和繁衍。地球与我们如果失去了道统,我们与万物便会不存在了。会独自剩下地球么?地球不愿意,我们也不愿意——可我们抬头望向苍穹,在一碧如洗的天空中,长长的雁阵还是"人"字形地劲行;不过,它们偶尔也能够变为最小的数字"一"字形。

这就是苍穹向我们表达的一种意味。人啊,在这天地间的所行所为,都是有一个"数"的;别做过头了,极盛则会转衰!果然,火焰虽然凶猛,熄灭的时候却也来临了。人啊,让你没有心火,几乎不可能的。此时,我又俯瞰大地,大地说——

智慧是自知之明,勇敢是战胜自我,成功是坚忍不拔,轻贱是自甘堕落。

你们,如果不注重细小的行为举止,终究会毁丧道统。你们,仅有胆量而不懂得道统,不过是匹夫之勇;你们,把握了道统却没有胆量,不过是建立不了功业的行动矮子。你们有胆有识,事业方能够成功。

你们,要是相互猜疑,那就会相互生怨;要是共谋信任,那就会诸事顺畅。看一看你们的牙齿,想一想你们的舌头,为什么柔软的舌头能够存在而坚硬的牙齿却先它而亡呢?因为柔胜于刚。知道么?一片落叶就向我们预示了秋天的来临,看那土洼处结着冰便知道天气寒冷了。掌握权柄的人啊,你自应知人人各有优长和劣短,当善用之。

大地意犹未尽,接着说那说不完的事情物理。这时候,天气的确冷了起来,仿佛那厢还飘出了片片的雪花来。大地继续说道——

我知道,在寒冷的冬季里,松柏依然长青。我知道,当事情朝着曲折、艰难方面发展,人心就会发生畸变,朋友在患难时显出真情。当然,赝品"朋友"在这个时候也会出现。我知道,当权势成为友情的寄托,权势没了友情便没了;当厚利成为友情的铺垫,厚利没了友情便没了。

还有什么能比那生命重要么?生命更加珍贵!因为,生命的表达十分简单,它就是春秋的转换;人就是转换之间的小草,亦枯亦荣。有很多时候,生命的痛苦就在于我们不知道如何"为人"如何"知人";最苦难的是我们如何去舍掉"私"。我恍惚见到,舍掉"私"的那些君子们,在世间做他可为之事,不做那些不可为之事。胆劲心方,他们虽弱亦强。面对芸芸众生,君子知道哪些人是谄谀逢迎之辈,并向他们投去鄙夷的眼光。

大地似要结束他的话语,可我,仍然聆听,一直聆听。我知道,人间始终演绎着"取"与"给予"的故事;人要循着纲举目张、执本末从的道理去做事。

大地像是指了指天空,示意我看去。我再次望向无际、玄幻、渺茫、难穷其奥的星空,仿佛所有的星星都阖上了眼睑,伏着脑袋。莫非你们也在思索着什么?

与走路一样,是我们的行事

路,在我们脚下。与走路一样,是我们的行事。

脚下的路弯弯曲曲,人从来看不到自己的终点站。可我们知道:终点站就在那里。于是,前进!自信,就是战胜自己;战胜自己后,你就走在了前面。做事与成事,莫非就是我们各自的"路"?

在路上,那些坦然接受他人相劝相告的人,是明智的君子;否则,你会多走一些"路"。骄横孤行,自是愚者,离陷阱、悬崖已是咫尺。而机遇总是给那些有准备的人。在很多情况下,乘势而行、待时而举比智能、才略更富有实效。

在路上,君子们在"和而不同"的旗帜下结盟,小人们在"同而不和"的招牌下求利。艰难困苦,玉汝于成。在非常时期,总能在长长的道路上走出来"富贵不能淫,贫贱不能移,威武不能屈"的大丈夫。路上的诸君啊,能够做到有所知已经很难;可要使执行力达致高水平,则是艰难的。

一队队人马行进着,自然而然地照应,自然而然地牵引,自然而然地抱成团向前进。物以类聚,人以群分。于是,在严明的纪律与规则之下,有了权威;在公道正派的权威之下,有了公信力;这时候,大众在公信力率领下,向前,向前,向前⋯⋯

路,阅人无数。他深知:行进中的人们没有长久的历练,精气神便不能旺盛;没有深厚的积累便不能意气风发。坚持永恒地学习,拙笨的人在勤奋的提携下前进速度加快;就连天生的残障也不落人后。接受鲜花容易,胯下之辱难耐。把一切羞辱、污蔑、讥讽当作"胯下之辱",就是一个个大丈夫。四面埋伏、险象环生,大丈夫当即作出判断,消弭祸乱,不留遗患。有理智的人一旦出声,言简意明。浮躁的人其言语一样浮躁,看他们特爱行动,可是处处落不到实处。

路说——

行走啊，许多时候都是在攀登高山。人啊，别以为世间只有五岳，其实山外有山；别以为你在攀登途中已经处在"至上"的位置，前面更有值得你景仰的人。

可以不直，不可以不深

我到过黄河岸边，知道九曲十八弯的黄河，是一条母亲河。黄河弯曲而源远流长，我没有去践行"沿着黄河河岸走到源头"的念想。我常想：人生的路又怎么样呢？人生的路不仅如弯弯的江河之水，令我们看不到终点；人生的路还时而如崇山峻岭时而如急流险滩，令我们在度过时光的过程中充满了惊喜。有人说，人生的曲折是人生的顺达之前提。虽然行路总是向往一条笔直的阳光大道，可的确做不到。

行进中有高山挡在了前面，此时必有河水环绕着高山；行进中有丛林挡在了前面，此时必有禽鸟栖息于丛林。用心专注坚韧，自能生出远大的志向；谋事机智圆融，也会获得周致的成效。当此之时，在山间、河岸小憩，可以体悟：原来人生登至高山之巅，那里却草木不茂；人生跨越湍急之流，这里也鱼鳖不生。我此番行进虽曲折万端，竟也曲径通幽。

行路就是行事。行路可以"不直"，行事也可以"不直"。大兵压境，山匪不降，虽然可以豪夺匪寨，人却用单枪匹马好脑瓜，智取了威虎山。运用中华武术的借力打力一法，也是行事上的一种"不直"；结果，不用己争，照样争取到了目标。大事来临要明白果断处之，难事当前却贵在权宜变通。我们不能制造出"时势"，但是我们可以在行事上适应时势，从而获得极大的功效。

然而，我们在审查自己的时候，却不可以不深。

行事审己，旨在利弊。在人性上，趋利是一种共性。在人人的心灵深处，都隐藏着叫做"私欲"的东西。这个东西，让人骄傲让人縻情让人疑事让人怀毒让人惧怕。这个东西，在它生成时是无所不用其极的。要战胜"敌人"，达致目标，得先战胜自己的"私欲"。去私欲则仁德生。当自己成为了仁义之师，便无往而不胜了。

虽然，厚德载物，仁义是本。可有的时候，行事中还要有奇思出奇行、有奇举成奇事。成大事者，首推仁义之师，次见非循规蹈矩而行的奇智之辈。

为了"停住"，甚至要不惜一切代价去阻止

在我们一生的行为中，除了会"走"，还要会"停住"。有的时候，为了"停住"，甚至要不惜一切代价去阻止。

喜与怒常常伴随着我们。在心中常驻着喜与怒不是好事。尤其是当大怒、大喜来哉，我们一定要叫"停"它们。心境因此会得到怡养。我们视萎靡、俗滥如不见，自然能将恶劣之人阻在身外，这是一种立身于世的法门。不争小利，不发小忿，与众人自然和睦相待。在人生的课题中，美色与道义、富贵与伦常是两个只能单选的考试题目。怎么做？无数个答题者在选择美色、富贵而抛弃道义、伦常后，造化很快便用形形色色的灾难回报给了他们。造化还说：我只对逆道之举而不对人。

可是，别以为给予他人总是好的。给人以恩惠，没错；过度的给人以恩惠，一旦不能继续这样的行为，他人难免生出怨愤。感情的交流和给予也是这样。在对别人的恩好上，一样要停止、阻止"过度"的行为。

在林林总总的世间，有很多声音在向我们呼唤，那是——

高飞的鸟儿说：看见我们了么？我们因为寻食地上的美食丧命于猎手。深潭里的鱼儿说：看见我们了么？我们因为贪食易于得到的饵食而成了渔户的口中之物。笔直的树木说：看见我们了么？我们因为

笔直而先被砍伐。完好无缺的玉璧说：看见我们了么？我们因为完好无缺而受尽了怀疑。骄横的"显贵"说：看见我们了么？我们因为显贵而变得骄横，从而开启了败落的大门。奢侈的"富足"说：看见我们了么？我们因为富足而力行奢侈，从而走上了衰亡之路。拆开来的"錢"字说：看见我们了么？我们因为含"金"，便被两把叫做"戈"的兵器争来抢去……造化总结说：全则必缺，极则必反，盈则必亏。

于是，我接着说：世人啊，请停止、阻止逆道之举吧。

请停止、阻止对于权利的贪念，这样可以敞开大门、怀抱着廉洁睡觉。请停止、阻止对美酒的贪念，这样可以心静身安。请停止、阻止太多的欲念，这样可以养得心胸恬淡、致远。

请停止、阻止在纠正自身错误时的胆怯，当持着勇敢之刃前去纠正。请停止、阻止在拥抱善良时的迟疑，当踏着快速之轮前去拥抱。迷途知返，得到未远。

我还想说，只是——蓦然间听得"贪念"不住地发出冷笑。我不禁向"贪念"喝止道：你是什么东西？胆敢在此作声！

"贪念"继续冷笑着，最后，像是从它的牙缝里挤出这样的话来——

人啊，你们做到一点点的廉洁容易，做到大大的廉洁难！你们开始是有了一些廉洁，可你们做到终生廉洁难！

人类一直在学习收藏、储藏的方法与内容

苍天对大地说：你还能承载得了么？

大地回答：我能承载，只是……

大地向自己承载着的一切看去，没有说完。我猜测着大地在"只是"之后，还有什么样的意味。

也许，大地看到了——

高山因为身高挡路,被愚公们移了开去;与高山紧挨着的低矮山谷,则被留在原处。江河大堤上的一个蚂蚁洞穴,正不断溃败而扩展,大堤只在旦夕间垮塌。恃才傲物者正在受辱受挫,耍尽聪明的人少了许多德行,炫耀才华的人减了太多福分。在拥有成功和圆满的事业和生活的时候,一个个君子都时时小心谨慎。一生总是在寻找"位置"的人,当获得了称心的"位置"后,由于太过彰显,致使到手的"位置"摇摇欲坠……

是谁说:良贾深藏若虚,君子盛德不显?这真的是真理。

事实是,人类一直在学习收藏、储藏的方法与内容。古往今来,人们从"自高者处危,自大者势孤,自满者必溢"这个反面教训中,看到了收藏、储藏的意义。不少人物收藏住自己的"大",收藏住被人称道的"德行""功高",表达出的却是谦虚、恭谨、严正;他们不仅继续保持着已有的美誉度,而且日子过得安稳、舒适。

此中的智者还对我们说:察觉别人正对你发出欺诈的语言,不必出声挑明它;而要将他人的"欺诈"与自己的"挑明"一并收藏起来。当别人给你以侮辱,不必显露出愤怒的脸色;而要将别人的"侮辱"与自己的"愤色"收藏起来。此后,这些"收藏"在我们人生旅途中将会幻化出无穷的意味。

鱼儿因为忍不住欢乐,将要死亡

智者的话音刚落,听得津津有味的鱼儿忍不住欢乐之情,蹦腾出了水面,落在了池塘边。眼见得鱼儿因为忍不住欢乐,将要死亡,智者轻轻地将鱼儿拈在手中,喃喃自语。少顷,智者将鱼儿放回水中,目送着它向远处游去……

忍,这是个什么东西?真的是"心"字头上一把锋刃的"刀"吗?不是。忍,是"克制",是"耐得住",是"让开"。即便是欢乐,都当克制；鱼儿的一时落难，便足以开启人心。那么，对于不良的情绪呢？当我们的愤怒肆意蔓延的时候，我们接收不到任何的金玉良言；但并不是没有金玉良言，而是愤怒淹没了它们。当我们无视善良而自以为是的时候，我们看不到自己任何的错误，以至于错误一意孤行下去。所有的智者都说：不良的情绪尤须克制。

什么时候最风平浪静？当别人用激烈的语言攻击你，而你却将还击的语言硬生生咽了下去，没有出声。这时候最风平浪静。什么时候最海阔天空？当多数人一起抬脚往舞台上跨越时，你硬生生收住想要跨越的心情，反而大大地向后退了一步。这时候最海阔天空。狭路行人，让一步为高；酒至酣处，留三分最妙。

与人当宽，自处当严。人世间的人啊，在"忍"的问题上，最浅显的道理，是我让人而非人让我，是我容人而非人容我，是人亏我而非我亏人。这样一个君子之当为和不为，能够锻造出无仇、无怨、无辱、无敌的人群，也是平和的、宽恕的、克己的、仁厚的人群。

大地如母。我知地母言语中的"只是"，是一种母亲般的包容和克制。地母包容和收藏了我们无穷无尽的劣迹与私欲，地母也容忍和克制着，继续承载着沉重的灵魂们。

没有舍弃便没有得到

突然间，一个物件从我的心腔里跳荡而出。我仔细打量，只见它长得像是一个包裹。"你是谁？"我问道。

"我，俗名叫'包'，学名叫'舍'。"包裹答道。

"这里没你的事情，你来干什么？"

"怎就没有我的事情？你不是常常对孩子说：要学会'打包'么？"

"那又怎么样呢？"

"因为你说到了收藏,说到了包容,说到了克制;现在也该说说'放弃'了吧?"

听了包裹这番话,我默然。在我心中,的确有"包裹"这个家伙的位置。我要儿子学会打包,也确有其事。我认为:在浩瀚无垠的时空中,要想寻找到最大的空间,无疑,那个巴掌大的人"心"当数得上是"最大的空间"了。的确,在我们的"心"里,能够装下无穷无尽的欲念。

在无序动荡的时候,我将满心的困惑、愤懑、委屈、受辱、不解、迷惘、烦恼等,装入一个又一个虚拟的包裹中,再结结实实地系上绳子。我在行而复往、来而复去的工作与生活转换中,狠狠地将"包裹"抛诸脑后,得到了一片祥和、一阵宁静、一时自适。

——你舍去的都是一些不快、不良情绪,这何足道哉。

冥冥之中传出了这样的声音。这话说的对呀!

我知道:富足本是件好事。可你一旦沉溺于富足,毁家伤身的事情发生了,触目惊心。散去钱财,人人相亲相爱与平等,就没有了富足的风险。尊贵也是个好事。可你一旦养尊处优了,懈怠必生,由此竟被灾害乘隙而入。丢弃尊崇与贵享,就没有了尊贵的灾害。生命本是珍稀难得的好东西。面对凶险而产生的极品勇敢,是不惜将生命奉上,凶险又怎能令他畏惧!要想获得良好的情操,必先舍弃各种欲念;要想实现远大的志向,必先断绝许多庸俗。退以求进,舍以求得。没有退却便得不到前进,没有舍弃便没有得到。

——包裹,你听着:今后我不仅要在你的身体里面装入一切不快,结扎后将你丢弃。我还要在你的身体里面装入好事好东西,结扎后将你丢弃!

"包裹"微笑着点点头,又摇了摇头。之后,我听到这样的声音——

有一样东西你决不能装入我的身体里,那就是诚信。

"言而有信"的灵魂之诺

真诚,守信。你要我再次望向星空,我用满含着泪水的双眼,先仔细分辨你。是你么?你是诚信么?为什么你如此模糊、如此斑驳、如此面貌难辨?我只有仰望着满天的星星,试图寻求答案。

在仁、义、礼、智、信中,"信"本是人类践行仁、义、礼、智等诸般行为的保证。因为有"信",德义有了基础;因为有"信",君子本色不改;因为有"信",敏者功成名就,治者公而忘私,王者霸业兴盛;因为有"信",族脉地久天长。但是,"信"这个人类的灵魂,当下正在发生病变,病情朝着虚无诡谲方面发展。假如只是一个灵魂的这样病变,其后果还只是一个个体的欺心而弃己、失德而招怨。假如是灵魂群体的这样病变,便培植下了社会动乱的根基。

最简单的家具是明式家具,因为它在制作时用了"减法",减到了不能再减的极致,因此而有了极致的美学意味。回首走过的"路",公信力果然是一面引领世人前进的旗帜,也有着极致的美学意味。用"减法"看去,公信力就是"说"和"做"这两个线条,就是这两个线条的榫卯结构。努力践行自己说过要做的事情,这就是公信力。也许会有一些人不相信这样的公信力。但是,不践行自己说过要做的事情,却还在喋喋不休地表达自己的真诚,那断然没有人会相信这样的"公信力"。

星星终于说话了——

你看那天际边的虹霓,多么绚烂多么美丽;可这么容易聚集到一起的美丽与绚烂,也十分容易散逸、消失。说谎、不诚信、造假、忽悠、伪善,等等,就是虹霓。

你看看你们中的君子,是怎样地诠释"君子之交"的呢?他们,温不增华,寒不改叶,富不忘旧,历夷险而益固。

你再看星空与地母,都捧献出了自己的至诚,四季依序而来,人间便有了春华与秋实。你们的前辈在努力践行着"言而有信"的灵魂之诺时,不一样是同心同德、衰去盛来么?

修学不以诚,则学浅;务事不以诚,则事败。我又怎么能将诚信打包丢弃。

只是,世间的诚信不要再模糊、再斑驳、再面貌难辨才好!

刊于二〇〇九年第一期《深圳书城》

辑四　书香飘来

传承父辈的阅读精神

在中华人民共和国走入第七十年的今天，幼年的阅读记忆与刻录在心灵的"好好学习，天天向上"密不可分。我犹记得课堂里阅读鲁迅作品的情景，好像那时很渴望在现实中找到如百草园和三味书屋一样的地方，却是梦幻，模糊，残缺。

如今我的生命已经进入了秋天。与很多同时代的读书人一样，面临了同样的问题——对你人生影响最大的是哪几本书？我是这样看的：父亲是书。我父亲是对我影响最大的一本书。

我的阅读习惯之养成与父亲的影响有关。十一二岁时，我总是能见到父亲把图书往家里带。父亲带回家中的图书都是世界文学名著，多为新中国建立以后的人文版。那时候父亲是被"结合"了重新上岗的人，他得到阅读这些图书的机会也属不易，据说是得到了报社资料室梁阿姨的帮助。父亲阅读这些图书也还要有些胆略才行，他把图书藏着掖着悄悄带回家里。起初父亲还不让我们姐弟仨知晓此事，可我们总能从他的公文包中、枕头下、抽屉和箱子里找到这些书。二姐拿到书后总会躲在厕所里，一看就是个把小时。我们通过"偷"的办法取得了阅读权利，但是为争先看书发生了点矛盾。

父亲被惊动了，他在批评我们一通后竟然为我们出了个好主意。按照父亲的意思，我们事先协商好接手看书的时间，和谁在什么时候接手看书。经过磨合，终于实现了父亲优先看书、大家轮流看书的良好局面。父亲还参与了我们对图书不同看法的争论。记得就在一年不到的时间里，我看了《红字》《约翰·克里斯朵夫》《基督山伯爵》《最后一个莫希干人》《罪与罚》《红与黑》《苔丝》《茶花女》《飘》《巴黎圣母院》，以及巴尔扎克的《人间喜剧》等名著。

父亲在抗日战争期间入伍，先后在新四军《拂晓报》、新华社淮北分社工作；新中国建立后他是《安徽日报》创办初期的编委之一。可以说我们家在近五十年前以父亲为核心的读书情景，是一个中共老报人、老干部的人格和风范使然。我深深缅怀那些为中华人民共和国服务终生而又洁身自爱的父辈，向他们致敬！

曾有人问我：影响你最大的纸质图书是哪一本？我对他说了我的阅读故事。我说小时候看了家里的七十回本《水浒传》后，与甲同学交换看他的一百二十回本《水浒全传》，与乙同学交换看《三国演义》，与丙同学交换看《三侠五义》……逐渐把《七侠五义》《小五义》《龙图耳录》等都看了。我在阅读某书发生兴趣了，就去寻找同类书阅读，而这些图书是合并对我产生了深刻的影响。例如我与几位同学结拜为兄弟，挥别了胆小的心灵和受人欺负的日子。当然我也不会欺负别人，因为不仅是我有了"兄弟""结义"的朦胧意识，"行侠仗义""英雄"等词语也在心灵驻扎下来。种籽种下，习惯使然，我素常对丑恶现象横眉冷对，为倡公平仗义执言；又好与自己称许之人把臂交盏，推心置腹，大有英雄惺惺相惜之概也。

我在专题阅读后用文字呈现自己的所见所闻所思所感所惑所论等，却是起步于大学阶段。我把日记本当作沉默的朋友，向之倾诉感情；日记本也包容我的酸甜苦辣、真善美丑、七情六欲，随时由着我发泄。我写日记，从晚上写到早上，从课堂里写到宿舍里；学校关了宿舍的电源，我会打开电筒把要写的还没有写完的日记继续写下去。我迷恋日记文字，勇于探索，今天若做分类，可见散文、小说、诗歌、杂文等文体。我那时暗中想当一名杂文家。我在一九八一年间甚至还写出以"回忆与思考"为名的一大堆文字,还各有标题。它们是我专题阅读后的发泄,展现出一定的批判精神。其中一万余字对封建专制集权的历史祸害夹叙夹议,今天读来仍觉过瘾。这是我在那个大时代中留下的思想足迹,虽然稚嫩却弥足珍贵。

如今能看到在我的大学日记本里有很清晰的两大内容:一是美学理论摘录以及读后杂感,一是读野史笔记的心得(另外有一个笔记本专门抄录史料)。说明我的专题阅读与练习写作同步,发表欲也越来越强烈。的确,我参加了对潘晓《人生的路啊,怎么越走越窄》一文的讨论,投稿《中国青年报》;又创作短篇小说《区队长老张》,托朋友投递《解放军文艺》;却只有《登雾中五老峰》被《团结报》刊用了。此作在《团结报》一九八二年全国游记征文活动中获奖,报社奖励我的两本书和父亲在看了剪报后写给我的嘉许信件至今犹存。

我的大学日记本至今还在,它见证了我国走进改革开放历史新阶段后自由、开放的阅读环境和如饥似渴的阅读人群。作为一名新三届大学生,如今这些日记本对我来说弥足珍贵,它是我私人阅读史的重要内容。可以说在思想感情和人格精神方面,没有大学时期的阅读也就没有今天的我。我怀念和感恩那个时代。

自一九八二年八月至今,我先后在安徽人民出版社、黄山书社、海天出版社工作。入职出版社之初我即记住了一位前辈讲的话:当编辑不仅要眼高,还要手才好。我知道前辈是针对编辑中存在眼高手低的现象而言。从我的经历看,专题阅读和相关写作能开阔视野,增强思辨能力,提高语言表达能力。而一篇打动人心的文字可以让名家把好作品拱手给你,可以令你呈报的选题顺利通过。我把责编的安徽人民版、黄山版、海天版图书当作专题阅读和撰写书评的对象,还曾担任书评通讯员,催收安徽省同事们的书评。出版人勤写书评果然是练眼力和手艺的不二法门。

时光如电,书香悠扬。在我的阅读史中,古董文化、咏海诗、花文化等专题阅读陪伴我度过了闲暇时光，阅读体验融入我精神生命，并撰著出版了《寄意古董》《写花卅年》《山思海韵》。我把海天版作为专题阅读的对象，先后写出了近百篇评品文章，发表后起到了导读、助读、领读的作用。我以出版人、书评人的"便利"条件自觉的为全民阅读服务，与老友徐雁兄一拍即合，先后策划出版了《全民阅读参考读本》《全民阅读推广手册》《书香中国·全民阅读推广丛书》，出版后好评如潮。海天出版社由此吸引了一批播撒书香种子的作品。我撰写的《国家级重点图书推广之我见》《书市·书缘·书城》，发表后产生了良好的影响。我在分享和座谈"如何当一名出好书的出版人"时，希望海天新人"要养成读书的习惯。这与你们的职业有关，也与你们的品位有关。读点书，沉静下来，学会在读书中冥想、快乐，找到知音。书有各种读法，我的读法你们不一定要学……你至少在纷扰的环境中有个精神家园，有个依归"。我时常会想象着出版界这些年轻人在阅读中吮吸精品良作所蕴含的思想和作为，用丰富的精神、真诚的态度、超然的心境走走读读写写，为出好书而努力。

家训家风实在重要。我近来在深圳书城看到一些出版社筹划出版了一系列家训家风读物，此举当行。在我看来好父亲就是活泼泼的立体书，是灵动有趣的家训家风。我之所以持续地进行专题阅读和业余写作，并连续从事图书编辑工作至今，与我那爱买书、会读书、好藏书、能写书的父亲大有关系。我的阅读记忆是为共和国服务终生的父亲所奠基的。父亲是书，诚不虚言。我们会把父辈这种阅读精神传递给孩子们。

城市风尚亦十分重要。深圳是中华人民共和国的伟大奇迹，我有幸成为这座城市的市民，参与这座城市的文化建设。我居深二十年所沉淀的阅读记忆，与深圳渐行渐浓的阅读风尚密不可分。城市也是一部大书。把我们国家每一座城市建设成为具有浓郁的阅读风尚之自由空间，深圳的一些经验可以借鉴。要让每个城乡居民在未来拥有阅读记忆已经很难了,而要让阅读记忆是人们的一种美好和幸福的事情更难——我以为全民阅读的终极目标如此。任重而道远,城市应疾行。

江山如画,岁月不老,共和国春华秋实七十年。当下在中华大地上,读书月、读书周、阅读日、读书会的活动如同不知疲倦不舍昼夜的闹钟铃声,提醒人们阅读。共和国是一部巨作,人民的安养和斯文是其中的灵魂。出版人在书写这部巨作中的作用大焉。我作为出版业的一匹老马,不用扬鞭自奋蹄,秉承父辈的阅读精神,殚精竭虑出版好书,阅读推广精品良作,融入这部巨作之中。

刊于二〇一九年六月二十一日《中国新闻出版广电报》

《绿野行踪——林海高原六十载》展国之美景

几个月前，我收到了徐凤翔老师新书《绿野行踪——林海高原六十载》。听徐老师说这本书是她的封笔之作了，我就暗自决定要为这本书写一点文字。我是个乐山水、爱园林的人，曾经编过园林方面的书，见《绿野行踪》对山水、地形、植物、人文及建筑都有美好的诚意的笔墨，于是写成此文。

一、全国林区的发展现状和未来态势引人入胜，仿佛走入美好的园林景观中。作者对国外相关领域的考察收获，助益于我国绿地的景观化和园林化。

书中分别阐述了我国东北林区的辽阔壮美，华东林区的清雅秀美，华南林区的繁茂绮丽，西北林区的苍劲坚韧，西南林区的奇美浩瀚；青藏高原三大林区的高山深谷、密林叠翠，南缘承露，绿染沟岭、高亢辽阔、宁静砺炼。徐老师到过这些谱写锦绣华章的林区，因而如数家珍。

徐老师还向国人奉献了域外的所见所思：北欧的极地"琴谱"、润林绿屋，欧洲的山高水长、科风音韵，北美的洋流拥绕、沃野丰姿，南美的奇瀑奇林、极南极静，澳大利亚的独岛独石、温性雨林，东南亚的根劲林丰、生灵诚旺，非洲的稀树茂草的野性天堂。徐老师涉足了十八处世界自然遗产、十八处世界文化遗产，她笔下的世界第一大高原、第一大峡谷、第一大森林、第一大热带雨林、第一个自然保护区和世界级古树巨木等，具有专业视野和中国传统文化涵育的文学魅力。

我想徐老师的目的是根据我国地质植被的实际情况，借鉴他国的自然条件和人力因素，把我国的绿色生态大业办得更好，让大园林的发展态势在我国生态文明建设中结出硕果。

二、绿野中活灵活现的山水形胜，律动着大自然和谐共生的主旋律，是诗意栖居的乐园，岁月静好在兹。

用徐老师自己的话讲，她是经常沉醉于"高山流水诗几首，明月清风茶一壶"的自然古风之中。如此浓烈的山水情缘是与生俱来的，还是专业工作养成的？在徐老师身上，我觉得两者都有。书中写易贡湖区湖光山色很美，森林草木奇秀，但是峰峦险峻。而在徐老师这样的专业人士的眼里，易贡湖区不啻是人间天堂，是绝佳的探奇访珍之地。她驻足于易贡湖口，南观强褶皱、大断裂、深切割的峡谷地貌，遥想雅鲁藏布江大拐弯的惊世胜景，"高原林海行踪就此命定了"。

徐老师主要在藏东南林区开展高原生态研究，这里的园林要素齐备：高山、深谷、密林、叠翠，以及高亢辽阔、宁静苍凉的山川天湖。水边沙滩地上两株高近十米的柳树相依相偎，是高原上苍凉而有生机的园林小品。无处不在的江河湖泊像一条条美丽的丝带，在绿地上蜿蜒飘舞。水既是绿的生命源泉，也是园林的灵魂。

徐老师在教学工作中组织学生们在节假日到附近林区考察已成惯例，考察活动被她戏称为"钓鱼"，后来演变成了暗语。学生常问："徐老师本周末去哪里'钓鱼'？"审视书中这段风趣的文字，我能看到徐老师对山水形胜进行的观察和审美已经成为习惯，她还有意识的带领学生观山赏水、"沾花惹草"，以此培养学生敬畏自然、热爱山水、尊重规律的情怀。

三、纵横自如的笔墨随时凸显着大自然的小品和杰作，读者在神往之余，还会从欣赏风景的审美文字中看到规划景观的吉光片羽。

徐老师在尼洋河右岸的更张支沟考察，伟岸的高山松林成林成带，幼树呈丛扎堆，带给我们一派郁郁葱葱的生机感。在登上更高的觉木沟后，云雾飘忽，长松萝悬垂，更特异的是林中裸石像猛虎下山。徐老师多次到这里考察，写出了猛虎石在季节中变化着色彩的情景：秋天，黄老虎；冬天，白老虎；春天，绿老虎。煞是奇景！

自然山水皆画图，甚至村前屋后的山坡上的庄稼地也都可以归整景观。书中一段写青稞田有成熟的金黄、有待熟的翠绿，大片麦田间以棕红色的岩体和土地，把"三江"流域的峡谷、水系、山体，装点得五彩斑斓，给人以远古苍劲但又生机绵延之感。这样的田园美景怎能不让人怦然心动？

四、一些区域公共空间既有生态意义也有观赏价值，人们在此探幽寻胜，流连忘返，享受了山水林泉之乐。

书中写华东地区东部威海东向沿滨海一带有峭崖劲松、幽谷古寺、古树名花。黑松、赤松等在沿海一带的岩石缝隙中坚韧地生长。崂山古寺太清宫为银杏、桧柏等千年巨木环护，珍稀的红花山茶等花木在庙堂前花开花落，一派温润葱郁的情景。在崂山上，华严寺内外有多种暖温带的落叶栎类，与东北平原地区的落叶阔叶树系统相连。徐老师在这里考察的所见所思，把我们带入了古文人描写的神奇境界。

……

《绿野行踪》深深打动我的不在于它的学术意义和文献价值，而在于流荡于书中的深情厚谊，这情谊给予的是绿色生态的国土。徐老师说此书"是一名老而愚的自然之子向大自然、大高原所做的小结性的汇报。天书、地史、生灵处时时惠我、教我！无以为报，小书一册，企盼将所观所学的点滴与同道学友交流、共保"（致笔者信）。拳拳之心，苍天可鉴。我看完全书，有泪欲出。徐老师笔下的绿色生态发展态势交融着审视的理性和期盼的感情，我非常荣幸地触摸到这种奇妙的脉搏，从而认为中国是座大园林的梦想已经有了现实基础。脚踏现实，遥想未来，中华大地未始不能成为国人共同拥有并生活其内的青山绿水蓝天白云树木丰茂花草鲜美之大园林。

我已经看到：好大好大一个园林！

刊于二〇二〇年第一期《新阅诗》

真理更是朋友

一

看到作家版《真理是朴素的》第一眼，惋惜之情再次轰然而出。

《真理是朴素的》是原创的思想随笔类作品，海天出版社于二〇〇一年深圳读书月期间出版，读者喜爱这本书，是以很快卖完，后来有两次重印。

一些亲朋好友看过《真理是朴素的》后对我说：

只知道作者是一位官员，没想到他的文字这么精彩，很有思想内涵，看着看着就念起来了。

多年后，我看到深圳大学一位学生写的以下文字：

在深圳大学一次学生活动中，一位同学即兴背诵一篇文章。朗诵完了，我们深受感动。这篇文章题目是《向西的旅程》，选自《真理是朴素的》。感动我们的，是文字的力量，是激情的飞扬，是思想的奔放。同时，我们也被背诵者对原作的虔诚与敬慕之情所感动。长长的文字，若不是体验于原作、感动于原作、共鸣于原作，背诵者何以会选择它来背诵？又怎能背诵得如此美妙？

……

我在自己的书话集《品读：鹏城别记》中，已经品评了一九九一年八月至二〇〇八年一月海天版图书八十三种，《真理是朴素的》是唯一被我许为"朋友"的书。

我是海天版《真理是朴素的》责任编辑，我为《真理是朴素的》没有在海天出版社继续出版而惋惜。同时，祝贺作家版《真理是朴素的》问世。

二

我在担任海天版《真理是朴素的》责任编辑过程中，接触过作者王京生。这一次接触，对书对人的印象，写在二〇〇一年十一月二十日的日记里，如下——

两个星期前，王京生《真理是朴素的》一稿送来后，要在读书月期间出版。我读后，还是感到这位文化局局长有料有水平。他的随笔不是官样文章，理性思考和一些观点虽然零碎些，却都能感染人、启发人，以致振奋人。他的文章有血性，充满了硬气，应当说文章有阳刚之美。我之所谓"零碎"，是说他不在一个题目下反复论证、说理，将其搞成严丝合缝的说理文。他是能够做到要言不烦、文意驰骋的，并将要说明的东西洒脱开来。

王京生曾问我：书名取得如何？我说：书名既朴实，又有一些意味。据说余秋雨先生认为书名取得不好，王京生并没有因此而更换书名。我挺欣赏他这一点。文章要硬气，做人也相应地要硬气，这才好。又据帮助他理稿的尹昌龙说：王京生讲话，如果把它记录下来，便是一篇文章。

他是学历史的，我辈中人。他对自己硕士学习阶段的导师张静如教授十分尊崇和照护。如此尊师的人，也是我辈中人。如果他持续为官，也好造福一方，且又不失一颗文心，更是我辈中人。

读书如读人，读人亦如读书。日记存史，亦复如是。

三

我后来为《真理是朴素的》写了一篇题为"像大海一样律动和吐纳"的书评,连同《真理是朴素的》书影,刊登在《全国新书目》上。

这篇文章写作起因有两个:一是《真理是朴素的》出版不久,心中有话要讲;一是某个青年感到深圳没有文化气氛,感到自己在杂志社工作没有前景,处在离不离开深圳的彷徨、苦闷阶段。我的文章有一段:

《真理是朴素的》恰好出自于一个杂志人之手。八十年代中期,深圳还是机声隆隆的拓荒之地,他来了,要办一份深圳人的杂志,要办一份涌动青春的杂志。创业初期的艰难是可想而知的。他与朋友们击掌而誓,他与朋友们砥砺椽笔,他与朋友们擂鼓而进……生活与心灵的凄苦没有打倒和击退这群人。二十年间,崛起于祖国南疆的深圳,赢得举世赞誉的固然是花园般的城市和庭院,然而,它潜流激荡的灵魂,却是一种打不倒、击不退的精神。这也是《真理是朴素的》一书流贯始终的气韵……

我很想挽留这位富有敏思和才华的青年,最终没有说出口。但是,深圳绝不是围城,没有围墙;它这里,进得来,也出得去,还可以再来。深圳会像大海一样律动和吐纳着,一切如常。这早已是深圳历史和文化印证了的朴素真理。

写作这篇文章之前,我已将《真理是朴素的》送给了那个青年,并告诉他:无论走到哪里,这本书都可以是你的朋友。

四

在十多年后,作者决定增订《真理是朴素的》。那一天,京生说的一句话狠狠地打动了我。他说：我的书要与我的朋友们同在。

作家版《真理是朴素的》不仅是增订本，也是见证友情的朋友之书。

作家版《真理是朴素的》增加"优雅的狂欢""美好的情感"两辑，文章二十篇，点评八十余则；几十幅老照片排布于书中，增加了历史情境感。众多本城文化人的点评文字，既充满友情又肩负责任，继往开来。

在十余年后，我展观作家版《真理是朴素的》，依然为书中富含的思想与激情所感染。

它有一种硬朗果决、慷慨激昂、充满着阳刚之气的特色。这种特色素为我所敬慕。诸多文章一感一发、一事一议、一思一见、一得一悟的多元化为文特色，加之短小精悍而又言之有物，这也是我所爱重的。

它所富含的精神价值，与深圳昭示于当下的精神实质，完全合拍、合韵。它是我们这座城市孕育、涵养出来的一部精品。时隔十余年了，它依然散发出书香，依然在表情达意，依然回响着那些记忆。

良书是朋友，真理更是我们的朋友。

刊于二〇一七年第十一期《书都》

《陪画散步》：智者的心言妙谛

读这本书未能过半，就有了书如其人的感受。在国庆节的休闲日里，与可称老友的司马无缰（即柯文辉）见了面、叙了话，不亦快哉！

我正在写一个也许并不能给人看，或者根本不能发表的《闲话荤段子》的文章，中引不久前报上披露美国前总统里根致友人信里关于性爱是最美妙的艺术之说；司马无缰的《陪画散步》中有："而性爱，我们也不该去仇视它，没有性爱，人类怎么延续？性爱本身是美好的，一旦附带了其他要求，如金钱权势名声乃至阴谋等等，立刻就变成肮脏的。"这段话也被我引下了，并说讲这话的司马无缰是智者。

我一直认为："读书长知识"是浮在大众层面上的一般道理，"读书知不足"是人类寻求知识、增长知识的一个基石。

我曾遇一人，看去是在而立之年，文气中透着儒雅，很饱学的样子；车行路上，主动设题与人讨论。因为车行目的地是一个岛屿，因为伶仃岛也是个岛屿，因为伶仃岛是文天祥待过的地方，结果三者被他联系在一起，并由此大谈特谈"文天祥是不是民族英雄"的问题。他以文天祥抗击的元蒙是我中华民族一员，认为文天祥不是民族英雄，并说"这是我的结论"。这时，他的儒雅中又透着霸气了。

我记得在二十世纪八十年代，我们在大学里就讨论过岳飞、文天祥是不是民族英雄的问题，有过"是"与"不是"的不同见解。当时的"文天祥不是民族英雄"的观点,用的论据也是一样。如果这个人不是在转售别人有过的同样观点,那么就是他读书太少了。说他读书太少也许也不对。太少太多都是相对的。只有读书才能知不足,这是千真万确的。这个人在那样的场合下闲聊,倒也无可无不可。

可如今,写书写文章宣读高头讲章竟也是这样,竟也是在儒雅中透着霸气了。那就真令知者好笑了。

多读书,勤思考,知不足。我想古人以"知不足"名斋名堂,便是一个深沉的人生体验。

《陪画散步》是智者的心言妙谛。书中近三十万个汉字及其表达的思想,或如瀑布泻地,以朴实厚重撼心动魄;或似彩虹敷穹,以飘逸空灵移情迁想!我读它之有"知不足",又岂止在书中短短的一段用以阐说人体艺术时必须强调的性爱观。

我想:《陪画散步》是一部文化艺术随笔,司马无缰以此给我们的智力扶贫又不独在文化艺术上;在他诗化的警言妙语中,我还看到他也在做着社会、人生这样一个大课题,开拓了一些领域,完成了一些任务。读它我有很多"知不足",择其荦荦大端者如下:

对大师称谓的内涵和现实定位有十分精当的阐述和定义,用此来衡量社会中各类大师,好使。

对阳刚之美和阴柔之美是并行标举的,不可厚此薄彼。

对孩童的艺术教育,倡导尊重他们的独立人格,保持他们的童心,不让他们重复自己(教育者)的道路。

中国人学油画和西方人学中国画,花的同样的时间,中国人取得的成绩比西方人取得的成绩要大。但取得了成绩并不是有了大师。

对诸多艺坛人物做了灵魂与肉体般的对话,以真情表达和巡礼着真、善、美;艺坛人物被剖皮开示,露出他们的精、气、神,也露出他们艺业上的马脚。这一组艺坛人物群塑,是用如钻真情做材料雕琢成的,无论丑美都趋于完满。(司马无缰上述许多表达和巡礼,是二十世纪八九十年代的事了。）

……

在一个锦衣华裳云集的会场上,主持人说,下面请著名什么什么家（我没听清楚）司马无缰先生到台上来讲话。一个衣着随和的半老头被逼着上了台,结果被人家考了三个很难回答的问题——好可怜呵。

三个问题是:什么是爱情?什么是科学?什么是政治?

半老头答曰:$1+1=3$,是爱情;$1+1=2$,是科学;$1+1=1$,是政治。

你说这半老头怎不是智者?

司马无缰——管理马不需要用系马的绳子。司马无缰是个高明的马倌儿;什么龙马、天马、千里马、斑马、汗血马、骠马、意马、纸马、竹马、驽马、东洋马、日耳曼马、法兰西马、美利坚马、辕马、害群之马等,他都能管,只是不管拍马。

刊于二〇〇四年第三期《读书人》

西茜凰的游思逸趣

在我到深圳后买的唯一一个书架上,放了一些常用的书,以工具书为多。有一本精巧的六十四开本小书,躺在那些站着的厚重大书上。我对小书是敬重的,没有一丝一毫地亵渎;我认为小书是圣洁的,经常披阅之,神与物游,通达四极八荒。这小书的扉页题着四行字"于志斌才子　雅正　(本书已有中国大陆版)　西茜凰敬赠2002.3.20"。

从这本书的来历讲,我是一个很有书缘的人。二〇〇二年春节过后,海天出版社一行六人到香港调查研究同业状态。那天早晨,我们随便就在行走过程中碰上的一家快餐店吃早餐。我坐的对面是一个已经吃完饭、在等待结账的女士,一种天然的雍容和笑靥,透发出亲和力来。我在点餐时就大胆地征询她的意见,她给予了指点。她竟"利用"这一点,像记者一样地提问;干我们这一行的,也有向人提问的职业病。双方"打"个平手:她知道我们是深圳的出版社的编书匠,我们知道她是香港作家"西茜凰"、现为香港政府的公务员、我的未谋面作者黄维梁(我社出版的余光中散文作品选《大美为美——余光中散文精选》的编者,写有很好的导读性前言)的妹妹。西茜凰说要到上班时间了,不能迟到,分别问我们(与她对话的三人)都喜爱哪方面的书,又要了名片说好给我们寄赠她的书。我就她介绍自己的著述情况来看,知道有游记一类,便说自己喜爱游记(喜爱游记的确,当然不仅仅是游记)。

我不曾想,西茜凰真的把每个人爱读的一类而在她的著述中的确拥有的书寄来了。西茜凰真是信人!西茜凰真是作家!

在繁忙的杂务间歇中,我披阅《西茜凰游记》;在消闲的居家度日里,我披阅《西茜凰游记》。有一次旅游,我差一点带上了《西茜凰游记》。但一想,这一本品相极好、一九八七年三月出版的初版本,有可能在旅途中丢失、损坏;由于该书中多处没有印上铅字而成白页,因而又别有错版邮票、钱币一样的收藏价值;心中不由一紧,赶忙把它放回书架,别寻它书带上。

收到这书,也恰在我领略欧风西雨后的半年之内。西茜凰笔下的荷、比、法、意、德、摩,也已让我有过惊赞、艳羡、叹惋,也已让我有过遐想、沉思、写作。现在看来,我的观摩和咀嚼实在肤浅。欧洲的文化艺术可以用一支生花妙笔,尽情描绘,都会很美;西茜凰做到了,不客气地说,我也做到了写一国之美。西茜凰还做到了一件(欧行记游者也都应当努力去做的)事,就是用心去朝拜、用思去巡礼、用笔去描述欧洲文化艺术的底蕴。在她的笔下,有这样一些让人拍案叫绝的语言:

> 但静思之,却悟出了整座皇城,基本不外是云石拱门,架起拱门的幼柱子,精细的云石雕花,再配以瓷砖,或水池,或喷泉而成。以此基本调子作变奏,或重复之,或延长之,乃构成一座又一座动人心弦的精细宏美兼备的建筑物。
> (帝王夏日居处)

> 在兴旺衰败之间,西维尔写满了一页一页的历史;是以她的多样化的文物、古迹,糅合了各种浓烈的宗教色彩,织成她独特的风格,与格兰那达及歌都巴的古朴,截然不同。
> (西维尔景色)

但我有奇异的预感，我不会再来她的店子。怕见她眼睛里的凄酸，及那一箱发黄发黑的银器珠宝。在她的脸上，我仿佛看到了雅典过去的风霜，而那一箱珠宝，不就是雅典，甚至希腊，褪了色的光荣？（古国残冬）

　　但见马路两旁，尽是干净悦目的房屋，窗子低垂白色纱帘，或中分结以蝴蝶，或重叠密折，总不忘在窗口放三两盆盆栽。听说荷兰人嗜花，窗口的纱帘更是一屋的骄傲，于是家家竞出心思，都把窗口缀得情趣盎然。（置身花园）

　　但没有荷兰人辛勤的植花、卖花，世界各地的浪漫，恐怕都要因稀罕而提高身价了……（鲜花拍卖场）

　　西茜凰抓住了传统特色，也就抓住了美好个性，用一支生花妙笔升华了所到之国文化艺术的底蕴，这是她的游记极为传神和感人的地方。我自愧不如远也。

　　《西茜凰游记》是作者就读牛津期间一次远足的记录，时在二十世纪七十年代末。那时她该是何样的风华正茂，又该是何样的寄情迁想？书中有她游历时拍摄的倩姿丽影，这不禁让我起了星换斗移、物是人非的慨叹。为什么红颜偏会易老？为什么沧桑非要变幻？

　　据报载，西茜凰先去过、我后去过的威尼斯水城，三十年后就会被海水淹没。

　　又据古哲言，文章可以不朽。

　　我们何不带着像西茜凰一样的游思逸趣，趁早把所到之处记下来，趁早把自己的红颜俊脸与江河湖海亭台楼阁花草鸟兽定格在一起。

　　我们可以努力去像西茜凰那样把文图有机地结合在一起，或许也可以不朽。

刊于二〇〇五年第一期《读书人》

秋天的况味

那天,我想着要写写秋天的光景,就想起欧阳修的《秋声赋》来,又转念道:哪里还有啥好写的?不写就不写吧,却又勾起我读《秋声赋》的劲头,一眼就瞥见书架上的《中外散文名篇鉴赏辞典》来。

这书,好像是它的责任编辑、现在已是国内名编辑的沈小兰送我的。书是当年鉴赏辞典热的产物,它也随我东迁南挪到了深圳。我对它很不负责任,没有像回事地待它。它在书架上蒙尘久也。但我自信这书上该有《秋声赋》。厚厚的书脊,上部是朱雀云纹瓦当图案,下部是龙虎尊图案,都像大眼睛似的渴望我的亲近,欢迎着我的双手捧起了它。

从按朝代顺序编排的目录看去,欧阳前辈的作品只有名篇《醉翁亭记》一篇;我感觉不对头,又仔细一看,原来无论多大名头的中外名家,都只收了一篇名作。我的朋友禹子早说过,赶热风热浪难免顾此失彼,精辟。这大书解说、注释都很不错,看来也就是有些顾此失彼的小毛病了。不料,禹子说的另一句话也应验了——他曾说:凡是书都有它的价值,甚至连所谓垃圾书都不例外。原来,我从这有阅读价值的大书上又看到林语堂的《秋天的况味》一文。

我赶忙读它,与林老先生一道,淡淡地吐烟青,轻轻地弹烟灰。林老先生眼里的秋天与《秋声赋》里的截然不同,一种无色无嗅而又意蕴无穷的秋之况味，悄然照映上我的心境。

把这大书的护封拿掉，我真的捧读起前辈们血铸汗浇的文字来。

午后想睡，没舍得放下大书；先盘腿坐在床上看，再歪在被褥上看，又斜倚着枕头看，终于只得躺着看。渐渐的，一个字一个字，越来越显得大……最后大到我的眼睛只能看到它们的一个角落和偏旁；一个角落一个偏旁地去看，然后将它们拼接起来，这才完成了一个字；再去默思咀嚼这是一个什么字，这个字的意义是什么。上床前想要多看几篇的心语，化作窗外飞舞的树叶，飘在了空中。

我睡前瞥见的那片树叶，不愿丢下我不管，引领着我，走了一段海滨路，走了一段花园路，走了一段青山路，走了一段开才路，走了一段放言路……我见到，观海睇帆的人们联翩飞歌"直挂云帆济沧海"；我见到，闻香探花的人们凝神诵读"落红不是无情物"；我见到，腾岩越石的人们把臂指点"斯是陋室，惟吾德馨"；我见到，外柔内刚的人们深情抒唱"我辈岂是蓬蒿人"；我见到，经时济世的人们真诚邀约"不拘一格降人才"。

转眼间，树叶把我带到一个天蓝水碧山青树绿草肥花艳的所在，鞠躬而去。我喜这静谧，爱这优美，独自转悠。满目弥望，侧耳倾听，蓝天上的翔鸟高唱着海鸥之歌，草丛里的秋虫讲述着百草书屋和三味草堂的故事，山坡隈的铁树礼赞着白杨，水池中的蛤蟆叨念着荷塘月色，墙边宅旁的籁杜鹃评点着病梅的痛苦；数不清的葳蕤草儿像学生一样，在一边聆听、一边伴和着它们的诵唱吟读。

我渐行渐远，渐远渐幽，心景因之而幻化万千……我心想：领我来的树叶哪儿去了？这是一个什么地方？

一团蹊跷的秋风儿从身边擦过，一阵清晰的秋声儿打耳边飘过，一群精神的秋叶儿在眼前跑过。我不由得寻迹觅踪，跟上前去。恍惚间，秋叶儿们渐渐地围合起来，成就了一个半圆；领我来这的树叶拿着一个书本居中而立。怎的，这里要开讲？我悄悄地看、静静地听，

"韩麦尔老师叫小弗郎士背书……""用不着那么快呀,孩子,你反正是来得及赶到学校的!"原来,树叶儿们在学习都德的《最后一课》。我不禁泪眼婆娑,记忆退回到少年的时代,心灵进入了都德的世界。都德的《最后一课》是人类对母语文化吮吸和讴歌的极品,它超越国界地送出了学习人生的精髓和爱国主义的传统。在那文化扫地的岁月里,我的老师也是饱含深情地诵读此文,少年的我却没有学好。年龄增长,眼见着祖国日渐强盛,都德笔下"最后一课"的时代背景与我们何干?进入中年的我渐悟:国破家亡的时候知道母语文化的难得、珍贵,是人类的常态;从容不迫的时候不知学习、不求上进,是人类的惰性。只有把常态的事理贯穿于我们每个人的生命始末,人生才趋于完满。《最后一课》是一面镜子,照出了我们的惰性。

蓦地,我看见坐着的半圆形竟是我少时的玩伴们;木讷的凯凯莹目闪动,好动的拨弄鼓欲言又止,敏慧的大牛心领神会,深沉的阿航弹指如飞,顽皮的扁头若有所思……居中而立的却又是我的朋友禺子。

"喂,禺子,你怎么跑到这儿来教书了?"我不禁喊出声来。

披着秋光苍色的禺子,微笑地向我走来。

"老朋友,欢迎你来到书香社会。我只比你早一步……"

禺子的话没说完,我便向他伸出双手,不料竟抓了一个空。

我醒来了,手里还是抓住了一样东西,那就是枕边的大书;从窗外飘进来浓郁的草味花香,和书香社会里的一样一样;一片秋叶悠悠扬扬,在似笑非笑地看着我。

刊于二〇〇三年十二月二日《深圳晚报》

你再不买书就愧做深圳人了

书像比翼齐飞的鸟儿飞来。这样的好事情亦曾发生过,但不像今日有话要说。为什么会这样?一是有些书发生了如见老友的感觉;二是有些人和事令我感触。

《清平山堂话本》就是一位老友。我家里纸箱内藏有一本《清平山堂话本》,是多年前疯狂购买和研究古典小说的凭证。这次买的韩秋白点校的《清平山堂话本》,既算作是我备存的一个版本,又可随时翻阅之。

振权创作的长篇小说《花流年》,吸引我的是其描写和表现民国时大府宅第内的情事。我想它可能对自己正在写作的《占玩世家》有某些帮助。不料七十多岁的岳母大人捷"手"先取,放在她枕头旁慢慢地看。胡兰成的《今生今世》是被炒作得很疯迷的情感自传,我翻了几页,竟没有一气看完。老人家又将《今生今世》拿了去。如今两书在老人家的枕侧,是她的催眠曲子。我就随她看罢,爱看多久就多久。爱读书的老人很可爱。

张壮年、张颖震编著的《中国历史秘闻轶事》(上下册),是为我儿亦佛买的。我在书店寻购图书时,这是最后拿到手中的书了,因此买前寻读其内容的时间不多,付钱走人时便想到回家还是得先读一读,如果内容好的话再给亦佛看。《中国历史秘闻轶事》放在客厅显眼处多时了,亦佛对它不感兴趣,根本就没有拿在手里。这么反常,就引起了我的注意，果然发现他在读《笑死你，不偿命》和《八仙得道》。

我也将《笑死你，不偿命》看了，跟亦佛谈了谈读后的一些感受，认为这书中的《孙悟空同志罪恶一生》《〈买烟〉古龙版》《郭靖在四级考试之后》《一娘在街头摔倒的几个版本》等，是"无厘头"类作品之佳作，但是我不主张学习创作的人走这条路子。亦佛则说："你们出版社出这类书，保准赚钱。"我只是笑笑，不予理会耳。

张玉林撰著的《漫谈〈金刚经〉〈心经〉〈坛经〉》，我买它是要从中了解佛教知识。不久前老K与我谈邹牧仑先生《向释尊问佛》一稿要不要报批时，大约先说了关于佛教方面的书好办些；然后就说，"听说J某某就一直在读《金刚经》"。我听说J某某这样入世入俗、见功见业的大人物已然开始读佛，心里就急得慌。我自己也有读佛、问佛、向佛的欲望，怎么就一点开悟都没有呢？

有了一批书后似乎才有资格说一说与书有关的话题了。我对妻儿说：深圳年人均购买图书的开支为全国第一，而我在一年中到十一二月才突击买书，你们猜为什么？儿子说："因为你再不买书的话，你就愧做深圳人了。"这小子说的没错啊！我又对同在深圳的二姐说：你要买书，就买《我们仨》《比我老的老头》那样的书，蓄积和储备一些传统文化知识，多多了解当代文化人的人生体验；可以写写爸爸；希望你能写一本长篇小说。二姐立即回复说已经买了《我们仨》等书。我心粲然。

二〇〇三年四五月间

三欸宅书话

寒舍"三欸宅"取前人"欸乃一声山水绿"之意境。我曾撰写小记述之,说人与房子的关系是时空的微尘,我家三人与住房的关系不过三声欸乃。而居于斯就要读书。读书可以心驰八荒,纵横古今,幻化无穷,丰盈人生。我阅读有感而记,经年集成一薄册书话了。

一、《心声集》:几番拍案,几番起舞,几番流泗涕

昨天我夫人向群在合肥把一批旧书整理出来,要带到深圳来了。善莫大焉。向群把一部分书拍了照片发给我看,其中有汪言海的《心声集》。我一看,心里一暖。这本书的封面没有什么装饰,除了书名作者名外,还有竖排的五行字:"追星赶月行装易,三家村,草亭驿,采风摭言费心计。几番拍案,几番起舞,几番流泗涕。诡谲云烟收眠底"。我非常熟悉这些词句,因为它是我父亲写的《青玉案·记者生涯》中的几句。

父亲这首《青玉案》写于一九八三年十月,颍州任上之作。此时父亲离开新闻工作四年了,想来他是有怀而作。此后岁月,父亲的《青玉案·记者生涯》被书法家写过,被人在文章中引用过,也印在了书中。多年前,知名书法家顾祖英先生在寄给我的《顾祖英书法作品集》中,夹了一张纸,纸上面是钢笔书写的《青玉案·记者生涯》。

我想，顾先生同许多人一样，从词中品味出了一种真善美，而对它珍惜有加，抄录之，还赠送给我，希望我收藏先父这首好词。

汪言海先生是知名的记者，他也一定是被父亲这首词引起共振，才选用词中句子设计到封面上的。显然，用的还是手写体，古拙而又庄严。我以为用父亲此词句子作为《心声集》的装饰元素是非常合适的。因为，《青玉案·记者生涯》一词正是真正的新闻人——包括新闻记者和编辑的心声。且看我父亲是这样写来：

追星赶月行装易，三家村，草亭驿，采风摭言费心计。几番拍案，几番起舞，几番流泗涕。

诡谲云烟收眼底，缤纷世态开胸臆。如烟似雾，痴梦难醒，多情常追忆。

真没想到一觉醒来，就是第十八个记者节了。作为记者的后代，我真正要致敬的对象，是真正的记者，是几番拍案、几番起舞、几番流泗涕的新闻人。这么巧，记之。（写于二〇一七年十一月八日）

二、《琼琚集》告诉了我们什么？

本书是读书与藏书札记，涉及四五百本好书。在韦力先生笔下，精品良书珊瑚在网，琳琅满目，可圈可点的故事很多。

在是书中喜见海天版《纸老，书未黄》——它能在我社出版跟我大有关涉。韦力讲这本书的作者徐雁老师取书名都颇为讲究，写作勤奋。又讲徐老师有一阵子写书太累了，带人到韦力家在沙发上就睡着了。韦力还说：徐老师与傅璇琮先生等编一套丛书，"命我将关于藏书楼的连载之文续集后，加入这套文丛，这样才有了我的第一部有影响力的书——《书楼寻踪》"，韦力接着说，这本书的书名是徐雁老师取的。

《琼琚集》第六十七页，韦力回忆一段往事，三联"学术功底""有名气"的曾诚编辑与"很不开心"的自己跃然纸上，他俩有碰撞的经历与心情。然而这个故事的结局是美好的，在十多年的人生行旅与感悟下，积淀成一种于绝大多数编者与作者都能够接受的文化传统和力量。我看了后，是有启悟、共振与感动的！

韦力是个有心人。他点评这么多的图书，讲那么多的佳话，若是平时没有用心地读、听、写，他怎么能在短短的几百乃至千把字中，迭出琼琚。韦力如此回报友情，敬惜字纸，我是很敬重的。

《琼琚集》告诉了我们什么呢？我粗思之，概言如下：

一、写好书与出好书都很不容易。艰难困苦，玉汝于成。

二、写好书与出好书都很有个性。和而不同，同中见避。

三、写好书与出好书都很有市场。无为而为，精益求精。

《琼琚集》此时读毕，是为记。（写于二〇一七年五月二十八日）

三、余秋雨的《列岫云川·序言》

《列岫云川》是今人的作品。余氏序先说自己是不为今人写序的，近年只为四部古代小说名著和《闲情偶寄》《阅微草堂笔记》写了序。复说当下找自己写序的活儿"很多"，不好"开例"；当代文坛喧闹太甚、戾气太重、层级太低，真正大作家莫言、余华等人会"一个也不漏"来找自己写序，媒体上经常会冒出诽谤自己的声音。要"切断"之。

这样说话，想来《列岫云川》的作者是很受用的。序者更加受用。李渔、纪晓岚与古代小说名著的作者没有哪个请余氏写序，他们受不受用已死无对证了。

昔，异史氏评恶序曰：吐语轻佻，骂声招摇；贬人扬己，莫此为

甚。(写于二〇一七年二月十八日)

四、《芸窗乱弹》：重要价值在于内蕴的精神

冬生叔：您好。收到您的《芸窗乱弹》，厚厚的一本，制作得不错，有书卷气，品相很好。黄山书社给前辈出版专集，具有特别的意义。冬生叔是黄山书社元老，哺育书社和书社同人成长，功不可没，我铭感在心。冬生叔是我遇到的父辈加恩师。如果说父辈、恩师之谓有私谊成分在，我是承认的。您是我父母的好朋友，关心和哺育我格外用心。但是您在我心里还有一个崇高的位置，那就是出版家、著作家。您深深地影响着我。

我一直在读《芸窗乱弹》，它的重要价值在于内蕴的精神。在几十年中，您写作了许多作品，在不同时间发表，仿佛是一曲曲福音与天籁。在文化积淀过程中，连绵不断的文字作品有着不可替代的作用，给人以教益和美的享受。《芸窗乱弹》中杂文、散文（游记）、杂记、专论、随笔等，是我喜欢的文章体裁。我深知冬生叔取得的成就，是笔之勤奋、思之广泛、识之渊博、艺之精妙的结果。《芸窗乱弹》是我学习的标杆了。《前言》称这本专集出版为自己写作生涯画上一个句号，我看了后感伤而嘘唏，不想您的文字与我们告别。

我没有离开出版工作，没有忘记您对我的教诲。遵循文化传统，增加出版见识以及保持严谨的学风等，早在入职于出版业之初便已经播下种子了。如今我给青年编辑和实习生讲课时，总要讲秉承文化传统和遵循职业规范等，还在结束前说一句：你们切莫忘了自己曾与出版有过的缘分，要当书香社会的建设者。前几天，中国阅读研究会会长徐雁来，他曾撰文曰：我就不信书香社会呼唤不来！我俩是多年朋友，可以直抒款曲。我对徐雁说：你呼唤的书香社会怕是呼不来了。这一次，徐雁默认了书香社会离现实十分遥远的事实。

当下遭遇了公信力缺失的问题，出版业也正在大变局中。我工作上主要的想法就是在纸媒图书业进入夕阳的过程中，努力策划出版一些好书和重大出版项目；同时发挥所长，把你们这一辈的优良传统传递给青年人。无论怎样变局，出版人才还是要放在第一位的。

"如何做人"没有解决好。在几十年教育中，教育学生们如何做人的国家规范之教材至今没有，这是悲哀的。昨晚中央电视台报道了法国当下正在进行的"法国人"与法国人"国家标准"的大讨论，也引发了我的关注。温家宝总理在道歉笔误时发出的感慨，我也有同感。然而与没有教育学生如何做人的国家规范教材相比，笔误等一般性差错真都不算什么。真正该道歉的，没有道歉。这样下去，"以人为本"必然成为空话。

冬生叔，见到安徽出版系统来人，我常常问及您的情况，知道出版集团能珍待您，我心中慰藉。此时天寒地冻，甲流肆虐，六十岁以上人不能种疫苗。冬生叔和杨阿姨务必要多些睡眠，多些适宜的锻炼，安度疫期。冬生叔是我父辈中存世的不多硕果之一，遥祝您身体健康，颐养天年，过九到百。先写这些，回合肥时再去看望您和阿姨。志斌写于西俗感恩节（写于二〇〇九年十一月二十六日）

五、《张学良世纪传奇》：深深地敲击我的心灵

此书可能是爸爸最后过眼并予好评的书。他生前在电话里告诉我正在读是书。时在二〇〇二年六七月间。也就是说，这本书出版后很快就到了合肥，又很快就到了老爸手里。我是将它当作遗物、手温尚在的纪念品带回深圳的。虽然，在护理爸爸期间就开始看这书了，还告诉爸爸在读此书，向他说是"好书"。而爸爸的神情黯然、忧伤，似答非答地，眼神向很远很远处伸望。从春节起到昨日止，我读完了这本七八十万字的书。

张学良去台后，始终未归大陆、回归故里，是何原因？书中回答不能回的原因：一个是气候，不能太冷；一个是赵四小姐的身体状况。然都不能自圆其说。张学良晚年有三次去美国的折腾。这种折腾都能挺得过，跨到一海之隔的大陆怎么就不行？东北气候冷，那是寒冬的季节，怕冷我们就不赶这个时节，改在夏日回东北去岂不亦可？张学良之始终未归大陆，一定还有其他原因。是情结上的呢？还是宗教上的呢？书一一六五页猜测是当时的台湾方面封杀了张学良的回归之路。这是不合逻辑的猜测。

张学良于一九九四年一月间，在一次欢迎他的晚会上作了一首诗，对众诵曰：

> 自古英雄多好色，未必好色尽英雄。
> 我虽并非英雄汉，惟有好色似英雄。

这是一首好打油诗，他竟也是打油高手。

张学良死后，他还存世的一女一男刊登讣闻，有一句"侍奉无状祸延显考"。我明白这句话的意思，它深深地敲击我的心灵。张学良活了一○一岁，已是人瑞；他的子女竟称"侍奉无状"？而我呢？面对世人，我不仅"侍奉无状"，还是"忤逆不孝"之人。

张学良能活，的确是上苍在冥冥中安排好的。他的家族似没有长寿的历史。（写于二○○四年间）

六、《上帝的一生（上帝自述）》：新颖，独到，优美

这是一本奇书，它假上帝之口来谈地球及其人类的文明历史。在书中，"我"（即上帝）时而高高在上俯瞰众生，时而混迹芸芸众生中为一寻常角色，时而变作"穿"他人皮囊包蕴自己理想、精神的历史

人物。上帝时幻时虚,似是而非;上帝按照地球文明的演进顺次,以一个亲历者、创办者、参与者、旁观者、思想者等面貌出现,阐述、剖析甚至批判几千年中的宗教、哲学、历史、文学、艺术以及科学等,总能把这些文明成果与人类的人性放在一起来作深切的关怀。显然,无论这个上帝是怎样的思辨、怎样的敏锐,那都不过是意大利作者佛朗哥·费鲁奇的思辨和敏锐。我爱此书写作手法之新颖、思维视野之独到、文章笔调之优美,却不能对此书做深层次的品评。何者?因为此书对于西方文明的史实、掌故等如数家珍,我的现有知识不能企及也。(写于二〇〇四年间)

七、《川上集》:对余秋雨如是言

晓明君寄来他的近作《川上集》(青海人民出版社二〇〇三年十二月第一版),已匆读一过。我知此君又多了一层。他在书中有两次提到了我,第十八页有:

"志斌兄在黄山书社耕耘十六载,又到海天工作了五年,一山一海,经他的文心妙手植下的树木,亦郁郁葱葱了。此册《山海文心》即他在编书读书校书之余品评文化传统、人事沧桑、山川造化、古玩聚散的记录。他在信上说:'龚明德兄说,"六朝松随笔"的毛边本做得不像。兄是书道方家,给一本不像的毛边书,也有意思。'静庐按:现在的毛边书三边全不切了,故有龚明德的不像之说。原本的毛边书,地角是平的,以便于书架的插放。"

晓明君给自己取的斋号竟是"静庐",再看他书中所述,一年中做的那些事,也非得有"静"不可;深合我心。第一二一页有:

"深圳于志斌兄发来网信,称:'……我十分看重日记蕴涵的价值。我在大学期间写了二三十万字的日记,现在给我很多助益,从中回忆起校园趣事、社会思潮以及自己的感受和体会。我是把日记当作谈心的朋友的。我仍在写。由而反观别人的日记，我以挚诚之心礼赞之，神会之。'"

让我吃惊的是，《川上集》一〇六页对余秋雨的《千禧日记》出语不恭而无礼：

"这哪里是在卖书，分明是在卖人嘛！依余先生自以为是的脾气，要坑害多少无辜的读者啊！此书我是不会掏钱买的，余秋雨已经做作到让人恶心的地步，离所谓学者、大散文（文化散文）作家已相去十万八千里了。"

晓明君很勤奋，既办《日记报》，也是身体力行地写日记的人。《川上集》是他的学习、工作方面的日记，出书时略去了时间。我猜《川上集》的出版走的可能也是自费一途。（写于二〇〇四年间）

八、马拜诗选：自由的目光诚可贵

胡小跃是我的同事，主持一个编辑部的工作。他几年来，孜孜不倦地从事着海外图书的引进、编辑、翻译、出版、宣传等工作。他的编辑部的同事不以他编辑的图书的经济效益不佳而对他有诉词，相反，都给予他很高的评品。听他们谈小跃的事迹和试图对他做一个精神总结，我心里给出的印象和总结是：对引进出版法国文学的几年如一日的夸父精神。但是我没有说出来。

正在我思考他的人生价值和作为一个领导应当如何对待身边这样的人的时候，那天小跃从我隔壁的打字室出来，倏就递给了我这本书：《自由的目光——马拜诗选》。小跃在衬页上已题有"志斌兄指正 胡小跃 03年秋"。这让我带有了很好的、如见朋友般的心情来看他翻译的书。

像这类自己不熟悉情况的书，我一定是先看相关的介绍；对我不熟悉的马拜及其诗选，小跃在《译后记》中给我们有精当的描述和评介。这位既能写诗又能写长篇小说的法国作家,在小跃笔下是一个亦官亦文的人物,在纷繁复杂的社会生活中,竟然做到了文人相轻不轻他、官人相讦却敬他的境界。看来马拜一定是一个有着人格魅力的主儿。中国有两句老话,一叫"文如其人",一叫"诗言志"。我们只能靠小跃的译述看看马拜先生其人其志了。

小跃的《译后记》写得很好,早已解说了马拜先生其人其志。大家还有什么不相信的,那就去读他的诗吧。

马拜先生的诗是有哲理的。他的最好的诗意都是在返璞归真的语句下形成,他的哲理又都是朴素大方的;读它们的时候,我竟然心里油然而生了"月亮在白莲花般的云朵里穿行,晚风吹来一阵阵快乐的歌声"这样的意境——我童年素常唱的歌。

我读诗的习惯是朗诵:第一步是默诵,觉得好再进入第二步朗诵。能够进入我的第三步记诵,那一定是我被它深深感动了,我因它而有麻烦了。我读《流放的云彩》《智者的蜡烛》《来吧》诸作,童年的懵懂、少年的憧憬、青年的颓废、壮年的况味都纷至沓来,袅绕于心。于是,我怎能不一而再、再而三地读胡译之马拜先生的诗作?
(写于二〇〇三年十二月二十八日)

九、《我们仨》和《比我老的老头》及其他

"我们仨",即钱锺书、杨绛、钱瑗。《我们仨》是生者杨绛写的一部由梦开始的纪实作品。在全年名人图书出版乏善可陈的情况下,《我们仨》和黄永玉的《比我老的老头》都绝对是翘楚之作。这两本书都是当代文化人的实录,我写《古玩世家》是要从中有所借鉴的。它俩我是先后看完的,前者以含蓄哀婉见长;后者虽不乏幽默笔调,却也难掩深沉的人生体验之悲。林薇说《我们仨》是她今年看的最好的一书。反观父亲的身世行止,似乎也是"同中见避,避中有同"

了。《我们仨》和《比我老的老头》都有关于二人世界最美好的体验和描述，使我也想到爸爸在他的日记中对"二人世界"之最的一段——《"二人世界"四个最》。（写于二〇〇三年十二月十八日）

十、《"旧闻记者"随笔》：老猎人的"稳、准、狠"

这书内外都很精致。您写了很多文史性的内容，是我所喜爱的，长知识呀。即使是您回忆负笈芜湖的岁月那一篇，文中都有关于那个时代的考学知识。您为文的目的很明确，就是言之有物，给读者有益的食粮。《书卷三题》是干我这个行当的人的应读应知之作。我在琢磨您的文风时，首先感到的是语言随和亲切，一如您跟我叙话一般；另外，总感到如我辈这样阅读档次较高的人也喜爱您的东西，一定有它吸引我辈的内蕴在。我琢磨出来的就是书卷气罢。我曾推荐"精、气、神"俱佳的图书，您的大作应属此类。您的《文化底蕴：现代化城市建设中一个重要课题》，虽是发言稿，却同样有我上述评品出的两个特色。什么叫文人？文是表，人是里；表里如一就是文人。因我亲炙您的言谈举止，读文恍见大人先生。诗歌虽受格律限制，您的文字还是亲切随和且有藻彩的。"众说海天成一色……"即为一例，并有理趣。为《大参考》作"编者点评"诸篇，都属于百字短文，庄重大气。老猎人的"稳、准、狠"，豺狼鼠蛇辈应声毙命；上前一看，击中要害。不过，我这里指的是文章本身；您的目的是要当局者来当这个猎人。这一组文章再短些，就是于光远、钟叔河等人所倡的超短文了。我看您做超短文也将不费力气。（写于二〇〇三年九月二十七日）

十一、《仙湖植物园》：欣赏张诗剑"绿色宣言"说

此书为我索要者。先是有见到媒体上关于它的书评，读后让我感

觉它是一本为我所喜的书。仔细想，乃是对仙湖发自内心的喜欢。想这书，既有赞美的言语，又有能勾起我心景的照片。今读之，果然如我意。诸家在赞美中有理性的思考——我最欣赏的是张诗剑的"绿色宣言"说。仙湖的绿，既有天然之绿，那是得天独厚的；也有人工着意之绿，那是巨人撒播的。纵观古今，放眼宇宙，难得有绿。绿色是永恒的。诗剑于香港曾有一晤也。是书为责编所赠。（写于二〇〇三年五月二十日）

十二、《文坛杂忆（初编）》：颇耐玩味的闲书

顾国华编《文坛杂忆（初编）》，上海书店出版社出版，是一册颇耐玩味的闲书；参与杂忆的作者多人，大多是耆宿辈，文笔精致老到；有一些描述很典雅。这种文字我也能写，表明其写作手法有深厚的根基和亲和力，是一个文化传统。《文坛杂忆（初编）》中记录一些联语，很不错；联系读其本事，更有趣。（写于二〇〇三年四月二十七日）

十三、《古陶瓷识鉴讲义》：献给社会的精品

我今日致信陆建初先生：您的鸿著《古陶瓷识鉴讲义》收到。这是我喜欢的书，它会让我在繁杂枯燥的生活中，不时地焕发出思古之情。您看似木讷，实则内蕴珠玑。《讲义》岂止是个人玩好之作，也是您献给社会的精品。我读您的《初版说明》及两则后记，虽言辞简约，却知您饱经风霜而孝亲至情不改。如今您终得提前退休之善果，能够承欢高堂之膝下，诚可喜可贺；亦望读养怡年，摩瓷娱情之余，漫步于丽日和风下、薰草芳荫上。《讲义》扉页上有先生款赠，多见高谊，深为感谢。尊著只能慢读精赏，我一时不能发凡求解，似也终

生谈不上"雅正"了。当然,终生雅读可也。(写于二〇〇三年四月十六日)

十四、《风水理论研究》:古人与今人心心相印

此书王其亨主编,天津大学出版社出版,为"建筑文化论丛"之一。版权页记录:"1992年8月第1版 2002年5月第6次印刷",已达四万四千册。这是一本常销书。它是一本论文集,包括代前言在内,共二十余篇。这书值得仔细咀嚼,有很多篇是大题目。给"风水"定义很难,但出版者、编辑者毕竟把它当作或划定在建筑的范围,谈到了风水与生态环境、与景观、与环境意象(乃至于美学)的深刻关系,谈到人类心理场因素存在于风水理论中,谈到了中国山水画理论和表现手法竟也与风水过从甚密……

"左青龙,右白虎,北玄武,南朱雀"。传统意义是坐北朝南。我们想一想,很多中外建筑竟然与此一风水理论相契合。古人与今人心心相印,所识相同。

然而,风水是从自然角度趋利避害的。如今,快要结束的伊拉克战争,一座座建筑很难逃过精确制导下的炸弹袭击。我又想:生态环境是由于人类的自私和贪婪,才成为一个大问题。用风水理论看地球,那也是青龙左环,白虎右踞,朱雀前舞,玄武后枕的美好格局。

想到正在写的《古玩世家》一书中会涉及古代建筑格局,这书在资料性上对我就十分有助了。(写于二〇〇三年四月十三日)

十五、《家庭养花一本通》:一本好看好卖的书

《家庭养花一本通》一书,入眼便觉得是一本好卖的书。一问责任编辑,她说已再版多次了,"这一本是第四次印刷,印数已达两万

二千册了"。我未暇细读文字,只见版式很漂亮,尤其是以铜版纸印目录,将鲜花图片串组于目录文字中,图片的摆放位置和图片的修润处理,一点也不僵硬。鲜花图片有的留有底色,有的去底。这是给人留下好印象的开端,实乃编辑之力也。我因此就兴致勃勃在低页的衬纸写了一段话:此书是陈丹送,可谓如花的人送养花的书,颇有些意趣。书自是怡情养性之良佐也。(写于二〇〇三年四月)

十六、《徐雁序跋》:内蕴骊珠之质,外溢书卷之气

我习惯于书尾白页处写上读后感。但这就要求书有白页,自己也要有感。此书是雁斋主人与我高谊的见证,亦仿佛是情人间的定情物。它是毛边本。在读法上又多了一种,就是要拿裁刀。

我是持了裁刀边读边裁的。有时裁书的切口,有时裁书的地脚。"天"空大敞,让你下刀,竟两日读毕。读毛边书的快慰还是在于书香四溢,诱得你往香味源上找。于是一刀刀裁,一页页找。小朋友唱道:"找呀找呀找呀找,找到一位好朋友……"读书等于找朋友,诚哉斯言。

当然,毛边书必须是这样的书:内蕴骊珠之质,外溢书卷之气。只有这样,裁书才能如追逐行云流水那样的快乐。又当然,毛边书必须是这样的人去读它:内蕴恬适之志,外溢飘逸之气。只有这样,读书人才能有从容不迫的会心和领悟。

雁斋主人以所写跋序结集,结出了书香社会没有到来前的一颗硕果。他能说明读书的好处,他能构摹学习人生的趣味。是书可知其为学方法、路径、趣向、成果。我爱其文笔——文章就要这样写。

这是我读完的第一本毛边书,遂作以上言语,不废白页。(写于二〇〇三年间)

十七、《胡汉民评传》：翔实清楚、公允有据的开拓之作

胡汉民是中华民国史上重要的人物。他曾是孙中山的得力助手，也是国民党右派领袖。过去，史学界对于胡汉民的研究既少且无系统，更多的是流于简单化、片面化。最近，我有幸拜读了须力求先生所著的《胡汉民评传》（河南教育出版社版）。我认为该书翔实清楚、公允有据，是一部开拓之作。它有以下三个特色：

一、打破框框。《评传》对传主不同时期的思想、政治活动等，都作了评析和结论，绝少避重就轻、浮光掠影的手法。如对胡汉民何以被牵涉于"廖仲恺被刺"一案，作者在分析了三个原因后认为：胡汉民虽然对共产党加入国民党忧心忡忡，但他毕竟参加了制定联俄联共的政策，赞同孙中山对国民党的改组。《评传》的分析，挣脱了以往所有的"（刺廖）是帝国主义和国民党右派集团指使的"，而"胡汉民是主谋"的貌似合理之推论的束缚；《评传》的学术观点，反映了作者勇于解放思想、打破学术禁忌。

二、系统的研究，深入的分析。作者对胡汉民政治思想的研究中注意探索政治大背景中个人的思想动态，传统文化对个人的影响，突发事件中群体反应和个人反应的异同等问题。如作者阐述了"五四"时期，胡汉民曾一度接受唯物史观并运用唯物史观研究社会问题。而纵观胡汉民一生的政治思想轨迹，"五四"时期翻涌出的这簇思想浪花，与他总体思想有着强烈的"反差"。作者细致的考索和系统深入的理论分析，弄清了胡汉民政治思想的两面：一是反帝爱国的一贯性，一是反共、反蒋的阶段性和复杂性。

三、运用史料的科学态度。现代史、民国史虽是几十年时间，但研究资料的来源和运用都颇为麻烦。作者不厌其烦，辛勤搜集并考订了新中国成立前后大陆、港台以及海外百余种资料，运用于他的胡汉民研究中。最值得推崇的是作者对"刺廖"案的分析。作者运用大量

资料论证了胡氏何以有刺廖瓜葛、嫌疑。论证中，有的是资料间的比较研究，有的是对某一资料的分析研究，有的是资料与思考的综合研究，相当出色。从某种意义上讲，《胡汉民评传》的价值就是建立于作者对近百种资料使用的科学性上。（刊于一九九〇年第二期《安徽史学》）

稚嫩的书话

在读大学时我就养成了写作阅读日记的习惯，这些文字自是我的阅读小史，有个朋友说它们就是书话，还说这是我做出版人的前缘。回看这些文字，流荡在其中的一些思想和情感非常纯真。它们在我精神里或者根深蒂固，或者浅白如溪……今天归集它们的意义就是"回首向来处"吧。

《复活》

公爵聂赫留朵夫与妓女玛兹洛娃具有极大的社会差别：一个是处在社会的最高层，另一个是沦落在人间最低下最肮脏的角落。聂赫留朵夫在享尽了人生富贵荣华和一切乐趣后，竟然忏悔了。他要已经成为阶下囚的玛兹洛娃宽恕自己。公爵认为，是许多年前自己与玛兹洛娃爱恋时，以狂热的疯劲强使玛兹洛娃献出贞洁，而后又抛弃了她，迫使一度幸福的这个女子沦为了妓女。公爵要拯救她，以此摆脱自己良心上的被惩罚。聂赫留朵夫放弃了很多自己习惯的事物，为玛兹洛娃奔忙着。事情的结局是：男女主角都"复活"了——他们谅解了，又成为恋爱时的他们。

然而，聂赫留朵夫仅仅是为了忏悔吗？本书仅仅是要一个这样的结局吗？

托尔斯泰的意思不仅仅在于此，根本的一点：聂赫留朵夫是当时俄国社会精神的一个化身，作为贵族的他站了当时社会的叛逆地位上，通过自己地位上的方便，窥视了当时俄国社会的一切黑暗。这些黑暗被托尔斯泰以文学的手法展现出来：十九世纪沙皇专制下的俄国社会已经千疮百孔。从国家统治来说，贵族中甚至分化出像聂赫留朵夫这样的具有新思想的人物；被统治的农民不堪忍受那种落后于时代的农奴制的压迫，而新的社会进步力量——资产阶级民粹党人发起了进攻。这多少符合时代的精神在推动社会的进步这一事实。可以这样说，聂赫留朵夫已经可以把目睹的一切现状加以不利于政府的分析。通过分析他也得出了结论，就是：把政府这座"楼房"的摆设换一下、挪动一下，而无须摧毁这座大厦。

聂赫留朵夫真的叛逆了，叛逆了他所属的阶级；他做的许多事情与他那个阶级完全格格不入。聂赫留朵夫所作所为并非只是良心上的发现，而主要是时代教育和影响了他：代表腐朽的势力终将被时代所抛弃。聂赫留朵夫生来就生活在这腐朽没落的气息中，他先是习惯于这种生活。这种生活使他获得了许多认识，其中之一就是：他们这个阶级为什么能够高高在上、养尊处优，而另外一些人却永远在贫困中生活；那些庄园里的农民甚至要侍候庄园主的仆人、听差、杂役……难道也是生来如此吗？聂赫留朵夫如果不想去了解这些事情，不愿意在自己的脑子里问一声为什么，他仍旧是他那个阶级里的人。然而，聂赫留朵夫不仅认识了这些事情，而且竭力去了解，去想象和分析；他把他许多的认识联系在一起了。于是，他便得出一个完整的结论：他所处的社会已经腐朽了，理所当然就会有这么多的人间不幸。聂赫留朵夫带着一种别人无法享有的权力上的姿态，来同情一切不幸。他怜悯不幸的玛兹洛娃。玛兹洛娃不仅是自己的受害者，也是社会的受害者。他同情那些被关在监狱里的不幸的人，还为他们的无辜奔走申诉。他接近那些进行"革命"的政治犯，甚至于帮助这些时代的叛逆者。

聂赫留朵夫不是时代的叛逆者,而只是他那个阶级的叛逆者。聂赫留朵夫做的这些事情是俄国贵族所不能为的,但的确也只有贵族才能办到这些事情。聂赫留朵夫的言行(包括他的思想),代表了贵族自由主义倾向和自由民主的政策。所以,聂赫留朵夫是当时俄国贵族中的一个精神代表,是贵族阶级一个叛逆的典型形象。

聂赫留朵夫何以在此时忽然叛逆了呢?我想他的思想一定受到了当时欧洲业已强大起来的资产阶级思想的影响,如他相信土地不该私有,应把土地租给农民,等等,这都表明了资产阶级思想已经在他身上起了作用。聂赫留朵夫更多的是受到当时社会现状的影响,被触动去了解这个社会。这具有了相当的进步意义——还从来没有一个贵族愿意从醉生梦死的生活中挣脱出来,去主动了解这个死气沉沉、毫无乐趣的现实;贵族们一切只为快乐而活。聂赫留朵夫终于把资产阶级思想接收过来一些,促成了他的叛逆。资产阶级思想又只不过是一个助燃料。

聂赫留朵夫的叛逆,是在他解脱了对玛兹洛娃良心上的不安时确立下来的。在他为玛兹洛娃奔走申诉的过程中,整个社会的黑暗似乎接连不断地扑面而来。这是他以前习惯的一切,现在他感到了陌生、惊异乃至愤怒。他在思想上从他那个阶级中叛逆出来。

这就是托尔斯泰在他的不朽名作《复活》里精心塑造的一个形象。

书的内容是以比较简单的艺术手法展开的:就是单线——一条粗线直到书的结局(其中,顶多只有个别插曲),一直在描写公爵的言行和思想,和与之分不开的玛兹洛娃的命运。

整个一天就沉浸在这本书里。看完本书以后,我对聂赫留朵夫有个完整的印象。我不愿意对着别人来谈一本书的好坏和其艺术手法(往往会引起使人厌恶的争吵),故而在此感慨系之,写下了这篇感想，把它当作日记。

《被欺凌与被损害的》

《被欺凌与被损害的》，就是我初中时看的《被侮辱与被损害的》。当年我拿起了一本破烂不堪的竖排版书，这书已经残缺了，少头去尾。当时我是在一种什么样的状况下看了这本书？那时我忘记了一切，把全部的感情倾注到书里。尤其是书中的"我"与小姑娘的相处，甚至我在阅读中哭了。那本书在没有完全满足我感情的需要时就残缺了。我耿耿于怀，发誓以后一定要借到此书。

到安师大上学后，在图书馆借书目录上竟然发现了这本书，便迫不及待地将借书单递上去，可很快被"打"回来，工作人员说没有这本书……也许被别人借走了？后来我又借了几次，总是失望。由此我也明白：这是一本颇受人欢迎的书。大凡不易借到的书总是因为它的崇拜者太多。看来，陀思妥耶夫斯基的这本书是值得我记忆了这么多年的，我没有为一本毫无魅力的图书浪费记忆力。

前不久我到教学楼上的阅览室看书，顺便去了书架边浏览架上的书。忽然间就发现了陀氏的这本书，只不过书名稍稍地变动了。呵，上帝，还是一本新版！如果当时我带了学生证，无疑我会毫不犹豫将它借出。昨天，我终于借到了它。我崇拜的对象，在这么多年里我的眷恋之情依然不衰。

至今天，我把这本厚达四百八十多页的书看完了。但是我略有失望。也许是看了完整的它的缘故，也许是年龄增长阅历增多的缘故。

我感到陀氏笔下的人物是病态的、疯狂的。那位娜塔莎是那么爱公爵的儿子阿辽沙，超出了一般人所含有的性爱的爱。好像她之所以要生，也就是因为阿辽沙也降生人间了；而她则是他的生命源泉，是他需要的爱……我不喜欢陀氏把人物写成病态的、疯狂的甚至不近人情的。似乎陀氏企图以此来换取读者对书中受害者的同情,对卑鄙者予以痛恨。可多此一举。陀氏笔下的人物都那么小心谨慎,害人的人小心谨慎,受害人亦如此。因此,陀氏付出了多少累赘的文字。无需多说的是,这本书还充满了眼泪和亲吻。

然而,小姑娘亦即可怜的叶莲娜,也是我永不能忘的涅莉,却被写得那么成功,那么感人。我仍然为她流了泪。我多么想去分担她的不幸。我真愿意有这么一位小姑娘被我发现了,而我要去无私地爱她,用全部力量去爱她。涅莉死了,却也活在了读者的心中。

她是成功的形象。她之所以成功,是她深深埋藏于心底的感情被人类所感化。毫不夸张,也不造作,是那么令人信服。自然而然地把一个受侮辱与受损害的人物形象描写了出来;而那个侮辱人损害人,时时为着自己利益的公爵,尽管往往在一些段落中见不到对他的描写,可是他的丑恶嘴脸却让人时时隐约地看到了。公爵未出场,他却时刻受到了诅咒,受到了鞭笞。涅莉的母亲临终写给公爵的信,并不是宽恕他,而是诅咒他。这个拥有一颗慈悲善良之心的女人,还在为自己与公爵的"合法女儿"着想;这个被遗忘的女人希望公爵能照顾一下他们的涅莉。她说:只有这样,自己才会在"最后的审判"那一天,为无耻的不择手段的公爵大人请求宽恕。可涅莉这个受侮辱受损害的化身,这个可怜的小姑娘是那么倔强。她绝不愿意将母亲临终之信交给公爵,绝不乞求幸福。她宁可吃苦,情愿用自己的劳动换来一口汤饭。这是一个多么崇高的胸怀!疾恶如仇,绝不宽恕仇人。涅莉是对的。公爵在涅莉面前是多么渺小与可悲。

涅莉故意生气,把"我"的杯子摔碎以激怒"我"。可"我"(也是高尚之人)并未怒。这让小姑娘感到了不解,但她悄悄地溜出"我"的公寓。涅莉这一举动引起了那么多的可亲可敬的人们之恐慌。"我"是那么焦急地寻找她,结果发现涅莉正在向一位长者行乞并获得了成功。涅莉高兴地来到一家商店,用刚刚乞求来的钱买了一个茶杯……

这个行动令人感动不已,涅莉的心灵美极了!当她感情的闸门一旦放开,便是一泄而不可止。当她被受侮辱受损害的往事所扰时,她又是那样的令人同情。小涅莉就像埋在砂砾里的金子,一旦被淘洗出来,就是那么的金光灿灿。涅莉是纯洁的,只不过是受创伤的心灵令她孤僻、暴躁、倔强。事实上,涅莉温柔得像小天鹅。

涅莉被人侮辱与损害着。她知道是谁在侮辱人损害人,却没有如法炮制。即使涅莉试图欺凌、损害一下"我",可过后她总是哭倒在宽大为怀的"我"的胸怀里。她哭,是因为她懂得人在遭受损害时的心境,她由而忏悔了。

《被欺凌与被损害的》的艺术魅力所在,并不是娜塔莎与公爵之子的疯狂的、丧失理智的、病态的爱情,并不是公爵与娜塔莎之父公开的矛盾和由此衍生出对其父的侮辱;而是贯穿于全书的线索及其对涅莉描写的成功。由于有"涅莉",就令可恶的公爵更加可恶,无耻的嘴脸更为无耻!

《镜花缘》

晚,于教室摘抄《镜花缘》的注释,笔墨之间神思所至往往能发现某注颇有意思;若深究之,可做文章。比如"探花"之注:唐时,科举考试对殿试的最年轻之人称呼,后为一甲进士的第三人专称。为何叫探花呢?昔曾阅书所得:一甲进士中选出最年轻、漂亮的人们,让他们在皇宫内花苑寻花赏之,故曰"探花"。如作出此类文章,虽无大名,却可有助于人们嗜史之兴趣。对我来说,读懂这类注释,就当考虑如何引入文章中了。

至睡前,把《镜花缘》下卷读完。是书真可谓文字游戏之模范,如果能有人像李汝珍那样不厌其烦、勤于笔墨、洋洋洒洒地把可在万把字就了结的内容,"发挥"到几十万字,也可谓文采横溢了。李汝珍定然平时喜说笑话和行酒令等,否则他怎可能把许多的既雅又俗的东西笔于书中。书中还大量用典,颇有益。

《劝学记》与《一百零三天》

上午在文科阅览室读《劝学记》,无甚收获;但是多少懂了此书的表现形式。我觉得这部《劝学记》就够我看一年的,真如古人所言:"书海无涯"啊!我想我这一生所剩时间,都不足以对付几十本类似《劝学记》这样的书,真令人遗憾呵。

中午看电影《知音》,颇有味道。近现代的著名人物蔡锷被王心刚在电影中复活了,并且艺术化了!那个小凤仙的崇高之处却不知何而来?大概出于编剧、作者丰富的想象力和天才的杜撰本领吧?

可小凤仙的塑造并不算过分,艺术不同于史实或历史文章,它可以放大或缩小事实——只要无损于它所表达的主题。在《知音》中,小凤仙的理想化和艺术化并不喧宾夺主,反而烘托了男主人公的形象。这部电影的成功之处在于,他不纠缠于儿女私情,而注重于反映当时的历史背景。也许,这个体会与自己学习的专业有关系。有多少人懂得近现代的中国历史呢。

无独有偶。今天我还看了一本与电影《知音》正、反面主角有关系的书,即《一百零三天》。这是反映"戊戌变法"的历史小说,表现的人物多是当时那些叱咤风云的变法志士、英杰。书中偶然提到了蔡锷,袁世凯却是无法不提的人物。正是袁断送了许多人的性命,用别人的鲜血染红了他的顶戴花翎,使变法毁于一旦。

《一百零三天》作者周熙笔下许多人物栩栩如生,颇有生气,如谭嗣同、康有为、袁世凯;对慈禧虽着墨不多,但她的险诈之心、嗜权之谋,都被刻画得很有神韵;光绪欲有所为却难伸受压之气,这方面表现得也很成功。若读此书并不能看出此书出于何人之手，谁能料到它竟是学生所著？作者笔力不浅，使书不失为一部好看的历史长篇。

《搜神记》

读《搜神记》，可谓稀、奇、古、怪之事尽出其中。名为"搜神"，实乃猎奇也！奇者，在当年可以如斯，而今许多奇、稀之事均可用现代科学实践圆满解释之——只要读者凝神细思，多数事情可另有解释。而今所谓"人体特异"倘若成为事实，《搜神记》上许多趣事或可一一对号而释，也未可晓。

这几日，我花在《搜神记》上的气力可谓多矣。因对古文不熟，常反复读之，才可略领其意，悔当初白费时间于浏览外国小说上。倘若当年将之用于古籍，至今日不知长我多少典故知识！中国古典文学著作可谓宏大精深，妙趣横生，脍炙人口也，非他国之书可比也。我仅登古籍之堂，已略领其奥妙。实在妙矣。

读《搜神记》，我见其条有趣，或有感，即诌诗一首以赋之，已集十余首；以此为练笔为诗之举。却自知不为诗才，仍以游戏笔墨为快。

《卖淫妇》

照例每位代课老师讲授完最后一课时，不论这学期他给学生有多少教诲和启发，学生们总是报以掌声。这已是陈规了。大学教师们竟然在这小小天地里获得别人须在会堂内才能获得的"祝贺"和欢呼之声。今上午是张海鹏老师的"最后一课"。

我没有听上午的课，而是在看一本《外国文学》杂志。这杂志真正吸引我的,是它刊登了日本作家写的《卖淫妇》。《卖淫妇》是二十世纪二十年代的作品,它竟然深深地感染了我,说明其艺术魅力是不衰的。这本杂志也让我想到中国小说方面的进步是何等的缓慢。杂志上所载的几篇小说是不同国家不同时代的作品,我一心一意地读完了它们。

张海鹏教授在经历了巴掌之声的洗礼后,结束了明史课(专题)。作为学生的我,不知今后还能否亲耳聆听海鹏师的教诲了?

《啸亭杂录》

昨晚读《啸亭杂录》至今日凌晨,颇得要旨。我在休息前对爸爸说该书的"好处"之一,是对南宋事情的记载和考证。爸爸将《啸亭杂录》拿去读。他选读一些内容后对我说:"许多事情,纯属放屁。"

我在爸爸的提示下,再回读一些内容,也觉得作者的关于秦桧主和渊源于宋初名相赵普的反战,而又因赵普是燕人,故不愿与辽等作战之说,实乃谬说。秦虽自言主和乃承赵普,可殊不知,卖国求荣者最能为自己开脱罪责。

然而,我仍以为《啸亭杂录》不失为一本反映清朝初期社会、经济发展的介绍性书籍。

《宋人轶事汇编》

《宋人轶事汇编》令我爱不释手,可谓好书也。它虽著明编撰之人采众野史之逸事于一人,读之仍能长人知识,扩人胸怀。可惜,归还期将至,在毕业前夕我须将它归还。如若不考虑社会道德及有碍毕业分配等,我定不归还此书,将它据为己有。唯我读之甚慢,加以摘抄有关部分内容,致两天只能读七十页;像以往看小说之快速,则不复存也，如蚂蚁啃骨头一般。盖因古汉语、古典文学知识欠缺所致。

宋人的《能改斋漫录》所载之内容多属考证之事，如"干笑"之渊源于何时。作者以读书中所得而成一书，今读之有益于史识。但此书受到爸爸的"白眼"，未得"幸遇"，吾真为之鸣不平。佛眼相识佳作，因人而异。即使《宋人轶事汇编》，亦受到本班同仁之不齿。

晚续读《宋人轶事汇编》，偶觉有人呼唤，遂出门外，原来是袁跃来相邀。这小子读书困乏，户外散心，常邀人同往。他不知别人乐否？况我今晚正读在兴头上，人如入胜境一般，故有些不乐意相往。终是驳不过面子，只得奉陪了。

读书中知："铁裆功"宋代已有了。此功曾载于《大众医学》，广晓于读者。

晚读《宋人轶事汇编》，遇范仲淹、欧阳修等事迹，颇觉宋朝以文人柄国而收兵权于枢密使，乃宋之沦丧、堕落、偏安江南的源端。枢密使实为今日国防部长之职，而北宋常以文人为之。范仲淹算是稍懂武功之人，然而富弼、韩琦却何可为之？

晚读《宋人轶事汇编》，录尹洙死前趣事：即坐化反复与人语，使好友范仲淹失其常态，哀哭不已，最终尹某逝去。读其死前行为如同儿戏一般，忍不住要发出笑声来。人若死前均能如其所为，死亦不为痛苦之事，盖可称为玩耍而已。

上午在教室里继续读《宋人轶事汇编》，为王安石的有关轶事所吸引，并对安石其人倾倒不已。此人虽是千年前的著名宰相，但他所倡行的熙宁新法为今人重视和研究。他的读书精神，他的执着不移的态度，他的不以好恶待人的风格，实在可羡可佩。安石对王雱说：吾早年交游甚广，后均"因国事而绝交"。安石以推行新法拯救国之堕落，不惜断绝旧友之情——比如三书于司马光绝交，实为宰相之肺腑也。今日为官者，当以安石为榜样。如果像某某为某显宦批发"做寿"（实为此矣）之资五十万元，为知者所不齿也！

安石晚年未尝不后悔当年所为，临终前要家人烧毁他平日所作的"日录"。幸不曾化为粉末。据说，安石在此著上记载了自己与神宗就国事而进行的对话，多有"臣言，上深以为然；而上言，臣多以为非"。这说明：神宗对安石寄托了巨大希望。但中国君权至上，最终仍以罢黜安石而尽毁新法告终。我也深知：安石新法多有冒进、求成、过急之弊；不像今日之政策颁行过程中还要进行宣传鼓动工作。地主、豪绅们的不合作，是安石未曾料到的。

《水浒传》

关于文学艺术方面的外来术语"悬念"，应作何理解呢？今读书发现，《水浒传》中的《鲁提辖拳打镇关西》，可谓"悬念"迭起。

鲁先将金老父女打发走远后，才到镇关西肉铺去。这便给读者制造了一个"悬念"：鲁将怎样打郑屠。这一"悬念"又产生戏剧效果。鲁先要全瘦的十斤肉臊子，又要全肥的十斤肉臊子，以此引起纠纷，打将起来。鲁本不想将其置于死地，不料三拳下去，郑屠便呜呼了。鲁明知其死，竟说其装死，待明日再来算账；说罢，乘机溜之大吉。这是令人发笑的喜剧性。

中国古典小说中之"悬念"可谓多也，在《红楼梦》中尤甚，这都可择一二例好作文章。

《夜深沉》

看张恨水的《夜深沉》，心里老是不舒服，明知那女戏子命运可怕，却要详细地把一个人堕落、沦丧的全过程俱收眼里。这是不快的事情，多次想舍而不看。张的《秋海棠》亦然。

今天看完《夜深沉》。我对它最好的评价是：此书语言极好，富有生活气息；倘若以此作为北京风俗读物来读，定然也有助益。今日北京人读此书也会从中学到以前本城人民（尤其是劳动人民）之间的亲密、随和的优良品质。这种品质，应该由北京人民继承并发扬光大，也应该让今日其他地方的人民学习。从此书内容上讲，它可使读者处处感到"怨"：男、女主角的悲欢离合。但书中写离合，只有"离"却不见"合"；一旦分离，终归不见；每次将要见对方时必然节外生枝，遭到种种挫折，令人怨气迭生。真可谓洒向人间都是怨。男、女主角因为见不了面，便互相埋怨，发生误会。就连读者也会因此感到"怨"了。

《奥赛罗》

当悲剧中正直善良的人遭到厄运的时候，当《奥赛罗》中的苔丝德蒙娜被轻信他人挑拨的丈夫杀死的时候，当奥赛罗悔恨地惩罚了自己的时候，我们不能不流出悲痛的眼泪，甚至有人会号啕大哭。许多人的面孔由于极度的悲痛而被撕扭得可怕，甚至丑恶。

假如一个陌生人走入发出哭声的人群中，他第一个印象是这些悲痛的面孔。这些人为什么会这样的悲痛，以至于他们的尊贵面孔变得如此的丑？当陌生人了解了这些人悲痛以至于变丑的原因，他甚至也会被悲痛的感情撕扭面孔。

他们丑吗？一点也不觉得了。因为在他们心灵里正勃发着美的享受或者是痛苦的体验。他们不愿意这些正直善良的人死去，然而正直善良的人死了。他们只好在心灵回想着逝者生前的往事，心里充满着对逝者美好的纪念和敬意，甚至要加上一句衷心的祝福：愿你——奥赛罗与苔丝德蒙娜在天国里幸福，白头偕老！

这时候，他们的外貌虽然是丑的，但是他们的心灵却是高尚的。因为他们不仅有同情，还有良好的祝愿。而心灵的高尚不正是心灵美吗?

《堂娜芭芭拉》

这是一个美人,一个能够诱惑一切男人的美人。但她却是一条毒蛇,人们会被她吐出的毒汁亡没。委内瑞拉草原上的堂娜芭芭拉,就是这样的美人蛇。

天生的美人,并没有天生的蛇蝎心肠。当她在含苞欲放时节,有一位好青年让她深深爱恋;火热的爱情像月亮一样纯洁。这时,她对人间生活充满了爱。突然,一场巨大的风暴摧残了这朵草原上野花。她长得太美,引起野兽般男人的淫欲,年轻的爱人被暗杀,在一场疾风暴雨般的蹂躏下,圣洁的身体失去了光彩,美好的生活失去了意义。从此,堂娜芭芭拉立下向一切男人复仇的誓言。

凭她那美丽的容颜,多少男子能不坠入情网?凭她那灵活的手腕,多少男人能不被她任意摆弄?这些既好色又野蛮的男人,一一成了她手中的玩物,情欲发泄的对象,更是报复的目标。是自己的美让自己倒了霉,她也就把这个美当作复仇的武器。在她向人类报复的时候,有许多无辜的人遭到不幸。堂娜芭芭拉成了草原的恐怖,每一件罪恶的事情都与她有关。她既是草原上一朵美丽的野花,也是一朵有毒汁的野花。

啊,够了吧,受伤者的复仇总该结束吧?人类不能在复仇中生活。难道堂娜芭芭拉就这样在仇恨与被仇恨里生活下去而毫不自省?不,在你心灵里埋藏着早已逝去的爱人形象,每当爱人向你走来,你生活中的一切丑恶很快便会消失,对美好生活的渴望在你心里就会占上风。可你心灵里的回忆一旦离去,你生活又会照旧。但是,堂娜芭芭拉绝不是失去人性的女人。

一个男人改变了她的生活。当他来到草原,堂娜芭芭拉的生活就像河里被投进了石块，泛起了波纹。她时刻注意他的行动。一切表明：这是一个真正的男人，他对她的美丽给予了冷漠。于是，爱的萌芽在她心中生长。她要使自己属于他，全心全意，别无他念。因为这是一个真正的男人，是光明的象征，也是堂娜芭芭拉逝去爱人复活的化身。

堂娜芭芭拉使出了多么令人吃惊的举动，目的是要得到他。但是，迟了，一切的努力都是白费。堂娜芭芭拉以前的所作所为像一块黑布，遮住了她已经忏悔的美丽心灵。她像一朵小花还没有来得及开放，就被生活中的狂风吹折。堂娜芭芭拉永远离开了生活，离开了罪恶。

我恨《堂娜芭芭拉》（人民文学出版社一九七九年出版）的作者，他无情地安排了令人难过的结局。我为忏悔的堂娜芭芭拉伤心，因为她的堕落是人类罪恶的结果，她的复仇是野兽一般男人应得的"报酬"。她不是永恒的毒蛇，而复仇本就是人类的天性。我同情堂娜芭芭拉的不幸，愿她得到新生。

《屠场》《白鲸》《何典》等

我被辛克莱的《屠场》吸引住了，在这本书上花了不少时间，它的艺术手法很对我的口味。这部书以描写人物、场景见长，甚至对某一事物的描写过于冗长细腻了。作为长篇小说，作家这种独特的艺术手法是说得过去的，效果很好。这种艺术手法也适应《屠场》的思想内容，即一个屠宰工人的悲苦命运，以揭露资本主义制度的残酷。书中以描写各种非人胜任的工作环境，有力地鞭挞了此一制度的罪恶；以描写选举中的舞弊，揭露美国选举制度的虚伪，完全是富者操纵选举。这一些，也只有通过细致的描写才能收到很好的效果。总之，我很喜欢这本书的艺术手法。辛克莱是擅长描写一切事物的大师。

看香港阮朗所作的小说，有一种异样的感觉：他在诌故事，作假十分明显。当然，小说家是要善于杜撰情节、捏造故事的。可又必须做得像，做到不使一般读者发觉它的虚假，否则它便失去了魅力。难怪这位阮朗是一位多产作家。

星期一回到家里。一路上有火车发出的节奏的轰响声伴随，我看了大半部《笑面人》（下）；又由于"铁将军"的奉公尽职，我在自家家门口的阳台看完了它。在大多数的读书时间里，我都心不在焉，只是借书来消磨时间。

看完了美国作家麦尔维尔的厚达八百多页的《白鲸》。这本书看了令人急躁，白鲸一直不出场，其他对象却一再令人讨厌地被写出来。这本书的写作方法与众不同，它加了许多的议论和阐述，几乎失去了小说的艺术色彩。也许，写这么多的题外话，是作者牟取更多稿费的办法吧？

上午在阅览室看杂志《读书》，微有获得：即《傅雷家书》中，父亲教子做人的真情。《家书》中时有这种真情流露，是至情之文。傅雷爱子之心、诲子之言亦动我心。天下父母心如傅雷者多也，然而能有傅雷之文的却微乎哉。这只有艺术家和文学修养颇深的人方能做到。我想起家父。

读《鲁迅全集》的注释倒使人收获颇多，写成文章一则。

一整天几乎都在看《中国俗文学史》，郑振铎著。初感不错，可谓"文史"中佼佼之作，不知后面的内容可遂人意。

元曲《幽闺梦》被我当成元代野史借出。我对元曲并不感兴趣，可既借之则读之。这是我平生以来所看寥寥几本元曲著作之一，记得还看过《西厢记》。

昨晚看完《何典》。这本书真可谓是"放屁放屁，真是岂有此理"（此书开宗明义第一句）。这书虽说的是鬼们事情，实是人世之事。《何典》的文字粗俗不堪，用的多是俚语、乡言，不登大雅之堂。阅读时就觉得这部书应该出自无聊文人、寥落才子之手。据此书后记说，作者名张南庄，他是清末落第才子，才赋甚高，此书乃其游戏笔墨之作。果不其然。这次阅读，是我有生以来第一次看"屁话之书"。

白天，读《释迦牟尼的一生》。它虽是历史小说，文字却优美，不枯燥；佛教经典虽古奥难喻、玄而又玄，该书却使之易懂。可惜，这本书竟是一位英国人写的。

选自一九七八年九月至一九八二年八月日记

辑五　编读反刍

深明古今兴亡的《己丑四月》

李诚先生自幼聪颖好学,早年入秋浦周氏宏毅学舍,先后受教于国学大师姚永朴、马其昶,其学识深为马、姚所重。后来先生于南京国学院毕业,任教于黄麓师范、昭明国学院、江南文化学院,数十年辗转大江南北,皆以教书为业;当代学者马茂元、舒芜、吴孟复等人是先生的学生。新中国成立后,先生长期在安徽省文史研究馆从事图书和文史资料的管理工作。李克强同志称李诚先生"是一位真正的学者,一位通晓国故的专家"(详见《追忆李诚先生》,刊于一九九七年五月十五日《安徽日报》)。

二〇一九年六月,海天出版社出版了《李诚全集》,这让更多的人看到了李诚先生的渊博知识和爱国情怀。我在全集中读到《己丑四月》一诗,甚为感佩并产生了研读、考索的兴趣。《己丑四月》是七绝,曰:"廿年金粉迷人地,尽奏霓裳舞妙龄。今日背城求借一,昭陵石马可能灵?"试解读如下:

首句"廿年金粉迷人地":民国政府建都南京,时在一九二七年四月十八日;一九四九年四月二十三日南京解放。如此计算,民国政府在南京二十二年。诗中"廿年"即所谓"二十二"的约数。但是民国政府在上述时间迁都两次,实际在南京只有十一年时间。"金粉",喻指繁华绮丽的生活。"迷人地",使人昏迷的地方。

二句"尽奏霓裳舞妙龄"之"尽奏":到处上演;"霓裳"即"霓

裳羽衣舞",代指飘拂轻柔的舞衣或舞女。"妙龄",原义"青春年少",诗中可能暗指民国政府。

三句"今日背城求借一"之"今日":目前,现在;"背城求借一":语出《左传·成公二年》:"子又不许,请收合余烬,背城借一。""背城借一"意思是:背靠自己的城墙,与敌方做最后决战。

四句"昭陵石马可能灵?""昭陵石马"典出于《安禄山事迹》:"潼关之战,我军既败,贼将崔乾祐领白旗引左右驰突……后昭陵官奏,是日灵宫前石人马流汗。"诗人借指遍布南京的六朝古都十朝都会之陵墓及其石马石人,甚至民国之父孙中山的中山陵。又或者代指某种军事势力?"可能":疑问词"能否"。"灵"即灵验,显灵。

为什么说这首诗是"写在南京解放之初"?这首诗题"己丑四月"已经做出了回答。旧时文人行文中是使用农历来纪年纪月,李诚先生也不例外。"己丑"指一九四九年,"四月"则是农历四月。那么在一九四九年中哪些日子对应这一年的农历四月呢?回答是一九四九年四月二十八日至五月二十七日。

一九四九年四月二十日,渡江战役打响;二十三日,中国人民解放军解放了南京。李诚先生经历了中国人民解放军进攻南京城并且解放南京的全过程,因而于农历四月某天有感而作此诗。全诗大意是:二十年里南京这个纸醉金迷、让人昏迷的地方,到处上演笙歌燕舞之人乃是青春年少者。到如今还想在军事决战中获得神灵的帮助,像石人石马那样的神灵能不能显灵呢?

我从诗意的逻辑性来看,前两句展现了国民党控制下的南京现状,具有批判性;后两句分析和说明国民党军队必败,并有讽喻。前两句是"因",后两句是"果"。又,即使诗中"昭陵石马"果然代指某种军事势力,那么也只能是李诚先生对据守南京的国民党军队必然得不到救援的讽喻。

值得一提的是,我曾经将上述分析求教于对李诚先生素有研究的王达敏研究员,他回信说:"精妙!尤其将昭陵石马句与中山陵勾连解释。细味语气,诗当作于中国人民解放军包围南京并攻城之时。凭一借,当为借中山陵石马,借国父神力。诗人问:可能灵?其实欲说的是:肯定不灵了,谁也救不了了。诗人感慨遥深,是深明古今兴亡的史家之诗心!"除王先生关于李诗写作时间与我所见稍异外,其余皆精妙之见,我公之于世也。

刊于二〇二〇年四月六日《藏书报》

好书只许慧眼人

从海天出版社《寒门之暖》出版后的社会反响，回溯出版者的心路和做法，分享组织出版原创作品的些许收获是一件愉快的事情。

一、乡村情味，泥土芬芳，知音识曲好评多

《寒门之暖》自二〇一九年四月出版以来，由文艺评论者、教师、学者、媒体工作者以及学生写作的十余篇评品之作，陆续见于报刊和新媒体。

在公众平台和自媒体也见到一些读者对于此书的好评。一位读者在豆瓣留言：彭老师的这本非虚构散文集，文字清新隽永，故事贴近人心，让人印象深刻。书中的每一个人物身上都有着时代的印记和亲情的眷恋，在他们身上我们仿佛能够看见自己家长辈的生活轨迹，觉得故事离我们并不遥远，就像在自己身边一样。《寒门之暖》是一部令无论在哪个年代出生的中国人都能感受到共鸣，并且为之动容的好书。豆瓣的留言不仅于此，还有读者说，《寒门之暖》在文字上白描勾勒人物形象，平铺直叙故事，行文非常简单，感情极为深邃的，"他选取的题材中国人已经写了千百年，但还是不会过时——家庭"。

还有一位读者在朋友圈说：我在旅途中本想用《寒门之暖》助眠，谁料竟一气读完全书。这书最打动我的是对文化的理解和描写，

所讲的故事个个精彩。作者写外公，可知"成亦文化，亏也文化"。一个小乡绅对作者的影响至大至伟。从书中可知：宁愿自己"亏"也要文化传承已是乡绅的文化人格的一部分。平实而言，我们所知的大作家彭见明先生正是由乡绅文化培育而出。我觉得乡绅文化对于现下农村教育是不可或缺的。小乡绅"外公"会玩，喜欢留字晒存在感。他喝酒没有猪头肉是不行的。如今彭见明写出了"外公"的存在感，悲欣交集的文化人格，和一脉相承的乡绅文化至今熠熠生辉。今天的人们切莫忘记喝二两小酒吃一碗猪头肉的前辈啊。

二、朋友如月，守望家园，好书只许慧眼人

海天版《寒门之暖》是彭见明、聂雄前两人相敬相惜相友的产物。两人是相交多年的朋友，可是老聂要把朋友的书拿到海天出版，却不那么顺当。一位守望多年，间或像嗅到一点气味后便"出击"一下的猎犬，一位总回以"没写什么书"让猎犬徒劳无功。今年初某天，相守望的两人又见了面。彭先生见老友聊劲正足、缠功犹酣，不经意地说有个回忆自己长辈的稿子不知能不能出版？

"猎犬"老聂这次有了收获，他取得这部名为《寒门之暖》的稿子后，迅速看了几个来回。老聂深入《寒门之暖》中，走进作家营造的精神世界里。书稿各篇分别回忆了作者的九位长辈——太祖母、曾祖父和曾祖母、祖父和祖母、外公和外婆、父亲和母亲，实际上就展现了一个五世同堂人家近乎百年的历史。这自然是一部非虚构文学作品，老聂从中咀嚼出三个"正常"，即叙述、姿态、评判。何来"正常"？因为"不正常"已经习以为常了。例如在历史题材的创作上流行用条文概念先把历史凝固下来，然后自以为是的信马由缰、滔滔不绝起来。这种叙述就像是先用条文概念搭建一个建筑，文学创作变成了寻找适用于该建筑的材料。这怎么能创作出切合实际的作品。老聂

说，彭见明在写作《寒门之暖》时绝不用条文概念固化历史，他只是"看"和"听"，不疾不徐的根据自己的叙述，把自己活跃、能动、善感的主体整个融在历史之中。

彭先生的三个"正常"被老聂写入其《〈寒门之暖〉：写给乡土中国和血亲长辈的致敬之书》，这也是他精审精读《寒门之暖》的结晶。

三、编创互动，坦诚相待，尊重原作求真实

责任编辑从老聂手中接到书稿后很快进入编稿状态。他们在编校过程中遵循彭先生的"用最简朴的文字"展现"情感和思想"，可又觉得有些地方应该"发挥和拓展"。例如可否写写女人织布，男人运布匹到抗日前线，再拉回棉花之类的英雄赞歌？可否多多的描写离家上学时老祖母依依惜别的情景？……

责任编辑去平江与彭先生谈稿，先生却直言不再"发挥和拓展"了。彭先生说，真实是当代文学最为稀缺的表达；夸张华美大行其道，文学的本真便遗失了。是以创作中的彭先生不再虚构故事了，而是用最简朴的文字描写最真实的过往，并常将生养之地平江和家庭当作创作元素。《寒门之暖》中的祖父便是彭见明成名作《那山那人那狗》中老邮递员的人物原型。

责任编辑和复审终审都尊重彭先生的意见。责编在复读《寒门之暖》几遍后，说这本书"是一杯清茶，其味有些清淡却回味无穷"。好书之要就在于它能令人在时间长河里涵泳，这恰好弥补了忙碌而焦躁的时代之缺失。

四、原创作品，高看一眼，厚爱三分铸华章

《寒门之暖》是回到了文学艺术本身的原创文学作品，洋溢了历

久弥新的乡土馨芳，传承和表达了真善美的永恒主题。出版这样的作品，对于吾土吾国重建乡村秩序、传承优秀传统文化都具有启迪价值。

近来海天出版社竞出好书的氛围，源于同心同德、齐心协力。社长总编辑不厌其烦地讲选题策划，并且亲身参与好书和畅销书的策划与组稿工作。在开展好书的宣传推荐活动中，社领导和部门主任、编辑一道为好书站台。在编辑大练内功的同时，社里共谋出版好书、畅销书的考核激励机制，并不断改进和完善。《我们的校园时代》《壹棉壹世界》分别在二〇一七、二〇一八年取得了很好的销售业绩，按照畅销书的激励措施兑现了分配。

海天社在二十多年前出版了《花季·雨季》，尝到出版原创文学作品的甜头。当然对后来掉入原创出版低谷的现实，海天人也自感惭愧和不满。近年来，每在选题论证会上社领导班子对于原创作品高看一眼，厚爱三分。上会选题必然有个结果，每在讨论原创选题时呈报人总是讲得详细，也被问得一身汗。社长对争议大的原创选题不轻易否定，常会安排资深编辑或社领导抓紧看看稿子再说。通过的原创选题还包含了该选题在印制和市场营销方面"怎么做"的内容。

社长对原创选题的赞成、反对、"请某某同志看看稿子"的决定，把对原创作品的"高看一眼，厚爱三分"具体化了。原创作品《我们的校园时代》《壹棉壹世界》和《寒门之暖》，都经历了上述选题论证阶段。

生产协调会是图书质量保障体系中最后的集体会诊。在海天社生产协调会曾流于形式，现在则异常严格，有的编辑甚至戏说"又开了一次论证会"。一些具备开印条件的书稿被详细质询，要求进行版前审读。责任编辑、出版部和市场营销部都得接受质询，他们或展示和解说装帧设计和宣传营销方案，或提出印制材料和开印数的建议。被确定为畅销书、好书者，社长有时会专门召开该书生产协调会。

海天出版社胡小跃工作室将《寒门之暖》列作本部门年度重点选题，在编审校印发各工作环节上殚精竭虑，诚心出品，首印五千册。截稿前获知：《寒门之暖》又印了三千册以应市场需求。

刊于二〇一九年九月二十三日《中国新闻出版广电报》

荷芳赤子，璧流丹青
——莲魂人格相辉映的大家

在《邹传安作品集·工笔画》上下卷中，各种草木花叶画都深深地打动了我。在作品集中有荷画六十余幅，相对于其他花木而言，荷画数量最多，说明邹先生尤喜画荷。

我的视觉和想象倏然生出了翅膀，在荷画里盘旋和停留。在先生笔下，即使画中的荷之花之叶之残枝是陪衬和背景，或者只在画中的角落或边隅，甚至隐隐约约、若在不在，我都感应到蕴含画中的荷韵和人格。先生的荷画品质高雅，风格明快，是与荷心心相印、肝胆相照的艺术结晶，是熔铸出凛然的清气和铮铮的风骨之力作。

我以"荷芳赤子，璧流丹青"作为本文标题，具体说来表达了几层意思：

一是给具有赤子之心的邹传安先生戴上一顶名曰"荷芳"的桂冠。

荷芳，荷的根（藕）茎叶花以及莲子等，无不散发出一种无与伦比的清香，令人嗅之难忘。荷芳在前人周敦颐《爱莲说》中是"香远益清"。或许有人会问：你莫非是说邹先生的荷画也散发了清香？

是的。我在看先生的荷画时，眼里是画家妙笔驰骋的疾趋缓顿、色彩变化、明暗转换，脑海过往的一瞥半见或共相守望的荷便浮现出来，仿佛己身又在荷叶田田、荷香悠悠中。先生《玉兔东升》《迎春》《玉露浮香》《艳阳天》《瑶池香远》《水泛轻红浮香远》《绰约一枝遮不住》《清秋圣境》诸作，分别表现了荷在春夏秋冬的神韵，清香扑面而来，于我自有春莲清幽、夏荷清郁、秋叶清苍、冬藕清和之别。如此"荷芳"则只能是艺术家的知音识曲、妙笔生花。美好的艺术作品源于生活真实而高于生活真实，先生已得之，复予之。先生理应佩戴一顶用莲魂荷韵制作的"荷芳"之冠。

二是韵格高尚的荷与赤子情怀的艺术家十分匹配，并在相知相许的共同演出中，表现和讴歌了生命的精神。

荷画中虫鸟的表现不仅生发出荷之趣味和韵律，也表达了生命的依存关系。实质上这是画家思想感情的外化。《九美图》，九只天鹅在莲花荷叶中穿行，各个表情神态不一致，这显示了荷花世界里的生命对真善美的欢喜、愉悦却又和而不同。"九"是中国传统吉字，前人用以表示"多"。九美，生命得到的美好已经不可计数。《藕花深处是吾乡》中一对水鸟在茂盛的荷叶下任情游弋，立现了一个疏可跑马、密不透风的朗朗乾坤。生命在这里如此自由自在，令人羡煞。用"小荷才露尖尖角，早有蜻蜓立上头"诗意创作荷画，先生的作品与众不同犹有创新（分见陈传席、王鲁湘序）。如《凝素》《逐香》《明珰弄影》《出浴》《夏日》诸作，都表现了蜻蜓与荷的动静、远近关系；《烟雨池塘新粉嫩》《清辉》等是蜻蜓诗意的延伸，只不过停在荷尖上的蜻蜓变成了螳螂。

《秋韵》《秋之恋》《荷塘觅趣》等以秋荷为主题。秋荷怎么了？秋荷在画家笔下和我们看到的实景既同也不同。我们会看到荷已枯萎，奄奄一息，已化身塘泥，会为之而悲悼。在先生早期作品《秋韵》中，十多支莲茎、一朵干枯的莲蓬、半片荷叶，两只水鸟畏缩着躯体，不胜寒秋之状。这与我所见寒秋之荷不差。再看画面，原来画里水面还有荷叶，还有一朵数瓣绽开、一瓣昂扬的荷花正烘托着一轮明月。何谓秋韵？韵在于先生感知了物情和命理，摹绘了荷之生生不息、四季轮回、花好月圆，一如人的美好精神之永恒。《秋之恋》《荷塘觅趣》分别表现了枯荷和水鸟白鹤的静与动、明与晦、远与近，生命的顽强和旨趣在深秋严寒中升华。

三是借"荷芳赤子"之谐音，引出先生这样的赤子来自于何方的话题。

我与先生有几次欢晤。先生中等身材，脊背劲挺，两眼炯炯有神，头发和八字胡须花白。我对某种头发及发型稍有研究：但凡长年理平头且头发直愣愣立起者，一般都属于心直口快、纯真淡然的人。先生最初打动我的竟是他的平头和耸发。有一次开会我坐在先生身后，心念一起便用手机拍摄他的头背黑白照，发在朋友圈后有人对我说：好啊，像座山！亦有说：是谁？感觉像个乡下人。

先生名传安，字书靖，斋号"知止"，一九四〇年生，湖南省新化县水车镇人。先生的生平事迹已分见于媒体，故在此从略。先生退休后寓居深圳，这是我能謦欬其侧的原因。我从先生"乡音未改鬓毛衰"的语言和神貌上，不难看出故乡的风尚已化入其精神生命。我曾疑惑邹先生是丹青武术兼修的大家，后来听王鲁湘说先生的故乡有尚武传统，果是乎？

乡土文化和家学渊源对先生有深刻影响，中华优秀传统文化的养分早已在其精神生命中发酵，其丹青妙作的题材、抒写的对象、表现的手法等具有深厚的文化底蕴和功力。荷之清洁高傲、低调守正、刚柔兼济、化腐朽为神奇的诸多品质和秉性，是先生的荷画着力表现的内容。先生的荷画更加突出地表现了莲魂人格相辉映的中国文人传统。

人荷相尚，诗画双璧。先生在荷画上的题诗亦妙趣警策，十分感人。"过眼空花都看破，淡饭粗衣随分着。闹里藏身原自取，休怨红尘许多错。"（《残荷图》）与其说是写荷花，毋宁说是喻人情。"根是泥中玉，花比玉无瑕。雨洗芳心净，露过清香发。"（《泼彩荷花图》）那泥那雨那露的到来不仅无碍于荷的生存，反而砥砺和激励了荷。荷的玉质、芳心和清香就是这么来的，先生的题诗很好地传递了画意和心曲。

清香四季荷，风雨潇湘人。先生来自于吾土吾国的精神家园，他的艺术作品既是对传统文化的赓续弘扬，也是对族群人格的返璞归真。

四是以"璧流丹青"赞美先生的荷画具有教化功能。

赤子之心，大爱无疆。先生以荷画为代表的丹青妙作，向世人奉献了真善美，有着巨大的教化力量。以画作为例，《十里香风》的青青世界里，白荷如玉，纯洁无瑕，红蜻蜓自由自在，诸君见了怎能不起脱尘之心而自惭形秽、自警自律？《红露》，只见扎根于混沌厚实土壤中的几支红莲奋力向上生长；一支凝露友蜂，绽开花瓣，蓬蕊吐香，营造了和谐与奋进的意境。吾辈见之，感奋不已，萌发了和而不同、积极守正的人生态度。《霜晨月》中没有莲花，甚至连枯蓬也没有，有的是蜷曲的枯叶和绵密的枯茎，有的是枯茎残叶上的积雪，有的是游弋在冰寒池水中的水鸟。此画表现茎叶枯黄的冬荷韧劲十足，不屈不挠，正在进行生命的又一次轮回。君不见，冬天来了，春天还会远吗？冬荷便是春天的序曲，身处劣境之人观之，无不顿起浩然之气和刚正之心，挥挥手掸去衣袖上的灰尘，挺身直行。

古往今来，荷已被人格化。前贤周敦颐说荷"出淤泥而不染，濯清涟而不妖，中通外直，不蔓不枝，香远益清，亭亭净植"，今人赞荷有坚贞、纯洁、无邪、清正之性。这些方面在先生的荷画中无不毕现。先生揆情度理入画，起到了美化人心、警策人生的作用，居功至伟，善莫大焉。

古代诗人江淹的《齐太祖高皇帝诔》中有"胄业既树，璧流方启"，胡之骥解释"璧流"是"璧池之流也"。后人用"璧流"一词喻指施行教化。在我走入先生的荷画艺术长廊后，颇以为"荷芳赤子，璧流丹青"与先生是契合的，而璧之真纯、美善却又是先生的特质。

刊于二〇一九年九月《书都》

王氏四书：老王的忧国忧民情怀

拿到崭新的王氏四书，就像自己出了书一般，好心情持续了几天，四书的作者王春瑜先生仿佛就在眼前。我写的《听王春瑜先生讲故事》已经发表了，如今还有什么好说的呢？想来想去，我觉得老王还是有故事可说的。

《北京青年报》二〇一七年九月二十八日B7版，用整版评论了先生在史学，主要是明史方面的贡献。中国新闻编辑奖"韬奋奖"获得者李乔在《"今古一线牵"》文中评道："……在粉碎'四人帮'之后的具有重大历史意义的思想解放运动中，老王是立了功的。他不仅写出振聋发聩的《万岁考》……一系列促进人们思想解放的文章，还曾受命开列了中央需要的批判封建专制主义的书目……史学家在不少人眼里是所谓'老夫子'……但老王不是。'关怀莫过朝中事'，心底无时不波澜，老王的忧国忧民情怀是极重的，他是一位高度关注社会现实的史学家。"中国社会科学院研究员沈定平在《岁月的积淀和素养的潜进》中说："学识的过人之处，尤其体现在近些年他专心致力于跨越文史的藩篱，以明快的见解及活泼优雅的文字，而撰述的一系列短小精致的杂文集……由于颇接地气，这些文字受到专业人士和一般读者的喜爱。"

先生的文史随笔和杂文甫一写成，就被等候的报刊编辑们立即拿去刊用，之后出版社编辑又竞相约稿，汇帙成册。例如百花文艺出版社一九九八年出版了《漂泊古今天地间》,广东人民出版社二〇〇〇年、二〇〇六年先后出版了《续封神》《看了明朝就明白》,海峡文艺出版社二〇〇四年出版了《新世说》。出版人慧眼识珠,读者、媒体人自然就会好评如潮。这四本书出版后果然都有好评,也是当得起上述学人的有关评价的,显现出先生有着"忧国忧民荡污秽,心底无时不波澜"的襟怀。

先生与海天出版社书缘深厚,不仅承担了海天的国家级出版项目,还把《漂泊古今天地间》《续封神》《看了明朝就明白》《新世说》交由海天出版社重版,出版人策划以"王春瑜文史精华"编辑出版。海天的编辑在通览四部作品时保留了原版的编排顺序,将互出的文章择一删除;精编精校,不仅消除一般性差错,还在校订中实施了现行的规范和规则;同时尊重作者、尊重原作,改稿多与先生沟通,竭尽全力以全原味。《北京青年报》整版还评品了先生的文史作品之理论基础、撰写特点、艺术特色、思想价值等,阅读海天版王氏四书可印证上述评品。

出版王氏四书有什么意义?《漂泊古今天地间》"胆剑篇""人海浪""鸡窗笔"三辑,杂文和文史随笔兼容并蓄,从中可见先生爱国忧民的情怀、明快的见解和活泼的文字。《续封神》呈现了先生的史学思想和杂文风格,一些针砭时弊的文章有着厚重的历史文化内涵而发人深省,让我们知道国家走过的弯路和发生的灾难以及灾难的渊薮,如《牛魔王为戒》《杞人忧口》《错觉的悲哀》《重读救荒史》《以今铸古何时休》等文。《看了明朝就明白》是一本明史普及读物,书中文章无论是史料还是史论都在其学术专著中有了依归,如对明代张居正改革、资本主义萌芽、文人"下海"、军事腐败、爱国主义气节、画坛四杰、郑和下西洋等的深入剖析。把明朝历史当作镜子照一照可以明白很多事情的原委,先生此意有理。《新世说》收入《马桶学者》《冬天童话》《棚友》《奇迹》《求名》《坟草》《书名》《揣着明白》《搔鼓三通》等杂文，何满子先生在序中说"常感佩其机趣""并非篇篇皆属上选，但都言之有物，直抒感慨""侧重于对当前文化现象中弊端的批判"。书中讽喻和批判的文化现象及其弊端至今还存在，甚至有的变得更加嚣张了。总之，王氏四书高扬真、善、美的旗帜，文史趣味浓郁，可读性强；阅读四书，"对于启迪人们心志，丰富文史知识，陶冶情操乃至疏导情绪，都具有不可小觑的作用"（沈定平语），具有启迪价值和教育作用。

从王氏四书部分作品中可以看到王春瑜夫妇的遭际正是十年内乱祸害民生、断灭文化的典型事例。为什么说"忘记了过去就意味着背叛"？为什么又说知识分子应有的品格是"铁肩担道义，辣手著文章"？这从先生及其四书中可以找到答案。先生获得了自由后，其史家三才结合了个人、家国、民族的惨痛历史，很快写出了富有时代精爽和思想价值的精品。在剖析和批判封建专制主义与个人崇拜及其危害的学者群中，先生是不遗余力的，也是持续发挥作用的。如此亦可以把王氏四书视作二十世纪八九十年代我国理论与学术界剖析和批判封建专制主义的本质，尤其是清扫与拒绝封建专制主义对于当代中国社会的侵蚀和祸害的代表作品之一。王氏四书还是研究史学家和杂文家王春瑜的第一手资料。

二〇一九年四月二十日发布于新浪微博

缤纷节亦见,相聚书香中
——《书香中国·全民阅读推广丛书》出版

二〇一五年五月一天,海天出版社一行三人在南京艺术学院图书馆,与徐雁教授率领的才子们会商,要共同做一点事情。我们能做什么呢?出版人搞一点点以权谋"私"的事乃是策划出书。那就为推动全民阅读的纵深发展做做图书吧!如今,知名学者、国务院参事王京生先生,全民阅读推广名师、中国阅读学研究会会长徐雁教授联名主编的《书香中国·全民阅读推广丛书》出版了。

表面上看,《书香中国·全民阅读推广丛书》是这次会议会商的结果,实际上是肇源于我国文化建设与提高全民素质的形势发展。全民阅读成为中国的内需,王京生、徐雁先生是全民阅读先觉者、践行者、推动者中的标志性人物,他们为了书香遍及中国,都有可圈可点的故事,可谓缤纷节亦见,一一垂丹青。他们一见如故、擘画主创这套丛书这件事情,具有鲜明的时代性与逻辑性。我以为王京生、徐雁先生就此一出版项目的联名合作,其本身就是一桩文化事件。

《书香中国·全民阅读推广丛书》是极具人文情怀与阅读推广责任担当的作者们之倾情奉献。他们中的钱军、陈亮、万宇、周燕妮、李海燕诸君,已是全民阅读理论与实践领域的专家,皆有学术贡献。

《书香中国·全民阅读推广丛书》是献给世界读书日的礼物,更是助力于我们国家全民阅读的行动。丛书四册的书名就反映了撰著人员的价值取向,是在细分全民阅读推广的重要领域后,梳理与总结全民阅读推广在理论与实践相结合方面的最新成果，具有很强的针对性与实用价值。四册书分别有什么样特色呢？我将所写审读文字摘选如下，以见一斑。

《书香传家：家庭阅读指南》共计七章，第一章、第七章谈理论较多，其余诸章都具有很强的针对性、可读性，足以单独成书。这也说明在开展与升华全民阅读的实务上，家庭阅读领域的课题与成果多。例如本稿"女性阅读"一章有着崭新的意义。女性阅读不仅对家庭阅读具有积极意义，对女性自身人格发育、发展、优化等尤其重要；并且深刻地作用于中国社会的可持续发展与进步。另一现实问题是：我国已经进入老龄化社会，老人越来越多。老人问题不解决好，社会就会混乱得一塌糊涂。老人还担负着教育第三代的重任。"老人阅读"当然是全民阅读的题中应有之义。在本丛书拓展上，设想一下这几章都是可以独立成书的。这或许算是意外收获吧？

《书香满园·校园阅读推广》共计八章。它聚合、解读了全民阅读在我国校园方面的实践经验、理论成果、代表人物、典型案例等，探讨了有关问题，从而梳理了一些理论逻辑，宣传了一些先进理念，揭示了一些阅读路径。

《书香在线：数字阅读导航》共计七章，除第一章全部、第二章部分讲一讲有关数字阅读的趋势、理论与实践相结合的成果（特点、方法、素养、概说）、加强引导数字阅读的意义外，其余诸章都分别在"导航"上下功夫，把"互联网＋阅读"思想落在了实际操作上。因此，全书最大特色便是实用性很强。使用此书，竟然可以畅游于浩瀚无垠的海洋，探寻于宝藏无数的二酉，其乐融融。

国家要实现全民阅读的好局面，须观念先导。《书香社会：全民阅读导论》便是从服务于社会各层面的观念需求出发，截取了全民阅读理论与实践之成果的最基础内容，撰著了五章，亦即五个专题。全民阅读，不可不知图书文化，不可不知阅读的本质，不可不知阅读的与时俱进，不可不知阅读的过去、当下、未来，不可不知书香社会的好。这就是本书的价值取向，其中归纳、整理、升华了全民阅读的知识、常识、理念、方法、经验等等，是非常诚意的给予与奉献。此稿中深圳元素较多，在行文方面更是颇具诗意。

我在两年前的五月会议后，立即有感，写了一段文字：

江南文化生态圈涵养了众多才俊之士，古今皆然。今次于沪、宁先后重逢与新见的诸君，无不才华横溢、出口成章、倚马可待。正是：江南出才子，人文情怀浓；嗟我行色匆，相聚书香中。

畅想未来生活，呼唤书香社会。我们要在书香中相聚，相聚，不断相聚，真乃快意人生！感谢江南诸君，祝贺丛书出版，这自然又是一次与书香的再会。

刊于二〇一七年四月二十三日《深圳商报》

可知可见可感的黄宗英

二〇一五年十一月十九日,作家李辉发布了一则微信:"时隔半年又见九十一岁黄宗英,与五月相比,神态精神依旧!她居然在看《山海经》。赵丹百年诞辰,送我纪念章和精装本赵丹之书,她题跋写道:你其实一直在阿丹身边。令我感动。未见过赵丹,但二十年来常常听她讲赵丹往事,帮忙整理赵丹在狱中的交代,编辑出版《赵丹自述》。这或许是一种缘分,当珍惜。答应为她编辑多卷本《黄宗英文集》,作为明年献给她的生日礼物!"

微信有九幅照片:四幅为黄宗英先生独照,其中一幅拍摄于她持笔题签的间歇,呈俯首沉思状;四幅为实物照,分别是《赵丹诞辰百年纪念章》《山海经校注》《银幕形象创造》等;还有一幅为黄、李俩合照。黄宗英在《银幕形象创造》扉页写道:其实你一直在阿丹的身边　李辉好友存览　宗英　二〇一五年．十一．十九。

我看了这则微信,非常感动与冲动。黄、李两位都是文化名人。他俩的合影我看的时间最长久。从照片上可以看到:友情与亲情相叠加,他俩内心涌出了欢欣与愉悦,像是相处了一个世纪的好朋友的再聚会。心念至此,我遂给李辉留言:"九十多岁老人,字写得挺有力气,真好。这套文集哪家出版?我们挂个号。"

黄宗英写作不辍,珍惜文字,文集是她的精神生命。李辉欣然接受了黄宗英的托付,定会把文集编辑出版的。我"挂号"后,那厢李辉没有动静，想来坐等有可能得不到回复而失去这部稿子。可是编辑出版《黄宗英文集》毕竟不是小事，还需要论证。

十九日晚我想了很多，还向几位从事图书出版几十年的朋友征询意见。一直以来，他们都给过我最诚意与直率的意见，是我策划或组织重点选题的"外脑"。当时我满脑子里都是《黄宗英文集》，连文集成品的模样都出现了。

二十日一早四五点钟我就微信李辉，问文集事情。李辉给我看了黄宗英委托自己代理文集出版事务的手书照片，说某出版社可出版文集，"你千万不要为难"……李辉待我实在太好了，我随时可以终止组稿活动。恰好三位好友都已先后回复了我，他们分别赞成出版文集；有一位提醒说出版文集可能不赚钱。这推动了我在文集是否海天落地上，选择了继续推进，尽快在社内论证之。

我向社长汇报了出版《黄宗英文集》的意向；也跟李辉约定，要在海天完成选题论证程序。二〇一六年一月十二日，在我提议召开的专题会议中，张小娟主任介绍了《黄宗英文集》等一二级论证情况。在聂雄前社长领导与支持下，这次会议把文集定下来了。

《黄宗英文集》共四卷：第一卷《存之天下》，是写亲人朋友的文章；第二卷《小丫扛大旗》，收录了报告文学、人物特写、早期的影视剧本、诗歌等作品；第三卷《我公然老了》，主要是散文作品；第四卷《纯爱》，收录了黄宗英、冯亦代的往来书信，时间为一九九三年二月二十六日至十一月四日。

我通览了《黄宗英文集》，文集中最打动我的还是《小丫扛大旗》卷中的一些报告文学。而对我影响最深的是二十世纪八十年代发表的一些作品，如《大雁情》《小木屋》，当年甫一发表，万人争读，真是洛阳纸贵啊。这个时候，我在大学读书以及入职出版社第一个五年。当年我是好想抓到黄宗英稿子啊！文集中的文章有些看得仔细，有些属于重读，有些读了依然感动，有些还用了批判性思维进行了回视与反思。记得已故出版家黎洪先生刊文道:"在中国漫长而又极其复杂的历史变迁中,谁能是全功无过的圣者?"(黎洪:《道德文章　光照江淮——沉痛悼念施培毅同志》,《江淮文史》二〇〇三年第二期。)对黄宗英我作如是观。她不是圣人,她的报告文学歌颂了时代英雄与劳模,他们有科技精英、医生护士、老农民、下乡女知青等,是有着历史变迁中的时代印记的。在今天重刊与回读这些作品,是有助于了解与认识中华人民共和国的历史,尤其是改革开放以来人文进步、科技发展的一些情况;也能比较集中的、成体系的反映黄宗英创作思想与艺术追求。

《纯爱》卷中的书信最初被陆续披露后,就被一些媒体誉为"情书"。阅览书信,两位老人的黄昏恋竟然热烈而激荡,各种情绪流露在字里行间,从而可以看出两人在恋爱向婚姻发展过程的林林总总、形形色色。在两人书信中,还涉及他们当时各自的生活状态以及交往。在我国社会日趋老龄化的当下,失偶的老人尤其是中老年文化人的恋爱与婚姻,在《纯爱》中得到了解读与观照。在书信琐碎的叙事与表达文字之中,虽然看似一呼一吸、一问一答,却也见出了老年人黄、冯的恋爱与婚姻心理,这是此卷独具魅力的阅读价值所在。

《存之天下》卷中有不少文章是写赵丹的。例如写赵丹《管得太具体,文艺没希望》一文从口述到《人民日报》发表的本事,极具史料价值与启发意义。又如写为赵丹编辑出版画册、办画展的系列文章,感人至深,人间冷暖、公道人心宛现。卷名截自这一卷中的文章标题《存之天下——敬献〈赵丹画册〉》,可知编者与宗英老人是心心相印的。

在《我公然老了》卷中,有些文章我竟然翻来覆去、很有耐心地读。为什么呢?因为在阅读中发现:我们今天正在做的文化工作,尤其是图书选题策划等,黄宗英一些文章仍然有启发,是线索。例如《涌涌红杜鹃》写科学家余树勋先生事迹,其中有关于余树勋在花卉流传方面的见解，印证了我想要做的一套书是完全可行的。

总括来讲，阅读《黄宗英文集》有四个"可"：一是可知在二十世纪大时代变迁中文化人的悲欢离合、人生轨迹以及文坛艺苑各种掌故。二是可见作者对科技工作者、国家建设、落实知识分子政策的关心与关注之情浓烈而急切，洋溢出多姿多彩、芳菲持久的爱国情怀。三是许多短而有趣的文章笔致灵动，写寻常琐事用口语方言带出了人情世故，既是至情至性的自然流露，又增加了文章的厚度，这样的章法可学。四是在阅读"情书"这一近乎绝迹的文本过程中，可重温纯爱的美好。

回顾一年前的那几天，我的思想在历史情境中穿越。我没有走远，走到了深圳还处在一片荒漠、正在开发的时候。那时深圳需要全国的支持，亟待人才的到来。黄宗英来到蛇口，是最早到达深圳这个改革开放试验田的文艺名家，她在蛇口工业区尝试进行了文艺体制的改革。黄宗英还创办了书店——深圳最早的民营个体书店，产生了广泛的影响，等等。深圳的簕杜鹃红了一遍又一遍，深圳的河水绿了一次又一次。深圳好起来了，要感恩与回馈国家与社会，尤应感恩与回馈那些在深圳最艰难时候给予深圳帮助的人。我想海天出版社是深圳的出版机构，理所应当帮助宗英老人圆梦，奉献深圳出版人的情意。犹记得我问李辉：宗英老人对文集在敝社出版有何反应？李辉告诉我，她听说文集在深圳的出版社出版，十分开心。我恍惚看到了宗英老人在笑，那是美丽灿烂的笑啊。

涌涌杜鹃红，悠悠圳河情。我们，宗英老人，还有很多关心与帮助深圳的人们，大家的感情之河你来我往，源源不竭，不时地泛出了火红岁月里才有的光芒。

刊于二〇一六年十二月六日《光明日报》

风景应犹在,人间"二流堂"

七月二十二日下午,李辉到医院探视黄宗英先生,黄先生手持《风景已远去》一书拍照,并手书"丁聪百年,我想你",这一系列活动,令我很是感动。我们感谢黄先生为海天版当书模。当然,《风景已远去》中不仅写到了丁聪先生,还写到了不少前辈文化人,他们中不少人都是黄先生的朋友。

《风景已远去》的主要内容是关于"二流堂"的纪事。与一九九八年间李辉兄在海天出版的《依稀碧庐——亦奇亦悲"二流堂"》有不同的地方在于:《依稀碧庐——亦奇亦悲"二流堂"》收入的文章,不仅有李辉的《亦奇亦悲"二流堂"》,还有唐瑜等人文章,例如《"二流堂"纪事》(唐瑜)、《"二流堂"奇冤大案》(吴祖光),以及政治运动中的揭批文章。而《风景已远去》所有作品都是李辉撰著的,从中可以看出李辉对于"二流堂"人物的持续写作,完成了"二流堂"群塑,以及对中国当代文化艺术领域的一个重大事件的呈现与追问。

"碧庐"是由唐瑜出资建的一幢房子,由一句玩笑话定名为"二流堂",当时郭沫若欲为题匾,时在一九四三年的重庆。"二流堂"居住了很多的文化人。二十世纪五十年代,北京又有了"二流堂"的流风余韵。在"反右"和"文革"时期,"二流堂"被作为右派小集团和反革命裴多菲俱乐部,曾在此出入的文化人士均遭迫害。"文革"

后，这一影响很大的冤案得到平反。《风景已远去》一书交代了"二流堂"形成的始末，所谓"二流堂"成员的有关文化活动，以及形成冤案的情况。

让我们感到奇怪的是："二流堂"形成在抗战时期我国陪都重庆，出入其中的是大批进步文化人士，接受了中国共产党的领导，以至于在新中国初期的一次会议上，周恩来大声问道："'二流堂'的人来了没有？"那种自己人才有的亲切呼唤，仿佛都能映在我们这些"二流堂"以外的人的脑海，挥之不去。所以，《风景已远去》（包括《依稀碧庐——亦奇亦悲"二流堂"》等）的重要意义，乃是以史为鉴，有益于我们认识当代历史，拒绝遗忘，牢记国家与人民遭受的浩劫之教训。

作为一桩十分荒唐的历史事件，在书中我们一方面看到的是对于文化人的描写和追述，他们的风格、性情、才华得到再现；一方面看到的是对于人性和人才的扼杀、荼毒。但是，透过这些表象，书中还告诉了我们："二流堂"及其人众，被江青等人用作了攻击周总理的"脏弹"。

《风景已远去》以可读性、史料性兼具为其特色。其主干的综述文章是《亦奇亦悲"二流堂"》，还有几篇文章分别涉笔"二流堂"成员吴祖光、唐瑜、盛家伦、苗子和郁风、丁聪、戴浩，这些人物的风采照得黑暗历史闪出一片亮光。而聂绀弩、黄苗子、杨宪益唱和"二流堂"的诗作，沉吟把玩，意味绵长。

黄先生对"二流堂"中人丁聪的一声呼唤，又令我想起二十世纪末李辉编著的"沧桑看云"书系四种出版时，丁聪等前辈都还健在。当下，书里书外的很多前辈已经远行去了。

或曰：风景应犹在，人间"二流堂"。

二〇一六年七月

莫忘乡邦人与事

二〇一四年九月下旬一天,胡鹏池先生与深圳朋友某到出版社与我见面。甫一坐下,我就问胡先生有没有正式出版过著作,他说还没有呢。

胡先生是二十世纪四十年代中叶生人,清华大学理工科毕业;他怎么也没有想到这几年在网络上写文章写得"蹿红"了,拥有了几百万"粉丝"。胡先生觉得该出书了,希望我能看看他的散文,可否在海天出版。这些年来,一些人的网文有了积累后,便想把自己的网文变成纸媒图书,这已成了出书新常态了。何况,如胡鹏池已是六七十岁人,这一代人对纸质图书还是看得很重的。在"三不朽"中,其中"立言"不就包含出书吗?我能理解胡先生们想出书的心情。当时我暗中以胡鹏池先生是要"立言"的体验,接受了"看看稿子"的嘱托,并请孙艳编辑一道看稿子。其时,这部书稿的名字叫做《一个地主儿子的大学梦》。

斗转星移,书香袭来。前几天,胡先生第一本散文集《芦花瑟瑟》出版了。

《芦花瑟瑟》收录了包括《一个地主儿子的大学梦》在内的二十五篇散文,有一股悠远的墨香,与江南时下的风物景色仿佛一致,扑面而来。这样的感觉于我,只是在看纸质图书时才会有的。看到那种简洁明快、意味深长、富有书卷气韵的封面,墨香会持续很久很久,要摁在我的味觉中似的。

编辑是图书的第一读者。因为工作需要,《芦花瑟瑟》在出版前有六名编辑看了稿子,五人写出了审读意见。我是那一个没有写审读意见的人。但是,深层次的阅读体验早已令我在这本书出版前,写了一些文字先后发在了朋友圈,得到了初步的互动。而最新的文字是我与孙艳编辑共同编写的——

芦花白,芦花飘,时代的钟声在一个个角落鸣响,发散着震撼力。一个再普通不过的小镇就如钟摆一般,停在了一九五八年前后,小镇里各色人等的命运一幕幕拉开……

绵密细腻的感情,浓郁清新的气息,平实质朴的文字;彰显了土地里长出来一般的生命力,抒发了眷恋乡邦之情。

在以上两段高度浓缩的文字中,"一九五八年""小镇""各色人等""生命力"等是关键词。它们也是体现《芦花瑟瑟》精神价值的所在。

这两天,我再次阅读了《芦花瑟瑟》。与其说是阅读,不如说是观剧。我一边观看一个小小村镇犹如舞台,它以广袤无垠的中华大地为背景,在时代旋律与歌声中演出;一边品味人性的复杂性、多样性以及变化多端与难以捉摸,尤其是在无法无天状态下的作恶与存善,出其不意地发生了。然而,这一切又都是那么顺乎自然与情理!

《芦花瑟瑟》是写故乡的真实散文,是写一九五八年间南通一个叫做百脚街的小村镇的人物群像。作者"我"在二十五篇文章中时隐时现,是一个亲临实地的镜头,也是一个导游,使得书中人物形象及其故事细节,小村镇的风物土产、时令节候、花鸟虫草、景色民俗等非常细致生动传神。《芦花瑟瑟》中的"我"是回归童年回归故乡的作者本我,我真佩服胡鹏池先生的强烈记忆与细腻笔触。书名"芦花瑟瑟",在书中是有一段关联内容的,它写了外祖父的生与死。作者外祖父之凋零物化,是一个男人在大时代中无法面对妻子的恚怨,渐渐地没有了活力，反而是死去了才好。书中写道：

"他无言地摆摆手，依然双手袖着，沿着来的路瑟瑟地离去了，那一袭破旧的长衫，被冷风吹卷起一角，河边的芦花瑟瑟地起伏着，望着外祖父佝偻的背影消失在漫漫芦花深处，我心无限凄惶。"瑟瑟，不胜状，禁不住的样子。苦楚不堪的外祖父已经招架不住百脚街的政治氛围与亲戚白眼了，犹似冷秋之风在芦苇丛中旋舞，芦花瑟瑟。

芦花是乡村常见的景色，虽有开放时的繁华鲜茂，终难免秋风阵阵寒瑟瑟的花败丛散。这是一个挥之不去的乡村情境。可是，芦花凋零之后，芦花还会绽放。芦花是美丽的，是散发温度的，是有顽强生命力的。这是我喜欢这个书名并且主导了封面设计风格的唯一理由。

去年十月间，我微信评价胡鹏池先生《为什么说"史识"比"史实"更重要？》一文，认为胡文很有见地，也有深意，对于认识历史"记忆"是个什么性质的东西有启发意义。胡先生这部《芦花瑟瑟》"用细腻的笔调，描写家常般的故事却充满浓郁生活气息，感人至深"（省局审稿人语），是"中国苏北一九五八年前后的农村生活图景"（韩海彬编辑语）……这些评语都说明了这部作品具有加强记忆、增加史识的作用。《芦花瑟瑟》对人性的剖析与白描，细腻精巧，宛曲跌宕。从挖掘与展现人性，从剔除与拒绝丑恶，从弘传与发扬善良，从反思与正视本我等诸多方面看，我感到这书确实是一个经历丰富、阅尽沧桑者的立言之作。

当下春天万物竞荣，生机勃勃。芦花开于夏秋，却是秋天的意象。可是有多少春到秋，恁多风雨在人间？春秋是史，芦花飘飘，莫忘乡邦人与事，守住真善美。

刊于二〇一六年六月十二日《深圳商报》

人性的光芒：《穿过雷暴的阳光》

Sunnie 是中国深圳人。她在美国留学期间遭遇车祸，颈椎折断，四肢瘫痪了。这本书是 Sunnie 及其父母共同写作的实录。

Sunnie 的父母以最快的速度最短的时间，赶到了美国医院，日夜守护在持续昏迷的女儿身边。母亲开始在博客中记录着 Sunnie 的情况，记录着 Sunnie 苏醒过来、身体状况变化、心理障碍与危机，记录着周围以及远在国内的人们对于 Sunnie 的关爱。

我编校、审读的书稿至少两千种了，这本名为《穿过雷暴的阳光：Sunnie 家面对祸难的心路历程》的书稿，是让我在审读中有流泪感的一本。平生以来，这样的体验是不多见的。

分析这次流泪感的产生，主要是与作者属于同辈人，而其一家三口经历的重大灾难及其面对灾难的故事，书稿中对人物心理的揣测与分析，生活细节的描写都是非常细腻的，是生是死，时好时坏，这些不断撞击我的心灵。作者夫妇与高位瘫痪的女儿，在爱的伟大力量相互支持下，走出了绝境，回到了生活常态中。书稿不仅让我们感到爱的伟大力量，也给予我们知识的引导。懂得瘫痪病人心理，遵循与相信医卫常识，爱能创造奇迹。

Sunnie 在美国几家医院完成了抢救、治疗、康复等阶段，这是一个比较漫长的过程。母亲几乎辞去了工作陪护在女儿身边。母亲的博客一直开办着，从博客中传递出了美国社会、民众一方面对于生命的尊重，一方面对于规则的尊重；而这两个尊重恰恰是在人生价值上交汇了。一些事例令人感动，值得借鉴。

在这书里，泪点在哪里呢？说起来真是太多了，举例如下——

一天晚上，Sunnie 突然对爸爸说道："爸爸，你看我的大拇指在动！"……Sunnie 激动地不停地叫着："看啊！看啊！是不是在动？是不是在动？"Sunnie 爸爸妈妈也不停地回答道："是的！在动！是在动！"（见该书第九十八页）

又一天晚上，Sunnie 坐着轮椅要从人行道下来掉头去上公车，忽然，马路上所有行驶的车全部减速，一溜排汽车停在了远处，留出了一大段地带，雪亮的灯光照着轮椅前行的道路，坐着轮椅的 Sunnie 从从容容向公车行驶。那一刹那的感觉，"是在电影里才有的镜头，让我心头震撼不已！"（见该书第一百零一页）

从博客中，我还看到了母亲工作单位——育才中学，其教职员工联合起来，结成了大爱无疆的臂膀，给予 Sunnie 源源不断的爱，如阳光、雨露般地滋润了这家人的心田。（散见于书中）

我祝愿天下人平安。但是灾难无常，有时不期而遇。这本书尤其对碰到类似灾难的人们，是有教益与帮助的。从疾病心理学讲，这本书是高位瘫痪病人的心路及其家庭护理、康复的教科书，非常接地气。

而就内容来说，这本书就是母亲的博客，包括跟帖。读之身临其境，感同身受。其中就连让不让女儿 Sunnie 看自己的博客，以及 Sunnie 在看博客前后的表情与表现，母亲都有细致的观察，及时记录下来。这本书的真实性足以让我放心地称它为"实录"。

《穿过雷暴的阳光：Sunnie 家面对祸难的心路历程》，是海天出版社刚刚出版的一本图书，具有异常辉煌与明亮的人性光芒。

二〇一六年六月三日

终极关怀与思想启迪

再过几天,李辉的《自由呼吸》一书就要出版了。明天是世界读书日。在我看来,阅读就是一种呼吸。在仪式般的供奉与弘扬阅读生活与阅读精神的时候,要做一件助力于全民阅读的事情,于我而言没有什么比向读者荐读一本海天版图书更好了。

那么我要推荐一本什么书呢?我推荐的就是《自由呼吸》。为什么?因为这本书太好了。

一是好在了一种探索真实、拒绝遗忘的精神上。李辉访谈的这些名人,他们的话语与人生是一面时代的大镜子,照出的是时代中知识分子的命运。李辉笔下,文化前辈们在向我们传递道义传统与文化责任,引领我们依皈纯净安宁的精神家园。

二是好在了适机出版、升华意义的价值上。中共中央《关于建国以来党的若干历史问题的决议》指出:"'文化大革命'是一场由领导者错误发动,被反革命集团利用,给党、国家和各族人民带来严重灾难的内乱。"邓小平同志说:"……但是由于没有在实际上解决领导制度问题以及其他一些原因,仍然导致了'文化大革命'的十年浩劫。这个教训是极其深刻的。"(详见《邓小平文选》第二卷的《党和国家领导制度的改革》)这本书是有益于读者回顾与了解当年的一些人和事,在内心种下斯文善良公平正义的种子,尤其是年轻人将获益甚多。

三是好在了张弛有度、纵横开阖的文风上。李辉之所以受到广大读者的喜爱，不仅是在于他抓的那些关注国家、知识分子命运的写作主题，也在他的语言很有特色。他能在一段史实、对话、白描之后，恰到好处地插上一段议论，而且这些议论的语言既有哲理又灵动优美，从而令人产生想象与审美的空间。真善美中，求"真"最难也。而其妙处正是在于以一个"真"带出了对善对美的启动与互动。李辉还能让自己自由地进出于历史情境内外，把控情绪与驾驭文字的能力极强。正如此书名叫做"自由呼吸"，他的文字也是自由呼吸的。这是李辉文章的个性。

　　四是好在了这书满含人文情怀，情系家国命运，富含教育价值。即以书名而言，有着终极关怀与思想启迪的意义。"自由呼吸"的书名是截取书中一篇文章的标题而成，非常传神地表现了李辉的使命担当与理想追求。我们不仅要学习李辉取书名的艺术，我们还应当将自由呼吸的精神内涵当作奔向自由阅读的原动力。呼吸与阅读是互为因果的。若是连自由呼吸都做不到了，怎么可以自由阅读；而不能自由阅读，又怎么可能存在自由呼吸？

　　自由好比春天，阅读没有止境。年复一年，人们在春季里祝贺世界读书日的到来，各种各样的声音与做法，都应该旨归于自由阅读的精神上。

　　请您自由呼吸，自由阅读吧！

二〇一六年四月二十二日

关于梦想，关于创造
——《战马：皆有可能》的精神及其他

用国家话剧院院长周予援的话，只八个字就升华了舞台剧《战马》演出的意义，即远离战争，呼唤和平。继北京站、上海站的成功演出之后，中文版《战马》广州站的序幕刚刚拉开。在这一巡演过程中，海天出版社出版了《战马：皆有可能》一书，其出版价值之首端，乃是凸显了和平的精神。

另一层价值，在于本书对创造精神以及工匠精神的致敬与呼唤。在今年的"两会"上，国务院总理李克强在作政府工作报告时首次提到，要培育精益求精的工匠精神，这对发展创新型国家具有重要意义。而中文版《战马》，正是工匠精神在艺术领域、在中外文化交流领域的一次集中释放。《战马：皆有可能》一书，以"揭秘"幕后创作故事为"表"，以致敬创造之美与工匠精神之道为"里"，灌注的是同样的精神。

《战马：皆有可能》为读者呈现了《战马》从小说创作到舞台剧诞生的戏剧化过程，舒缓有情地传达了文学的精神。小说出版后，作者莫波格没有收获他所期待的效应，其失落与怅然是全书的"微澜"，读到徐馨对此处平实而细腻的描写，《战马》终归会产生巨大影响的信念便已在我心里扎根了。英国与南非两国艺术家共同创造《战马》，乃至后来以当代中国人才为主体，打造出中文版《战马》的全过程，是全书主要部分。

阅读此书，就像观看了另一场深沉大戏：各个角色先后出场，为我们表演；我们也熟悉了各个角色在舞台剧《战马》诞生过程中的独特作用和属于他们的人生故事。每一个故事，都像涓涓细流奔向大海。读罢此书，海面依然波澜起伏，一朵朵硕大无朋的浪花出现，定格为斯皮尔伯格对乔伊一见钟情，将《战马》选定为自己寻寻觅觅要拍摄的"战争三部曲"的完结篇；定格为两位著名戏剧家观看舞台剧《战马》首演后，一个泪流满面，一个说不出话来……

《战马：皆有可能》展现与赞美了原创的精神、工匠的精神，我以为这是本书给予读者最大的教益与感动。尤其是工匠的精神，这在南非掌上乾坤木偶剧团两位创始人亚德里安、巴泽尔的身上展现得淋漓尽致，感人至深。在读木偶是有生命的那一节时，我更加理解了工匠的精神乃是对生命的极其尊重与热爱，这一刻，我肃然起敬。我亦深刻理解：《战马》之能成为当代经典，或者就是工匠的精神使然；中文版《战马》之所以为所到之处的观众所喜爱，之所以成为中英文化交流的一大盛事，亦如是。

海天出版社精心制作出版的《战马：皆有可能》，讲述的是一些故事，传递的是一种精神，也是一种信念：你我都可以将心中的梦想点亮，只要你足够热爱，只要你肯付出——在这个鼓励梦想与创造的时代，一切，皆有可能。

二〇一六年四月十二日人民网·广西频道发表

凸显工匠精神的精美长卷
——读《中国玉器通史》

《中国玉器通史》甫一出版,即有人以"怎一个'润'字了得"为题评介之。在这套十二卷书出版一年半后的今天,它让我仍然含英咀华、品味不已的书里书外故事,亦可用"别是一番滋味在心头"总括之。

我的思绪穿越时空,一个又一个场景浮现眼前。我赞美精美绝伦的玉器,同时也不断地联想着在中国历史上,为什么会在玉器身上呈现出踵起比肩、纷至沓来、琳琅满目、精益求精的一个又一个美妙场景?

宋代李公麟是收藏与鉴赏古物的大家,《宋史》本传称他"闻一妙品,虽捐千金不惜"。在他收藏的众多古董中,有十六双极具盛名的玉器。李公麟接受好朋友苏轼的建议,将一方马台石雕斫成池状,时常把这些玉器放在其中用清水洗浴。苏轼大喜,为这方马台石起了一个名字叫做"洗玉池",还专门写了一篇《洗玉池铭》。在这篇铭文中有"道逢玉人,解骖推食。剑璏琪玓,错落其室。晚获拱宝,遂空四壁","如伯时父,琅然环玦。援手之劳,终睨莫拾。得丧在我,匪玉欣戚"。大意是说李公麟在行旅时遇到了制作玉器的工匠,解骖推食;家里摆设很多玉器,错落有致;晚年得到了十六双玉器,家里钱财空空了。李公麟这样对待玉器,他自身就像能发出清朗之声的美玉。像这样举手之劳的事情,终归是看的人多做的人少。得失总是要落在人的行为上,这并非玉器自身的喜乐和忧戚。在苏轼笔下,李公麟那么善待玉工,那么珍重玉器,其实是善待与珍重工匠精神。而一个个玉器身上附着了工匠精神,是有了生命的。

海天出版社出版的《中国玉器通史》共计十二卷,李公麟等文化名人不仅在通史之宋辽金元卷中有一席之地,他们善待玉工是被作为了一种维护与发扬工匠精神的佳话,在明清时代产生了广泛的影响。

中国玉器历史上一件又一件精美绝伦的传世玉器,制作者为谁?大多数的制作者是失之于著录的。文人们在珍爱与鉴赏玉器的时候,啧啧称赞玉器的美妙与精巧,甚至从中品味出玉器身上带有的时代气息与独特匠心。这都是对工匠精神的赞美与弘扬。中国的工匠精神在玉器这种物件上表现得十分生动与活泼,十分兴旺与发达。出现这样的局面,知识分子是起到了非常重要的积极的作用。

张岱的《陶庵梦忆·诸工》更是一篇指名道姓、仪式般地赞美工匠精神的好文章。他说一些工匠受到鉴藏家的钦敬和推崇,工匠们可与缙绅分庭抗礼,他们的作品在千百年后保无敌手。在这篇文章中,出现了一个叫做陆子冈的人,他是制作玉器的工匠。

而写陆子冈的人又岂止一个张岱。陈继儒《泥古录》则记"乙未十月四日于天门伯度家,见百乳白玉觯,觯盖有环,贯于把手上,凡十三连环。吴门陆子冈所制"。文章写伯度玩玉器,把玉器制作者陆子冈带上一笔。高濂在《遵生八笺》中称赞陆子冈雕琢的玉印池与玉水注"工致侔古""法古旧形,滑熟可爱"。《苏州府志》有"陆子冈,碾玉妙手,造水仙簪,玲珑奇巧,花茎细如毫发"。在文人笔下,"工致侔古"就是说琢制玉器的技艺传承于前人,并在琢制水准上达到了与前人一致;"玲珑奇巧""细如毫发"是表现在制作玉器过程中的精益求精,追求卓越。

我国秦代就有玉工,陆子冈是玉工的杰出代表。陆子冈,太仓州人,后迁居苏州横山下;生活在明嘉靖、万历时期。陆子冈长年累月地胼手胝足，琢玉成器，创作出大量的精良作品，"名闻朝野"。陆子冈用刀雕刻玉器的绝艺，冠绝当世，睥睨来者，他卓然成为玉器制作大家。明末，陆子冈所作玉簪，一枚售价即达五六十金。珍藏于故宫博物院的贡给明朝皇帝作结婚大典上用的重要礼品合卺杯，是陆子冈的作品：高七点五厘米，横宽十三厘米，由两个直筒式圆形器连接而成；底有六个兽手足，杯体腰部上下各饰一圈绳纹，并作捆扎状。杯把镂雕成凤凰，又凸雕双螭作盘绕状，两螭纹间的绳纹结扎口上刻一方形图章，上有隶书"万寿"两字。杯身两侧分别有"湿湿楚璞，既雕既琢，玉液琼浆，钧其广乐""祝元明""合卺杯""九陌祥烟合，千香瑞日明。愿君万年寿，长醉凤凰城"等剔地阳文隶书铭文、款识，内容浪漫多彩，富有情趣；器型却又古朴典雅，从中洋溢出殚精运巧、竭尽绝技后的艺术魅力。陆子冈的玉器制作是高超精妙的，艺术上是独树一帜的，他昂首进入琢玉名家之列。

陆子冈的成功带动了苏州制玉业的发展。由明末至清初，苏州专诸巷内玉器名家荟萃，人才迭出，技艺精绝；所琢玉器誉满海内外。玉工们既遵循古已有之的工匠精神，也实践当世独立的创新作为。苏州制玉业的创新也在乾隆诗中得到了印证与褒扬："专诸巷里工匠纷，争出新样无穷尽。相质制器施琢刻，专诸巷益出妙手。"

苏州是明清时期玉器生产基地之一，精品纷出，陆子冈功不可没。陆子冈及其后续者们的诸多玉器杰作，成为历代欣赏者苦心寻觅的器玩。诸如玉工顾听、张象贤、蒋均德、刘谂、贺四、李文甫、王小溪、倪秉南、张君先、贾文运、顾觐光、金振衰辈，鉴赏家们可记住这些名字，千万不能放过他们的玉器作品。

在我所见到的论述玉器和玉文化发展史的诸多作品中，资料翔实、表述清晰构成了《中国玉器通史》的学术语境。但是，是什么力量使得这部大著作在同类作品中做到了最系统、最科学地谈玉说史，圆满地解读了中华民族几千年来始终不渝、孜孜不倦地爱玉崇玉的文化背景和核心内涵?

在《中国玉器通史》启动时,主编陆建芳研究员要求各卷争取做到三个"一网打尽",即考古资料一网打尽,相关文献一网打尽,研究动态资料一网打尽;唯求为社会贡献一部臻于完美的学术著作。十多位撰著人员都是文物考古一线中青年玉器研究者。他们在完成这部著作时,不依附、不依赖官方机构,而是自筹资金,精心研究,低调著述,专心致志地默默工作了七年。我以为他们之所以能完成这样的过程、奉献这样的著作,是由两种力量使然:一种是人文情怀,另一种便是工匠精神。

一代风骚多寄托,十分沉实见精神。《中国玉器通史》是寄托多多、精神丰满的,是沉实厚重、风骚盖世的。《中国玉器通史》的书里书外故事有很多精致的美妙的场景,仔细看去,它分明是一轴凸显工匠精神的精美长卷。

刊于二〇一六年三月二十日《深圳商报》

手中一片绿,花史文脉长
——写在《中国花文化史》出版之际

在今年早些时候,海天出版社出版了一册有关于深圳市公园植物的科普书籍;再过几天,一部容纳近八十万字、四百余幅图片的《中国花文化史》也要面世了。不久,时尚与传统相结合的普及读物《中国 365 天生日花》,也要进入编辑出版流程。海天出版社在植物、花卉图书上的持续出版,是值得祝贺的事情。

我尝思这些图书之间有没有什么关联呢?近来我愈发觉得是有关联的,它们都关联到深圳人拥有的"绿"上。

深圳的绿,是深圳主义的重要内涵。蓝天白云,四季轮舞,葱葱郁郁。深圳是绿色之城。深圳是生命之树常绿。深圳的绿,不仅是自然的,也是人文的。你以为各种植物都是生于斯长于斯的"原住民"吗?却也不是。植物像这座城市的人民,既有本地的,也有外来的。人文重要的特质是包容。我们、植物及其他被深深的包容,融在了一起。深圳的绿,是触目可见、触手可及的生活常态,简称常态。要说这样的常态,得自于深圳市园林绿化工作者的辛勤付出,绝不过分。我对他们充满敬意。深圳的绿,令人兴奋贪赏,流连忘返,希望自己无论于何时何地都能与之相偕相共。美好曼妙的绿色,是深圳大众的恋人。要说我之迁徙深圳,就是冲着这位恋人来的,也非虚言。相恋不知疲倦,无有厌时。

我早些时候,用诗一般的语言自问道:深圳的绿,能化作手中的绿珠、翠玉、青云、碧波吗？其实，"手中"者，书也。作为居住在兹、终老在兹的深圳出版人，岂能不为深圳的绿而讴歌，而展望，而畅想？

我说漏了什么吗？有关红花绿叶的讴歌、展望、畅想却是由来已久。《诗经》之中就有"苕之华，芸其黄矣""苕之华，其叶青青""维士与女，伊其将谑，赠之以芍药""桃之夭夭，灼灼其华""启之辟之，其柽其椐"；楚辞中也有"餐秋菊之落英"。它们是对凌霄花、芍药、桃花、观音柳、菊花的讴歌、展望、畅想。可是，花草树木见载于历代典籍中又岂止上述的几种。花卉植物在泱泱中华的历史流程中，很有文化底蕴。我们需要回顾。我说漏的竟是"回顾"这个关键词。

我以为世界需要一部与中华之名相匹配的中国花卉文化史。我想的是：这样一部花卉文化史，应该策源于深圳，出品于深圳。

我想到了周武忠。一九九二年七月，我的老东家黄山书社组织编辑《中国花文化辞典》，我是责任编辑，周武忠是这部辞典的主编之一。那时，周武忠已经在花城出版社出版了专著《中国花卉文化》。不意之间，我俩竟失了联系。

自二〇一〇年三月起，我开始寻找周武忠。在辞典另一位主编帮助下，我与周武忠联系上了。这年九月十七日，我给周武忠写了有组稿意向的书信，有云："一直以来我有一个愿望，那就是组织、编辑、出版一个代表我国最高学术水平的中国花卉文化通史的书稿""我感到在当下是可以整合、归纳、总结有关我国花文化历史，进一步策划、组织、编撰、出版一部色香味俱佳的《中国花文化图史》（暂名）的学术专著的""我想在十月份中下旬去一趟南京，当面聆教"。

从这个时候开始，我国前人还没有做过的梳理与研究的中国花文化史，便在武忠兄心里驻扎下来，经过长达五年时间，终于有了现在的《中国花文化史》。其间过程，周武忠在《后记》中有所涉及；但着重介绍了我所起的推进作用，说被我"真诚所感动"，说我用"各种方式'骚扰'"他；说"特别是二〇一二年八月七日他写给我的一封长信《关于〈中国花文化史〉的一些建议》，让我深深折服，下决心尽快交稿"。《后记》引录了我的《关于〈中国花文化史〉的一些建议》。今天读读这份"建议"，知道自己曾经深陷于中国花文化历史长河之中，痴迷而有所悟，以至于有了至今仍然能感动自己的一点文字。我的这点文字与《中国花文化史》并呈于世，不仅见证了友情、笃诚在做学问过程中的意义，也是对我编辑工作的最大犒赏。

近来读书，有句我很赞成的话是：既不能遗忘，也不能根据主客意志去选择记忆。对于我国花卉文化历史，是要拒绝遗忘的，是不可以选择只知一二而不及其余的。通观《中国花文化史》，共讲了十三个专题，除了第一个是对中国花卉文化的概述外，其余是：中国的花卉资源及其栽培利用史，中国的用花艺术与科学，花卉与中国园林，花卉与中国民俗，花卉与民众健康，花卉与中国文学，花卉与中国艺术，花卉与儒释道，花卉与中国典籍，中国国花与市花，花文化与中国旅游，中国花卉文化产业。无疑，《中国花文化史》是中国花卉文化的专题史。全书附录了中国花卉发展大事记、中国花卉典籍、中国名人与花卉、中国传统花卉食品、国家重点花文化示范基地认定管理办法，对于一些专题之不足起到了补足作用，是延伸阅读花卉文化历史与现实的重要资讯。

海天出版社从《中国花文化史》选题确立之日，就把它当作重大出版项目。在《中国花文化史》著述、编辑、出版的五年历程中，它分别在省市国家的有关评审中，先后被评定为国家出版基金项目、广东省精品原创工程资助项目、深圳市文创资金资助项目。这是非常鼓舞人心的。

《中国花文化史》是对中国花卉文化历史的回顾、讴歌、展望、畅想之学术力作。在书里，从考古发现距今七千年前中华大地便有了人类欣赏花卉的物证说起，中国花卉文化的知识、常识、观点、新见，与蓄情载意的叶、花、果一道毕现，流荡着浓浓的生命之绿；又忽然在绿色之中，现出了花光艳艳，一抹丹霞。在中国花卉文化浓浓的、轻轻的、慢慢的、淡淡的、冉冉的各种意趣与境界中，各种绿意、绿形、绿情、绿态、绿的对话都娓娓道来了。书中的方方面面、形形色色、林林总总，不仅是我们向往的花卉在世俗生活中的表现，也是我们已有的、今天还需要发扬光大的中国花卉文化传统。正可谓：手中一片绿，花史文脉长。

深圳的绿，《中国花文化史》在深圳出品，与花与草与绿色家园有关的选题，是持续的逻辑关系。在我们这座花园城市，人们也正在合力书写深圳自己的花卉文化史，显示出传统力量与创新精神高度融合的特质。我们乐享其成。海子曰：面朝大海，春暖花开。就从今天起，我是深圳主义者。

刊于二〇一五年十二月二十七日《深圳商报》

书爱众香熏，知识最乐群

二〇一一年十月三十一日下午，海天出版社最新推出的《全民阅读参考读本》《全民阅读推广手册》被摆放到了深圳书城中心城、罗湖书城、南山书城的门脸之地，这份在贯彻落实中央文化大发展、大繁荣方针进程中诞生的新书，正是奉献给广大读者的"书文化礼包"。新闻出版总署副署长邬书林评介说，用大众化语言从不同角度对阅读的理论方法和实践经验进行总结提炼，是它们的主要特色，对于我国今后一个时期的全民阅读推广工作，会产生更大的"助推作用"。他还希望出版界能够进一步组织更多更好的阅读类读物问世。

由中国阅读学研究会会长徐雁教授主编的《全民阅读参考读本》与《全民阅读推广手册》为文化与科普类读物，集纳了最为新颖、实用、权威的中外信息，具有重视纸本经典读书、重视儿童导读和面向未来阅读的三大可读性特点。据悉，在两书上市之前，国内尚未有同类出版物问世。

《参考读本》为平装本，共二十二万字，由读书人物、阅读方法、书林博览、推荐书目、少儿导读、书店地图、大众传媒、数字阅读八篇组成。该书面向大众，语言通俗晓畅，版面活泼灵动，内容安排上极为关注少年儿童阅读、关注传统经典、关注新型阅读方式，给予读者许多相关信息、知识、指引。读者从中还能够了解古今中外名人的阅读生活与阅读经验，浏览一些城市书店的特色，借鉴十余种阅读方法，知晓与阅读有关的媒体，品味书林典故与阅读活动等。

《推广手册》是精装书，共七十七万字，分为九个单元，每一部分均以经典的阅读名言开篇，并简介该部分内容。全书既有给力人生的阅读智慧，又有给养心灵的"阅读疗法"，既有积淀丰厚的藏书文化，又有精彩纷呈的都市阅读，并且介绍了阅读机构、导读书目、读书媒体，以及方兴未艾的数字化阅读等有关方面的内容，不仅总结了阅读学的传统理论和成熟经验，而且展示了阅读实践的新方法和新进展，因而它也是一部开卷释疑、读之益智的重要工具书。该书不仅能满足我国图书馆、媒体、相关社团与机构等在推动全民阅读、建设学习型社会等工作上的需要，也有益于一些读者在专业上的拓展。

《全民阅读参考读本》与《全民阅读推广手册》的书稿的编辑出版，得到了海天出版社的全力支持。社长尹昌龙先生于今年九月初，亲自主持了《全民阅读参考读本》审稿定稿会议。他在审阅了样稿之后，发表了若干重要意见；在随后的改稿过程中，基本上都得到了认真仔细的落实。两书也就同时成了该社"出好书"战略范畴中的率先推出的优质文化产品。

十一月二日上午，在第十二届"深圳读书月"启动后三十分钟，召开了"《全民阅读参考读本》暨《全民阅读推广手册》新书首发式"。深圳图书馆馆长、中国图书馆学会阅读推广委员会主任吴晞研究员致辞评价说，海天出版社出版发行的《全民阅读推广手册》和《全民阅读参考读本》，对于全国的书业界、图书馆界和广大读者来说，是一个及时雨式的文化惠民成果，也是一项填补阅读学空白的专业成果。对于以"深圳读书月"和"图书馆之城"为文化创新品牌的深圳来说，更是一个相得益彰的编辑出版成果。

他指出，阅读，无论是对人类个体，还是对于社会群体而言，都是最为重要的文明活动之一，更是相关的机构——政府相关部门、图书馆、出版发行机构——最为重要的工作职能之一，其重要性自不待言。多年来，无论是政府部门、图书馆，还是出版发行机构，都做了大量的阅读推广工作，为普及阅读风气、创建"学习型社会"、推动精神文明建设进行了不懈的努力和大量的探索。但令人遗憾的是，虽然做了大量的工作，但它们一直没有得到很全面的总结，以及学理上的归纳和提高，并进而对进一步的实践工作发生指导和推动的作用。如今，《全民阅读推广手册》和《全民阅读参考读本》的联袂问世，解决了社会各界人士的急需，也给我们这些从事阅读推广工作的专业人员提供了一个得心应手的工具。

  作为两部集中展示了古今中外优秀的阅读学思想学说，荟萃了世界各地阅读推广工作的先进经验的图文并茂的书，诚如主编徐雁所说，旨在"促进古今阅读理论知识和中外阅读实践经验的进一步传播"。在此基础上，我们还要加上一句："这套书使阅读作为一门科学，展示了她优美的面貌和动人的魅力。"尽管《全民阅读推广手册》和《全民阅读参考读本》作为全民阅读推广进程中的两个里程碑，此后的里程正长，有关的工作还有很多，但这两部书足以让我们精神获得鼓舞，并继续形成合力，推动向前。

二〇一一年十一月二日

文史哲艺类的小风景

我比较留意上了年头的海天版：有些翻看一遍就还给资料室了，有些找同事要到后收藏之。从二〇〇六年开始，我为海天版图书写了七八十篇阅读笔记，包括自己组稿、编稿、审读过程中的编辑手记，经年累月已经积攒了十余万字，拟名"鹏城别记"。现选录二十本文史哲艺类图书和我的相关笔记，以书名为目，按照版本时间先后为序排列。

一、《陈序经东南亚古史研究合集》

这部专著百余万字，篇目有：东南亚古史初论，越南史料初辑，林邑史初编，扶南史初探，猛族诸国初考，挥泰古史初稿，藏缅古国初释，马来南海古史初述；其实，一个篇目就是一本专著。所以，我们在书名上看到"合集"二字。"合集"的内容大体包括东南亚各古国之历史沿革、地理方位、种族源流、社会经济、文化宗教、风俗习惯、对外关系等方面。

我在一九七八——九八二年的大学期间，学习的专业是历史，但那时并不知道有哪位前辈学者在研究东南亚国家的历史，加上我也不想好好学习历史，当然也就更不知道"合集"的作者陈序经了。现在我知道：除了我自身的原因外，还至少有两个原因造成我如此孤陋寡闻。一、陈序经先生早年曾倡全面学习西方，以至于新中国成立后一直到二十世纪九十年代，遭人议论不休。所以，陈先生及其治学成就存在着被"屏蔽"的现象。二、陈序经先生于新中国成立后的学术精力，主要用在《匈奴史稿》《泐史漫笔》以及"合集"所含专史的研究上，并且都在"文化大革命"前截题；可它们变成出版物的时间已经是二十世纪八九十年代了。

今见"合集"，我知道陈序经先生是从浩如烟海的中国史书中挖掘宝贵的数据，以此为主干，辅以当地古籍和西方学者的著作，并结合自身对东南亚的多次实地考察，进行综合研究，澄清了西方某些学者对东南亚各国历史的曲解，阐明了东南亚各国具有悠久的文明史，从而完成了这部富有特色、多所创见的史学专著。"合集"校订者许肇琳认为，这部史学专著充分利用了中国历史文献和国外古今有关数据，其"数据丰富"是个特色；陈先生以此著作成为我国东南亚古史研究的开拓者和奠基者。平心而论，这样的著作放在我学习历史的那些日子中，即便我们相关的授课老师再怎么傲慢，他也得向我们介绍这样的史学著作。我信然不疑。

据书上介绍，陈序经（一九〇三——一九六七），海南文昌人，童年即随父侨居马来亚。少年时代回国，先后在岭南、沪江、复旦等校读书。一九二五年在复旦大学社会学系毕业后，即赴美国伊利诺伊大学进修，先后获硕士、博士学位，再赴德国基雨大学研究主权论和社会学。一九三一年回国后，历任岭南大学、南开大学、西南联大、中山大学、暨南大学等校助理教授、教授，并担任教务长、副校长、校长等职。陈氏学识渊博，著作等身，历史学、政治学、社会学、经济学、教育学、法学、民族学等无不涉猎。一九四九年前已有不少著作在国内外学术刊物上发表和印成单行本出版。在国家评定一级教授时，他是中山大学三个一级教授中的一位，另两位是陈寅恪、姜立夫。

端木正是陈序经的学生，他说："此合集所收八种大抵为五十年代至六十年代初所写，其时先生在各校多负校务领导重任，行政事繁，每不待黎明即起，披览典籍，振笔作稿，日积月累，集腋成裘，而课堂讲授，指导论文，以及社会多方兼职均仍应付裕如。何况在此期间，历经各次政治运动，而仍有如许科学研究成果，其专心致志，献身学术之精诚，堪为后学楷模。"（本书《序言》）这段关于陈先生个人的史事，其实有着委婉、难耐的时代内涵。在"领导重任，行政事繁""社会多方兼职"的情况下，陈先生"均仍应付裕如"——我不相信。有陈先生那样的学养和功力的人，一定还要有定力才行，一定不要有"重任""事繁""多方兼职"才好。"一九六七年，'文革'期间受迫害，于是年二月十六日在天津南开大学因心脏病突发逝世"（见本书《陈序经先生年表》）。即使没有那个万恶的、革文化命的"革命"，也不当让陈先生这样的国宝级人物"重任""事繁""多方兼职"才好。我一算，陈先生寿命仅仅六十四岁。惜哉！

我之所以说《陈序经东南亚古史研究合集》是"最有影响力的海天版史学专著"，除了这部书本身的学术价值外；我还看到了这部专著的出版，是由香港一家文化公司策划、出品，在该公司所写《出版后记》中交代了原委："最近才筹得一笔出版经费，并委托我公司筹划出版合集"。这笔经费哪里来的？我又在陈序经子女所写并收在书中的《感想和感谢》一文中看到："我们感谢黎耀球、黄恩怜伉俪，伍舜德先生，伍沾德先生，崔兆鼎先生和韦基球先生，他们为本书的出版提供资金。"这样的学术专著竟然是由个人出资、香港公司策划及协调，最后落实到"香港和台湾商务印书馆及深圳海天出版社支持，共同合作出版……在中国大陆、港澳和台湾同时发行"（《出版后记》）。这个出版活动本身就很有意义，很有影响，值得一书。我还知道，这部繁体字、精装两卷本的学术专著在出版后，获得了中国图书奖。可是，这个国家级的荣誉对于陈先生已经没有实际意义了。真正受益的是我们国家和后来者。

二、《丁日昌外传》

海天版中今人创作的长篇历史小说不多，《丁日昌外传》是一本历史小说。我有意地将它从尘埃中挑出来一读。

拂去它的灰尘，我先打量着封面上丁日昌画像。这是现代人的手笔——那么老的一个人，竟然如此英挺和凛然；眼睛很深邃，似乎能够看穿一切。丁日昌是一八二三年生人，只活了五十九岁；因此我不知道画像表现的是他的哪个生命阶段。读了此书我立即读懂了画——英挺和凛然是这部小说的主旋律；而画像上象征苍老的白须，毋宁说是象征着衰老的清朝。可我绝不相信这画的作者有此立意，不过是碰巧撞上了我这个好琢磨的人。

丁日昌死得早了。他不仅生理年龄没有衰老过，他的心理年龄也不曾衰老。丁日昌临终前给朝廷上的奏折，依然强势：

> 方今时局多艰，西北南三境皆与英法俄接壤，东又有日本狡然思逞，伺衅而动。我弱一分则敌强一分，我退一步则敌进一步，安危祸福之机，固有稍纵即逝者，自我之属国琉球已矣！而法国占据安南六省，更思图其都会，暹罗、缅甸行将尽属英，俄人添兵东海，是高丽不蹶于倭，必蹶于俄。将来我之属国若竟一无所存，枝叶残则根本何以自主。天下事与其焦虑烂额而无数燎原，曷若曲突徙薪而绸缪未雨。及今而力图实际，尚有可强之时；及今而仍托空言，难有自强之日……惟望内外臣工，仰体圣怀，同力合作，迅图自强之事实，勿分畛域，勿惮浮言。外则睦邻讲信，虚与委蛇；内则竭虑殚精，力图整顿。穷变通久之道，以奠灵长巩固之

基，则今日之敌国外患，皆我他日富强兼并之资也！

我对丁日昌的了解仅限于以下两个概貌：一、他是我国清末洋务派人物，有改革时弊的思想和实务。二、他是大藏书家，在图书文化流布的作为上，饱受争议。他在任地方高级长官时，禁止淫书、淫词、淫图的刊印和发行，公布了著名的丁氏目录。我期待这部小说能够在这两个概貌上妙笔生花，流光溢彩。

这部书浓墨重彩的是丁日昌的爱国情怀。

一是丁日昌在洋务上的实践。小说写丁日昌等在开创中国近代轮船工业、军事工业，建立新海军、新陆军期间，与反对洋务的势力相抗颉，遭人三次弹劾，被人骂为"丁鬼奴"。丁氏不屈不挠，艰难困苦，玉汝于成，终于推动了清廷派出第一批中国学生赴美留学，造就詹天佑等一大批科技人才。小说对丁日昌苦心筹创中国第一个新型航运企业，提出一系列富国强兵的主张，建议将台湾建制为行政省等历史情节，描述细腻，丁日昌的好品质得到张扬。

二是丁日昌与殖民主义者的蛮横作斗争。英国驻上海领事巴夏礼把英国常胜军回国的文件扣下，让万余名英国侵略军在中国为非作歹。清廷令丁日昌办理此事。巴夏礼拒绝与丁日昌见面。在丁日昌坚决斗争下，巴夏礼跪着向丁日昌求饶。小说文笔激扬，丁日昌的英挺之气得到张扬。

三是丁日昌的为官清廉。小说中描述了丁日昌励精图治、公正廉洁、审判贪官、赈灾救民的故事。笔意活灵活现，为文生动感人，丁日昌的凛然正气得到张扬。

我感到有些遗憾的是，这部小说对于丁日昌在图书文化上的着墨不多。在他不算长的生命中，他有那么多的藏书，他有那么多的与书有关的谈资，这都说明了图书文化是丁日昌人生中不可缺少的组成部分。

在衰老的清朝晚期，丁日昌的精、气、神虽然很足，丁日昌虽然有许多英挺和凛然之气；但是对于行将就木的清朝来说，丁日昌们只是阴霾密布中的一抹夕阳。这是我读这部小说引发的感想。

其实封面还不如不要那幅画作。或改作：

在阴霾密布的天穹，有一捧光明撒下——你说它是一抹夕阳也好，你说它是一缕朝霞也罢。如此而已。

三、《潮汕文库》

我手头有这套丛书中的三本，分别是：《蓝鼎元论潮文集》《潮汕文化论丛二集》《潮汕方言熟语辞典》。我从这三本书上看到一些熟悉的名字，他们有官员、香港实业家、学术大家。我还见到了名单上有一行字"以上按捐款额及姓氏笔画排列"。书上给我的这些信息说明了：丛书是在基金的运作下成功地出版了。在中国十大著名商帮中有潮商。要确定中国近现代最有影响的商帮是谁，很可能是潮商。丛书的基金大多是来源于这个潮商。商人对于地方文化的支持渊源有自，是一个传统。

有的时候，捐款却不得其旨，难为其用。这个基金用于支持潮汕历史文化研究和传播，则得其旨、为其用。总顾问吴南生在丛书序言中对潮汕文化、潮人贡献作了概括性介绍，提出研究潮汕历史文化应当坚持实事求是、严谨治学，为此就要做好历史资料的收集、整理、考证和出版工作。吴南生的确讲得好！在区域文化、城市文化中，潮汕文化自有个性、特色，确实有着研究的必要性。其实，丛书中这三本书的出版最能够说明问题。

蓝鼎元是生活在清朝的人，《清史稿》中有其传。《蓝鼎元论潮文集》是从蓝氏《鹿洲全集》选录文章，这些文章都与潮汕有关，从多方面反映了清康、雍时期潮州府，尤其是普宁、潮阳二县的社会、政治、经济、文教、风俗等状况；还保存了珍贵的地方史料以及蓝氏施政断案经验。

翁万达是明朝人士，《明史》有传。《潮汕文化论丛二集》收录了"翁万达国际学术研讨会"交流的论文。对这个人物的研究，是潮汕当地对于其先贤研究的开端。论丛评价了翁万达勤政爱民、刚正不阿的政绩，善于谋略、固守边疆的军功，严明军纪、关怀士卒的作风，反对复套、力主封贡的灼见；一些论文还认为翁是明嘉靖时期的民族栋梁之材，剖析了翁的哲学思想渊源、与严嵩的关系等。

潮汕地区语言丰富，发音独特，是我国一个小方言区。《潮汕方言熟语辞典》中收录的熟语包括惯用语、成语、谚语（格言）、歇后语，均按照潮汕方言读音，加以注音，并解释意思；有两个检索，一是"分类词条首字潮音音序索引"，一是"分类词条首字笔画索引"。这是一本语言工具书，地方特色明显。

如果要在海天版拣选出最富有潮商人情味的丛书，《潮汕文库》是可以当选的。我还要对这句话稍加解释——

上述三本书并不是表现和表扬潮商的书，它们各自的出版都是一次有价值的文化积淀。这种积淀是靠潮商的基金支持才完成的。要地方政府支持这类文库出版，地方政府说：我管的事情太多，要求支持方面多，支持不了你。要出版社出版这类文库，出版社想：出版这个文库会亏本，我有什么资本能为你地方文化服务？——这是通例了！由于天南地北的潮商都滥觞于潮汕一地，血脉相连，人情依依；《潮汕文库》在这个挥不去、剪不断的血缘和亲情支持下，拿到了"海天"出版。

四、《清园夜读》

我久知海天版中有一本《清园夜读》，其作者是我所尊崇的王元化先生。二〇〇八年五月九日，王先生归山。从文化人怀念、悼念王先生的文章中，我见到《清园夜读》屡被提起；想到自己至今尚未读一读《清园夜读》，不禁汗颜。我从资料室借来一册《清园夜读》，一会儿泛读，一会儿精读；在短短的几天里发生了汶川大地震，我极度悲恸，书在手中心却不能静寂。

《清园夜读》内容上有一个分类，即考释、人物、掌故、书简、序跋。按照分类想象，"考释"类文章都应当是学术论文，"书简"类文章都应当是书信。其实，在我眼中，《清园夜读》所有文章都是随笔；就其内容，我又概略称之为"文史随笔"。即如"人物"类文章，所写人物汤用彤、杨遇夫、鲁迅、章太炎、熊十力、韦卓民、王瑶、相浦杲，他们是中国现代史上文史大家；再如"书简"类文章，即使《谈公意及其他》一文，也多有引证中西哲学先贤观点，阐述和发凡并举。我不能一一评点王先生的文章，只能照录下全书书目，以示我的崇敬之情。它们是：

考释：扶桑考辨，简论尚同，"达巷党人"与海外评注，《子见南子》与前人注疏，读樊著龚自珍考，读胡适自传唐注，胡适的治学方法与国学研究，"原壤夷俟"柬释，孔子最早的神圣化，康德的百圆之喻，京剧札记，玛雅访古志，答《中华文史论丛》编辑部审读意见；人物：谈汤用彤，杨遇夫回忆录，鲁迅与太炎，记熊十力，熊十力二三事，韦卓民遗著，悼王瑶，遥祭相浦杲；掌故：青松红杏图，沈荩之死，曾国藩著挺经，宦术，吴汝纶论中西医优劣，李鸿章办外交，周汉其人，屈大均葬衣冠，跪拜礼，祀天敬孔，刚毅识杨金龙，伪造合影，甲午缉奸，水晶灯笼，司官护法；书简：自述，谈掌故，谈考辨古史，谈公意及其他，谈海内外学风，谈近代翻译文学；序跋：《思辨短简》后记，《思辨发微》序，《文心雕龙讲疏》序，序《敦煌遗书文心雕龙残卷集校》，《太平天国革命亲历记》重印本跋，序《从理想主义到经验主义》，序《无梦楼随笔》。

这些文章也都有其价值，值得记载。书中很多文章能反映王元化独立人格和学术精神，以《答〈中华文史论丛〉编辑部审读意见》《读樊著龚自珍考》为代表。这种学术魅力随处可见，使得随笔内容坚实、耐读。王元化品嚼的内容很广泛，纵横五千年历史，包罗文学、史学、哲学、艺术、外交、中医、礼俗等诸多方面。《清园夜读》是真正把历史文化用随笔形式表现出来的高品位作品。

如果要在海天版中拣选出最富有历史文化含量的文史随笔集，《清园夜读》可以当选。

《清园夜读》全书印刷字均为繁体，用纸精良，版面疏朗。封面设计注重意境，用了一竿笔直的青竹：在一缕月光的照拂下，青竹散发朗润翠彩，于沉沉黑夜中洋溢出个性。内文插页用了王元化先生着闲装"近照"和手迹，这自然与封面有了互动：文人爱竹，文人以竹自励，王先生的书卷气走近了我，感染了我。出版人在以上方面的追求，显示出对于作者是有了深入精神世界的了解，功力深厚，用工精细，我很欣赏和敬佩。

还值得注意的是：王元化有写日记的习惯。根据他在《清园夜读·后记》中的介绍，"本书所收大多是最近两年写的文字。我在日记中曾记述了写作这些文字的经过"。所谓"最近两年"，根据后记和每篇文章文末著录的时间，大致为一九九一——一九九三年。这对我们有两个提示：

一、王先生的读书日记很重要，如果海天"当代文化名人日记选刊"有重新拓展的可能，我会提出选刊王先生日记的建议。面对王先生的这些珍贵资料，我们应当用开阔的胸怀，呼吁所有出版机构尽力将此类珍贵的文化名人日记资料出版，让流传有序的文化在日记方面不要缺失。

二、日记是真实记录阅读中智慧火花的载体，可以架起读书与写作的桥梁。

以上就是我泛读《清园夜读》的一些"成果",而我的精读还在进行着。

五、《鹏城旧事》

鹏城,深圳的俗称;乡土文化研究早已厘清了"鹏城"身上的文化积淀,咀嚼和消化出许多可资玩味的内容。"鹏城"在深圳现代社会生活中随处可见,一直蔓延到全国。我携家来深圳,有人送大幅国画,题名"鹏程万里"。"鹏程"谐音"鹏城",画者美好的祝福始终萦绕不去……

年轻的深圳有多少旧事?而一旦用了"鹏城旧事"这样亲切并带有史述性的词组做书名,仿佛便有了无数可以说道的旧事,仿佛便能对衬出深厚的文化底蕴。这深深吸引了我。

作者何博儒是老深圳人,"我四十余年的生活和斗争,全都和梧桐山、阳台山有关","借助秃笔花镜,断断续续演绎成反映深圳历史的本故事:中国民主革命先行者孙中山先生倡导打响的辛亥革命前夕之《阳台烽火》与《三洲田首义》"。(见本书《自序》)

《鹏城旧事》之一是《阳台烽火》,之二是《三洲田首义》;两书均采用章回体,回目上下句基本对仗;在把握住基本史实下,对辛亥革命前夕发生在深圳阳台山、三洲田的革命起义,进行了文学创作。我看到有白描、速写、特写、对话、倒叙、插叙、旁白、场景铺成,甚至也有心理刻画,不一而足。这就有了可读性和文学趣味。像作者这样认真地挖掘、收集、整理和创作深圳地区文史资料的个人,并不多见,其行为令人感动。何博儒所花费的精力和心血,在深圳市老领导刘波笔下得到了彰扬。这种彰扬也当是对乡土文化工作者的一种鞭策。

还有许多鹏城旧事可以像这样去说道,可以行乡邦文化的教化之功。我与福田区教育界一些朋友每次见面，我就会鼓捣他们编写乡土文化读本，在普及深圳乡土文化上从孩子的教育抓起。他们没有一个人说乡土教育不重要的。四五年过去了，这事至今没有搞成。原因多种多样，却怪不得我这些朋友。

看来，要做这事，我得访寻何博儒这样的人了。

六、《名家品书》

阅读是图书文化推广与流布的核心环节，写作是表达思想和感情的重要手段。今天，用于表现图书内容和思想、情感的介体很多了，阅读形式也多样化了，写作更可以通过数字技术直接转化为供于阅读的声、光、电、影像等。可是，怎么变化，阅读在文化传承中的位置都不可替代。

用写作这一手段记录下自己在阅读图书时的思想和感情，在前辈大家那里是一个传统。他们留下来的那些文字，是我国图书文化中的宝贵财富。我很喜欢它们依然被纸质的图书荷载着，因此我收藏了一些书品、书评之作。前辈也好，新锐也好，他们谈书、品书之作总有书香扑鼻而来。我有一个观点，许多的书是必要读的，许多的书又是不必要读的；作为读书的人，书品、书评之作则不可不读。

我欣喜地见到：海天版中竟有《名家品书》一书。它内分胡适、茅盾、叶圣陶、郑振铎、巴金、老舍六篇，每篇各收录几十篇文章。文章大致有两种情形：一是谈读书，一是有关图书的品评之作（包括序、跋）。巴金篇又分为上下篇，上篇基本是谈读书。我想，编选者有意把这位前辈大家此类作品归集、编排为《名家品书》的第一篇，是对读者的读书方法、旨趣、境界等方面的指引和提升。

《名家品书》编辑严谨、规范，堪称"名选"。编选者下足功夫，选文精当，对应了出版者和读者的需要。巴金篇：吴芝麟选编；胡适篇：单三娅选编；茅盾篇：李辉选编；郑振铎篇：沈金梅选编；老舍篇：舒乙选编；叶圣陶篇：叶至善选编。选编者中既有作者的亲人，也有相关的研究者。每个选编者写有编后记，不仅交代了选编工作的由来，还介绍了选文工作的开展，对阅读者有着或多或少的阅读指引。选录的文章编录了出处、来源，便于阅读者进一步的探讨。

我与两位选家沈金梅、李辉有文字交道，他们是我的作者。而《名家品书》的主编之一吴泰昌先生，在二十世纪八十年代就给安徽文艺出版社提供作品，成书《艺文轶话》，我读之甚有味道，写过书评，认为是好书。我认为：主编遴选、组织得人，是《名家品书》质量好的保证。《名家品书》符合我在图书出版工作中摸索出的"三到位"原则。"三到位"原则是：选题到位，作者到位，编辑到位。

根据叶至善《编后记》中"海天出版社要出一套《名家品书》，请冯亦代和他（即吴泰昌——笔者注）当主编；主编商量下来，说非有我父亲的一本不可……"可知海天出版社最初就有一个叫做《名家品书》的选题设想，并设定了两位主编，在完成向主编约稿后，由主编开展组织、落实约稿工作。选题的亮点和看点，在书名取定上就已经完善，以至于让我们一目了然：品书的名家是"亮点"，名家品读的图书及其咀嚼出的文字是"看点"。此即"选题到位"。巴金等六位前辈是原创作者，亦为名家中的"大家"；主编、选编者是出版社约稿对象（社外编辑班子）；他们素有学养和造诣，一道构成为《名家品书》的"作者队伍"。此即"作者到位"。从内文编、校、排、印到外包装，都追求了精益求精。此即"编辑到位"。

尽管《名家品书》是一个编辑作品，但是在十多年前书林中能有此一读物，不管它是哪家出版社的出版物，其出版行为都是可以赞道的。

如果要在海天版中拣选出最富有图书文化积淀意义的图书，《名家品书》无疑可以当选。

七、《一分为三——中国传统思想考释》

在海天版图书中，要找一本在二十世纪后十年中最富创见的哲学著作，此书当之无愧。

此书收集了作者一九九〇年以来所写所刊的有关中国辩证思想的十七篇文章，其涉及范围为先秦时代华夏地区。在十七篇文章所集的各个题目下，作者极力考释一个朴素的中国辩证法思想——一分为三。

在我们至今所受到的教育中，"二分法"几乎耳熟能详、深入人心；对许多事物的看法经常要一分为二。在过往的阶级斗争理论中有这样的运用，就连所谓阶级敌人搞破坏，也会有人站出来说：这既有坏的一面，也有好的一面。西方哲学以"二分法"看待世界万物，直至一个微粒都存在着"两极"。

庞朴先生在本书《自序》中不仅分析了西方"二分法"的特征和基础，也指出中国传统思想中并非不存在"二分法"，但是，中国的前人是将"二分"作为认识世界的"方便法门"。由此我想到我国曾经发生的政治运动和自己的阅历，感到用"二分法"作为认识世界万事万物的唯一法门，是禁锢人类思想的紧箍咒。那个非"左"即"右"的岁月当是明证。

"考释"二字反映了这部学术专著的研究特色。书中大量出自先秦诸子百家的原典内容，在缜密和细致的考证、阐释后，复运用哲学的学理、学术逻辑方法、语言表述等手段，纷纷指向了"一分为三"这一辩证思想。我可以用史料翔实、学理精深、治力渊厚等，表达对这部专著的一般评价。

庞先生在考释"一分为三"的学术过程中，引证了"正""反""合"的问题，"如果进而说成墨家辩者是上两派的逻辑发展，是那一'正'一'反'之后必须的'合'，或许更能深刻揭示哲学思想自身变化的一些规律"(见本书《〈中国名辩思潮〉导言》)。这使我想起不久前在写《中国精神》的书话时插入的一段旧事旧话。"正""反""合"就是认识世界万物的一分为三,当年那位搞道教文化研究的朋友说用"正""反""合"可以解决二十一世纪一切问题。是否是这样?庞先生没有这样的表述。倒是由此书可以确知的是:一分为三是我国辩证思想的精粹。倒是可以假说:如果一分为三是认识世界万物的唯一法门,那它的确是解决二十一世纪一切问题的基点。

庞先生在二十世纪九十年代陆续发表的这些论文,考释和论证一分为三,距今已经十多年了。今日中国构建和谐社会,这就有一分为三的哲学思想;在全球化进程中,出现了越来越多的"双赢"认识和结果,这也在一分为三中可以找到依归。我觉得很有必要记录下哲学家多年前的、揭示出一分为三的十七篇文章。

它们是:《黄帝与混沌——中华文明的起点》《六爻与杂多》《阴阳:道器之间》《对立与三分》《"数成于三"解》《五行漫说》《儒道周行》《相马之相》《解牛之解》《原象》《原道》《说"無"》《谈"玄"》《忧乐圆融——中国的人文精神》《秋菊春兰各自妍——"李约瑟难题"征答》《文化传统与传统文化》《〈中国名辩思潮〉导言》。

八、《深港关系史话》

在十多年前迎接香港回归的日子里,深圳有着特别激动的心情。因为深圳和香港,活像是两小无猜、青梅竹马;地缘上,情同手足。深圳市政协文史资料委员会组织编写《深港关系史话》,体现了深圳在香港回归之前,自然流露的爱国之心和乡土之情。从图书出版行为来看,为同属于一个国家,在版图上紧紧相邻的两座城市编写出版"关系史",是比较罕见的。

我粗识中国近代史,知道香港被迫割让英国前,已经是比较开放的通商港口，进入了城市化过程。而这个时期香港一地及其相邻的深圳，同是清朝的新安县辖地。鸦片战争后，香港与深圳分离。这是形成两地关系的开始。就是说，此前深港同属于中国的一个城市，是山水相连、民众相亲的一方水土，并不存在两地"关系"问题；香港及其九龙、新界被英国强占后，深港两地才出现所谓"关系"。"深港关系"中的深圳成为行政区划是在二十世纪八十年代，所以本书谈深港两地关系的历史，就深圳来讲，在相当长的时间里应叫做"今深圳所辖地域"。

《深港关系史话》四篇四十六章，每章题目拟成章回体；每章或前或后，配以旧体诗词。我们来看看这书的有关篇章及其内容。

第一篇"历史渊源篇"，从文物考古发现和史籍记载说明"深港历代同手足"，是鸦片战争中英国强行占领香港等地，使深圳、香港这对手足兄弟分离。

第二篇"沧桑岁月篇"，叙述深港兄弟俩在鸦片战争中同仇敌忾、不屈不挠的事迹，写兄弟俩分离之后各自发生而又相互关联的重大历史事件，如深圳南头民众反对清廷割让香港的斗争；英国殖民者在占领香港后，心犹不足，还想抢占深圳；广九铁路的开建与完工；孙中山庚子首义，三洲田初创清军；省港罢工期间，深圳一方给予支持；抗战期间，两地共赴国难；东江纵队营救被困香港的文化名人；"国际小组"救助盟友出虎穴；中华人民共和国初期收回香港的一波三折；留香港的国家策略；"文革"中周恩来息兵弭祸端；深圳发生的"逃港潮"；等等。

第三篇"改革开放篇"，介绍深圳经济特区建立和发展的历史和成就，在深圳产业转型过程中，深港两地优势互补；借鉴香港经验，深圳在体制改革中探新路；中英街"一国两制"的实践；香港"制水"旱情严重，深圳水库调水支援香港；两地增设通关口岸，方便两地居民往来；两地共谋治理深圳河，文化交流密切；两地合作，打击黑恶势力和犯罪活动；深圳的香港籍荣誉市民在深参政议政献良策；两地民间血脉相连，姻缘割不断。

第四篇"共创繁荣篇"，写邓小平"一国两制"伟大构想终于实现，举国热切等待着香港归来；驻港部队到达深圳，全国人民渴盼"九七"倒计时。

正如该书书名所标明的，《深港关系史话》只是一部"史话"。所以在写作上是从一个个专题入手，注意每个专题所处在的时代背景，注意照顾到文字的通俗易懂。我以为这本书的出版意义可以表述为两层：一是满足了人们对于深港两地历史文化积淀和弘扬的需要；一是从深港两地过去的、今天的政治、经济、文化、教育、交通等各种关系的历史事实，放眼和展望两地关系的美好未来。

此书在香港回归祖国的日子里出版，充分表达了深圳对于它的手足香港的深情厚谊。

九、《百年中国哲学经典》

这套五卷本的"经典"，在不经意间存于世上已经十年。它的问世并没有达到出版社所期许的效果。比如说，它没有获得国家级大奖，没有取得丰厚的经济效益。但是，这个带有集成性的中国哲学经典，在分类编选的原则下，至少能让我们看到：在近百年中，有哪些著名人物在哲学范畴内留下了他们的思考和见解，并值得我们做进一步的研读。

在清末民初卷（一八九八——一九一五）中，"今文经学"入选者是：康有为、谭嗣同、梁启超；"古文经学"入选者是：章太炎、刘师培；"新学"入选者是：严复、王国维、孙中山。

在新文化运动时期卷（一九一五——一九二八）中，"自由主义"入选者是：蔡元培、胡适；"社会主义"入选者是：陈独秀、李大钊；

"保守主义"入选者是：梁漱溟、张君劢；"佛学"入选者是：欧阳竟无、太虚。

在三四十年代卷（一九二八——一九四九）中，"新儒学"入选者是：熊十力、冯友兰；"西方哲学"入选者是：张东荪、金岳霖、贺麟；"马克思主义"入选者是：李达、毛泽东、艾思奇；"佛学"入选者是：汤用彤、吕澂；"美学"入选者是：朱光潜、宗白华。

在五十年代后卷（一九四九——一九七八）中，"西方哲学"入选者是：方东美、陈康、沈有鼎、洪谦；"港台新儒学"入选者是：唐君毅、牟宗三、徐复观；"中国哲学"入选者是：张岱年、任继愈、冯契；"自由主义"入选者是：殷海光；"佛学"入选者是：印顺；"士林哲学"入选者是：罗光。

在八十年代以来卷（一九七八——一九九七）中，"中国哲学"入选者是：李泽厚、庞朴、肖萐父、汤一介；"西方哲学"入选者是：张思英、劳思光、成中英，"马克思主义"入选者是：王若水、吴江；"海外新儒学"入选者是：杜维明、刘述先；"自由主义"入选者是：韦政通、傅伟勋。

就以我这个外行人的眼光去看，上述分类使"百年中国哲学"的学术领域凸显出来；列在各类中的人物，其主要学术贡献也得到一一对应。这是分类编选的好处。可是，将各个人物只归于一类而不能在他类中出现，这是否精当准确呢？一些人物的学术研究是纵横于中国哲学多个领域的，且一并有着建树。将他们执于一类，显然对他们失去了应有的尊重。李泽厚是当代中国美学代表性人物，也是一个美学流派的创始人；此"经典"收其《康德哲学与建立主体性论纲》《关于主体性的补充说明》《漫说"西体中用"》等五篇文章，归入"中国哲学"一类，没错；可"经典"中明明有"美学"分类，李泽厚美学代表性作品失收，是过于偏执于分类编选办法所致，成为遗珠之憾。

辑五　编读反刍

我作为该"经典"在书稿阶段的复审人，审读了全部五卷。我的部分审读意见曾被出版社当作"范文"配在文件中颁发。其略如下：

（清末民初卷）：改稿所选八家二十五篇，均属名家名篇，可称"经典"。原稿均为出版物（多为新刊）的复印件。整体编校质量应当是不错的。由于以"经典"出之，对于这些年代较为久远、过录多次的文章，尚应对拿不准的字句进行一些校勘。再读一遍，又觉得一些名篇不单纯是哲学范畴的内容，还包括了关于其他学科的学术思想，如刘师培的文章。我以为应注意侧重，采取节选的办法。附：体例问题及解决办法：

一是题解：底本存在有题解和无题解两种情况。编者对有题解的或删或留，对无题解的并不加题解。不知依何标准去留？这样成书将是一种体例上的不一致。我意应当均加题解。对原有题解适当消化吸收，重写（如《建国方略》）。

二是校注：底本原有校注的，或删或留；实际还有一种出校的随文走，以〔〕〈〉标之，编者未做处理。这样成书也是一种体例上的不一致。我意全书一律去掉校注或〔〕〈〉，保留正字、漏字。

三是标题：像康有为的《入世界观众苦　甲部》、王国维的《论性》各篇，标题均无书名，宜分别加"大同书（节选）""静庵文集（节选）"，才合体例一致之旨。还有一种做法：有书名而无篇、节名者，如《清代学术概论》，标题可用书名；如是节选，则加"节选"二字；有书名而只选其独立篇、节者，只需引篇、节名，在题解（前已称一律要有）中称"选自《×××》"，还可以略述此篇（节）首次发表时间，等等。这样的题解也更有针对性，有导读作用。

以上仅供参考。

（新文化运动时期卷）：本卷各篇以白话文为多，较易读通。建议仍同前卷：是否做一些校勘工作？目的是防止"人错（漏）我也错（漏）"。此项工作可放在校对阶段，请主编们把把关。责编也应浏览校样，以慧眼发现问题。通读全稿，发现了一些疑误之字，请责编正之。请决审者把握张君劢《新儒家思想史》前言及再序中关于共产主义、佛教、西方的议论。

（三四十年代卷）：我认为，一九二八——一九四九年是百年哲学史最为重要的时期。此卷的字数量虽较他卷为多，以其均为名家名篇，无妨。复审的一个侧重点是人物介绍。本卷十二位人物介绍属于一般性的，可用。为了赢得更多读者阅读"哲学经典"，建议在介绍中充实一些有关作者在哲学建树方面的内容。此已口头告诉了责编。复审中还发现：所收文章有的文末有出处，有的则没有；毛泽东、宗白华的文章注释，一是文末注，一是脚注。诸如此类，请责编加以考虑，解决。

（五十年代后卷）：选文能够代表此一时期哲学界在西方哲学等六大方面获得的成就。注意选录港台哲学家的哲学成果，形成"经典"的一个特色，无疑也符合"百年中国"的冠名，破了一些定势、禁锢。建议今后在宣传、推介这套书时，勿忘此一特色……徐复观一篇论中国知识分子性格的文章，有些观点宜作处理，已勾出。

（八十年代以来卷）：……思想学术界空前活跃的情形，历历在目。这种活泼给哲学研究提出了新的（或曰"反思的"）课题：如西化、人道主义、人文关怀、文化重建等。正因为意识形态有过异常的活跃和激烈的斗争……使我难以把握王若水及其作品是否适宜于收入本卷？杜维明《文化中国：以外缘为中心》一文，多处涉及电视剧《河殇》和有关论点，似也有必要删略。

根据总编室的要求，责编在我的意见上多处留有表明接受意见的字样。重览《百年中国哲学经典》，我发现上述意见和建议没有被全部采纳。

"经典"在市场定位上，试图面向广泛的读者；这一出发点是好的，其体例、框架也预留了服务于广大读者的空间。可惜在分类上没有告诉广大读者，什么是"自由主义"，什么是"今文经学"，什么是"石林哲学"，等等；在各个人物的题解上，缺乏深入细致的导读内容。如美学大家李泽厚，在未选刊其美学名篇的情况下，题解就成为化解这种缺憾的操作平台。可是，关于李泽厚的题解是那么简略，而提到他的美学贡献的文字，仅四个字：（美学）《四著》。

尽管这套"经典"有这样那样的毛病和遗珠之憾，可它在二十世纪末的出版，仍然是出版社一种社会责任的体现。"经典"作为出版社的图书资源，仍可再生，仍可利用。

十、《改变中国命运的41天——中央工作会议、十一届三中全会亲历记》

我国经过三十年的现代化建设和改革开放，社会已经发生深刻变化，各方面取得了巨大进步。饮水思源，理当回溯这一历史巨变的源头——中共十一届三中全会（包括此前的中央工作会议）。在十年前，中央党史研究室做了这项资料整理工作，其成果之一，就是《改变中国命运的41天——中央工作会议、十一届三中全会亲历记》。

这本书分为两部分：一部分为论述这一历史事件和有关历史人物的专题论文，另一部分为当年参加这个会议的十多位老同志的回忆文章。这些文章提供了大量有关会议的第一手资料,特别是关于邓小平、陈云等中央领导人的谈话、书信、活动资料,其中有些系首次披露,弥足珍贵。这些文章对十一届三中全会(主要是中央工作会议)的整个进程、重要的讨论内容和讲话主旨、激烈的批评争论场面,等等,都有翔实的记述。对会议所体现的科学精神和民主精神,即"解放思想,实事求是,团结一致向前看"的主题精神,对会议作为中国当代历史转折点的深远意义,都有中肯的评价。如果这本书能够被读者认可为了解这个会议丰富历史内涵的信史读物,对于我这个责任编辑来说,是一件荣幸的事情。尤其是,我为此书拟写的书名得到了采用;出书单位在《后记》中还表示了谢意。想起当年加班加点地编辑此书的情景,至今颇为激动。

据整理者说:"许多德高望重的老同志对这本书的出版寄予厚望。十多位老同志都是在盛夏酷暑中接受编辑人员采访的。有的同志在医院床旁追述往事,一谈就是两三个小时。有的同志修改、审定谈话记录,不顾疲劳,连续工作,付出了很大的辛苦。特别值得一提的是,八十三岁高龄的于光远同志,摒除其他一切事务,专心致志地投入对这一历史事件的研究。"(见本书《后记》)此书所收文章如下:

李向前:邓小平与十一届三中全会;范硕:叶剑英与十一届三中全会;朱佳木:陈云与十一届三中全会;于光远:记胡耀邦在西北组的五次发言;于光远:十一届三中全会前的中央工作会议追记;于明涛:历史的丰碑;马文瑞:为平反彭德怀冤案进言;王全国:十一届三中全会与广东的改革开放;王恩茂:决定中国命运的"工作重点转移";任仲夷:追寻1978年的历史转折;杜星垣:民意如潮,历史巨变;李德生:伟大的转折 历史的必然——回忆十一届三中全会的召开;李贵:思想解放对统一战线工作的大促进;李葆华:我参加三中全会得到深刻的教益;陈鹤桥:终生难忘,感慨万千——回忆20年前的中央工作会议;张劲夫:从思想解放到改革开放;梁灵光:一次划时代的中央会议；韩光：十一届三中全会与经济建设；吴象、张广友、韩刚记录整理：万里谈十一届三中全会前后的农村改革；卢荻：记习仲勋参加十一届三中全会；朱佳木：胡乔木在十一届三中全会上；王聚武：善于建设一个新世界——有关三中全会闭幕时一篇文章的回忆；盖军：伟大的历史转折——中共十一届三中全会的历史背景和历史意义。

当年此书发稿后，复审、终审人都对书稿的出版意义作出了评估。他们说："十一届三中全会是改变中国命运的重要会议，本书……出版意义重大"（复审），"书稿史料翔实，十分难得，很有出版价值"（终审）。复审还表扬了我的工作，并记录了此书书名由来："责编仅用几天时间加班苦干，出色地完成编校加工工作，使书稿达到出版水平。所拟书名具画龙点睛作用。"

十一、《百年中国美术经典文库》

在海天出版社已经策划、出版了两套"百年经典"后，出版人余勇可贾，将这套五卷本的"美术经典"推出。此经典的《编者的话》对丛书主旨、入选标准、编选分工、美术理论价值、可能的遗憾，等等，做了回环、周至的解说，是丛书的一个导读。靳尚谊的《前言》、顾森的《序一》、李树声的《序二》，都是我们进入百年中国美术殿堂前的专业解说词。

丛书第一卷，中国传统美术（一八九六——一九四九），收录以下作者及其文章：

康有为：万木草堂论画；吕澂：美术革命；陈独秀：美术革命——答吕澂；徐悲鸿：中国画改良论；倪贻德：新的国画；林风眠：中国绘画新论；刘海粟：艺术的革命观；高剑父：我的现代画（新国画）观；高奇峰：画学不是一件死物；金绍城：画学讲义（节

选）；陈衡恪：文人画之价值；乌以峰：美术杂话；傅抱石：中国绘画之精神；陶德曼：中国绘画的蕴藏；郑午昌：中国画之认识；邱石冥：论"国画""新旧"之争；余绍宋：中国画之气韵问题；胡佩衡：中国山水画写生的问题；胡佩衡：中国山水画气韵的研究；岑家梧：中国画的气韵与形似；滕固：气韵生动略辨；婴行：中国美术在现代艺术上的胜利；宗白华：徐悲鸿与中国绘画、介绍两本关于中国画学的书并论中国的绘画、中国诗画中所表现的空间意识；张大千：画说；朱锦江：论中国诗书画的交融；钱锺书：中国诗与中国画；陶冷月：国画之新的研究；同光：国画漫谈；汪亚尘：顾恺之以前的画论；邓以蛰：中国绘画之派别及其变迁；滕固：关于院体画和文人画之史的考察；顾一尘：中国画的二重表现；凌文渊：国画在美术上的价值；黄宾虹：宾虹画语集萃；傅抱石：壬午重庆画展自序；小蝶：树石谱；启功：山水画南北宗说考；叶季英：中国山水画之南北宗；傅抱石：民国以来国画之史的观察；俞剑华：现代中国画坛的状况；沙孟海：近三百年的书学；姚渔湘：中国人物画的表现与背景；姚茫父：题画一得（三笔）、题陈师曾拟汉（故事）书扇面、题颖拓《汉·满君颂》并《任恭碑》（摘要）；邓懿：汉代艺术鸟瞰；夏敬观：历代御府画院之兴废；刘海粟：谢赫的六法论；汪亚尘：姚最《续画品》之意向；蛮子：西画与国画；傅抱石：论秦汉诸美术与西方之关系；承名世：中国画与西洋美学；于右任：标准草书与建国；雷圭元：中国装饰艺术之没落及其当前之出路。

第二卷，中国传统美术（一九五〇——一九九六），收录以下作者及其文章：

伍蠡甫：董其昌论；薛永年：文人画传统之创生、内涵与价值；刘龙庭：关于赵孟頫的艺术和评价问题；杜哲森：夜读唐伯虎诗文集随笔；蔡星仪："四王"论辩；杨新：四僧小议；蔡若虹：读画札记；王朝闻：再读齐白石的画；郎绍君：乡土情结——齐白石研究之一；

张安治：徐悲鸿师与中国画；水天中：中国画革新论争的回顾；刘曦林：中国画的传统与现代，吕凤子：中国画法研究；潘天寿：关于中国画的构图；童书业：中国山水画起源考；王伯敏：中国山水画的发展与道释思想的关系；蒋兆和：从水墨人物写生谈"以形写神"的优良传统；阮璞：张彦远之书画异同论；邓白：中国古代画论初探（摘录）；陈绥祥：国画基础特征新论；顾森：中国文化中的菩萨；常任侠：我国傀儡戏的发展与俑的关系；温廷宽：玺印探原。

第三卷，美术思潮与外来美术（一八九六——一九四九），收录以下作者及其文章：

梁启超：美术与生活；蔡元培：以美育代宗教说、文化运动不要忘了美育、在北大画法研究会之演说词；鲁迅：拟播布美术意见书、随感录四十三；向达：明清之际中国所受西洋之影响；潘天寿：域外绘画流入中土考略；陈抱一：洋画运动过程略记；徐悲鸿：新艺术运动之回顾与前瞻；刘海粟：天马会究竟是什么；王济远：天马会筹办六届画展的经过；晨光艺术会：晨光艺术会章程；北京艺专：北京艺术大会；艺术运动社：艺术运动社宣言；决澜社：决澜社宣言；庞薰琹：决澜社小史；常书鸿：本会成立经过（中国留法艺术学会）；刘海粟：艺术叛徒、人体模特儿（附录：刘海粟复孙传芳函）；颜文樑：十年回顾；林文铮：本校艺术教育大纲；吕斯百：艺术学系之过去与未来；林风眠：致全国艺术界书；林文铮：何谓艺术；邓以蛰：艺术家的难关、观林风眠的绘画展览会因论及中西画的区别；徐悲鸿：惑；徐志摩：我也"惑"；李毅士：我不"惑"；徐悲鸿：惑之不解；丰子恺：新艺术；傅雷：现代中国艺术之恐慌；吴作人：艺术与中国社会；宗白华：论中西画法的渊源与基础、中西画法所表现的空间意识；秦宣夫：我们需要西洋画吗？澄之：我国艺术界应有的觉悟；鲁迅：一八艺社习作展览会小引；刘汝礼：鲁迅在上海中华艺术大学的讲演；许幸之：新兴美术运动的任务、中国美术运动的展望；时代美术社：时代美术社对全国青年美术家宣言；春地美术研究所：春地美术研究所成立宣言；木铃木刻研究会：几句要说的话；许广平：鲁迅与中国木刻运动；曹白：鲁迅先生和中国新兴的木刻；田汉：全国美术家在抗敌建国的旗帜下联合起来；夏衍：全国美展所见所感；茅盾：门外汉的感想；陆定一：文化下乡；胡一川：关于年画；王朝闻：年画的内容与形式；力群等：关于新的年画利用神像格式的问题；鲁艺美术系研究室：年画的内容与形式；罗工柳：关于年画的意见；力群：从展览会看美术工作；石鲁、明坦："新洋片"介绍；张仃：街头美术、画家下乡；刘蒙天：介绍一军三师的兵画兵运动；卢鸿基：对于现阶段中国绘画的意见；李桦等：十年来中国木刻运动的总检讨；李桦：试论木刻的民族形式；讷维：木刻的民族形式散论；中华全国木刻协会：木刻工作者在今天的任务；人间画会：人间画会宣言；郭沫若：从灾难中像巨人一样崛起；夏衍：《三毛流浪记》代序；江丰：解放区的美术工作；叶浅予：国统区的进步美术运动。

第四卷，美术思潮与外来美术（一九五〇——一九九六），收录以下作者及其文章：

王朝闻：面向生活、喜闻乐见、一以当十；蔡若虹：方向已定 道路必广；姜丹书：我国五十年来艺术教育史料之一页；吴梦非："五四"运动前后的美术教育回忆片断；王式廓：继承与发展革命美术教育传统；吴作人：对油画的几点刍见；罗工柳：关于油画的几个问题；王式廓：题材与主题、生活与艺术形象；艾中信：油画风采谈；董希文：绘画的色彩问题；冯法祀：油画素描基本训练浅谈；李天祥：论色调；李化吉：有关油画装饰风格的几个问题；董希文：从中国绘画的表现方法谈到油画中国风；倪贻德：对油画、雕塑民族化的几点意见；华夏："民族化"不可以速成；艾中信：再谈油画民族化问题；王显诏：艺术的民族本质；詹建俊、陈丹青："油画民族化"口号以不提为好；朱伯雄、陈瑞林：中国早期油画的纵向反思；郑工：中国早期油画发展现象陈述；陈滢：清代广州的外销画；李超：上海油画史（节选）；万青力：法国画家安椎·克罗多（1892—1982）及其中国之行；邵大箴：关于人体模特儿；吴冠中：造型艺术离不开对人体美的研究；叶朗：从黑格尔对人体美术的看法谈起；马鸿增：人体美术之花与中国"土壤"；陈醉：从形式角度看六届全国美展兼谈中国油画向何处去之我见；水天中：当代油画创作印象；王琦：艺术形式的探索；吴冠中：内容决定形式？洪毅然：谈谈艺术的内容和形式；浙江美术学院文艺理论学习小组：形式美及其在美术中的地位；钱锺书：读《拉奥孔》；迟轲：历史与现实——有关西方美术史的一些问题；傅天仇：马的雕塑艺术；李松：转型期——二十世纪前期中国画家集群内在结构的变化；杨成寅：略论当前美术评论中的几个观点；刘骁纯：笔墨——黄宾虹与林风眠。

第五卷，自述、自传、评传、回忆录、年谱、年表（一八九六——一九九六），收有以下作者及其文章：

齐白石：白石老人自述；黄宾虹：九十杂述；徐悲鸿：悲鸿自述；汪亚尘：四十自述；贺天健：学画山水过程自述（摘录）；关良：关良回忆录（摘录）；陆俨少：陆俨少自叙（摘录）；叶浅予：细叙沧桑记流年（摘录）；冯伊湄：我的丈夫司徒乔（摘录）；王森然：吴昌硕先生评传；俞剑华：陈师曾先生的生平及其艺术；冯其庸、尹光华：朱屺瞻年谱（摘录）；李树声：中国新兴版画运动五十年大事年表。

这样一套囊有两百多万字的经典，它对于什么样的人有用？"美术经典"出版后在出版社内部引起过争议，说其用钱多，收不回成本。在"美术经典"荣获中国图书奖后，仍然有"出版这样的书，是花钱买大奖"的说法。我以为：这套"美术经典"具有很厚重的文化积淀意义，它面向的读者不仅有美术专业人士、文化人；它还有许多与美术相关的知识点，可供各类读者寻觅。即使是文章的结撰、行文风格、材料剪裁与运用等等，都能使人受益多多。

　　此套书出版已近十年，反观这些年的主流文化，我想只有两类，一是快餐文化，一是书生文化。在图书评介、导读方面，霸占在媒介上的，无非是按照这两类的路径、旨趣、行文风格等去写作文章。由此书品、书论等也形成了"阳春白雪"和"下里巴人"两大阵营。在这类图书导读文章的写作趋向下，我见的有关"美术经典"的评论文章，当归属于文化人之笔的"阳春白雪"。其为文抓住了文化意义及其个人感悟，这都无可挑剔；但由此成为甚至可能变为唯一的阅读指向。我时常在想：在此类集成性专业图书的宣传、推荐上，要更多地介绍与该专业相关的知识点，介绍这些知识点与现实的密切关系才好。用一个熟语讲，就是"三贴近"：贴近群众，贴近生活，贴近实际。

　　在中华优秀文化传承上，政府是主体，责无旁贷。海天版"百年中国经典"共计三套，即"中国哲学""中国文学""中国美术"；它们体现了出版人于二十世纪末在传承优秀文化上的自觉行为。可是这个本应该继续拓展的工程到此为止了，令人称惜。七八年后，在海天要以一折价格变卖掉包括这些经典在内的图书时，有人"抢救"了一些图书。

　　时过境迁。明明有着文化传承价值的图书，为何落到这种命运？这持续让我思考着出版此类图书，应当有着什么样的内外运行机制？

　　以深圳经济条件而论，比内陆省份安徽不知道要强多少。安徽省却有一个古籍整理与出版的基金会；新近安徽出版集团制定了长期措施，每年拿出三千万元作为出版专项资金，对优秀图书进行补贴。从深圳市财政支出这个层面看，没有设立专门的出版基金；主要靠领导批条子的办法对一些图书予以出版扶持。在党委宣传口则有宣传文化基金及其管理办法；图书项目是其一，可以申报经费。通过由宣传文化系统专家组成的评委会评审，这个基金对图书出版尽其所能予以扶持，取得了一些成效。但是它应在资金覆盖面上进一步扩大。深圳出版，作为其成果的图书是真正意义上走向全国乃至全世界的文化产品；而制作出这样的产品，则要以"海纳百川"的胸怀，让深圳以外的图书出版资源，能够在基金的支持下，在深圳落地，在深圳制作。因此，深圳很有必要设立图书出版专项基金。

如果我们要构建人文深圳、做大深圳出版业，出版基金必不可少。我恍惚看到，出版基金设立之日，当是风起云涌、一呼百应的出版资源回报之时。

出版基金主要是为诸如"百年中国经典"之类项目所设，基金之组织机构就是此类项目的出品人。按照出品人制度、机制运作此类项目，是深圳在重点出版物上应有的做派。图书这个百年老店，是以一册册好书、良品为其砖瓦，以厚重的文化积淀为其基石，复经过出版人的赓续踵接，这才高高地矗立在深圳这座城市。

图书这个百年老店，又必将成为这座城市的一个文化实力，并汇入这座城市的文化血脉之中。

十二、《中国经济特区发展史》

我在叙谈《走向现代化》一书的文章里，把对深圳理论界完成一部关于中国经济特区理论专著的期待作为结束语。不久后我想起了《中国经济特区发展史》一书，想起了我对此书的审读，想起了我被出版社及该书责任编辑推到了作者面前，想起了我直面作者侃侃而谈意见。

此书是深圳市重点社会科学研究课题、中共深圳市委党校社会科学研究课题的终极成果。课题自一九九五年上半年成立课题组"鸣锣开张"，历时四年截题并出版，是当时国内外第一部中国经济特区发展史。全书三篇。第一篇"综合篇"，有：用邓小平的经济特区建设思想总结中国经济特区的过去,探索中国经济特区的未来;中国经济特区的筹备和建立(1978—1980);草创奠基阶段的中国经济特区(1981—1985);基本成型阶段的中国经济特区(1986—1990);开拓发展阶段的中国经济特区(1991—1995);第二次创业的中国经济特区(1996年以后);共六章。第二篇"分区篇",有:深圳经济特区;珠海经济特区;汕头经济特区;厦门经济特区;海南经济特区;上海浦东新区;共六章。第三篇"中国经济特区大事记"。应当说,此书关于中国经济特区发展阶段的划分,带有史学特点,即"筹备和建立""草创奠基""基本成型""开拓发展""第二次创业"等阶段性的特征,这是撰著者的贡献。我还注意到:该书的着墨重点则是在中国经济特区的政治、经济问题和一般情况方面,这也是其特色。自然,书名改做"中国经济特区政治、经济发展史"就更为贴切了。

我认为,这样一个重大课题在短短四年中完成,有一些匆忙;特别让我感到缺憾的是,显然此书在资料收集、整理、爬梳等方面,力不从心;书中设立中国经济特区发展的史学系统,因各个经济特区成立时间早晚不一、发展不平衡,就显得勉强,难以将各个经济特区照应妥切。但是,我当年对此书基本判断是:它是一部"简史",在深圳经济特区成立二十周年前夕出版,是有积极意义的;由深圳人率先拿出一部中国经济特区简史,深圳出版人责无旁贷。

除了向作者口谈的意见外,当年我的审读意见中还有以下内容:

> 此稿有一个框架重复、部分章节内容重复的问题。如第一篇第一章第二节有3.5万字的内容与第二至第六章,均属同一层次的叙述;第二篇又分设了经济特区的"简史",除历史沿革、地理位置、自然物产外,所述特区的设立及发展,反观第一篇的各章,又属多余,且易产生自相矛盾的错讹。依我之见,是应当调整结构(已口头告诉责编)。书稿

中关于杨尚昆是否和习仲勋一起见了邓小平,要参见《改变中国命运的41天》。

我的意见得到终审者和责编认可,由后者转告给了作者,都有一定的改订。

中国经济特区已有近三十年的发展历程,这不意味着一定要编撰(纂)一部全史。我以为:从实验、推广、运用特区经验、成就方面来看,全国的社会主义现代化之路进程不一,各地区发展不平衡。因此,经济特区所担负的历史使命没有完结。从历史学研究来看,在"中国经济特区"的概念没有终结的时候,任何对于中国经济特区发展历史的描述之著,都不能叫做"全史"。

我是有感于以下两个现实情况提出以上看法的:一是似曾有人倡议编纂中国经济特区全史,一是当今"全史"之被滥用。

而在当下,关于探讨和研究中国经济特区理论的学术专著,更应该是一个实务。

十三、《清晖集》

读饶宗颐先生《清晖集》很费劲。从八年前得到此书初版本,到不久前得到此书再版本,我没有读完此书。《清晖集》还有一个副书名,初版本叫做"饶宗颐韵文骈文创作合集",再版本叫做"饶宗颐韵文骈文诗词创作合集"。我之费劲,是因为我对韵文、骈文的识力和学养不够。可我对此书持续不放手,不把它打入"冷宫",还伺机寻得再版本。这也可以见证出我对它的喜爱。我琢磨自己这种行为的成因,乃是源自心灵中的附庸风雅。我知道:我这一生也写不出几篇可与饶先生之作等观、媲美的韵文、骈文。但是,我将饶先生此著当作心灵之爱,不行么?当作学习、临摹的标杆,不行么?谁都管不得我。

　　这书就是一块可以长期盘摩的玉，愈盘摩愈能见出它的光泽。什么叫做生活中的风雅？盘摩美玉就是，常读《清晖集》就是。

　　在情理、机趣引导下，饶先生的韵文、骈文是汉文字高妙而有机的结合，是汉文字精准而合律的组合。在喜欢的世情物象面前，我心底往往会有一种涌动，我却不能吟咏。我便找出饶先生的相关韵文、骈文之作，那些情理和机趣就能引起共振，我便有了舒心之快。

　　《清晖集》初版本内外品质、品相很好，甚至连书的上、下、左三个切边都刷印上银粉，显得雅致、高档。

　　再版时改了封面，拿掉了初版本中名为"饶宗颐先生近影"的照片，没有了银粉，正文增加了两个页码，在副书名上增加"诗词"二字，把初版本前勒口上"作者简介"的内容换了。书里对这些没有说明。

　　看了两个版本，就在对比中发现了第二个版本的不足：一是收在《清晖集》中的诗词之作归属于韵文；初版本和再版本的目录和正文编排，都将诗词之作归于"韵文集"之内。初版本副书名"饶宗颐韵文骈文创作合集"是准确的，再版本"诗词"二字多余。二是初版本"作者简介"的内容很适合读者的需求，它对饶先生的生平作了介绍，重点体现他的教育、学术、文化背景；评价性语言是"饶氏涉猎多种古文字，兼综文、史、哲、艺，世共推许。治学多辟蹊径，著作等身"；以叙述语体为主，读来令人有客观体验。

　　再版本"作者简介"是重新写的，在百把字中不少是美誉之词，可以看到"著名国学大师""汉学泰斗""历史学家、考古学家、文学家、经学家、教育家、书画家、翻译家、潮学家，是集学术、艺术于一身的大学者"；还看到一个错字，即"学术界"的"界"字错成了"届"。

　　以上这些是第二版十分遗憾的事情。我希望将来有机会再出一个版本的《清晖集》，改正不足，字体再排大一些。从这件事情也可以说明初版本终归是很重要的。

十四、《寻根系列》

我国历来重视宗祠谱系，是一个人文传统。二十世纪新文化运动对这个传统有一定的冲击，"文革"对这个传统则是一个重创。改革开放以来，中华传统文化得以复苏，源自于我国经济、文化的需要，在境（海）外同胞归国探亲认祖归宗的热潮推动下，大陆被重创的宗祠、谱系得以修复和赓续。我认为：宗祠谱系这个人文传统，归根结底是中华民族的认同感，是我们的根脉。

我曾经在出版工作中注意到谱系的整理和姓氏文化的研究。关于整理，中国台湾给我留下的深刻印象是，那里保留了相当丰富的姓氏宗谱，并影印刊布于世。而大陆学者诸家的研究渐具繁荣之态，那时国家权威性两大刊物《新华文摘》和《中国人民大学报刊复印资料》每每转载、摘录、复印这方面的研究成果；研究谱牒、姓氏等学术机构、民间团体也应运而生；出版界各家翻印出版前人的《百家姓》，姓氏文化普及和研究之作成为一个出版"群落"。

由我概括的上述文化现象可知，《寻根系列》是在这样的背景下产生的姓氏文化普及和研究之作。

我只见到系列的一、二两本。第一本全称是《根——中华三祖暨115姓祖先的肖像、陵墓、祠庙文化》（以下简称《根》），第二本全称是《根魂——吴泰伯世家与日本天皇家族之谜》（以下简称《根魂》）。《根》书中"中华三祖"是炎帝、黄帝、蚩尤，有关内容是以文字描述三祖的简历，介绍三祖的塑像、陵墓、祠庙胜迹的名称和所在地；编录了相关的塑像、陵墓、祠庙胜迹图版。书中115姓祖先的内容是：以文字介绍每姓的来源，始祖、祖宗，著名历史人物，祖先的陵墓、祠庙胜迹；编录了每姓中不同历史人物的肖像、塑像、陵墓、纪念馆、祠堂、故居图版。全书四色印刷，图片与文字"非常清楚明了"，让读者"赏心悦目"（见本书《序》）。

《根魂》是一部研究吴姓之作，它可称吴姓家族史中的一个专题。作者采用了我国古文献和有关古吴国史、吴氏族史、吴氏名人遗言等历史资料，结合现当代中、日两国相关研究成果，探索日本国两部帝王书《古事记》《日本纪事》中的一些历史谜团，初步得出了中国吴泰伯世家与日本天皇家族存在着同姓氏同血缘关系的结论。全书五章，依次考述了吴泰伯世家的崛起与荣辱，家族的振兴、壮大，吴泰伯的海外裔孙，与日本天皇家族关系中的谜团，历史功绩、文物遗迹、大事年纪。深圳市老领导厉有为在此书《再版序》中，在肯定此书的资料价值和积极作用的同时，"但愿《根魂》经得起历史的考验！经得起'人类遗传基因'高新技术的检测！"据作者介绍，《根魂》于二〇〇〇年六月首次在香港出版，这次交付海天出版社出版前，已"作了一次较大的修改和补充"（见本书《后记》）。

综上所述，普教性强的《根》，较有学术和考释味道的《根魂》，虽是不同性质、不同内容的姓氏文化书，但它们都是对祖宗礼赞的图书。它们突出地烘托了中华民族的认同感，构筑了一种精神家园，可让人们依傍于其中。

十五、《原始彩陶画韵》

这本书在海天版中是一个逸品。它是对我国原始彩陶的一个专门研究，"画韵"点题。在过往的岁月里，我编审过由青海省志办纂修的《青海省志·彩陶卷》。它虽然是志书体，但其著录的大量图版是彩色的，清晰精美。面对那些图片，我曾思远古人们写实与想象是那么原始，那么简单，下笔成为图案、纹饰却又那么奇妙和稳重。那是我们今天意义上的艺术家、画家的创作么？今天的一些艺术家、画家怎么就那么繁琐、啰唆、累赘呢？

赵秋莉在此书中首先综述和分析了新石器时代文化，中国画艺术的起源、陶画艺术形式美法则的形成。我注意到作者在行文中使用了"原始画家"这一名词。其次，作者从陶画中看出先人们对科学的发明，表现在几何学、数学、天文学、舟船、植物学、动物学、纺织技术等方面，并对陶画中"圆点"与"弧边三角形"做了文化意义、艺术价值、重要作用等方面的研究。再次，书中向我们提示陶画传达出的生殖文化信息和文字符号。最后，以"原始彩陶画韵"一章收场。作者写作方法一变——对一百一十六件原始彩陶器逐一赏析、点品。试举书中对两件彩陶器的表述文字如下：

彩陶钵：这一件彩陶钵在肩腹部巧妙地勾画出相对的月亮纹，月亮纹之间插入一圆点，形象地绘出上弦月、下弦月和满月的月相。在每一组月亮纹两侧饰相对的两个弧边三角形，其中间以圆点连接三条竖线相隔。画面构图严密对称，又明快活泼。使人仿佛置身于皎洁的月光之下浮想联翩。此乃为绘画创作之精品。

十字圆点网纹彩陶瓶：瓶通体绘黑彩图案，围绕颈部和肩上部绘平行弦纹。肩下部为主画面，由弧线三角纹自然地把网纹与圆圈纹连接形成一个完美的整体图案。圆圈内的十字纹中心饰圆点，使画面呈现出平衡与和谐的美感。腹下部以流畅的线条饰平静和波浪起伏的水面，时而水珠四溅，形象地再现了自然界美丽的自然风光。

文字漂亮、干净，因此使我感到：一件件彩陶就是一件件艺术品。这是赵秋莉在此书中最出彩的内容。我阅读量有限，这本书是我第一次看到的从画艺角度系统地、个案地品析原始彩陶的书。海天出版这样的书，迥异于它曾经有的定位和图书特色。惜乎哉，此书出版并不意味出版人有眼光。它是一本自费出版的书。从欣赏角度来言，如果那些图版都是原色的话，那么读者获得美的享受就更多了，在文字和图片方面的互动上也更加强烈了。自费书不得不考虑成本，此为一证。

我始终相信：艺术家艺术创作要达至最高境界，需要化繁为简，返璞归真。但我也始终找不出实证。今天，赵秋莉从原始彩陶上揭示出的"画韵"，就是画艺方面的一个实证了。

十六、《赏玉观璞》

在二〇〇五年三四月份，深圳朱荣基先生向出版社投稿，稿名叫做"玉缘随笔"。我与朱先生交谈书稿出版事宜，并观看了部分原稿，认为书稿名流俗。我希望朱先生为书稿取一个给人感觉有权威性的名字，内容编写上也应与权威性靠近。五月底我拿到这部经我两人多次交换意见后形成的定稿，认为在书名和内容编写上，作者都竭力贯彻了"权威性"的要求。

朱先生有文字功夫，文字比较精致老到，这是本书一个特色。复见作者摄影的玉雕作品和玉璞图片，也能达到业余摄影的"专业水平"。我将图片给印务人员看看，请他们提提意见。他们认为图片很好，等等。我在审稿意见中写道："如不出意外，图片精美大气将是本书另外一个特色。"作者关于玉璞的观察，突出强调了人们应当珍惜天然玉的"美""奇"；还总括出天然玉中由上品至极品的美学意义和科学依据。这似乎是我平生第一次识读关于璞玉的文字（过去也许有一些小小涉猎，但是没有什么印象）。因此，朱先生对玉璞的观察和交代，是这部书的最大特色。

我在审稿意见中做出了以上"特色"分析，不过用的语气是"未来式"而已。出版后，作者和我们出版发行人员见到了的确"精致""精美"的图书，都很高兴。在短短的两年内，此书重印了两次。后来，朱先生提出出版增补本，亦即《赏玉观璞》原有内容不变，增加新的内容。经出版社发行人员讨论,建议他出版第二本《赏玉观璞》。这就是书名为"赏玉观璞(二)"的一种。这两个不同版别的书,其主要内容有两部分,一是玉雕欣赏,二是璞玉观察;其表现形式都是图文互动。就像王先生说此书:"用美妙、专业且通俗易懂的文字,对百种玉雕和璞玉进行了评述,其中介绍了许多欣赏和观察玉的知识。所配大量图片使人赏心悦目;作品之神奇、拍摄之专业,令人惊叹。"胡先生说此书:"对越来越多的玉璞爱好者有较强的指导和帮助作用。文图配合相得益彰,篇章结构安排也较为合理。"读者方面反映好,要求我们代为联系朱先生,为其"搭桥"。可能他们手中有天然玉,需要找专家鉴定吧。

我的"精致生活丛书"策划思想,是在丛书单品种陆续出版的过程中得到不断丰富不断完善的。这是我个人在此项出版活动中的一个特殊情况。产生的原因是:一、我不在编辑工作岗位,做这套书属于"不务正业";二、用纸精良,印制成本较高,没有哪个编辑室或编辑个人愿意接手这套丛书;三、组稿工作很难,作者资源难找。在此书阶段,是我正在形成"精致生活丛书"策划思想的阶段。所以在审稿意见中我写道:"这种书稿,正是我们应当大力追捧的。一是引导我们读者提高文化艺术生活的品位;一是弘传古老悠久的中华玉文化;一是用图书这个载体,将'引导'和'弘传'结合到现代都市生活的需要中。文化立市首先是'立人',人无文化艺术底蕴则不立,是为道理。建议此类书做下去,真正形成'精致生活丛书'。"

十七、《招商局印谱》

印谱,印章的谱册;一些从事篆刻艺术的人和收藏古印章的人会自编自印印谱,送给亲朋好友清赏、品鉴,以流广、传承之。我平生见过的印谱已有十多种,都是个人作品集。拿到这本书,我以为它是招商局职工文化艺术的一个结集。但这本印谱既不是当代人集体作品的集子，也不是个人作品集，却是一个很独特的历史文化遗产。要说清楚这个遗产，先要把招商局略作交代。

在二十世纪七十年代末，中国出现了一个叫做"蛇口工业区"的行政区，那里亮出过"时间就是金钱，效率就是生命"的招牌。那里所行所倡举世瞩目，也在中国各地引起一阵阵的连锁反应。创办"蛇口工业区"的主人就是招商局。

十九世纪七十年代的第二年，洋务运动进入晚期，李鸿章为了发展民族航运企业，创办了招商局。

在《招商局印谱》一书的《出版说明》中，把跨世纪的招商局之历史演变说得非常清楚，许多定义和表述当是字斟句酌、精确扼要，包涵了极为丰富的时代内容。在招商局的兴办、发展、演进中，由招商局这个"主干"繁衍出许许多多的"枝叶"。所谓"枝叶"，也就是招商局的下属。在对内对外的交道中，文字是必不可少的媒介，自古如此。要使得这些文字具有权威的法定的意义，就需要加盖印鉴，自古也如此。在招商局庞大的体系中，在招商局自一八七二年以来的历史上，竟有如此多的印章在起着作用。《出版说明》还说："二百余份精美的印鉴"，"从一个新的视角再现招商局百年来的发展脉络，为招商局的历史研究提供线索"；它们"生动地再现了中国的近现代篆刻艺术"。

这本印谱所收印鉴，按照带有招商局自身发展特点的历史分期编录，它是：官督商办时期（一八七二——一九一二年），商办时期（一九一二——一九二七年），官督整理与国营时期（一九二七——一九四八年），股份制时期（一九四八——一九四九年）。著者为何如此定义上述时间段？我们见到：在每一时期的印鉴图录前，著者有千余字或几百字的概说，是为学术性交代。印鉴规范著录，即印面及印文，印文文字介绍，印面尺寸。印面及印文一律原大原色印刷，部分还同时做了放大印刷。著者还对印鉴做了"备注",其内容是说明该印鉴的出处;有一些"备注"内容还扩大到对于相关历史背景和人物的介绍。如"钦差会办商务大臣督办轮船事务头品顶戴宗人府丞堂盛"印,"备注"是:

一、摘自光绪二十七年五月二十六日盛宣怀致招商局《为拨湖北糟粮以资赈济由》。

二、一九〇〇年十二月盛宣怀奉旨补授掌管皇族事务的宗人府府丞,官秩正三品;一九〇一年一月,清廷任命其为会办商务大臣,刊用"钦差会办商务大臣关防",议办通商事务。

在著者精心策划下,有两位专业人士写文,为此书锦上添花。他们分别是史学家和篆刻艺术家,前者的序一讲史,引导我们做跨世纪的反观和沉思;后者的序二谈艺,也引导我们超越时空,享受着艺术美。这是该本印谱的两个必读。

这本印谱有精装本和平装本,同一版式,印刷材料和装帧不同。精装本为中式仿古线装,繁体字中式竖排,四色印刷;内文采用宣纸,封面用绸绫之类,外加绫裱书函。精装本和平装本同时印出后,交给了出书单位;市面上可能只有少量流通。我先得到的是平装本,寄赠钱念孙先生;后于不意间得到这册精装本。无论是版式设计、印刷质量、工艺材料,抑或是内容编录、学术点评、知识泛览,等等,《招商局印谱》堪称精良。

十八、《中国古盆鉴赏》

是书主要文字内容为《序》《前言》《中国盆景盆历史演化》《中国盆景盆分类》《中国古盆鉴赏》《紫砂(釉)器艺人及商号名录》《中国宜兴紫砂盆制作工艺》《中国靖江石盆制作工艺》《后记》,以及参考文献等;图片部分为《中国古盆实录》《中国古盆各式盆脚》《中国古盆各式盆洞》《紫砂（釉）器艺人及商号印款》。"附录"部分又有细分，这里就不展开了。

书名何谓"古盆"？首先在序言中做了交代，即古代花盆；其次在正文标题上有明确指称，叫做"盆景盆"；最后由大量的文字和图片信息，对于古盆是什么，都有哪些具体而微的特点、特征、特色，以及文化的、历史的、美学的意义，等等，都做了学术性的介绍。

我国盆景渊源有自，可考，且已有了诸多研究成果。在我看来，盆景是人类与自然相亲相爱并演变到人类单方面自私的产物。人将自然界的美好植物、水石，化作盆中之景，置于府宅园林案榻，常得清心悦目。清人龚自珍在其《病梅馆记》中批评糟蹋人才的社会现象，用梅之被世人只看重它的古怪老瘦虬曲作譬。我想到自己就曾亲手制作梅桩盆景的往事，那是人为地捆扎梅桩，使之长成古怪老瘦虬曲之状。所以，自古以来人对自然是自私自利的；生长在大自然中的花木石草，原是好端端的自在自生，与时光同幻化，我等偏将它们取置盆中，由着自己的需要扭曲它们的枝干藤条。

可观察我们人类社会物质生活、精神生活发展进步的历史现象，却可以透视到"人类自私"居然还是一种原动力。从某种意义上讲，正是人类的自私推动了物质、精神生活的进步。古人为着自己眼目脑神的愉悦、舒服，不管树木山石愿不愿意，就把它们装载于盆景盆中，这是事实。盆景盆，古人自私自利的产物；自也是我国物质、精神生活进步的例证。

是书大量信息告诉我们：由朴拙单调到纷繁多姿的盆景盆，我们能看到文人审美情趣、艺匠精益求精、社会需要量愈来愈大、盆景盆小产业破土而生等等。盆景盆是历史的一面镜子，它照出的既有光彩，也有瑕疵。可是，书中堪称蔚为大观的盆景盆图录，都是前人留在今世的古盆；它们留给我的表面印象，则是精美绝伦！

是书主编韦金笙曾经受到易君左的学生、有"扬州诗人"之誉的姚江滨先生的极力推崇。二十世纪九十年代中期，我赴扬州与姚先生谈稿，姚先生极赞韦金笙，将韦邀来家中引荐于我，希望我们能结成文字缘。我当即请韦先生主持编纂《扬州园林志》；此事未成，所剩只是脑中一隅的记忆。不意在十年后，我在这本书上看到韦金笙，已是学术成果多多，斐然大家。

由读是书，我联想到自己制作盆景的激情岁月。我买过许多当代盆景盆，还亲手制作过一个"古盆"。此事发生在二十世纪九十年代，我在皖南购得四块古代花砖，其浮雕为梅、兰、竹、菊，寓意冬、春、夏、秋；我为它们"托"了一个底材，使它们联成一体，成为花盆。当年我将最喜欢的花木种植于这个盆中，还记得为它拍摄了靓照。"古盆"随我来深圳已逾十载，我爱它如初。细观《中国古盆鉴赏》中那些古盆，想当初的那些持有者一定像我一样喜爱它们。在流转世间几百年、百十年、几十年后的今天，人们能拥有它们中的一个已属幸事；可有的人竟然拥有它们中的许多。感谢古人，古盆因为古人才有今天；感谢今人，因为有了今人古盆才可能继续流传到明天。在绝大多数人不知道古盆的文化历史和价值的当下，感谢韦金笙们。

噫嘻，感谢自己；我的"古盆"尚在哉！

十九、《深圳记忆》

"记忆"这个词太平常了，让人们记忆的事情也太容易发生了。可就在我们一天一天地过日子的时候，我们却在不断地失忆。近几年，一些人尤其是有思想有一定担当的人，呐喊着要加强城市记忆。我在编辑一本反映深圳工业经济发展的书稿后，在相关书评中使用了"城市记忆"这个词。中国是一个语言大国，语意丰富多彩。我的理解：人们呼唤要加强城市记忆，其意义就是告诫人们不要忘记历史。"记忆"用得好；因为有记忆，也就有失忆。失忆，则忘记了历史。

《深圳记忆》及其附赠的光盘，只是从一个视角，把我们不该失忆的一个城市内容，俯拾于图书和电视及计算机屏幕。在图像、文字、解说声音的媒介下，我们看到深圳的龙田世居、大鹏所城、鹤湖新居、大万世居、茂盛世居，以及高岭、鹤薮、鹅公、大碓的古民居。图像摄到的不光是建筑，还有人及其相关的物件；它们构成了深圳这座城市一个个人文景观。如果不是这本书的介绍，我哪里晓得在深圳这座年轻的城市，还有如此沧桑、斑驳的历史积淀；哪里知道在我们一些深圳居民浑浑噩噩过日子时，一个在深圳居住的外国人，捷足先登了这些景观，并向世界津津乐道。

　　记忆，一个太平常的事情；因为太平常，就失忆多多，结果使得我们常常干着"捡了芝麻丢了西瓜"的事情。最可怕的是：集体的失忆。在我们发展城市经济过程中也好，在我们进行城市文化建设中也好，由于忘记了城市的历史而常常遭到"报应"，走上弯路，这已经屡见不鲜。

　　想到城市终将后继有人。我们的孩子们是否有这些记忆的必要？当我的孩子对我说：听说深圳是由一个偏僻的海边穷渔村发展成为现代化城市，现在海鲜都很贵的，可渔村为什么是穷的呢？再过若干年后，深圳已经实现了建设者们曾经谋划的世界定位，那时的孩子们会不会还问出许多问题来？没准他们也会把我们忘记。孩子们对于深圳城市记忆的需要不仅合乎逻辑而且理当脉传下去，成为传统。

　　我是在电视媒体的节目里知道此书的，也是电视媒体工作者首先赠与我这本书的。纸质图书《深圳记忆》，其影响远不如深圳卫视频道播放的《深圳记忆》。但是，一堆谈深圳记忆的文字和图像，采用了多种媒介，这种行为本身是极值得赞赏的，它向我们强调了一种危险正在发生，一种存在必须得到城市集体的珍视和记忆；它为我们消除集体失忆的危险和传统的断裂之害，提供了启蒙的良助。从书而言，虽然它的内容不足以概全这座城市所有值得记忆的内容，但就我所知：这是第一本冠以"深圳记忆"之名的书，它如此凸显"记忆"又如此借势宣传"记忆"，所以我能看重此书。我希望多种媒介的《深圳记忆》及其相关的文化活动，能够成为这座市的一个"记忆"。

书拿到手一掂量，知道是大资金、大手笔造就了它。我问了问给我书的朋友，知道在出版图书、制作电视节目及光盘等的费用上，得到了深圳几大房地产开发商的支持。史学家张海鹏先生曾经论及徽商的"贾而好儒"特色，我多次将之发挥在文章中。我希望在经济社会中，多多的商人们多多的"贾而好儒"；"贾而好儒"也能成为中华民族的一个"记忆"。

在玩阅此书过程中，我与搞平面设计的人交换看法。《深圳记忆》从封面到内容，整体设计感强烈；在处理现代艺术和表现历史感上，无论用字、敷色以及用材上，都结合得很好。这些，也是《深圳记忆》的重要亮点和看点。

二十、《明清大漆髹饰家具鉴赏》

在二〇〇七年深圳举办的文博会期间，朱宝力的哥哥到本社展区参观，在展示的"精致生活丛书"几本书前驻足较长时间，并向工作人员提出，要谈谈出版与丛书内容相关的图书。我正在展区，接谈中知道：他想出版的图书是一本研究老家具的书。我听他说：这部研究大漆髹饰家具的书稿，是其弟弟长期研究的结晶；"肯定要比你们出版的《老家具新摆设》要好"。这样自信的作者和说项者我见得多呢，你自说之，我未必当一回事。但是，我愿意他带上样稿、图片到出版社，边看边谈。

几天后，老哥哥的他果然将样稿和图片发到我的邮箱；又过几天，老哥哥带上实物照片和样稿及《南方都市报》对朱宝力的访谈文章，到了我办公室。听老哥哥对他弟弟充满自豪而又赞许的介绍，又看了带来的材料，我提出了按照"精致生活丛书"的体例出版其弟研究成果的普及本。老哥哥对我这个出版意向，表示要在与其弟商量后再定。一周后，老哥哥来，说他们商量的结果是：书稿已经多年的打磨，形成了现在的学术著作体例，不改变写作体例了；愿意自费出版，请出版社扶植。我知按照其体例和出版印制上要达到的标准出版此著，其人力、财力上都要有许多花费，因此在表达愿意助成此事之后，请老哥哥三思而行。可老哥哥再一次展现了他爽直、自信的风采：这没什么。这件事这样做成了，才会产生影响。明清大漆髹饰家具是国宝，现在存在世上的也不多了。这本书就是要向世人展示它的价值；不引起重视，要不就被糟蹋了，要不就流失到外国人手里了。老哥哥这些多次向我说的意见，震撼我心。

朱宝力只有高中学历，二十世纪七十年代初进入北京金漆镶嵌厂工作，在多年的学习、钻研中，在漆作技艺上获得许多成就，曾任修旧组技术负责人。二〇〇七年九月间，我到北京公干，专程到达朱宝力居所，亲眼见到他搜集的近二十件明清大漆髹饰家具，对照着实物，在谈话中我很轻易地进入了朱宝力的经历、治学心路、明清大漆髹饰家具及其附丽其上的文化氛围。让我感动的是，为了从事明清大漆髹饰家具实物考察、搜集、研究工作，他在多年前辞去工职，卖掉在城里的住房，买了现在这所位于通州区六里桥市场里的房子。

在交谈中，我知道朱宝力可以独力完成一件需要几十道工艺的大漆髹饰家具作品，能像他这样作为的人，在我国当下已是寥若晨星。朱宝力可以带徒弟，用手中的绝活搞出一个小产业；但是他急于先做的事情，竟是在对尚不被世人所重视的明清大漆髹饰家具之研究上。

他所居可称"寒舍"，而这样一部本应由国家队完成的学术著作，就在这个寒舍中完成。在对我国传统文化有过贡献的古人中，有一种人被称作"畸人"的，他们在冷巷僻街或穷乡困土中，默默地做着一些被他人看作很奇怪却对文化传承极有好处的事情；朱宝力是当代的

"畸人"。

我从客居处乘公交车到达这个"畸人"寒舍,费时近两个小时。朱宝力一见我就道歉:我该去接您的,让您跑了这么多路。其实在电话中他向我表示要来旅店接我。他没有私家车,无非掏钱"打的"。我婉谢了。在二十多年前,我就是这样在北京组稿的;如今我开着私家车上班,却非常怀念那时的工作状态。车水马龙的街道,熙熙攘攘的人众,鳞次栉比的建筑,是那么亲切、真实;当满头大汗的我现身在要找的作者面前,我的喜悦溢于言表;我仿佛真的是在大海里捞到了一根针。与朱宝力谈完,我还是乘公交车去捞另一根"针",行程中完成了对朱宝力的印象,也对其书稿做出了基本评估。

二十多年后,我依然如此组稿,我欢快不已;装满人们的车子晃晃悠悠,竟也是这样的欢快。快哉此行。

大十六开、精装的《明清大漆髹饰家具鉴赏》已问世月余,一位资深出版人拿到此书,认为它具备冲击大奖的条件。是的,《明清大漆髹饰家具鉴赏》用纸精良,设计古雅,版面舒朗,图片清晰,点缀精细,印制精美。当朱宝力看到书时——护封上用了他提供的一件明清大漆髹饰家具上的颜色,他惊赞道:啊呀,没想到,护封上印刷的颜色与那件明清大漆髹饰家具的颜色出奇的一样!老哥哥形容道:弟弟高兴坏了!

其实,朱宝力更当高兴的是,很快那些喜欢此书的人们会发现《明清大漆髹饰家具鉴赏》的几个意义:一是正本清源。硬木家具不能叫"明清家具",真正能号称明清家具的是大漆髹饰家具;朱宝力用实物、用史料做出了他的相应论证。二是大漆髹饰家具的材料及制作技艺。由此我们知道了真正的大漆髹饰家具是什么,为什么值得国人重视;朱宝力用实物、用史料做出了他的相应解说。三是美的享受。朱宝力运用多种知识和文词,领着我们近距离鉴赏十件弥足珍贵的明清大漆髹饰家具。

在结束此文时，老哥哥的样子在我眼前挥之不去。一南一北的兄弟俩，真情感人。没有弟弟的寒舍苦研，则没有此书；没有哥哥的热心张罗，则此书怎能在被一些人看来是"没有文化"的深圳出版。兄弟之情牢牢系在一桩文化递承的事情上，感动并教育了我辈出版人：一定要多多玉成这样的事情！

二〇〇六年至二〇〇九年

《深圳旧志三种》纪事

二〇〇五年八月间,纪志龙总编辑介绍一部书稿给我,说作者为刘中国。他在与我谈话中,流露出要做一些传承深圳历史与文化的图书;希望我把握刘稿是否具备出版水平。刘中国的书稿是一部古籍稿,整理形式为"标点"。我在阅读其样稿后,将选题名称定为"新安县志(康熙本、嘉庆本)"。

新安县是清代的行政区域建制,它所辖地区包括今天的深圳和香港等地;有关这一地早期的史料方志图书,早于清康熙之前的,只见著录不见存世之本。因此,现仅存不多的清康熙二十七年(一六六八年)版的《新安县志》、嘉庆二十四年(一八一九年)版的《新安县志》,都弥足珍贵,有版本价值,是研究深圳古代历史的重要资料。该稿即以这两个版本为底本,进行校理,包括标点、分段、繁体字简化、订证错讹等。简言之,即是按照现代汉语规范,对两部《新安县志》进行校理,使之成为一个符合今人阅读习惯的新刊本。

在未睹全稿的情况下,依我识见,我提出:新刊两部县志,在结构次序上完全按照原书编排顺序编排。两部县志合计字数六七十万字,为了使读者一卷在手,前后参读,方便购藏和研究,两部县志编为一帙(先康熙本,后嘉庆本),以内扉区分。全书前安排导读性《前言》一篇,有关两个版本的书影若干(其中,嘉庆本《新安县志》上所含《新安县全境图》是本书必有之辅件)。刘中国先生表示完全赞成和认可。

就这一选题，我在与社内外人士的交流中都表示了这样的意思：康熙本、嘉庆本《新安县志》是关于深圳这座移民城市的古老记载，是我们这座城市发展中的一面"镜子"。各级领导和广大市民、移民只有"延续根脉"才能面向未来，读一读这样的书是很有必要的。此外，把这样的书馈赠给城市的来宾、家庭的亲朋好友，就送出了深圳人的一份厚重的文化。这都是我们所喜欢做的事情。

可是，在这一选题呈报待批的过程中，总编辑再次介绍来稿。这就是张一兵先生的"新安县志（康熙本、嘉庆本）"。我读了样稿，约见其人，并按要求做出有关刘稿与张稿的一些判断。庆幸的是：刘、张两稿各自有源，校理方法不同；前者只是标点、分段、径行订正等；后者就谈得上是完全意义上的校勘了。刘先生是我的熟人，张先生我却不熟。我知刘是二十世纪八十年代初中山大学中文系毕业生，曾经在高校执教；他的学问是不错的，与人合著有《钱钟书：20世纪的人文悲歌》《米修司，你在哪里？》《大鹏所城——深港六百年》《容闳传》等。如果有条件能够寻到一些新安县志的版本的话，相信他完全有能力完成"新安县志（康熙本、嘉庆本）"的校勘工作。而张先生在谈话中则给我留下一个狂傲的书生印象，他说：如果谁能在其校勘成稿中找到一个错字，他个人奖励人家一千元。当时我就举例来说，二十世纪中，一部党和国家领导人的书籍出版后，出版者号称校对十多遍，没有差错；可是经组织专家检查，发现其中法律的"律"字，错为"津"字。你的这部稿子，我决不相信能做到没有差错。张先生笑道：我是用此强调这部校勘稿的质量不错。书生猖狂，我又何尝不是如此。其实，张先生专业上的内行和水平，在那次谈话中我也心中有数了。

当我们认可了张的书稿后，他又提出增加天顺《东莞志》部分（残志，六万多字）；并说这部分才是现今能找到的最早的有关深圳的县志旧籍了。他这样一说，我哪里还能说出不同意增加它的理由。在得到总编辑的具体把握、指导、支持下，在与张一兵先生签了《出版合同》后，我于当年十二月间给社总编室上了一份报告。因为这份报告反映了我已做的和将要做的编辑工作，录下：

今年九月间呈报的《新安县志（康熙本、嘉庆本）》选题，作为今年度补报选题已经批准。在批准之后，我们获知：深圳市文物考古研究所的张一兵先生，已经完成一部包括明代天顺《东莞志》和清代康熙、嘉庆《新安县志》在内的校勘本。经与作者交换意见和阅读该校勘本的样稿后，认为其校勘本远胜于没有校勘的刘本；经社领导同意，在与张一兵先生反复磋商后，于十月十八日与其签署了《出版合同》。

张一兵，原为中华书局古籍图书的编辑，二十世纪八十年代作为深圳引进的专业人才，在深圳长期从事文物考古工作至今，有多种著作出版。

张一兵之校勘本选题名称为：深圳旧志三种。该作品约七十万字，署名形式为：张一兵校点；出版成品拟为大十六开，精装。经社领导同意，增加林星海同志为本选题的责任编辑。《深圳旧志三种》将在春节前发稿，使用《新安县志（康熙本、嘉庆本）》书号。

请将已批选题《新安县志（康熙本、嘉庆本）》更名为《深圳旧志三种》，并作为"深圳珍贵史料选刊丛书"之一种。

此后，与我在编辑工作上志同道合的林星海同志，很好地完成了《深圳旧志三种》的编辑工作。当然，在张一兵先生签字认可的《深圳旧志三种》清样上，我还是抓住了"疍民"的"疍"字误用为"蛋"字而且不止一处的问题。虽然如此，我仍然相信这部书中还有我们没有发现的、需要订正的问题。各路方家的指正，将被体现在《深圳旧志三种》重印工作中；这对于《深圳旧志三种》传承文化的意义，也只有好处。

在我完成此文后，看着《深圳旧志三种》封面上的"深圳珍贵史料选刊丛书"一行字，我想了很多：

首先，深圳是一个新兴的城市，在二十五年经济快速发展中，疏于对地方史料挖掘、整理、出版，缺乏应用。但是，人文传统和文化责任感力量强大，仍然有些个人和部门、机构，在整理地方史料上默默耕耘。他们的收获足以证明深圳历史是有着悠久文明和珍贵传统的，有着足以值得延续的根脉和精神。他们耕耘的收获，理当受到我们珍惜和尊崇，并公诸于社会、服务于社会。

其次，深圳的出版机构理应肩担道义，责无旁贷；并且始终要为我们政府扮演好承续文化传统、出版地方史料、凝聚学者作家的角色。看来，出版者还要在传承、积淀当地的历史与文化上拓展出版选题，继续有所作为。

再次，也要看到：当今社会重商轻文，各地"文化立市"喊得响，却少有人真正从该做的事上入手，潜下心来认真做事。我在编辑出版《深圳旧志三种》过程中，曾经写了一份公文，内容上有"先出书，把事做好，再寻求上级支持……"设身处地，身在出版业内的我，是知道出版类似《深圳旧志三种》这样的图书，出版机构对于得到政府出版经费支持的渴望程度。可以说，有没有出版经费的支持，往往决定了这些图书的生死。从出版行为而言，没有哪一个人需要对不出版《深圳旧志三种》这样的书负责任。所以，我内心的深深的敬意，总是献给了出版机构那些能够拍板的社长、总编辑们——他们的社会担当才让我国的图书和出版文化流转有序。

最后，希望在政府和有关部门的领导、支持下，能够大致按照我们的设想，陆续选刊出深圳珍贵史料。这既是为了一个城市的继往开来，也是为了自身的立足和发展，事属功在千秋。

刊于二〇〇七年第二期《图书与情报》

刘海翔与《欧洲大地的"中国风"》

刘海翔是二十世纪八十年代初厦门大学的毕业生，八十年代末赴美留学，先后获得美国南美以美大学艺术史硕士、美国北得州大学信息学硕士、博士候选人。旅美后，刘海翔在完成艺术史毕业论文的同时，还醉心于领略欧洲大地上有形和无形的"中国风"（Chinoiserie）。《欧洲大地的"中国风"》是他亲历考察、审思精研的副产品。

刘海翔先生委托友人在北京联系出版他的这本书后，便不再理会与出版有关的琐事，只顾专心致志地从事他的本职工作了。海翔在这本书即将付梓前写的《后记》中有："现在每天忙于日常工作，写文章对我来说，只是一个完全凭自觉的爱好，没有什么功利和实惠，其实是件自讨苦吃的事。"在太平洋对岸的刘海翔，哪里知道在他这本书的出版上，发生了颠覆性的插曲。

我当了多年的出版人，与人结识多从书稿上开始。海翔的受托之人林薇也是我的朋友。她于去年十月底以电子邮件形式发给我这本书的前言、目录、绪论以及第六、七、八章，要我参谋参谋，提提意见。我在给她的电话中说，我社可以出版这本书，并希望以此书为首发，策划出版一套"海外中国风"系列；暂不用回绝在北京出版此书，我尽快完成选题呈报手续。林薇当年作为美国国家地理学会全球同步出版《透过镜头》（中文版）的主要策划人，因为我竭力要出版《透过镜头》（中文版），在与我社讨论合作出版该书一事未果后，她因而对海天能否出版海翔这本图书缺乏信心。

的确,当今社会有一掷千金的豪举和纸醉金迷的生活,而要想出版一本学术著作、一本富有文化含量的图书,十分困难。这是反差极大的社会现象了。每念及此,我总思自己这半生的出版人生涯是否值得?总又找不出答案。或许是在工作中迷失了答案?

我很快把读样稿的感受写在了《选题呈报表》中:"我觉得此稿成书可以获得社会效益和经济效益双丰收。在社会效益上,中国走向世界已是不争的事实;但中国对世界究竟有没有影响?有的话,又是哪些影响?这本书是从文化艺术方面来谈中国对世界的影响。'中国风'让我们能够理性地看待自身而不妄自菲薄,也让我们能够合乎逻辑地看中华民族的复兴。在经济效益上,成群结队的中国人走出国门;还在国门内的人们也巴望着走向世界。中国人的地域观念再也不是闭关锁国岁月下的'天下之大、唯我独尊'的偏执。都要看一看我们中国在欧洲、在美洲、在澳洲有什么作为,出了国门千万别把本国的东西当成洋货带回来;没出国门的亦能从已然形成的'中国风'中为我们即将出行'壮行色'。这些年中要看此类书并能进入其里的人,首当艺术家,其次是有商业头脑的人,最后才是一般读者。"没办法,作为出版人你必须对一本书的社会效益和经济效益做出判断。

在我社三级论证中,虽然稍有杂音,但是大多数人都抬爱海翔这本书。于是,我们集体颠覆了海翔这本书在北京出版的可能性。在编稿阶段,海翔夫人给我发来电子邮件,问书稿审查的情况怎么样?我回电以安其心道:"这样的书稿,有点文化品位的人都会很看重它的。"的确,两位审读海翔此稿的资深出版人,都充分肯定此书的价值。

王颖先生的复审意见是:本书以独特的视角,挖掘出两三百年前中外文化交流的历史,再现了当时欧洲大地刮起的强劲的"中国风"。本书出版,有助于读者对这一独特而耐人寻味的现象有进一步认识和了解，更全面地认识博大精深的中国文化。

胡小跃先生的终审意见是：该书论述和介绍中国文化在十八世纪对欧洲文化的影响，脉络清晰，文笔生动，资料翔实，可见作者的理论功底和文字功底。书稿客观而又有自己的独到见解，内容健康。终审纠正了部分外文。

海翔这本书原先的书名叫做《当欧洲迷上中国——欧洲大地上的"中国风"》。后来我感到这书名有些语意重复和啰唆，经与海翔他们商量，改为今名。

在编稿过程中，我不时地回想自己数年前的欧洲之旅，在当年的浮光掠影中，欧洲大地上强势的华语和中餐馆迄今还震撼着我的心灵。可如今我知道了：文化艺术是人类各民族的精神文明结晶。聪慧的人类在地球上融会贯通、水乳交融的顶尖层次，就是在各民族文化艺术的交流上。在海翔的笔下和他拍的图片中，我们能见到欧洲人民把我们民族哪些东西学去了。那是在中华民族积淀了几千年的哲学和教育、园林建筑、瓷艺、绘画、家具等文化艺术思想，它们已然漂洋过海，以卓异特立之中国风格的实物，昂然置身在这片有着截然不同的文化背景的热土上。

我从海翔笔下的欧洲转回深圳这块土地，有两个问题让我持续思考着：一、在复兴中华民族的过程中，我们将以什么样的文化艺术奉献给这个地球？二、在复兴中华民族的过程中，我们要学习和汲取什么样的世界文化艺术？

这时，适逢我的新居也在装修过程中。积淀在我内心深处的中国历史文化，不断生发出具有"中式"家装元素的东西来。于是，我的新居里也刮起了一场"中国风"。这是我跟至今未曾谋面的海翔一种心理上的缘分吧？

《欧洲大地的"中国风"》的《出版前言》，对海翔其人及本书的介绍，与我这里所写的不同；"有点文化品位的人"读一读它，就一定会被吸引着，到欧洲大地去领略"中国风"。

但是，莫要忘记了那些海外赤子们。

"我辈留美学子，除了求学谋生之外，总还该见贤思齐，也挑上那个八百斤吧。"这是刘海翔在《后记》中流露的心声。在我编读旅美学者邹牧仑先生的《听老子讲道》《伴孔子周游》《向释尊问佛》的过程中，已然深入了羁旅海外的当今中华学子之心灵深处。他们中很多人有着深厚的祖国情结，不时油然而生"落叶他乡树，寒灯独夜人"的孤寂心境，也不时地在想着"有什么事是我想要做而且也还值得做的呢？"（海翔语）海翔想到母校的校训：自强不息，止于至善。

自强不息，止于至善。这何尝不是中华民族的一种精神？我想，源自于和扎根于海外学子心灵深处的祖国情结，是当今世界最强劲的"中国风"。

二〇〇五年七月五日

"谭艺书系"：带给二十一世纪的艺术经验

我在"谭艺书系"连续出版过程中，把编辑中的读后感也写了出来，在各种媒体上发表。以下依照各文发表的时间先后，合为一篇。每文后注著录发表的时间和报纸，原来的标题从略。

一

"谭艺书系"冰心卷《爱和美的耕耘》、曹禺卷《情感的憧憬与发酵》，由海天出版社在九月份出版，参加了全国书市；前几天又编发了巴金卷《世纪灵魂的呼号与拷问》。能够在二十世纪内完成这个书系的创意、组稿、出版，我心粲然，不由得长舒一口气。

萌发这个书系的创意是在四年前。当年的创意书里写着目的、宗旨、编例、组稿、规划等；从书稿完成情况来看，每一位编著者在贯彻创意的基本精神下，都不同程度地有进一步的发挥。朱栋霖教授及合作者陈龙在一九九八年底最先完成了曹禺卷。他们定稿后认为，书稿结构有问题，不能清晰、系统地反映曹禺的艺术思想，便重新编著。卓如研究员是《冰心全集》的编纂者，接受冰心卷的约稿意向后，专就"谭艺书系"及冰心卷去征询冰心意见。冰心说"谭艺书系"很有意义，我的就由你来写罢。冰心的信赖鼓舞了卓如，在冰心卷的后记中可见她的心曲。张民权研究员是最先知道选题创意的人。

四年前我们同在一个内陆省城,以后他去了上海,我到了深圳。张先生在书稿中说,阅读巴金的东西,咀嚼个中的英华,越搞越觉得有搞头,干脆当作一个课题来做。正是有朱、卓、张各位把约稿当作课题来做的学术精神,使我常常陶醉在约稿得人、书稿称心的快慰中。

曹禺卷分成"谈自己的作品""谈文学创作的过程""谈文学的外部关系"三编,附"谈鉴赏批评"。每一编中又设若干专题,在专题下是小标题及曹禺谈艺内容,和编著者阐述性的文艺随笔。朱、陈两先生能够做到文笔流畅,要言不烦,没有在枯燥乏味的理论术语上兜圈子。

冰心卷依次分成散文、小说、诗歌、儿童文学、戏剧及其他、外国文艺、创作思想与经验、作家等,再拟出小标题以随笔形式将冰心在散文、小说等方面的艺术思想精粹,串成一个个珍珠似的、翡翠似的项链。卓如的文笔有散文的审美趣味。内容上有一个特色,即各单元首起内容,往往是介绍冰心在某一体裁方面的创作经历和艺术成就。

巴金卷将巴金谈艺内容分为"谈文学创作与生活""谈文学的情感性特征""谈文学的目的、作用""谈作家与人""谈作品的内容与形式""谈人物创作及描写""谈艺术实践、艺术经验""谈我们怎样做作家(一)(二)""谈作家与批评家、读者""谈艺术民主、创作自由"十编。每编又以各小标题下的巴金谈艺内容为主,适宜处略加按语。每编编末是三五千字的"编者附识"。按语给读者以适当提示,"编者附识"对一编之中的巴金艺术思想和有关命题作了阐释,它们共同起到了解读作用。

文学艺术大师自有一支妙笔,写出过无数灿烂如锦的章句。经过出版者和编著者的磨合、交流、碰撞,从大师谈艺内容中提炼出小标题的做法,成为我们的共识。这也是"谭艺书系"首三卷在编例上的共同之处。这种体例,给读者一个更大的拣选空间。

"在二十一世纪来临之际，回看我国当代的文化艺术领域，许多艺术家们以其卓越的艺术实践，创造了为全人类共享的精神财富。这笔财富中，深涵着艺术家们艺术上的精髓和灵魂。为了让更多今人和子孙后代共享我们这一时代的快慰，我们筹划出版'谭艺书系'丛书。"这是我在创意书中的一段话，后来还用在给巴金先生的公函中，征求他对出版巴金卷的意见。公函回来后，上面已有了"巴金"两个字。

让大师们的经验也成为二十一世纪的艺术经验吧。（刊于一九九九年十一月十四日《深圳特区报》）

二

放眼当代中国艺坛，能够将诗书画三门艺术熔于一炉，并"烧造"出锦韵华章的人，十分罕有。林散之集诗人、书法家、画家于一身，是担得起诗、书、画"三绝"之誉的艺术大师，并为世所公认。

林散之先生写了一辈子的诗歌。七十年代，他的门人编辑了一部《江上诗存》，收散翁的诗作两千余首。启功教授看了"诗存"之后，认为散翁的诗，"于国之敌，民之贼，当诛者诛，当伐者伐，正气英华贯穿于篇什之中，则又诚斋（即杨万里）之所不具，抑且可所不能者也"。散翁的朋友，著名书法家、篆刻家葛介屏先生，读罢"诗存"，题诗赞誉："文章奇奥熔千古，诗句清新轶后先。""生花岂入江郎梦，妙笔真酣王氏眠。"更早些的时候，素有"江南诗人"之称的高二适先生，在初读了散翁诗作后，就赞称散翁诗为"诗坛一绝"，后来又对友人称，"（林老）诗功之深，非胸中有万卷书，不能随手挥洒自如也"。这已是六十年代初期的韵事了，高、林两人亦以诗歌往还酬唱而订交。

书画本同源，艺理亦仿佛。前贤有此卓见，散翁在其艺术实践中深有同感。散翁诗中有"书画原本是一家，画人画马总枒杈"之句。在散翁的艺术创作上，书法、绘画相得益彰，互为补益，共同进步，识者常常倾倒于他用草意入画的风神。散翁集数十年的功力，终于开创出书法史上草书的新境。人们称林散之是当代草圣；又因为他的草书有自家面目，所以称其草书为"林草""散草"。

林散之的艺术思想和理念，首先贯穿于他的毕生艺术实践中，体现在他对诗文、丹青、翰墨的辛勤创作上。其次，林散之在授徒中身教口传，警言慧语也比比皆是，亦都闪烁着艺术思想的火花。在林散之晚年的时候，有一位有心人经过大量辛苦细致的采风和访谈工作，为散翁编订了一篇《江上谈艺》，并收入《林散之序跋文集》中。《江上谈艺》虽然是一细册，却是吉光片羽，弥足珍贵。其"脉络清晰，琅琅可诵，先生音容笑貌依稀可见。明者宝之，全与不全，岂予所知哉？"（刘海粟语）在编辑整理《谭艺书系·林散之卷》时，《江上谈艺》自然成为该书的主要内容。复次，林散之写诗七十余年，借助诗歌表达自己的艺术主张，也是他的寻常之举。该书遴选了散翁近百首论书、论画之类的诗歌，足以构成林散之谈艺思想的重要内容。再有，散翁在几十年间写作的序跋题识文章，像《诗稿自序》《书法自序》都是林散之艺术思想的重要文献；其余文章也都在字里行间洋溢出一派艺术氛围。综考以上内容，编著者类编了《江上谈艺》《论书论画诗词》《序跋题识》，试图勾勒散翁谈艺思想的一个概貌；它们即为本书的第一、二、三编。为了方便读者阅读和理解，编者者适当地作注解性的解说，加以括号，字为宋体，比散翁原文原著小一级，以示区别。编著者有意增加一个"附编"，亦是为读者计，希望读者能够全面地了解这位很像是隐在森林散草之间的艺术大家。

"把生命融入笔墨之中"虽然是散翁给学生们的教诲，但是，这不也是散翁一生艺业的写照吗？这也正是散翁留给世人的一个最精髓的艺术体验！

辑五　编读反刍

在新世纪来临之际，我们还能够像艺术大师们那样，把生命融入笔墨之中吗？但愿！（刊于二〇〇一年三月十九日《人民日报海外版》）

三

钱念孙先生在《艺术真谛的发掘和阐释》的引言中说："二十多年前，我在大学里曾细读朱先生的《西方美学史》……"他说到自己因之受到的极大震撼和发自内心的赞叹一段内容，这仿佛一阵风把我吹进了时光隧道，回到了二十多年前我的母校，置身在同样的情境之中：我对美学的兴趣之所以迥出于我的专业史学之上，正是有赖于对《西方美学史》的生吞活咽。那时我有记日记的习惯。对朱光潜先生的钦赞，一定是连同着许多不解和疑问，连同着幼稚、笨拙的而又纯出天然的评点，由着盘膝坐在高低床上铺的我，把着一杆秃笔，倾注在日记本上。"于志斌，你躲在上面写情书啊。"此时我钟情的是朱先生笔下的美学，听得同室学友诡秘的呼唤，心扉里升华出带有美学意义的欣喜，嘴上报以同样诡秘的回答……

俱往矣。同学少年，风流已酣，不必捡出旧日之记。美好正在于一刹那的勾忆，喜悦正在于偶然的重逢。《艺术真谛的发掘和阐释》带给我的正是这种勾忆和重逢。

钱先生研读朱光潜的兴致盎然，不曾稍减。早几年就已结出学术的硕果，那是甚为学界称道的《朱光潜与中西文化》。这一回所著则另有一番立意，那是对朱光潜的作品中谈论文艺、美学及人生的思想精粹，爬梳钩玄，含英咀华，旨在让我辈读者能入朱光潜建构的艺术殿堂，睇个真切，探骊得珠。所以，这部书是"谭艺书系"之一种，又名"朱光潜卷"。书分七编，曰"谈艺术与人生""谈美和美感""谈文学创作""谈文学批评""谈中国现代文学""谈中国古典文学"

"谈中西文学比较"。我比较青睐的一类书，正是这样的：以高屋建瓴之笔，勾画出普罗大众文章。它让人读得轻松愉快，游刃有余。阅读经验告诉我们：一座座艺术高峰，一幢幢文化巨厦，总会有一些先行攀登者，在经历了学术磨难后，登上巅顶。无疑，朱光潜就是一座学术高峰，《艺术真谛的发掘和阐释》是一个先行登上这座高峰的人，为后来者写出的登"山"指南。

又读朱光潜，那是状态轻快、感觉全新的审美体验。由于钱先生的整理归类，提要解读，我不仅对美学之朱光潜有了进一步的回味，也对文化艺术大师的朱光潜有了立体的认识。由朱光潜毕生奉行的座右铭——"以出世的精神，做入世的文章"，看到他在无比坎坷和屈辱之中，依然寂寞地苦心经营着"名山"事业，从而留下了世纪的丰碑。

我想：不论初读还是又读朱光潜，那种如入宝山、满目风光的喜悦，都一样是会伴随着阅读者，走完一段审美的历程。（刊于二〇〇一年八月六日《人民日报海外版》）

四

同海天出版社已出版的"谭艺书系"其他几种相比，《未带地图，行旅人生》最突出的特色，是有"书评"一编。这本书是丛书中的"萧乾卷"，自然谈的是萧乾的艺术思想。令人欣喜的是，我们终于看到：在二十世纪一位中国文化艺术大师的心灵世界里，游弋着一叶书评的扁舟，荡起了五彩斑斓的浪花。

萧乾称得起是当代文坛上多才多艺的大师级人物。他在小说、散文、论文、杂文、特写、翻译上，都有不菲的贡献。他自诩"未带地图的旅人"，在二战的弥漫硝烟之中，发回了许多震撼人心的特写、通讯，当年曾影响着奋争中的国人的意志和情绪，至今仍为人津津乐道。

二十五岁的萧乾写出《书评研究》的论文。他说：书评是现代文化巨厦一根不可或缺的梁柱；书评家应是一个聪明的怀疑者；好的书评要用极简练的文字表现出最多的智慧；保持独立书评的关键是：持论客观，不捧不骂；书评要有棱角，切忌温暾之谈……萧乾在一个没有书评氛围的时代，呼唤着一个如今仍显弱势的社会文化。他以"阅读与艺术""批评的准绳""批评的艺术""书评写作""书评与读书界"诸章节，为书评构绘了极具科学价值的蓝图。

我以为，书评要不要成为独立学科，要不要成为院校学府的讲章，都可以不去论它。而应当关注的是，要"营造书香社会，共创美好未来"，则书评无论如何少不了，更要质优量大。能够让书评成为独立学科并且枝繁叶茂，我们这个需要书香的社会，给它提供了伟大的契机。回首看上个世纪的文坛巨人们，渴望着的正是一个书香社会；细睇二十五岁的萧乾，《书评研究》浓缩了他心灵里的精思华章。

"谭艺书系"是谈我国现当代文化艺术领域大师们的艺术思想精粹，给予读者最实惠的收益。傅光明先生被人戏称为萧乾的"关门弟子"，这本《未带地图，行旅人生》是他写作的有关萧乾的第五本书。傅先生称之为五本中自己最满意的一本。无疑，这是一本解读萧乾之艺术人生的力作。而它令我最满意的地方，是书中将萧乾在书评上的见解作为他的艺术贡献昭示于世人。（刊于二〇〇一年九月三日《人民日报海外版》）

五

我在读安徽文艺版的《傅雷书信集》时，"谭艺书系"的林散之卷出版。而在书信集中恰见傅雷先生对于林散之艺术造诣的评价，这鼓舞了我往下延伸书系。

傅雷，我国著名的翻译家。我曾在青少年时代酷读他的法国文学译品，大学期间读《傅雷家书》，工作后再读《傅雷译文集》。这一些阅读让我知道：傅雷绝不仅仅是一位翻译家，他还是教育家、美术家、音乐家。我决定在"谭艺书系"要有傅雷的一卷。有两位作者朋友向我推荐沈金梅先生可担此任，并给了我他的联系办法。沈先生接到我的约稿信后，非常认真地回了信。他在收到供他参考的"谭艺书系"曹禺卷和冰心卷后，于二〇〇〇年一月六日回了一封长信，谈到对"谭艺书系"的理解和看法，认为傅雷入卷完全可行，但是沈先生还提出："傅对文艺创作确有不少真知灼见，但由于他并非创作家，加上去世过早，与巴金、曹禺、冰心等人相比并不十分丰富。主要部分已收入拙编《傅雷文艺随笔》一书中。"沈先生推荐改做孙犁卷。后来我们又多次通信，沈先生拗不过我，接受了编著傅雷卷的约稿。

当年十二月，沈先生来信表示，傅雷卷较早编写的内容，"在京津沪一些报刊上披露了一下……全稿每节大体都是这种写法"。我看了报纸所刊沈文，如《文汇读书周报》的《爱好艺术与从事艺术不能混为一谈——傅雷论艺札记一则》；《文学自由谈》的《随时寻访大大小小的伊萨伊！》，我自然认可这种编著方式。

我在收到傅雷卷时，已经换了工作岗位，但仍是亲力亲为地做好责任编辑的工作。沈先生是以"理想的艺术境界"为书名，而以"傅雷论艺阅读札记"为副标题，我以为这虽然避开了原著授权上的麻烦，但是与"谭艺书系"其他各卷书名体例不一致。拟不采用。我的审稿意见还有："书稿是介绍傅雷艺术思想精粹的"，"质量上乘"，"可见金梅对待约稿的严谨和对傅雷艺术思想精粹的准确把握"；复审者指出："本书体例适当，叙述流畅，主题突出。在把握傅雷先生的艺术思想精粹方面，可见作者本人的功力、素养亦是相当高的"。《理想的艺术境界》于二〇〇一年五月间出版。其内容分为："论修养""论美术（上、下）""论音乐""论文学五编"，五十余小题。当年十二月七日，沈先生来信说："日前接北京傅敏（傅雷次子）电话，谈起《理想的艺术境界》一书（我送哥俩各一本），他说傅聪已读过，认为'写得很精彩'……二是傅雷先生本身说得很精彩，他的种种艺术见解，在当今艺术式微的情景中，自有其值得重视处。"

二〇〇二年三月二日，《文艺报》刊出李金盾的《傅雷美学思想的开掘和整理》，对沈先生及其这部作品做了综述性的评价。

时间又过去了六年，我还记得沈先生给我的信中写道："'谭艺书系'继续出下去吗？一种丛书，非长期坚持，形成规模、系列，方能在读者中造成影响，并为学界所留念，从而流传下去……我从旁观察，有些丛书的选题、内涵都不错，在学术上有价值，但往往开头难而不能坚持下去，也就不了而了之。是很可惜的。不知阁下以为如何？"（沈先生二〇〇二年三月四日来信）我很无语。

我在出版行当多年，深以为沈先生所言极是。依照我最初的《创意书》，谭艺书系共列近二十位大家，傅雷原不在其列。该书系也因为经济效益不明显，很难继续上选题。《理想的艺术境界》竟成为这套书系的告别之作。（写于二〇〇五年十二月）

反映时代精神的传世之作
——读《邓小平全纪录》

《邓小平全纪录》是我平生编辑的最重要的书稿之一，我为自己在这部书稿的出版过程中做了微薄的贡献而感到由衷的高兴。

这里我谈谈《邓小平全纪录》一书的特色。

首先，《邓小平全纪录》一书具有震撼人心的教育意义，它是一部蕴含着突出的社会效益的好书。在这部巨著中，我们可以看到小平同志充满传奇的一生。他的一生波澜壮阔却又坎坷沉浮。他具有胸襟宽广、不屈不挠的人格力量和实事求是、革新求变的理性力量，为中国革命事业的胜利、国家的昌盛、人民的幸福贡献了毕生心智。在小平同志的人格和理性之内，我以为最核心的是他说过的：我是中国人民的儿子，我深情地爱着我的祖国和人民。也就是说：是他对祖国、对人民的赤子之爱。

其次，《邓小平全纪录》一书具有新型的人物工具书特色。该书在成书之前，出版社根据新闻出版署的规定，送中央有关部门审订。经过权威部门审订，便保证了《邓小平全纪录》一书的准确性、科学性和权威性。该书以小平同志生平活动编年为经，以相关的史事和历史文献、图片资料为纬，最后有一个分类编辑、易于检索的《邓小平思想通览》部分。相比较而言，《邓小平全纪录》一书，文字不是规整的词条，而是一篇篇通俗易懂的短文。这些短文按时间先后为序。在年、月、日的标识上，除在书眉上具有鲜明的标识外，短文前、图片前都冠以时间。这对于一般读者的阅读和专业工作者的检索，兼而顾之。

最后，《邓小平全纪录》在版式设计上也具有某些特色。《邓小平全纪录》的内容是一百二十万字的文字和大量的图片。全书版面设计是图文互动，以图补文、由文及图，给读者以广阔的阅读空间，并产生真实感，仿佛身临其境，与历史人物同呼吸，共命运。设计上运用了不同色彩铺底却又保持了书籍版式方面的规整一致性。全书均有统一格式的书眉线和以淡黄色块铺底的大事记，它们好似全书的横、竖框线；所有文字均印黑色。变化就在"框线"内进行，各页又有不同，疏密有致，色彩选择淡色，不至于"抢眼"。不同的色彩（包括彩色照片的），调动了读者阅读的视觉。此书采用大十六开本，为国际上所流行，显得庄重大气，也为内文设计提供了方便。全书用纸精良，印装都属上乘。

《邓小平全纪录》一书是在深圳市委、市领导的关怀和指导下，由深圳人创意并编纂，并由深圳的出版社出版。它寄托了我们深圳人对邓小平同志深切的缅怀之情。

刊于一九九九年二月十日、三月九日《中国新闻出版报》《中国教育报》

百年犹存人间
——读《历史巨人刘少奇》

《历史巨人刘少奇——从工人领袖到国家主席》（海天出版社、广东人民出版社）是一部传记作品，它系统翔实地叙述了刘少奇同志的一生；展示了刘少奇同志从一个农民的儿子成长为工人领袖，成长为中国共产党核心领导、国家主席的过程及其丰功伟绩；客观公允地反映了少奇同志在"文革"中蒙受的巨大的政治冤难。全书以少奇同志所坚信的"好在历史是人民写的"作结，通过介绍党中央拨乱反正，为少奇同志平反昭雪，人民群众以各种形式抒发对少奇同志的怀念之情，表现了一个共产党人完美的人生历程。

这部传记采用了党史、现当代文献资料、有关著述材料、作者本人的采访记录等，以刘少奇同志活动编年为序，脉络清晰，语言平实；以叙述为主，偶有议论；注意引证文献史料，并注明出处；可将之作为史传来读。

这部传记侧重于少奇同志的革命生涯，一个充满理想、脚踏实地的革命家的形象，鲜明可感。对于六十年代以后出生的人来说，对刘主席挨批挨整的事情知道一些，但对他在新中国建立前后做的工作知之甚少。这部传记对我们很有帮助和教益。原来有许多我们现在正在做着的事情，少奇同志早早地就提出过，并做了一些实践工作。如少奇同志当了国家主席后，一再强调"国家主席也是人民的勤务员"，这是一种国家公务员的思想，"勤"字最能体现公务员的工作本质。少奇还提出过：发展社会主义经济要有多样性和灵活性，要发展市场经济，要搞活流通，要搞责任制，要办托拉斯，等等。作为国家主席、党中央核心领导之一的刘少奇，正在殚精竭虑、鞠躬尽瘁地实践着他的伟大理想和抱负的时候，却被政治浩劫置于死地，这对中国的发展是怎样的一种重创？

编读完《历史巨人刘少奇——从工人领袖到国家主席》，我给作者何光国先生去了电话，询问少奇同志生平有无雅好，是否遗下了清玩之类的实物？我的目的是想借助一些实物照片用在封面或正文内，以增强书的亲和感和大众化的效果。何先生说："少奇同志日常生活中没有什么爱好……他是一位职业革命家。"作者何光国先生曾任湖南宁乡县人大常委会副主任，当年与中共中央文献研究室、中国革命历史博物馆等单位一起，在少奇同志故乡宁乡县筹建"刘少奇纪念馆"，经历了收集和整理少奇同志的著述、往来书信、宗谱家系、遗物、有关少奇同志的研究著作，以及纪念馆的选址、奠基等全过程。他采访过少奇同志亲属王光美及其子女、身边工作人员、有关老同志等，通过数十次的采访，掌握了大量的第一手资料。何先生已发表研究少奇同志生平的论文十多篇，工人出版社一九九七年一月出版了他的专著《人民公仆——刘少奇》。他还参与中央文献研究室刘少奇组的多项研究和考证工作。

在书籍的封面和版式上，如何表现少奇这位职业革命家充满理性美、人格美的传奇生涯呢？这些天来，我案头放了一册刘少奇画册，不时地翻阅，终于有了一些启发。

《历史巨人刘少奇——从工人领袖到国家主席》在刘少奇百年诞辰纪念之际出版了，它会让人们知道更多一些刘少奇的生平和共和国的历史。

刊于一九九八年十一月二十日《人民日报》

编余旧文四则

《中国长江流域开发史》

这部学术专著是国家立项研究项目。它研究的范围是长江上、中、下三游,包括古代益州、荆州、扬州三大地区。上起石器时代,止于鸦片战争前。总字数约五十万字。

这部学术专著在内容上有以下三大特点:

一、要求理论与学术并重,而学术上,又要求文献资料与考古发掘并重,要有发明与发现。

例如:在论述石器与青铜器时代长江流域的开发时,充分运用了恩格斯、摩尔根等人的理论与上古文献、地下发现。不仅发展痕迹清晰,文路通畅,而且运用了《尚书·禹贡篇》荆、扬二州贡品"金三品",与湖北大冶、江西吴城等地区最新发现的铜矿遗址与青铜器文化,完全推翻了南方青铜文化来自北方、晚于北方之说,建立了北方青铜所需矿产与制造技术来自南方的崭新说法。

二、全书都注意了政策与开发的关系。

政策的好坏,决定了开发的进退,使得开发的进展出现一种波浪形,前进中有顿挫、逆转、停顿,扭转了过去只论经济发展,单从经济本身与大一统立论的片面性,因而具有重大的实践意义与价值。例如：南北朝与南宋时代，长江流域的开发得到极快的发展，重要的是东晋、南朝、南宋所采取的适应江南经济发展的政策，如东晋对侨民的免税免役与土断政策。反之，明朝矿税监的设置则使资本主义萌芽受阻。恩格斯曾说政权对经济有促进或破坏作用。这一论断在本书中得到了充分应用。

三、注意了经济开发与文化发展之间的相互关系。

如重商思想之于越国经济的发展，战国经济发展之与道家思想、楚辞的兴起，明清长江流域经济发展与科学技术发展的相互关系等，都有阐述。这既说明了文化的发展有赖于经济的发展，又说明了科技是第一生产力，经济的昌盛有赖于文化科学的昌隆。

总之，这是一部论述长江流域古代经济开发的力作，既富有理论意义，又富有实践意义，既富有学术价值，又富有应用价值，值得各界一读。（刊于一九九六年八月二日《安徽新闻出版报》）

《家庭幸福方程式》

家庭，充满着美妙幸福的韵味，在这里孕育出真挚的、理性的夫妻之爱、亲子之情、天伦之乐……每当我们迈入自己的家门，无论是午前的辛劳、黄昏的孤独还是深夜的困顿，都会被温暖的家庭气息一扫殆尽。家庭，往往又给一些人以难以诉说的苦涩——这当真是"家庭"的缘故吗？

假如有这样一本书，让它来为我们剖丝析缕，理顺出一道道家庭幸福的"方程式"，解出这些"方程式"等号那边的"值"，再看看这些"值"是否有益于千千万万的家庭。这正是社会学研究者倾注精力与血汗探讨研究不已的一个有普遍意义的课题。几年来，这方面的研究结出了硕果，我们将见载于报刊而且最新鲜、最通俗化的一些文章汇集成册，推荐给亿万家庭的每一成员。这就是《家庭幸福方程式》。

一道道家庭幸福的"方程式"被解出来了。这正是每个家庭得以幸福美满的奥秘所在！你说一对夫妻应当成为家庭中的什么样角色？父辈与子女间的"代沟"如何消弭？孩子的教育、家政的管理、合家的娱乐、生活的美化等等，都无不与家庭的幸福息息相关。且来看令众人头痛的婆媳关系这道"方程式"是如何解决的吧。《婆媳关系二十点》《婆媳间——儿子中介作用的发挥》两篇文章，前者是从生活中总结归纳的经验，不单是婆媳关系，还涉及家庭生活各方面以及亲戚、邻里，几乎面面俱到了——当然这只是对当婆婆的和做媳妇的中肯建议；后者则为当儿子、做丈夫的人们——他们常因为紧张的婆媳关系苦不堪言——提供了"靠母子关系，促母爱媳""靠夫妻关系，促媳敬婆""在婆媳矛盾时，要善于缓冲"等指导，这大约会使当儿子、做丈夫的人们布满阴霾的脸庞绽出欣慰的笑容。想必被解出的一道道家庭幸福"方程式"的"值"，将会给千千万万家庭带来幸福。

苦涩、烦恼等原不是"家庭"的衍生物，那些家庭幸福"方程式"及其答案就是最好的说明。倘若你的爱人是一个以事业为重的人，你能为她（他）在家庭生活中做出牺牲吗？倘若你的爱人把整月的工资丢失了，你会给他（她）一副什么样脸色？倘若你的孩子执意按自己的兴趣行事而你的妻子（或丈夫）又予以支持，你在与己意向不符的情况下如何对待？倘若你的婆婆（或岳母）爱唠叨家事而使你厌烦了，你该怎么办？倘若……在现实生活中如果没有这些"倘若"，你将不会有烦恼、苦涩感。事实原非如此。我们作为各自家庭中的一员，往往都遇到了这些问题——一道道"方程式"，我们又都以自己的方式方法对它做解答或正在解答。烦恼和苦涩终究是暂时的，因为人毕竟是智慧的，充满对生活的信心，有着克服种种难题的伟力。《家庭幸福方程式》便是来自于我们生活中的报告，汇集了我们对每一道"方程式"的正确答案。

"噢，家庭幸福不过如此而已。"或许有人在看了本书后会这样说，切莫过于轻松。对搞好各自家庭的幸福美满，固然需要我们在心理上充满自信，但在实际的家庭生活中更要求我们去正确地完成一道道"方程式"并为之付出牺牲。否则，你还将被那些个苦涩、那些个烦恼纠缠。

《家庭幸福方程式》就是这样一本具有指导性的书籍，理解它并能够将它提供的知识和方法科学地运用于你的家庭生活中，想必是很有裨益的。（《家庭幸福方程式》的《出版前言》）

《婚恋心理奥秘》

在人们步入青春期后，生理和心理趋于成熟，纷繁复杂的内心世界开始有了对婚恋的向往和追求，也就是说，有了婚恋心理的位置。

人的婚恋心理有如一扇厚实隐秘、难窥堂奥之"门"，社会心理学者却要启开这扇"门"，其目的并非想分享其中的欢乐和幸福，而是去探讨这扇"门"内的奥秘及其在人们中的共性和个性特征，以为人类的婚恋服务。他们在深入青年中间调查后发现：婚恋心理的很多奥秘是有普遍性的，如：当前男女青年的择偶标准，恋爱过程中的自卑、害羞、嫉妒等情绪，大龄青年在婚恋上的"综合症"和婚后初期的感情波动，等等。当然，他们没有忽视具体的人在婚恋心理上的差异性（如"失足"青年对婚恋可望不可及的心情等），并从中总结出共同特征来。这是有益于社会的工作。

编者认为，要根据我们社会的实际情况研究婚恋心理，以提出具有普遍意义的婚恋心理现象，提供克服、解决当前人们的婚恋心理障碍（如现时大龄青年的婚恋问题）的可行方法，帮助青年们树立正确的恋爱观，在婚恋中不走或少走弯路。这里我们奉献给读者的《婚恋心理奥秘》，正是按照这样的理解编辑而成的一本通俗的心理学读物。

亲爱的青年朋友，你们如果想知道婚恋心理的奥秘，那么就让本

书来把你引入婚恋心理之"门"吧!(《婚恋心理奥秘》的《出版前言》)

《明清小说的思想与艺术》

从事古典文学研究评论工作的傅继馥同志,正当盛年时病逝了,未能看到他的《明清小说的思想与艺术》的梓行。

《明清小说的思想与艺术》展示了几部最优秀的明清小说的主题思想和艺术风格。精辟的分析,严谨的论证,使人更加清晰地看清了农民被"逼上梁山",文人受八股制度摧残和腐蚀,以及封建贵族叛逆者悲剧结局的社会根源。作者在把古典名著中瑰丽多彩的艺术特色、揭示、阐述于读者之前的同时,又按照"预示艺术"的特点,剖析了《红楼梦》的人物、事件的发展,既做纵的探索,又做横的截面,并把体现于这些人物、事件上的预示艺术,归纳总结为《红楼梦》的一个艺术手法,这不仅对《红楼梦》的艺术研究有贡献,也为古典文学研究提供了新鲜课题,由此可见作者研究眼光的敏锐。

《明清小说的思想与艺术》作者很善于分析古典文学著作中的人物形象,较深的观察力和理论功底,配合他那含有欣赏情趣和创作意味的文字,不仅能帮助读者深刻理解明清小说的社会意义和艺术成就,还能给人以艺术的享受。

《明清小说的思想与艺术》是有魅力的,将能给人们一些启迪。(刊于二十世纪八十年代初某期《安徽书讯》)

后 记

今年是我在深圳香蜜湖一带居住的第十五个年头,本书中绝大多数文字写于这十五年里,书名叫做"香蜜夜航"有点纪念意义。少数较早前作品沾光,一并收入本集,以示文字生涯不忘来处。

前辈柳鸣九先生为拙集写的序文《来读于志斌》是一篇至情之作。先生讲了一点我的故事,挥洒了几多书香,表达了更多的真善美。只是我愧不能与先生褒奖相称,请读者见谅。感谢先生。

许结教授闻我出书并有所请,欣然题写书名。我与结兄相知相交三十年,今次又获赐墨宝用在书上,真快心事也。感谢大兄。

一些媒体人和出版人对拙文发表和出书给予了指导和帮助,他们是赵玉、刘悠扬、谭宇宏、马君桐、刘莉、王军、梁二平、聂雄前、郑可、丁怀超、唐元明等人。感谢大家。

我能够在香蜜湖畔夜航船,李向群女士在生活中的辛勤付出,居功至伟。感谢我妻向群。

于志斌

二〇二〇年十一月十六日